kapak: bilgi yayınevi

VURAL SAVAŞ'IN BİLGİ YAYINEVİ'NDEN ÇIKAN KİTAPLARI

1. İrtica ve Bölücülüğe Karşı Militan Demokrasi
2. Militan Atatürkçülük
3. Satılmışların Ekonomisi
4. Atatürk'ün Kemiklerini Sızlatan Parti: CHP
5. Türkiye Cumhuriyeti Çökerken
6. Emperyalizmin Uşakları
7. Dip Dalgası

baskı: cantekin matbaacılık
yayıncılık ticaret ltd. şti.
(0-312) 384 34 35 - 384 34 36

VURAL SAVAŞ

Dip Dalgası

BİLGİ YAYINEVİ

ISBN 975 - 22 - 0157 - 1
2006.06.Y.0105.2951

Birinci Basım Şubat 2006

İkinci Basım
Şubat 2006

BİLGİ YAYINEVİ
Meşrutiyet Caddesi, No: 46/A, Yenişehir 06420 / Ankara
Tlf : (0-312) 434 49 98 - 434 49 99 - 431 81 22
Faks : (0-312) 431 77 58

İstanbul Temsilciliği
İstiklâl Cad., Beyoğlu İş Mrk. No: 365, A Blok,
Kat: 1/133 Beyoğlu 80070 / İstanbul
Tlf : (0-212) 244 16 51 - 244 16 53
Faks : (0-212) 244 16 49

BİLGİ KİTABEVİ
Sakarya Caddesi, No 8/A, Kızılay 06420 / Ankara
Tlf : (0-312) 434 41 06 - 434 41 07
Faks : (0-312) 433 19 36

BİLGİ DAĞITIM
Narlıbahçe Sokak, No: 17/1, Cağaloğlu 34360 / İstanbul
Tlf : (0-212) 522 52 01 - 520 02 59
Faks : (0-212) 527 41 19

www.bilgiyayinevi.com.tr • info@bilgiyayinevi.com.tr

İÇİNDEKİLER

Önsöz 7
Askerlerimizi Arkadan Vurma Hazırlıkları 9
"Milliyetçilik: Neden Şimdi?" 14
İflas Eden Ekonomi 19
Çağımızı Anlamaya Doğru 24
İslam Üzerinde Emperyalist Oyunlar 35
Fethullah Gülen - Vural Savaş Çatışması 39
İrtica ve Teröre Teslim Oluşumuzun Nedenleri 49
ABD Daha da Saldırganlaşacaktır 54
Dünyanın En Büyük Terörist Yuvası: Avrupa 63
AB T.C.'ye Saldırıya Hazırlanıyor 68
"Kürt" Sorunu Yok, "Terör" Sorunu Var 72
ABD ile İşbirliği Vatana İhanettir 77
İç ve Dış Güvenliğimiz CIA ve FBI'ya Emanet 82
Yazarlarımız Toplumumuzu Bilinçlendirmeye Devam Ediyorlar ... 86
Çağdışı Bir İnsan Hakları Anlayışı 99
TRT Vural Savaş'tan Neden Korkuyor? 103
Adli Kapitülasyonlar Hortlarken 107
En Büyük Tehlike, Soros'la İşbirliği Yapanlardır 112
Türkiye Gerçekten Satılıyor mu? 117
Soros'un Destek Verdiği Üniversiteler 129
Soros Aydınları Nasıl Satın Alıyor? 134
Soros'la Dost Olan, Ülkesine Düşman Olur 139
Soros'un Yarasaları 143

Ulusal Eğitimi Yok Etme Çabaları 148
Fethullah Gülen, Soros'la İşbirliği mi Yapıyor? 153
Soros Kemalistleri Yenemeyecek 158
Liberal Aydınlar (!) Kime Hizmet Ediyor? 163
Küresel Haçlı Seferi 167
Liberalizmin Ölümü 172
Bir Millet Uyanıyor 178
Gözden Kaçmaması Gerekenler (1) 183
Gözlerimizi Avrasya'ya Çevirelim 188
Gözden Kaçmaması Gerekenler (2) 194
Her Karanlık Işığını da Birlikte Getirir 199
Gözden Kaçmaması Gerekenler (3) 203
"Federasyon" İçin Çaba Göstermek Vatana İhanettir 207
"Anayasayı İhlal" Suçunun Yeni Sanıkları 217
Kimlere "Vatan Haini" Denir? 223
"Çılgın Türkler"den misiniz? 228
Tarihe Geçen Bildiri ve Demeçler 233
Geceler Nasıl Yarimiz Oldu? 238
Atatürk ve Mevlana 244
Gözden Kaçmaması Gerekenler (4) 247
Orhan Pamuk'un Maskesini Önce Kimler Düşürdü? 252
Dinci Hırsızlar 256
Kılavuzu Ulema Olanın (...) 259
Gözden Kaçmaması Gerekenler (5) 268
Mahmut Esat Bozkurt'un 'Milliyetçilik' Anlayışı 272
"İngiliz Belgeleri" İncelenmeden, Mustafa Kemal ve
   Türkiye Cumhuriyeti'ne Karşı Yapılan Saldırı ve
   Ayaklanmaların Gerçek Nedenleri Anlaşılamaz 281
Emperyalizmin Uşakları 302
Kişi Adları Dizini 305

ÖNSÖZ

"Dip Dalgaları" yüzeysel, varlıkları ve boyutları çok uzaktan görülebilen dalgalardan değildir. Onların kalıcı ve görkemli etkilerini kıyıya vurduklarında görürüz.

İşbirlikçilerin oluşturduğu ihanet yuvalarının, bir ahtapot gibi medyayı, üniversitelerimizi ve Cumhuriyetimizin tüm kurumlarını kollarına aldığını gören gerçek Türk aydınları, milletimizi bilinçlendirerek gerçek bir "Dip Dalgası" yaratmayı başardılar.

Çok yakın bir gelecekte, işbirlikçilerin korkulu rüyası olan bu "Dip Dalgası" kıyıya vuracak ve Türkiye Cumhuriyeti, Atatürk'ün sağlığında olduğu gibi devrimci, milliyetçi ve antiemperyalist yoluna kaldığı yerden devam edecektir.

Attilâ İlhan, son günlerinde bile, "Bir Millet Uyanıyor", "Hangi kesimden olursak olalım, 'Teslim olmamak' için biraraya gelmek, ortak bir direnişe yönelmek zorundayız", "Dip Dalgası geliyor", "Parola: vatan, işareti: namus" diye haykırıyordu. Nur içinde yatsın...

Bu kitabımı "Dip Dalgası"nı yaratan "Kemalist" aydınlarımıza adıyorum.

                        Vural Savaş
             Onursal Yargıtay C.Başsavcısı
                         Şubat 2006

ASKERLERİMİZİ ARKADAN VURMA HAZIRLIKLARI

Önce anayasamızın 38. maddesine, 7 Mayıs 2004 gün ve 5170 sayılı yasa ile "Uluslararası Ceza Divanı'na taraf olmanın gerektirdiği yükümlülükler hariç olmak üzere vatandaş, suç sebebiyle yabancı bir ülkeye verilemez" hükmünü koydurdular.

Başbakan Recep Tayyip Erdoğan, 8 Ekim 2004 tarihinde, Avrupa Konseyi Parlamenterler Asamblesi'nde yaptığı konuşmada;

"Gerçekleştirdiğimiz reformlar arasında Uluslararası Ceza Divanı'na ülkemizin taraf olmasını sağlayacak yasal değişiklikler de bulunmaktadır. Hazırlıklarını tamamlamış olarak bugün bu kürsüden Türkiye'nin yakın bir gelecekte Roma statüsünü onaylayarak Uluslararası Ceza Divanı'na taraf olacağını da ilan ediyorum" dedi.

Ve ardından, 9 Aralık 1948 tarihli Birleşmiş Milletler Jenosit (soykırım) Sözleşmesi metninden ayrılarak ve yeryüzündeki hiçbir ceza yasasında benzeri olmayan bir "Soykırım" tarifinin mevzuatımıza sokulması sağlanmıştır.

1 Haziran 2005 tarihinde yürürlüğe giren, 5237 sayılı Yeni Türk Ceza Kanunu'nda "Soykırım" şöyle tarif ediliyor:

"Madde 76– Bir planın icrası suretiyle, milli, etnik, ırki veya dini bir grubun tamamen veya kısmen yok edilmesi maksadıyla, bu grupların üyelerine karşı aşağıdaki fiillerden birinin işlenmesi, soykırım suçunu oluşturur.

a) Kasten öldürme,

b) Kişilerin bedensel veya ruhsal bütünlüklerine ağır zarar verme,

c) Grubun, tamamen veya kısmen yok edilmesi sonucunu doğuracak koşullarda yaşamaya zorlanması..."

AKPli TBMM Adalet Komisyonu Başkanı, "AB ülkelerinden gelen isteklere uyularak bu maddenin yeni Türk Ceza Kanunu'na konulduğunu" itiraf etmiştir.

14 Ekim 2005 günü de, Avrupa Birliği'nin dönem başkanlığını yürüten İngiltere, Ankara nezdinde girişimde bulunarak Başbakan Recep Tayyip Erdoğan'ın, 8 Ekim 2004 tarihli konuşmasını hatırlattı ve Türkiye'nin sözünü tutması gerektiğine işaret etti.

"Bağımsızlığımızın temel direği olan adalet dağıtımında bir yabancı parmağı bulundurmayacağız", "En büyük düşman, düşmanların düşmanı, ne falan ne de filan milletler; bilakis bu, adeta her tarafı kaplamış ve bir saltanat halinde bütün dünyaya hâkim olan 'kapitalizm' afeti ve onun çocuğu olan emperyalizmdir", "Emperyalist devletlerle (Amerika, İngiltere ve Avrupa devletleri) olan siyasetimizi çok dikkatli tespit etmeli ve ilişkilerimizi mesafeli yürütmeye özen göstermeliyiz", "Batı ile uyuşma Türkiye'nin kaçınılmaz olarak köleleştirilmesi anlamına gelecektir" diyen; 29 Ekim 1930 tarihinde, Amerikan Associated Press muhabiri Miss Ring'in yüzüne karşı "Türkiye ne Amerikanlaşacak, ne de Batılılaşacaktır. Türkiye yalnızca özelleşecektir" diye haykıran; Batı ile entegrasyona girmekten kesinlikle kaçınan, bölge merkezli politikalar uygulayıp, bu amaçla Sadabat ve Balkan Paktlarını hayata geçiren büyük Atatürk'ün söyledikleri ve uygulamaları ortadayken; ABD ve AB ülkelerinin Türk ordusuna karşı hasmane tutumu ve Türkiye'yi bölme çabaları gözle görülür bir biçimde ortaya çıkmışken; ülkemizin tüm Kemalistleri "AB'ye giriş macerası Türkiye Cumhuriyeti'nin sonunu getirecektir" uyarısını hemen her gün yapmaya çalışırken, Genelkurmay Başkanı Orgeneral Hilmi Özkök, 30 Ağustos Zafer Bayramı dolayısıyla yayınladığı mesajda (2005);

"Bugünkü AB'ye üyelik hedefimiz, çağdaş medeniyetler seviyesine ulaşma vizyonunun bir aşamasıdır. AB üyeliğini, ulu önder Atatürk'ün bizlere vermiş olduğu 'Türkiye'yi çağdaş uygarlığın ilerisine taşıma' hedefi için önemli bir araç olarak görmekteyiz" diyebilmiştir.

AKP iktidarının ve TBMM'de grubu bulunan siyasi partilerin görüşleri de bu doğrultuda olduğundan, Uluslararası Ceza Mahkemesi Anlaşması'nın kolaylıkla onaylanacağı anlaşılmaktadır.

1998'de Roma Statüsü ile temelleri atılan bu mahkeme, 1 Temmuz 2002'de kuruldu. Görev alanına 4 suç türü giriyor: Savaş suçu, insanlık suçu, soykırım suçu ve saldırı suçu.

Mahkemenin özelliği devletleri değil, kişileri yargılaması. Örneğin bir savaş suçunda emri verenden uygulayanlara kadar zincirin tüm halkalarından hesap soruyor. O yüzden Uluslararası Ceza Mahkemesi savcısı "Dünyanın en güçlü kişisi" diye nitelendiriliyor. Benzetmede hiç de abartı yok; zira savcının karşısında hiçbir dokunulmazlık zırhının geçerliliği yok. (Erdal Şafak, Sabah gazetesi, 15 Ekim 2005)

Karşı karşıya gelebilecekleri durumları önceden gördükleri için ABD, Rusya, Çin ve İsrail, Uluslararası Ceza Mahkemesi'nin temeli olan 1998 Roma Anlaşması'na taraf olmayı reddetti ve hatta ABD Senatosu Bush'a "Uluslararası Ceza Mahkemesi'nde yargılanacak Amerikan vatandaşlarını kurtarmak için, Lahey'in ABD askerlerince işgali de dahil tüm olası seçeneklerin kullanılması yetkisi"ni veren bir karar aldı. (Recep Tayyip Erdoğan'ın danışmanlarından Ömer Çelik, Star gazetesi, 3 Temmuz 2002) Öcalan hakkında verilen Avrupa İnsan Hakları Mahkemesi kararı, ABD için bile bir uyarı niteliği taşımıştır.

18 Mayıs 2005 tarihli Wall Street Journal'da, Öcalan kararı şöyle yorumlanıyor:

"Öcalan kararı, ABD için de Uluslararası Ceza Mahkemesi'ne taraf olunmaması konusunda bir uyarı niteliğini taşımaktadır... Bu karar siyasidir. Küstahlığı, kabalığı, ikiyüzlülüğü içinde utanç vericidir... AB üyeliğine giden yolda kimseyi kırmak istemeyen Türkiye'nin tavrına, AİHM'nin kararı bir ödüldür(!)... Kararın gerekçeleri, Öcalan'ın yeniden yargılanmasını sağlamak için uydurulmuş nedenlerdir... Öcalan hakkında verilen karar, AİHM'nin sık sık fazla ileri gittiğinin yalnızca en sonuncu örneğidir..."

15 Ekim 2005 tarihli Yeniçağ gazetesinde haklı olarak şu uyarı yapılıyor:

"AKP Hükümeti, ABD'nin bile reddettiği bu mahkemeyi tanıyan karara imza atarsa, Uluslararası Ceza Mahkemesi Türkiye'den isim isim istediği Türk generallerini, yargılayarak cezalandıracak!"

İçine düşürülmek istediğimiz tuzak bellidir: ABD ve AB yetkileri, ülkemizi bölme amaçları doğrultusunda, PKK eylemlerinin daha da yaygınlaşması için desteklerini artıracaklar; gereğini yapan Türk Silahlı Kuvvetleri mensupları ise, Uluslararası Ceza Mahkemesi'nde sanık sandalyesine oturtulacak...

Komutanlarımızın, ülkemizi Uluslararası Ceza Mahkemesi'ne taraf yapacak bu anlaşmanın onaylanmasına ciddiyetle ve demokratik haklarını kullanarak karşı çıkmamaları;

AB uğruna, İç Hizmet Kanunu'nun kendilerine verdiği, iç ve dış düşmanlarımıza karşı "Cumhuriyetimizi koruma ve kollama" görevini askıya aldıkları kanaatini, tüm vatansever insanlarımızda uyandıracağı kanaatindeyim.

"MİLLİYETÇİLİK: NEDEN ŞİMDİ?"

"Küreselleşme" denilen "Yeni Emperyalizm"in işbirlikçisi olan politikacıların, medya mensuplarının ve sözde bilim adamlarının maskeleri birer birer düşerken; AB çığırtkanları inandırıcılıklarını her gün biraz daha kaybederken; Anadolu'nun her yerinde kendilerine "Kuvayı Milliye", "Müdafaa-i Hukuk", "Milliyetçi", "Atatürkçü", "Kemalist", "Vatansever" gibi adlar veren yüzlerce çevre oluşuyor. Bu çevrelerin tek isteği, emperyalizme karşı geniş bir cephe oluşması...

Bu cephe önce kitaplarda oluşmaya başladı. Attilâ İlhan, ölmeden kısa bir süre önce, "...Bir Millet Uyanıyor!" başlığı ile, bir dizi kitap hazırlanmasına öncülük etti. Aynı adı taşıyan ve Bilgi Yayınevi tarafından yayımlanan dizinin ilk kitabında imzası bulunan yazarlar şunlar: "Attilâ İlhan, Cüneyt Akalın, Sina Akşin, Necla Arat, Ataol Behramoğlu, Arslan Bulut, Tevfik Çavdar, Barış Doster, Alpaslan Işıklı, Halit Kakınç, Yıldırım Koç, Erol Manisalı, Mehmet Bora, Perinçek, Vural Savaş, Necdet Sevinç, Sadi Somuncuoğlu, A. Altay Ünaltay."

2006 yılının ilk ayında da Prof. Dr. **Çetin Yetkin**, "Yeniden Anadolu ve Rumeli Müdafaa-i Hukuk Yayınları"nın ilk kitabı olarak **Milliyetçilik: Neden Şimdi?** adlı eseri okurlarıyla buluşturdu.

Çetin Yetkin, Mustafa Kemal'in "...Memleketin ve inkılabın içeriden ve dışarıdan gelebilecek tehlikelere karşı masuniyeti (korunması) için bütün milliyetçi ve cumhuriyetçi kuvvetlerin bir yerde toplanması lazımdır..." dediğinin altını çizdikten sonra, kitabın içeriğini ve hazırlanış nedenini şöyle açıklıyor: "Atatürk'ün bu sözleri bugün dünkünden daha da geçerli. Gerçekten de, Türkiye'nin içine sürüklendiği olumsuz koşullar göz önüne alınarak, tüm 'milliyetçi' güçlerin aynı safta toplanmaları gerekiyor. Ancak, bunun için 'milliyetçilik'ten ne anladığımızı, 'milliyetçi'ler olarak neyi amaçladığımızı açıkça ortaya koymamız ön koşuldur. İşte bu kitapta, önde gelen yirmi düşün ve siyaset adamımız, bu konuyu tartışıp açıkça ortaya koyuyorlar."

Söz konusu kitapta şu yazarların imzası var: "SinaAkşin, Yetkin Aröz, Erol Bilbilik, Demirtaş Ceyhun, Anıl Çeçen, Süleyman Demirel, Mehmet Bedri Gültekin, Agâh Oktay Güner, Emin Gürses, Alpaslan Işıklı, Özdemir İnce, Altemur Kılıç, Yaşar Okuyan, Doğu Perinçek, Vural Savaş, Öner Yağcı, Veysel Yıldız, Tahsin Yücel, Namık Kemal Zeybek."

Her aydının mutlaka okuması ve bir başvuru kitabı olma niteliğiyle kütüphanesinde bulundurması gereken bu eserde altını çizdiğim ve bilginize sunmak istediğim o kadar çok görüş var ki... Bunlardan küçük bir demeti bilginize sunuyorum:

"...'Her halkın benliği, yabancı müdahalesine karşı verilen mücadele içerisinde gelişir' (Karl Marx). Tarihsel olarak bu mücadeleden veya mücadelelerden geçmeden milletleşen bir halk mevcut değildir." (Dr. Veysel Yıldız)

"...Mustafa Kemal'in, 19 Mayıs 1919'da bir ulus devlet kurmak amacıyla Samsun'a ayak bastığı bizce kuşkusuz, ancak Yakup Kadri'nin Yaban romanında da anlatıldığı gibi

'Türkler' diye seslendiği kişilerin hemen 'Estağfurullah paşam, sizin Türk dediklerinizden biraz Haymana tarafında var!' diye yanıtladıklarını görünce de daha Havza'da artık 'bir ulus devlet' kurmaya değil 'bir ulus yaratmak için devlet kurmaya' karar verip Türk sözcüğünü cumhuriyetin ilanına kadar bir daha sanki hiç yüksek sesle söylememiş Mustafa Kemal'in, 'millet' sözcüğünü Kurtuluş Savaşı süresince antiemperyalist bir deyim olarak 'bağımsızlık' anlamında kullandığı da tartışılmasa gerektir." (Demirtaş Ceyhun)

"Gelişmiş kapitalist ülkelerde söz konusu olan milliyetçilikle, mazlum milletlerin milliyetçiliği birbirinden temelden farklıdır. Dolayısıyla söz konusu ideolojilere ve toplumsal sistemlere milliyetçiliğin yaklaşımının ne olduğu, ele alınan ülkeye göre değişiklik gösterecektir. Gelişmiş kapitalist ülkelerde, yani emperyalist ülkelerde milliyetçilik tamamen gerici bir karakter kazanmıştır, ırkçıdır. Doğal olarak bu ülkelerdeki milliyetçilik, milletlerin eşitliğini ve kardeşliğini öngören sosyalizme düşmandır.

Emperyalist milletlerin milliyetçiliği ırkçı bir özellik taşımasının yanı sıra aynı zamanda yayılmacıdır. Başka milletlere düşmanlığı içerir. Çünkü kapitalizm vardığı tekelci aşamada, kendisini var eden koşulların gereği olarak tüm dünyayı, her zamankinden daha fazla ekonomik, askeri ve kültürel bakımlardan kendine bağlamak ister." (Mehmet Bedri Gültekin)

"...Türk milliyetçileri Rus Federasyonu, Çin, Küba ve Kuzey Kore ile siyasi ilişkilerini geliştirmelidirler. Çünkü kendisini dünya jandarması gören ABD'nin insafsız ve merhametsiz emperyalizmine karşı dengeyi sağlamak kolay bir iş değildir..." (Agâh Oktay Güner)

"Herkesin anlaması gereken bir nokta da, 19. yüzyılın sonları ile 20. yüzyılın başlarında, Türk solu ile Türk milliyetçiliğinin beraber ve aynı kaynaktan beslenerek çıktığıdır: Bu anlamda, Gaspıralı İsmail'i, Sultan Galiyef'i de unutmamamız gerekmektedir. Nâzım Hikmet, Attilâ İlhan gibi sol yazar ve sanatçılarımızın eserlerinde de bu birlikteliğin sürdüğü inancındayım. Ülkemizde bu tür Kurtuluş Savaşı'na, cumhuriyetimizin kuruluş ilkelerine sahip çıkan bir sol anlayışla da temel konularda büyük ölçüde düşüncelerin çok yakın olduğunu söyleyebiliriz." (Yaşar Okuyan)

"Sosyalizm, bir özgürleşme projesi olarak geçmişinde nasıl ulusal öğelerle taçlandıysa, küreselleşen emperyalizme karşı da yurtseverlik temelinde yükselen bir milliyetçilikle bütünleşmek zorundadır. Ulusallıktan uzaklaşan her sosyalist hareket kendisinden, emekten ve özgürlükten de uzaklaşmış demektir. Tarihin milliyetçilikle/ulusallıkla sosyalizm arasında bir yazgı birliği kurmuş olduğunu da söyleyebilirim. 20. yüzyılın tüm ulusal kurtuluş mücadelelerinin sosyalizmle örtüşmüş olması da milliyetçilikle sosyalizmin, emperyalist sömürüye karşı bütünleşmiş bir ideoloji olması zorunluluğunu getirmektedir." (Öner Yağcı)

"...Türk milliyetçiliği/ulusalcılığı ancak antikapitalist, antiemperyalist olduğu sürece var olabilir, gelişebilir. Milliyetçiliğimiz toplumcu olmak, iç ve dış sömürüye son vermek, sınıfsal ayrışımları ortadan kaldırmak zorundadır. Fakir fukaranın midesine ne girdiği, sırtına ne geçirdiği, nasıl barındığı... ile ilgilenmeyen, yalnızca 'hamasi' söylemler içinde kapalı kalan bir milliyetçilik/ulusalcılık hiçbir derde deva olamaz.

Emperyalizm, küresel sömürüsünün önünde engel olarak gördüğü ulusal devletleri çökertmeyi amaçlamaktadır. İdeolojik planda bu amacını, ulusal devlete, onu ayakta tutan ulus bilincine saldırarak gerçekleştirmek istemektedir. Bunu yaparken, acımasız ekonomik sömürüsünü gözlerden gizlemektedir.. Başka bir deyişle, ulusal devlete, uluşçuluğa saldırmasının altında yatan asıl neden, sömürmeyi sınırsızca sağlamaktır. Bu gerçeği halka anlatamayan bir milliyetçilik/ ulusalcılık, başarısız olmaya yazgılıdır." (Çetin Yetkin)

İFLAS EDEN EKONOMİ

IMF Türkiye Masası Şefi Lorenzo Giorgianni "10 milyar dolarlık bu son stand-by bitince Türkiye'nin artık IMF'ye ihtiyacı kalmayacağını" söylerken; IMF Birinci Başkan Yardımcısı Anne Krueger'in "Türkiye ekonomisindeki iyileşmenin IMF için bir başarı öyküsü olduğunu" ileri sürmesi, IMF politikaları ve yeni dünya düzeninin ülkemizde yaptığı ve yapmaya devam edeceği tahribatın açıklığa kavuşturulması zorunluluğunu ortaya çıkardı.

Gelin bu konuda bazı ekonomistlerimizin dediklerine kulak verelim:

1- Bay Lorenzo 1999-2006 yılları arasında Türkiye'de neredeyse bir kuşağın iktisadi ve sosyal yıkımına yol açan IMF programlarının hâlâ başarılı olabildiğini nasıl söyleyebiliyor; şaşırmamak mümkün değil.

2000 yılında yüzde 6'larda olan işsizlik bugün yüzde 10'larda ise bu IMF programlarının başarısı mıdır?

2000 yılında sabit kur çıpalı programla 2001'de devalüasyona sebebiyet vererek, ekonomiyi krize sürüklemek mi IMF başarısıdır?

Ya da 180 milyar dolara ulaşan iç borç, 165 milyar dolara fırlayan dış borçla bugün hâlâ dünyanın en yüksek reel faizinin ödenmesi mi IMF programının başarısıdır?

IMF programları sonunda, Türkiye'de sosyal güvenlik açığı kapandı mı, reform yapılabildi mi? Kayıt dışı ekonomi kayda alınabildi mi, vergiler tabana yayılabildi mi?

Ne gezer! AB'de yüzde 35 olan dolaylı vergiler Türkiye'de yüzde 70'lere çıktı o kadar.

Cumhuriyet tarihinin en büyük dış ticaret açığının verilmesi ve yine Cumhuriyet tarihinin hem oransal, hem de rakamsal en yüksek cari açığına sebebiyet verilmesi de IMF progamının kaçınılmaz sonucu.

Şimdi, kalkmış Bay Lorenzo IMF programına ve ona biat eden siyasi iktidara övgüler yağdırıyor.

Buna Lorenzo'nun yağı demeyelim de, ne diyelim?

(Ufuk Söylemez, Lorenzo'nun Yağı, Gözcü gazetesi, 12 Ocak 2006)

2- Sıcak para, faizler yüksek ve kurlar düşük olduğu için, başka bir ifade ile faiz-kur makasının açılmış olması nedeniyle geliyor... Spekülatif kârlar elde ederek gidiyor... Örneğin geçen sene bir yılda borsadan reel olarak yüzde elliden fazla kazandı.

Sıcak para, Tobin vergisi gibi vergilerle engellenmez... Tersine sıcak paraya vergi koyarsanız faizlere yansır... Doğru çözüm kurları tedrici artırıp, faiz-kur makasını kapatmaktır.

Finansman konusunda bir diğer sorun, uzun vadeli, doğrudan yabancı yatırım sermayesinin gelmiyor olmasıdır.

Kısa vadeli sermaye girişi dışında yabancı sermaye şu yollarla geliyor...

Yabancıların gayrimenkul alımı... Türk vatandaşlarının gayrimenkul alabildiği ülkelerin vatandaşları da Türkiye'de gayrimenkul alıyor... Son yıllarda özellikle Akdeniz ve Ege'de yabancıların gayrimenkul alımı hızlandı... 2004 yılında yabancılar 1.5 milyar dolar civarında gayrimenkul aldılar.

Fırsatçı sermaye... Fırsatçı sermaye, elini taşın altına koymaktan çekinen, spekülatif gelir peşinde olan ve çalışmakta olan tekel firmaları almayı tercih eden yabancı sermayedir. Türkiye'de hazır enerji, demir-çelik, telekominikasyon ve süpermarketler için gelen yabancı sermaye bu türdendir. Türk Telekom'u alan yabancı sermaye de aynı kategoridedir.
"Son 4 yılda 9.7 milyar dolar yabancı yatırım sermayesi geldi" diyenler, aslında fırsatçı sermayeyi ifade ediyorlar.
Bu tür yabancı sermaye ekonomiye ve topluma fayda yerine zarar getirir... Çünkü getirdiği yabancı sermayeyi üç-beş yıl içinde kâr transferi olarak geriye götürür. Ekonomi sürekli kaynak kaybeder.... (Prof. Dr. Esfender Korkmaz, Hangi Yabancı Sermaye, Gözcü gazetesi, 12 Ocak 2006)

3- 1960'ların sonundan bu yana ücretli emeğin ulusal gelirden aldığı pay da sürekli gerileme içine girmiştir. 1972 ile 1990 arasında ücretli emeğin ulusal gelirden aldığı pay, örneğin Şili'de yüzde 48'den yüzde 28'e, Arjantin'de yüzde 41'den yüzde 25'e, Meksika'da ise yüzde 38'den yüzde 27'ye geriletilmiş durumdadır. Ulus-ötesi şirketler için artık üretim maliyetleri bir "sorun" olmaktan çıkmış gözükmektedir. Klein'in değerlendirmelerine göre, "üretim"den giderek kopan ulus-ötesi sermayenin yeni rekabeti ise "marka ve tasarım" alanındadır.
Bu şartlar altında Türkiye'ye daha çok yabancı sermaye çekebilmenin koşulları açıktır: Stratejik kamu varlıklarımızı "özelleştirme" adı altında ulus-ötesi şirketlere pazarlamak ve küresel sermayeye ucuz işgücü ve olağandışı mali teşvikler sunarak "dibe doğru yarışa" katılmak. (Erinç Yeldan, Doğrudan Yabancı Sermayeyi Çekmek, Cumhuriyet gazetesi, 11 Ocak 2006)

4- Özelleştirme kapsamında satışa çıkarılan Erdemir'in hisse senetlerinin yüzde 49.3'ünü 2.7 milyar dolara Oyak satın aldı. Gerekli parayı bulmanın ve de Erdemir'i yönetmenin güçlüğü karşısında, aldığı hisselerin yüzde 41'ini Arcelor firmasına sattı.

Erdemir'i bizim devletimiz kurdu. Hani şu beğenmediğimiz devlet var ya... Kurmak için para buldu. Yönetecek Türk gençlerini buldu. Erdemir'i "memur statüsündeki" genç yöneticiler kâra geçirdi.

Şimdi ise, Türkiye'nin en büyük sermaye grubu, Erdemir'in yarısını satın alacak büyüklükte bir finansman yükünün altına girmeyi ve de Erdemir'i yönetmeyi göze alamadığından yönetim sorumluluğunu üstlenecek bir yabancı grup ile ortak oldu.

....Devletin kurup büyüttüğü ve kârlı hale getirdiği dev sanayi kuruluşu Tüpraş'ın 51.0 payını Koç-Shell ortaklığı satın aldı. İhale tarihinden bu yana 3 ay geçti. Koç grubu finansman için temaslarını sürdürüyor. Yabancı ortakla işbirliği yapıp yapmayacağı belli değil.

Görüyorsunuz, Cumhuriyetin 82. yılında Türkiye'de en büyük, en güçlü sermaye gruplarımız bile, "büyük/ekonomik ölçekli/küresel pazara çıkabilecek güçte" sanayi tesislerini kurabilecek, bırakınız kurmayı kurulmuşların yarı hissesini satın alabilecek sermaye birikimine sahip değil. Bu tür tesisleri yönetecek profesyonel yönetim kadrolarına sahip değil.

İşte bu ülkede devlet bunun için "kamu işletmelerini kurdu." İşte devlet bunun için (o küçümsenen bürokratik kadroyu yetiştirerek) dev işletmeleri yönetecek ve kâra geçirecek insanları işbaşına getirdi.

Devletin daha önce kurduklarını satıyoruz. Devlet, bundan sonra ekonomik büyüklükte sanayi tesisi kurmayacak... İyi de kim kuracak? Görüyoruz, en büyük sermaye gruplarımız bunu yapacak (hatta devletin kurduklarının yarısını alacak) sermayeye ve profesyonel kadroya/bilgi birikimine sahip değil... Şimdi bunları yazmak "devletçiliğe" övgü mü sayılacak, özel sektör düşmanlığı mı sayılacak? (Güngör Uras, Özel Sektörde Büyük Tesis Parası Yok, Milliyet gazetesi, 5 Ocak 2006)

ÇAĞIMIZI ANLAMAYA DOĞRU

Çağımızı anlamamızı kolaylaştıracak yazılar, birbiri ardına, kendini solcu olarak tanımlamayan yazarlar tarafından da yazılmaya başlandı. Onlardan bir demet sunmak istiyorum:

1– 'Uluslararası Atom Enerjisi Komisyonu' (UAEK) Başkanı (Mısırlı) Muhammed el'Baradei'nin 'El'Arabiyye' televizyonunda üç gün önce yayımlanan sözlerini okuyunca, 'çalışmayan saat bile, 24 saatte iki kez doğru gösterir...' sözünü hatırladım. El'Baradei, 'Ben Batılılara daima şunu demişimdir ki, 'sizin uygulamalarınız, İslam dünyasını hışımlandırmaktadır.. İsrail'in nükleer tesislerine de el atılmadıkça, inandırıcı olamazsınız.. Keza, 5 ülkenin oluşturduğu 'Atom Kulübü'nün de dağıtılması gerekir' diyor özetle.

O 'El'Baradei' ki, emperyalist odaklara verdiği 'üstün' hizmetlerin karşılığı olarak ilerledi, 'UAEK Başkanlığı'na kadar getirildi ve geçen yıl da, 'Nobel Barış Ödülü'yle bile taltif edildi. Çünkü, Amerika'nın Irak'ı yerle bir ettiği 2003 baharındaki saldırı öncesinde, İsveçli Hans Blix'le hazırladığı ve Irak'ta kitle imha silahları olduğuna dair raporlar, Bush'un kan içiciliğine, Tony Blair'in uyduruk belgelerinden daha az hizmet etmemişti. Hans Blix, daha sonra, 'o raporları çok ağır bir baskı altında hazırladıklarını' da itiraf etmişti. Yüz bini aşkın insanın öldürülmesine yardımcı olmanın kefareti yalnızca bir, 'evet, yanlış bilgi ile, onca katliama vesile olduk, üzgünüz...' itirafı idi.. Tıpkı, BM Güvenlik Konseyi'nde eline tutuşturulan sahte belgeleri ve fotoğrafları Irak'taki nükleer ve kimyasal tesisler diye dünyaya, gerçek imiş gibi göstererek Irak'a saldırının zeminini oluşturan (o zamanki USA Dışişleri Bakanı) Colin Powell'in, daha sonra, 'Hayatım boyunca o utancı hissedeceğim...' diye itiraf edişi gibi.. Yüz binlerce sivil insan, savaş ateşinin içinde kavruldu... Eğer, pişmanlığı dile getirmekle mesele hallolsaydı, cezaevlerinde hemen hiç kimsenin kalmaması gerekirdi. Çünkü, mahkûmların pek çoğu da, kızgınlıkla, yanılarak, yanıltılarak suç işlediklerini vicdan azabı içinde itiraf ediyorlar. Ama, aynı cinayetleri siyaseten işleyenler, 'mesned-i izzette, serefrâz...' (Selâhaddin Çakırgil, Vakit gazetesi, 25 Ocak 2006)

2- New York Times gazetesinin kültür ve sanat bölümü yazarlarından Frank Rich gazetenin "fikir ve yorum" sütununa geçenlerde biraz farklı bir "kültür" yazısı yazmış. Daha doğrusu, farklı değil de, kültürün ilk ağızda akla gelen tanımının ötesine geçen, onun en genel, en kapsayıcı tanımına uygun düşen bir yazı bu. "Barış kültürü" diyebiliriz kısaca. "Birisi Başkana Savaşın Bittiğini Söyleyiverse" başlıklı makalenin ilk paragrafı şöyle:

"İkinci Dünya Savaşı'nın bitişinin ilan edildiği V-J Günü'nden yıllar sonra bir adada tek başına yaşamaya ve kendince savaşmaya devam eden Japon askeri gibi, Başkan Bush da Irak'taki savaşın Iraklılar için olmasa da Amerikalılar için bittiğini bu ülkede öğrenecek son kişi olabilir. 'Biz rotamızdan sapmayacağız' deyip duruyor Teksas'taki çiftliğinden. Biz derken kimi kastediyorsun beyaz adam?" (NYT, 14 Ağustos 2005)

Dünya gemisinin kaptan-ı deryalığına soyunmuş ve bunu cümle âleme neredeyse alenen ilan etmiş bir adam, kendi gemicileri de dahil olmak üzere tüm denizlerdeki desteğini kaybetmiş görünüyor. Bu durumda hangi dümeni hangi rotada sabit tuttuğu sorulabilir doğrusu. Ana akım medyadan pek çok kişinin bile artık sıkça dile getirdiği gibi, tüm kamuoyu yoklamaları (Newsweek, Pew, vb.) ABD halkının Bush yönetiminden desteğini çekmiş olduğunu gösteriyor. Ordu da elden gitmiş sayılır.

Gönüllü asker toplama kampanyaları, iflas etmiş durumda: Son olarak eşcinselleri de yalvar yakar saflara sokmaya çalışıyorlar artık, onların basına açıklama yapmasını göze alarak. Amerikan askerleri, işgalin başından beri görülmüş en büyük kayıpları gittikçe artan düzeyde vermekteler. İşgale direnenlerse, onlara hangi adı verirsek verelim (isyancılar, Sünniler, eski Baasçılar, direnişçiler, teröristler, ya da hepsi birden), tüm resmi söylemlerin aksine azalmıyor, fena halde artıyorlar ve saldırılarını da —cep telefonları, garaj kapısı kumanda aletleri ve yumurta pişirme saatleri gibi "high-tech" aletler kullanarak— artırıyorlar. (Elemanları resmi raporların gösterdiği sayıda öldürülüyor ya da yakalanıyorsa, bu "isyan" neden çökmüyor da güçleniyor, diye soruyor UPI haber ajansının baş analisti. Wpherald.com, 8 Ağustos 2005)

İkinci kaptanlar, yani Rumsfeld, Myers gibi sivil ve askeri komutanlar da birbirini ve Başkomutan Bush'un açıklamalarını günbegün nakzeden açıklamalar yapıyorlar. (Ömer Madra, Günümüzün Bir Kahramanı: Cindy Sheehan, Birgün gazetesi, 16 Ağustos 2005)

3- Kaynağım Hayrettin Karaca... İşte bilgiler:

Kıyı Yaşamı isimli derginin Ocak-Şubat 2004 yayınında kıyı doğal yaşamıyla ilgili fotoğraf adedi: 1

Aynı yayında golf sahalarını gösteren fotoğraf adedi: 61

Birleşmiş Milletler'de yaşayan 4.7 milyar insan için gerekli olan günlük minimum su miktarı: 9.25 milyar litre

Dünyadaki golf sahalarının sulanması için gerekli olan günlük su miktarı: 9.25 milyar litre

İkinci Dünya Savaşı'ndan önce Japonya'da toplam golf sahası adedi: 23

2004 yılında işleyen veya açılmak üzere olan toplam golf sahası adedi: 3030

Golf sahalarında bir dönüm için kullanılan yıllık tarım ilacı miktarı: 9 kilo

Tarım için kullanılan bir dönümlük alanda yıllık tarım ilacı miktarı: 1.35 kilo

Tayland'da 60 bin köylünün günlük ortalama su tüketimi: 6.500 m³

Tayland'daki bir golf sahasının ortalama günlük su tüketimi: 6.500 m³

Bir zamanlar nehir sularının taşmasıyla sulanan, ancak günümüzde nehir sularının sadece %0.1'ini alabilen Kolorado Nehri etrafındaki toplam sulak alan: 150 bin dönüm

Las Vegas'ta bulunan 60'tan fazla golf sahasının sulanması için Kolorado Nehri'nden çekilen 56 cm. derinlikteki suyun kaplayacağı toplam alan: 150 bin dönüm.

...Ve tarımda dönenler

Ağır borç yükü altında olan birçok hükümet çoğunlukla Uluslararası Para Fonu gibi para veren kuruluşların baskısıyla, kamu harcamalarını kısıtlamış, gıda yardımını kesmiş, ülkenin başlıca tarım ürünlerine verdiği teşvikleri kaldırmıştır. Bütün bu uygulamalar büyük bir olasılıkla yoksulların saflarını daha da kalabalıklaştıracaktır. Tarım anlaşması gibi halen yürürlükte bulunan ticaret anlaşmaları, Avrupa ve Kuzey Amerika'nın sanayileşmiş tarımının ürettiği teşvikli tahılların, yağların ve gıda fazlasının gelişmekte olan ülkelere ucuza satılmasına olanak sağlamaktadır. Bu durum, yerel çiftçileri zor durumda bırakmakta ve çoğu çiftçiyi besin güvencesi olan toprağından vazgeçmeye zorlamaktadır. Kaynak: Dünyanın Durumu 2000 Woldwatch Enstitüsü Raporu (Namık Kemal Zeybek, Globalizmin İşleri, Tercüman gazetesi, 11 Ocak 2006)

4- Dünya Ekonomik Forumu'nun bugün Davos'ta başlayacak olan yıllık toplantısında ele alınacak konu başlıkları arasında birinci sırayı "Çin ve Hindistan'ın Yükselişi" alıyor. Dünya ekonomisinin ağırlık merkezi Asya'ya doğru kayarken bu çok önemli gelişmenin dünya ekonomisini ve küresel düzeni nasıl etkilediği ve etkileyeceği Batı'yı ve yılda bir toplanan Davos ahalisini giderek daha fazla meşgul ediyor.

Çin'in ve Hindistan'ın yükselişinin Davos gündeminin birinci sırasına gelip oturması, sonuçta dünyadaki güç dengelerini de etkileyecek büyük bir değişim sürecinin içinde bulunduğumuzu, belki de bu süreçte bir dönüm noktasına gelindiğini düşündürüyor. 19. yüzyılda sanayi devrimiyle zenginleşerek dünyanın hâkimi haline gelen Batı'nın tartışılmaz üstünlüğünün tartışılır hale geldiği bir ortamda yapılıyor Davos 2006.

The Economist dergisinin, IMF verilerini ve satın alma gücü paritesine göre belirlenen kurları esas alarak yaptığı hesaplama, Japonya'yı da içeren zengin gelişmiş "birinci dünya" ülkelerinin dünya ekonomisindeki (dünya GSYİH'sındaki) payının 150 yıldan beri ilk kez yüzde 50'nin altına düştüğünü ortaya koyuyor. Başka bir ifadeyle, Soğuk

Savaş döneminden kalma alışkanlıkla "üçüncü dünya" diye de nitelenen "yükselen ekonomiler"in dünya ekonomisindeki payı, zengin gelişmiş ülkelerin payını geçmiş 2005'te. The Economist'e göre bu, 20. yüzyıla girilirken ABD'nin büyük bir ekonomik güç olarak sahneye çıkmasından bu yana, dünyadaki ekonomik güç dağılımında yaşanan en önemli kaymanın göstergesi. Bu kaymanın sonuçlarını GSYİH dışındaki bazı önemli ekonomik göstergelerde de görmek mümkün. The Economist'in derlediği verilere göre "yükselen ekonomiler" dünyadaki toplam döviz rezervlerinin % 66'sına sahip, dünya ihracatının % 42'sini gerçekleştiriyor, dünya petrolünün % 47'sini tüketiyor.

"Yükselen ekonomiler"in son yıllarda dünya ekonomisinin büyümesine yaptıkları katkı da zengin gelişmiş ülkelerin katkısının üzerinde. Örneğin geçen yıl, "yükselen ekonomiler"in GSYİH'sı cari kurlarla 1.6 trilyon dolar, zengin gelişmiş ekonomilerinki ise 1.4 trilyon dolar artmış. Yani denge "yükselen ekonomiler" lehine değişmeye devam ediyor ve edecek gibi görünüyor. (Osman Ulugay, Zengin Batı'nın Üstünlüğü Bitiyor mu? Milliyet gazetesi, 25 Ocak 2006)

5- Kutsal kitaplardaki kadar ünlü cümle Marx'a ait. 1848'de yayımladığı Komünist Manifesto'nun ilk cümlesi şöyle:

"Avrupa'da bir hayalet dolaşıyor, komünizm hayaleti."

Bu hayalet bir buçuk yüzyıl boyunca, dünyada pek çok halkın renkli rüyasına, ama aynı anda pek çok devletin kâbusuna dönüşüyor. 90'ların başında Sovyetler'in yıkılışıyla birlikte, rüyalar ve kâbus sona eriyor.

Galiba, pek de öyle değil. Çünkü, 18 Eylülde seçimlere giden Almanya'da her türlü siyasal dengeyi altüst eden bir gelişme var.

Sosyalist sol Almanya'da tırmanıyor.

Olay öyle çarpıcı ki, haftalık Der Spiegel dergisi, son sayısında kapağa Marx'ın bir fotoğrafını yerleştiriyor.

"Bir hayalet geri dönüyor, solun yeni iktidarı" başlığı altında. Hayalet sözcüğüyle, Komünist Manifesto'ya gönderme yapıyor.

Schröder ile yollarını ayıran ve partiden istifa eden SPD'nin eski başkanı Oskar Lafontaine uzun süre bir kenarda duruyor, sonra yeniden politik arayışa geçiyor.

O sırada, eski Doğu Almanya'dan kalan sosyalist bir parti var. Sol Parti'nin başkanı Gregor Gysi ile birlikte, herkesin unuttuğu tam bir sol programla Alman halkının karşısına çıkıyor.

...Yine bu haftaki Spiegel'de yer alan bir anket, solun yükselişini belgeliyor. Bakın şu soru ve yanıtlara:

"Sosyalizm aslında iyi bir rejimdir, ama kötü uygulanmıştır" düşüncesine katılanların oranı yüzde 66.

"Marks'ın kapitalizme yönelttiği eleştiriler bugün hâlâ geçerlidir" düşüncesine katılanların oranı yüzde 73.

"Kapitalizm ile sosyalizm arasında üçüncü bir yol olmalıdır" düşüncesine katılanların oranı yüzde 63. (Der Spiegel, sayı: 34, s. 32)

Tamam, sosyalizm yıkılıyor, kapitalizm dünya çapında egemenliğini sürdürüyor. Ama işte Almanya gibi bir refah toplumunda sol yükseliyor. Sağdan ve sosyal demokrasiden oy alarak. (Yalçın Doğan, Hayaletin Geri Dönüşü, Hürriyet gazetesi, 27 Ağustos 2005)

6- Özelleştirme hızlanınca ulusal duygularımız da hareketlendi. Yerli sermayeye sempatimiz arttı. Türk özel sektörü ihaleleri kazandıkça bayram yapmaya başladık. Bankacılıkta yabancıların payları konusunda hassasiyetimiz oluştu. Kuşkusuz bu tür eğilimler sadece bizde gözlenmiyor. Tek bir ulus olmaya çalışan Avrupa Birliği'nde de örneklerini görüyoruz. Uygulamalarını izliyoruz. Son olarak, iki yerli bankanın yabancılara satışına izin vermeyen İtalyan Merkez Bankası'nın tutumunu ilgi ile takip ettik. Bu işlemi onaylayanların, "Bu kadarı da yapılmaz" diye eleştirenlerden daha fazla olduğunu gözledik. Ulusalcılığı savunan İtalyan Merkez Bankası Başkanı görevinde kalırken onun tutumunu eleştiren Maliye Bakanı'nın istifa etmek zorunda kalması ilginçti. Geçenlerde Fransa Maliye, Ekonomi ve Sanayi Bakanı Thierry Breton'u dinlerken benzer tutumun bir kez daha sergilendiğine şahit oldum. Bakan olmadan önce Telekom ve Thomson gibi Fransa'nın en büyük şirketlerinde tepe yöneticiliği yapmış olan Breton, "Her ülkenin kendi köklerinden gurur duyması gerektiğini" dile getirerek, Fransız ulusalcılığına adeta sahip çıkıyordu.

Oysa, konuşmasını derinleştirdikçe savunduğu fikrin saf ulusalcılık değil, ekonomik içeriği ağır basan ulusalcılık olduğunu anlıyordunuz. Yabancı sermayeye karşı olmadığının altını çizerek, sadece bazı alanlarda bu tür sermayenin izne tabi olması gerektiğini dile getiriyordu. Ona göre, her AB ülkesi, yabancı sermayenin izne tabi olacağı alanları liste yaparak ilan etmeliydi. AB müktesabatı buna izin veriyordu. Fransa da bunun gereğini yapmıştı. Fransa, gerçekten de liste yapıp, savunma sanayi ve kumarhane işletmeciliğinde yabancı sermayenin izne tabi olduğunu kamuoyuna ilan etmişti. Gerekçeleri açıktı. Güvenlik yabancılara teslim edilemezdi. Kumarhaneler ise kara paranın kolayca aklandığı yerler olması ve bu yolla terörizme finansman sağlanmasına aracılık etme olasılığı nedeniyle ulusal kalmalıydılar. (Gazi Erçel, Ekonomik Ulusalcılık, Sabah gazetesi, 7 Ekim 2005)

7- Yazımın bu noktasında, gerçek bir Kemalistin yazdıklarına değinmek istiyorum:

Dünyanın her yerinde azgelişmiş ülkelere dayatılan Dünya Bankası-IMF reçetelerinin temelinde ulus-devleti çökertecek özelleştirme istekleri vardır. Konumu ve görevi gereği bu gerçeği en iyi gören, Birleşmiş Milletler Genel Sekreteri Butros Gali şunları söylüyor. "Yeterli alt yapıya sahip olmayan azgelişmiş ülkelerin özelleştirmeden herhangi bir yarar sağlamaları mümkün değildir. Bu unsurların yeterince gelişmemiş olduğu toplumlarda 'piyasa ekonomisi' kısa sürede bir 'soygun düzenine' dönüşmektedir." Butros Gali'nin bu sözleri içeren konuşması, UNESCO tarafından sansür edilerek yayımlanmıştı. BM öyle demokratik bir kuruluştu ki, bir alt birim örgütü, kendi genel sekreterine sansür uyguluyordu. (Metin Aydoğan, Türkiye Üzerine Notlar: 1923-2005, Umay Yayınları, s. 176)

8- Neoliberalizmin, emekçi sınıfların siyasal, sosyal, ekonomik kazanımlarına pervasızca saldırdığı bu süreçte, sivil toplum kavramı da, devletin siyasal, toplumsal alandan emekçi sınıflar aleyhine çekilmesi doğrultusunda kullanılmaktadır.

Böyle bir konjonktürde özgürlük mücadelesi, Sungur Savran'ın yerinde belirlemesiyle, "Devlette kazanılmış olan mevzilerin kullanılması yoluyla yürütülür." Çalışan sınıflar için bir dizi olumsuzluk alanını temsil etse de devlet, siyasal kazanımların da alanıdır. Böyle bir bakış devleti otoriter, baskıcı bir niteliğe indirgemeyi değil, devletin bir mücadele alanı olarak ele alınmasını gerektirmektedir. Devlete ait ne varsa kötüleyen, devleti baskıcı otoriter olarak gören sivil toplumcuların yöntemi ile devletin ele alınması, emekçi kesimlerin kazanımlarının terk edilmesi anlamına gelmektedir. (Çetin Yılmaz, Özgürlük Değil, Sömürünün Alanı, Birgün gazetesi, 4 Ekim 2006)

9- Daha dün, Joost Lagendijk'in Fransa'daki tarihçilerin "tarihe özgürlük" çıkışı hakkında konuşurken söylediği "Bizim de kırmızı çizgilerimiz var" lafını yutmaya çalışırken, bugün Hollanda'dan dehşet bir haber geldi. Dehşet verici bir totalitarizm denemesi...

Hürriyet'in Rotterdam muhabiri Ünal Öztürk'ün haberine göre, Hollanda'da Rotterdam Belediyesi sokakta sadece Flemenkçe konuşulmasını öngören 7 maddelik bir davranış rehberi hazırlamış. Belediye tarafından kent halkı için hazırlanan 7 maddelik Davranış Rehberi'nde ortak dil olarak Flemenkçe konuşulması öngörülüyormuş. Davranış Rehberi'nin mimarı encümen üyesi Leonard Geluk, 160 farklı ulustan insanların yaşadığı kentteki herkese Davranış Rehberi'ni kabul etmeleri çağrısında bulunmuş ve şöyle demiş: "Bu kodları uygulayın ve gerekirse davranış ve görüşlerinden dolayı birbirinizi uyarın."

Daha bitmedi: Hollanda'nın Uyum Bakanı Rita Verdonk da bu rehbere son derece sıcak baktığını belirtmiş ve ülke genelinde uygulanmasını istemiş. "Yabancılara ilişkin istemler konusunda daha cesaretli olmalıyız" diyen Verdonk, insanların sokakta yabancı dilleri duymaktan rahatsızlık hissettiklerini ileri sürerek, Davranış Kodu'nun 'liberal' olduğunu savunmuş.

...Olay, sadece "Görüyor musunuz, bizde Kürtçe yasağı var diye yıllarca yapmadıklarını bırakmadılar, şimdi kendileri yasaklıyorlar" türü bir tepkiyle geçiştirilecek çapta bir olay değil... Sadece bir çifte standart, sadece yanlış bir entegrasyon uygulaması, ya da yabancılara karşı düşmanca bir tutum değil söz konusu olan... Söz konusu olan Avrupa'da özgürlüğün geleceği... Yaşlı kıtanın yavaş yavaş totaliter bir "süper birlik" olmaya doğru kayıp kaymadığı meselesi...

Düşünün ki, Türkiye'de Kürtler üzerindeki baskının en yoğun olduğu ağır darbe şartlarında, olağanüstü halin en olağanüstü evrelerinde bile, Kürtlerin sokakta kendi dillerini konuşmalarına kimse ses çıkarmadı. Kimse sokakta onları çevirip de "Kürtçe konuşma, rahatsız oluyorum" demedi.

Ama bir an için, "Davranış Rehberi"nin bu en dehşet verici maddesini de bir yana bırakalım, çok daha temel bir soru soralım: Belediyenin ya da herhangi bir otoritenin böyle bir "davranış rehberi" düzenlemesi neyin göstergesidir? İçinde ne yazarsa yazsın, insanlara yaşadıkları şehirde nasıl davranacaklarını, nasıl konuşacaklarını, kadınların ve erkeklerin birbirlerine nasıl davranacaklarını, çocuklarını nasıl yetiştireceklerini dikte eden bir rehberin hazırlanması bizatihi totaliter bir rejim özleminin dışavurumu değil midir? (Gülay Göktürk, Avrupa'da İşler Kötüye Gidiyor, Bugün gazetesi, 25 Ocak 2006)

İSLAM ÜZERİNDE EMPERYALİST OYUNLAR

Selahattin Çakır, 2 Temmuz 2005 tarihli Vakit gazetesinde yayımlanan **'New Ottomanisation', BOP ve 'Yabancı Aktörler'**... başlıklı makalesinde şöyle diyor:

> Çoktandır, nicelerimizin ağzında bir 'BOP' sözü var... 'Büyük Ortadoğu Projesi'nin kısaltılmış şekli... Bu projeyi aslında belki de herkesten önce Müslüman halklar düşünebilmeliydi, ama olmadı... Ve Ortadoğu için böyle bir oluşum, bir merkezi otorite tesisi, bir ihtiyaç olarak zaruri görüldüğünden, durumu Müslümanlar değerlendiremeyince emperyalist güçler atağa geçtiler.
>
> Hem tarihi arka planı, hem de jeopolitik ve religio-politik konumu ve Amerika ile sıkı işbirliği, bu projede Türkiye'ye önemli bir rol verilmiş gözüküyor.
>
> Emperyalizmin elinde, dün diktatör rejimler kırbacı vardı, bugün demokrasi!
>
> Bu projeyi, Müslümanlar kendiliklerinden sahneleyebilselerdi keşke... İsim ve kelimeler de önemlidir, ama asıl olan muhtevadır... 'Köpek kelimesi ısırmaz, ısıran köpeğin kendisidir' denilir ya, öyle bir şey... Nitekim, merhum Necîb Fâzıl'ın 'Büyük Doğu Cemiyeti' de, ilhamını Fransa'da duyduğu 'Le Grand d'Orient' isimli mason kuruluşundan almıştı, rivayete

göre... Bu Fransızca ismin Türkçeye tercümesi de tıpatıp 'Büyük Şark' veya 'Büyük Doğu' idi. Keşke, Müslüman halklar, o 'Büyük Doğu'yu şairane tahayyüllerden kurtarıp pratize edebilseydi. O zaman, bugün 'BOP' üzerinde komplo teorileri geliştirmek fonksiyonunu üstlenenler, kendilerine asli misyonlara uygun bir yer bulurlardı...

Bu yazıyı okuyunca; değerli araştırmacı, sevgili dostum **Cengiz Özakıncı**, Otopsi Yayınları arasında Nisan 2005'te çıkan **Osmanlı'dan Günümüze İslam Üzerinde Emperyalist Oyunlar - Türkiye'nin Siyasi İntiharı - 'Yeni Osmanlı' Tuzağı** adlı eserini iyi ki yazmış diye düşündüm.

Bu olağanüstü eserde, 'Büyük Ortadoğu Projesi'nin aslında İslâm üzerinde oynanan bir emperyalist oyun olduğunu; 'Nurculuk', 'Nakşibendilik' gibi ülkemizde en etkili tarikatların tamamen ABD'nin güdümünde olduğu belgeleriyle açıklanırken; siyasal İslamcıların göklere çıkardığı politikacı, şair ve yazarların da maskeleri, belgelere dayanarak düşürülüyor.

Siyasal İslamcı yazarlar, Nurcular, Nakşibendiler neden Necip Fazıl Kısakürek'i dillerinden düşürmezler ve öve öve göklere çıkarırlar?

Ben, onu ilkönce, bir ortaokul öğrencisiyken "Kadın Bacakları" adlı şiiri ile tanıdım. Şöyle diyordu bu şiirinde Necip Fazıl Kısakürek:

"Boynuma doladığım güzel putu görseler
İnsanlar öğrenirdi neye tapacağını
Âmâ olsam gözlerim sürseler açılır
İsa'nın eli diye bir kadın bacağını"

Öncesini ve sonrasını, Cengiz Özakıncı'nın söz konusu kitabından, kendisinden aldığım izinle aynen aktarıyorum:

1945'ten önce İslam Birliği, Osmanlıcılık, Ortadoğu Birleşik İslam Devletleri gibi savları bulunmayan, tersine Atatürk'e övgü dolu dizeler yayımlayan bir şairdi Necip Fazıl Kısakürek. Onun 1930'da Atatürk sağken, Atatürk'ün gazetesi Hâkimiyet-i Milliye'de yayımlanan ve Menemen Olayı'nda Asteğmen Kubilay'ın şehit edilmesini şiddetle kınayan yazısı şöyleydi:

"Vatanımızın kalbimize en yakın bir köşesinde daha dün düşman bayrağından temizlediğimiz bir meydanı (Menemen) bugün 'inna fetehnaleke' yazalı zift ruhlu bir irtica âleminden temizliyoruz.(...) İrtica, yatağımızın başucundaki bir bardak suya karıştırılan zehirdir."

Necip Fazıl Kısakürek'in Atatürkçülüğü, Atatürk öldükten sonra da sürmüştü. Örneğin, Büyük Doğu dergisinin 1943 Kasım sayısında şöyle yazıyordu:

"Evet laf ve hayal, yahut fikir ve remz (sembol) âleminde değil, doğrudan doğruya madde ve hakikat dünyasında Atatürk hayata dönecektir...

Bir gün onu, kâfuriden (kâfur ağacından) yontulmuş asil ve parmaklarıyla kılıcın kabzasını kavramış zarif ve ince endamıyla bir masaya eğilmiş ve gök gözleriyle dünya haritasını süzmeye başlamış olarak göreceğiz."

1945'te Amerika tüm dünyada bütün dinlerin koruyuculuğunu, örgütleyiciliğini üstlenip hepsini komünizme ve Sovyetler'e karşı kullanmaya başlayınca, Necip Fazıl da Ortadoğu'da Türkiye'nin önderliğinde İslam Birliği kurmayı savunan Amerikancı, Osmanlıcı, İslam Birliği yanlısı bir yazar olup çıkmış, bu doğrultuda 28 Haziran 1949 Salı günü Büyük Doğu Cemiyeti'ni kurmuştu.

30 Mart 1956-5 Temmuz 1956 arası Büyük Doğu adında bir günlük gazete de çıkartan Necip Fazıl Kısakürek, 17 Temmuz 1959'da Büyük Doğu dergisinde yayımlanan bir yazısında şöyle diyordu:

"Amerikan politikasını korumakla mükellefiz... Amerikan siyasetini tutmak biricik yol... Amerika'dan nazlı bir sevgili muamelesi görmek biricik dikkatimiz olmalı. Yoksa bir Amerikan bahriyelisinin iki yana açık bacakları arasında mütalaa ettiği kadından ileri geçemeyiz. Dış siyasetimizde Amerikan siyaseti ve iç bünyemizde Amerikanizm politikasını kendimize tecezzi etmez (birbirinden ayrılmaz) bir siyaset vahidine (tekliğine) göre ayarlamakta büyük ve her işe hâkim bir mânâ gizlidir."

Atatürkçü çizgiden sapıp Amerika'dan "nazlı bir sevgili muamelesi" görmemize razı olmasaydı; Nurcular, Nakşibendiler ve tüm siyasal İslamcılar, Necip Fazıl Kısakürek'i bu kadar benimser ve öve öve göklere çıkarırlar mıydı acaba?

FETHULLAH GÜLEN-VURAL SAVAŞ ÇATIŞMASI

2 Ekim 2005 tarihli Aydınlık dergisinde yayımlanan "Fethullah Gülen, Soros'la İşbirliği mi Yapıyor?" başlıklı yazım dolayısıyla hakkımda suç duyurusunda bulunulmuş... Bu suç duyurusuna ilişkin olarak yaptığım savunmayı aşağıya aynen alıyorum:

28 Aralık 2005
Ankara Cumhuriyet Başsavcılığı kanalıyla
İstanbul Cumhuriyet Başsavcılığı'na

AKP'nin tek başına iktidara geldiği günden beri, yargının bağımsız olmadığı ülkemizde kritik bazı görevlere yapılan atamalarla, "Bazı cumhuriyet başsavcılıkları ve mahkemelerin, Cumhuriyetimize düşman kişi ve kurumların koruyucu kalkanı haline getirildiği; Cumhuriyetimize sahip çıkan kişilere karşı da yaptırılan yersiz suçlamalarla yıldırma aracı olarak kullanıldığı" yolunda, kamuoyunda giderek yaygınlaşan inanç, Fethullah Gülen'i de etkilemiş olacak ki, avukatı aracılığı ile hakkımda suç duyurusunda bulunma cesaretini kendinde bulabilmiştir.

1– 2 Ekim 2005 tarihli Aydınlık dergisinde "Fethullah Gülen, Soros'la İşbirliği mi Yapıyor?" başlıklı yazımda, suç unsuru olarak gösterilen cümlelerin bir teki dahi bana ait değildir. Bu cümleler, söz konusu yazımda da vurguladığım gibi, Necmettin Erbakan'a yakın bir yayın organı olan Milli Çözüm dergisinin Eylül 2005 sayısında Osman Eraydın ve İsmet Sezgin imzasıyla yazılan ve çok ciddi bir araştırma ürünü olan yazılarda kullanılan cümlelerdir.

Hal böyle iken, bu suç duyurusu niçin yapılmıştır? Nedenini bizzat Fethullah Gülen, Müdafaa-i Hukuk gazetesinin 19 Mayıs 2000 tarihli sayısında çözümü yayınlanan ve kasetle belgelenen talimatında açıklığa kavuşturuyor:

"İcabında mahkemelerin altını üstüne getireceksin, avucuna alacaksın; arkadaşlara diyorum ki, sen bin vereceksin, geriye belki biri dönecek. Bu dershanelerde müsait, destekleriz. Bir milyar vereceksiniz, 10 milyonluk tazminat davası alacaksınız. Yani önemli olan mahkûm ettirmektir. Avukat tutacaksınız, hâkim kiralayacaksınız..."

2- Bugüne kadar Fethullah Gülen dahil herhangi bir kimseyi aşağılamak veya hakaret etme kastıyla yazı yazmadım, yazmayacağım da...

Fethullah Gülen'in, CIA ve Soros'la ilişkilerini vurgulayan, Osman Eraydın ve İsmet Sezgin tarafından yazılan yazıları derhal gündeme getirmemin çeşitli nedenleri var:

a) Soros, özellikle son bir yıl içinde içimizdeki işbirlikçileri kullanarak, ülkemizi içten çökertmek ve gerektiğinde karışıklıklar çıkartmaya elverişli ortamı yaratma çabalarına hız vermişti. Kamuoyunu uyarmak ve görevlileri harekete geçirmek amacıyla, Aydınlık dergisi ve Yeniçağ gazetesinde yayımlanan makalelerimi birbiri ardına yazmaya başladım. (Fotokopileri ilişiktedir.)

8 Mayıs 2005 tarihli makalemin başlığı "En Büyük Tehlike Soros'la İşbirliği Yapanlardır, 19, 26 Haziran ve 3 Temmuz 2005 tarihli makalelerimin başlığı "Türkiye Gerçekten Satılıyor

mu?", 10 Temmuz 2005 tarihli makalemin başlığı "Soros, Kemalistleri Yenemeyecek", 17 Temmuz 2005 tarihli makalemin başlığı "Soros'la Dost Olan, Ülkesine Düşman Olur", 7 Ağustos 2005 tarihli makalemin başlığı "Soros Aydınları Nasıl Satın Alıyor?", 4 Eylül 2005 tarihli makalemin başlığı "Soros'un Destek Verdiği Üniversiteler", 11 Eylül 2005 tarihli makalemin başlığı "Soros'un Yarasaları" ve 18 Eylül 2005 tarihli makalemin başlığı "Ulusal Eğitimi Yok Etme Çabaları"dır.

Osman Eraydın ve İsmet Sezgin'in makaleleri iddialarıma yeni unsurlar ekleyici; görevinin bilincinde ve sıfatına layık Cumhuriyet Başsavcılarını, cesaretleri de varsa Fethullah Gülen hakkında derhal soruşturma yapmaya başlamasını gerektirecek nitelikte idi.

Dikkat edilecek olursa, diğer makalelerimde olduğu gibi, kesin bir kanaat izhar etmedim; Osman Eraydın ve İsmet Sezgin'in vahim ve mutlaka soruşturulması gereken iddiaları karşısında "Fethullah Gülen Soros'la İşbirliği mi Yapıyor?" sorusunu sormakla yetindim.

Soruşturma yapmakla görevli olanları göreve davet niteliğindeki bir soruyu, tüm yaşantısını yargıya ve memleketine hizmet etmeye adadığı herkesçe bilinen bir emekli savcıya karşı suç unsuru haline getirmeye çalışanların iyi niyetinden, vatanseverliğinden kuşku duymamak mümkün mü?

b) Hakkında soruşturma yapılması şöyle dursun; suç isnadında bulunulması bile olanaksız hale getirilmeye çalışılan Fethullah Gülen'in gerçek kişiliğini, yapmak istediklerini, sinsi çalışma metotlarını çok iyi bildiğim için, Osman Eraydın ve İsmet Sezgin'in yazdıklarını ciddiye aldım ve gündeme getirmek gereğini duydum.

Bu konuda İlhan Selçuk'un değerlendirmeleri şöyle:

"...Kökeni Said-i Nursi'ye dayanan Fethullahçılık, Türkiye'de sırtını Amerika'ya dayamış, 'Ilımlı İslam Tasarımı'nın en güçlü koludur.

...Hizbullah Türkiye'yi Cezayir'e çevirme tasarımının silahlı örgütü olarak tehlikelidir.

Fethullah Gülen'in örgütü ise, devleti içinden ele geçirmek planlamasını uzun yıllardan beri sinsi sinsi yürüttüğü için tehlikelidir.

Üniversitelerde öğretim üyeleri arasında örgütlendiği için tehlikelidir.

Ortaöğretimde açtığı okullarda eğitim alanında uzun vadeli ve sabırlı bir hazırlığı geliştirdiği için tehlikelidir

Askeri okullara sızmak ve polisi içinden fethetmek amacıyla uzun yıllardan beri alttan alta çalıştığı için tehlikelidir!..

...Bir siyasi partiye dayanmadığı halde siyasal partiden bile daha etkili propaganda yapma olanaklarına sahip olduğu için tehlikelidir.

Takiyye silahını her türlü İslamcıdan daha ustalıkla kullanabildiği için tehlikelidir.

Medyada gazete ve televizyon olarak etkin araçlar kullanmasını bildiği için tehlikelidir.

Amerika'da, Balkanlar'da, Orta Asya'da kişi ve kurum olarak güçlü yandaşları olduğu için tehlikelidir.

...Sırtını dünyanın egemen gücü Amerika'ya dayamak stratejisini ustalıkla uyguladığı için tehlikelidir..."

Orgeneral Hüseyin Kıvrıkoğlu'nun Genelkurmay Başkanlığı görevini yürütürken "Fethullah Gülen'in devletimizin altını oymayı planladığını" belirtmesi, ABD Dışişlerince yayımlanan 2001 yılı İnsan Hakları Raporu'na dahi yansımıştır.

Emniyet teşkilatımızda çok önemli görevlerde bulunmuş olan Osman Ak'ın değerlendirmesi ise şöyle:

"Fethullah Gülen örgütü silaha gerek duymamaktadır. Çünkü silahlı yanını polis içindeki örgütlenme oluşturmaktadır."

Bu kanaatlerin doğruluğunu belgeleyen MİT, Genelkurmay Başkanlığı, Jandarma İstihbarat ve Emniyet teşkilatımızın müfettiş raporları, yargı kararları, Ankara Emniyet Müdürü Cevdet Saral'ın Emniyet Genel Müdürlüğü'ne yaptığı suç duyurusu niteliğindeki 12 Nisan 1999 tarihli yazısı, diğer belge ve ifadelerin bir kısmı, tarafımdan yazılmış, "İrtica ve Bölücülüğe Karşı Militan Demokrasi" adlı eserde (s.46-58) mevcut olduğu gibi; diğerleri, araştırma ve kanaat edinmenizi kolaylaştırmak için önemli gördüğüm sahifeleri kıvrılarak ve altları kırmızı kalemle çizilerek bugün size takdim ettiğim, "Kanla Abdest Alanlar", "Fethullah Hoca'nın Şifreleri", "Fethullah Müslüman mı?", "Fethullah'ın Copları" ve "Bir Cumhuriyet Düşmanının Portresi ya da Fethullah Gülen,Hoca Efendi'nin Derin Misyonu" adlı eserlerde de mevcuttur.

3– Osman Eraydın ve İsmet Sezgin'in yazdıklarını ciddiye alıp gerekli soruşturma başlatmak için, bu belgelere bile gerek yok aslında... Fethullah Gülen'in yıllardır basına, kitaplara, televizyon ekranlarına yansımış kendi beyanları bile yeterli...

Şöyle ki:

a) Nurculuk tarikatının ateşli bir mensubu olduğunu gizlemeyen Fethullah Gülen, şöyle diyor: "Bediüzzaman'a talebe olabilmeyi, o şerefi elde edebilmeyi cana minnet bildiğimi arzetmek isterim."

Nurculuk hareketinin aslında Amerikan destekli bir Kürtçülük ve bölücülük hareketi olduğunu daha önce belgelemeye çalışmıştım. (Bkz. İrtica ve Bölücülüğe Karşı Militan Demokrasi, s. 36-43)

Şeyh Said, Atatürk ve Cumhuriyetimize karşı yaptırdığı ayaklanma sırasında, bacanağı olan Binbaşı Kasım'a "Din için kıyam farz oldu. Bir Türk'ü öldürmek, yetmiş gâvuru öldürmekten daha üstündür" demiştir.

Said-i Kürdi (Nursi) ise, hasta yatağındayken "Ben birader'i azamım, ekremim Şeyh Sait Efendi'nin hayatını (öcünü) alacağım, aldım" demiştir.

Diyanet İşleri Başkanlığı tarafından hazırlanmış ve yayınlanmış olan "Nurculuk Hakkında" adlı eserde:

"Said-i Nursi'nin tevil ve iddialarının İslami esaslara uymadığını... Nurculuğun milli ve dini birliği parçalayan zümrecilik olduğunu... Nur risalelerinde Kürtçülüğü körükleyen sözler bulunduğu..." belirtilmiştir.

Dönemin Genelkurmay Başkanı Cemal Tural'ın, 15 Nisan 1966 tarihinde bir ön emirle, tüm silahlı kuvvetler birimlerinde okunmasını emrettiği, Nurculuğu suç sayan Yargıtay Ceza Genel Kurulu Kararı'nda şu ibarelere yer verilmiştir:

(Said Nursi, 31 Mart vakasından önce Derviş Vahdeti ile münasebet kurmuş, o zaman yayınlanan Volkan gazetesinde çıkan yazıları ile 31 Mart vakasını körüklemiştir.

Said Nursi aynı tarihlerde Kürt Teali Cemiyeti'ne girmiş, bu arada yayınladığı kitabın gerekçesinde, "Uyan Ey Selahattin-i Eyyübi'nin torunları Kürtler" diye, Kürtleri, Türkler aleyhinde tahrike gayret etmiştir.

"Mektubat" adlı risalede, kendisinin Türk olmadığını, Türklük ile münasebeti bulunmadığını, Türkiye'de Kürt milleti diye ayrı bir millet mevcut olduğunu ileri sürerek memleketin birliğini bölücü hareket ve faaliyette bulunmaktan çekinmemiştir.)

b) Fethullah Gülen, anayasamızın değişmez ve değiştirilmesi dahi teklif olunmayacak ilkelerine aykırı şekilde,

"Hilafet"i geri getirmek özlemiyle yanıp tutuşan bir kişidir. Bu konuda, "Hilafet" adlı şiirine değinmekle yetineceğim:

(Gel ey, gül yüzlü, gümüş tenli, gözleri ela!
Gel ey, gül bahçemde salınan kamet-i bala!
Uçup gittiğin günden beri hiç göz yummadan,
Hayalinle söyleşiyorum hâlâ...
Geleceksin diye hep bekleyip durdum,
Uçup gittiğin yolda herkese seni sordum,
Bilsen ruhumda senin'çün neler kurdum!..
Hayalinle söyleşiyorum ey gül-i ra'na)

c) Bir takiyye üstadı olan Fethullah Gülen'in, tasarladığı anayasamıza aykırı düzeni kurmak için nasıl bir yol izlemeleri gerektiği konusunda, peşinden sürüklediği insanlara yaptığı tavsiye ve telkinlerden bazıları:

"Toprağa tohum atmak vazifemiz... Ben meseleyi istiare yoluyla anlatıyorum, siz tohum, toprak ve güneşi içtimai platformlarda değerlendirin...

Dengeli bir hizmet eri, söyleyeceği şeyleri hemen söylemez. O bilir ki söylenmesi gereken her şeyi şimdi söylerse, kendisine hayat hakkı tanımayanlar çıkabilir.

Bugün devrin gerektirdiği şartlar ve hizmetin stratejisi açısından, bir yanağına vurana öbür yanağını çevir, karşılık verme, sokağa dökülme diyorsak... İleride inşallah Muhammedi zemin tam oturacak ve renk bütün renklere hâkim olacaktır...

Denge gözetilmediğinde, hezimet ve mağlubiyetin kaçınılmaz olduğu şartlarda kahramanlık gösterisi sadece ihanettir...

Bugün bu sahip olduğumuz bütün müesseseler; bir dönemde yokluğun bağrına atılan bir küçük çekirdekten meydana gelmiş devasa bir ağaca benzetilebilir... İlk dönem itibarıyla, İslami tebliğ ve irşat hareketinin başlangıcına baktığımızda, Allah Resulü de, bu işe, bu tür evlere (Işık Evleri) başlamıştır... Emeviler de, Ömer Abdülaziz'in etrafına aldığı üç-beş insanla ve mini bir hücreyle işe başlamıştır. İmam Gazali de aynı yolu takip etmiştir. Günümüzün büyük çilekeşi Bediüzzaman Hazretleri'ne kadar, belli dönemlerde Ümmet-i Muhammet'e mürşitlik yapan bütün üstün kametler, hep aynı yolu takip etmişlerdir...

Demokratik sistemin nimetlerinden istifade ederek, üzerimize düşen, düştüğü halde yıllarca ihmal edilmiş bulunan vazifeleri yerine getirmek mecburiyetindeyiz... Sistem değişikliği o kadar büyütülecek bir husus değil. Ülkemizde dün Cumhuriyeti değişmez ilkeler gibi tabu halinde görenler şimdi, 'İkinci Cumhuriyet' diyorlar, 'Yeni Demokrasi' diyorlar. Öyleyse, o nesil kendi düşünce dünyalarına, kanaatlerine, tecrübelerine ve inançlarına göre bu sistemi atar, yerine bir başka sistem getirirler...

Türkiye'de önümüzü kestiler. Yürüyemiyoruz, orada durgun sular gibi bir de gölleşme imajı uyandıracaksınız. Zorlayacaksınız, yerinde yürüyor gibi yapacaksınız. Çünkü durgunluk paslanma meydana getirir. Bu Mülkiye'de de, Adliye'de de her zaman söz konusu olur. Yürümeli... Baktık ki geriye adım attıracaklar, adım atmam beklerim, fırsat kollarım. Yani her şey bir oyundur, Kung Fu gibi bir oyundur, tekvando gibi bir oyundur. Yani her zaman insanın hasmını bir yumruk vurup, yere yıkması şeklinde değildir. Bazen hasımdan kaçmak bile çok önemli bir manevradır. Kuvvet dengesi yoksa kuvvete başvurmayın. Çok iyi planlayacak, ona göre yürüyeceksiniz. Dışarıdan bizi korkaklıkla itham edeceklerdir. Allah bizim çaremize bakacak.

Adliye'de, Mülkiye'de veya başka bir hayati müessesede bizim arkadaşlarımızın mevcudiyeti, öyle ferdi mecburiyetler şeklinde ele alınıp değerlendirilmemelidir.

Yani bunlar gelecek adına o ünitelerde garantimizdir. İstikbale yürümek için, sistemin püf noktalarını keşfedin... Hâlâ bu sistem devam ediyor... İster Mülkiye'de çalışan arkadaşlarımız olsun, ister Adliye'de çalışan arkadaşlarımız olsun herkes için söz konusudur bu. Sivrilmeden, mevcudiyetinizi hissettirmeden çok ilerilere gitme... Erken vuruş diyeceğim çıkışlar yaparlarsa, dünya Cezayir'deki gibi başlarını ezer. Zaiyata meydan verilmemeli...

Başka kuvvetler var bu ülkede. Değişik kuvvetleri hesap ederek, böyle dengeli, dikkatli, tedbirli, temkinli yürümekte yarar var ki, geriye adım atmayalım... Anayasal müesseselerdeki kuvveti cephenize çekmeden her adım erken... O kuvveti temsil edeceğiniz şeyler elinizde olacağı âna kadar, Türkiye'deki devlet yapısı ölçüsüne göre bütün anayasal müesseselerdeki kuvveti cephenize çekinceye kadar her adım erken sayılır..."

4– "Anglo-Sakson ve Galler ittifakı biçiminde bir ittihada ihtiyaç, hem de çok şiddetle ihtiyaç vardır... Aslında buna mecburuz. Amerika şu andaki konum ve gücüyle bütün dünyaya kumanda edebilir. Bütün dünyada yapılacak işler buradan idare edilebilir. Amerika, bu dünya gemisinin dümeninde oturan bir milletin adıdır. Amerika, daha uzun zaman dünyanın kaderinde çok önemli rol oynayacaktır. Bu realite kabul edilmeli. Amerika göz ardı edilerek, şurada burada bir iş yapılmaya kalkışılmamalıdır. Amerikalılar istemezlerse kimseye dünyanın değişik yerlerinde hiçbir iş yaptırmazlar. Şimdi bazı gönüllü kuruluşlar, dünya ile entegrasyon adına gidip dünyanın değişik yerlerinde okullar açıyorlarsa, bu itibarla, mesela Amerika ile çatıştığınız sürece bu projelerin gerçekleştirilmesi mümkün olmaz. Amerika ile iyi geçinmezseniz işinizi bozarlar. Şurada bulunmamıza izin veriyorlarsa, bu bizim için avantajsa, bu avantajı sağlıyor demektir" diyen; Papa VI. Paul'ün talimatıyla kurulan 'Hıristiyan Olmayanlar Sekretaryası'nın; 1973 yılında sekreterliği görevine getirilen Pietro Rossano'nun "Dinler arası diyalog, kilisenin İncil'i yayma amaçlı misyonunun içinde yer alır", aynı kuruluşun 1984 yılından beri başkanlığını yapan Kardinal Francis Arinze'nin "Dinler arası diyalog, kilise misyonunun normal bir parçası olarak görülmelidir", yeni Papa'nın "Dinler arası diyalog, kilisenin insanları kiliseye döndürme amaçlı misyonunun bir parçasıdır" dedikleri bilinmesine rağmen, Papa'ya sunduğu mektupta "Dinler arası diyalog için Papalık Konseyi/PCID misyonunun bir parçası olmak üzere burada bulunuyoruz. Bu misyonun tahakkuk edişini görmeyi arzu ediyoruz... En mütevazi yardımlarımızı sunmak için geldik" diyebilen, 8 Şubat 1998 Pazar günü Papa'yla buluşmak için Vatikan'a hareketinden önce yaptığı açıklamada "Birkaç ay önce Abramowitz cenaplarının yardımıyla bu buluşma gerçekleşti" diyen Fethullah Gülen hakkında, Osman Eraydın ve İsmet Sezgin gibi dini bütün ve vatansever insanların suç duyurusu niteliğindeki yazıları ve bu yazıya dikkati çekmeye çalışmak mı suç oluşturur, yoksa adı geçen yazarların Fethullah Gülen'in CIA ve Soros'la işbirliği yaptığına dair iddiaları hakkında soruşturma açıp gereğini yapmamak mı suç oluşturur?..

Günü geldiğinde, yetkili kişi ve kuruluşların bu hususu değerlendirmeye alacağına içtenlikle inanıyorum.

Saygılarımla

Vural Savaş
Onursal Yargıtay Cumhuriyet Başsavcısı

İRTİCA VE TERÖRE TESLİM OLUŞUMUZUN NEDENLERİ

İrtica ve terörle mücadele edemememizin gerçek nedenleri, bugünlerde yapılan bazı yorumlarla daha iyi anlaşılır hale geldi, işte bunlardan bazıları:

1– Emin Şirin, 8 Kasım günlü Vatan'da ilginç laflar ediyor ve 30 Ekim-6 Kasım 1999 arasındaki Fazilet Partisi Genel Başkanı Recai Kutan ile Abdullah Gül, Ali Coşkun, Temel Karamollaoğlu, Oya Akgönenç, Ertan Yülek, Nazlı Ilıcak ve kendisinin yer aldığı bir FP heyetinin ABD ziyaretinde, kendisinin o zamanki eşi Nazlı Ilıcak'la birlikte F. Gülen'i ziyaret ettiğini de söylüyordu. 'O zamanlar Nazlı Hanım da ben de Gülen'i çok takdir ederdik. Ben şimdi etmiyorum, ama Nazlı Hanım hâlâ takdir ediyor' diyen Şirin, eşi Nazlı'nın Gülen'e 'Hocam, askerin sivillere müdahalesi ne zaman bitecek' diye sorduğunu, Gülen'in de, 'Özkök Genelkurmay Başkanı olursa o zaman rahat edebiliriz... Biz onun albay olmasına bile şaşırmıştık' dediğini iddia ediyor. 'Şimdi mutlaka inkâr edeceklerdir, ama (...) Hoca Efendi Kur'an'a el basarak yemin etsin bakayım, böyle bir laf etmiş mı, etmemiş mi?' diye bir yeminleşme kapısını da aralıyor. (Selahaddin Çakırgil, Vakit gazetesi, 12 Kasım 2005)

2- Kara Kuvvetleri brövesinden Atatürk figürünün çıkarılması olağandışı etkiler ve tepkiler yarattı.

TSK, Atatürk'ü tarihten silme kampanyasına mı katıldı, kuşkusu doğdu.

TSK zirvesinin son üç yıldır izlediği yol, kuşkuların katmerlenmesinde başlıca etkendir.

Bakın neler oldu? Birinci tezkere sırasında TSK umulmadık şekilde ABD'nin Türkiye'de 65 bin asker konuşlandırmasına ve havaalanları ile limanların ABD üssüne dönüştürülmesine onay verdi.

İkinci tezkere reddedilmesine rağmen Türkiye, Amerika'nın işgal operasyonu için liman ve havaalanlarını açtı. İncirlik izni genişletildi.

Askerimizin başına çuval geçirilmesine anlamlı tepki vermedi.

Kuzey Irak'ta kırmızı çizgiler ilan etti. Ama sonradan bu çizgilerin birer birer ortadan kaldırılmasına seyirci kaldı.

Annan Planı oylanırken önce karşı tavır aldı, oylamaya doğru yüz seksen derece dönüşle planı destekler çizgiye girdi.

Başbakanın bir defasında Genelkurmay Başkanı'na "Hocam" diye hitap etmesi gözden kaçmadı.

Sayın Genelkurmay Başkanı, 29 Ekim resepsiyonunda Van'da hukuk arayan rektörle ilgili olarak AKP yöneticileri gibi konuştu.

Ordunun ne darbe yapması, ne günlük siyasete karışması yanlısıyız.

Ama ulusal duruşunu bozması ve Cumhuriyet karşıtı iç ve dış güçleri memnun eder görüntü vermesi, bu ülkenin yurtsever insanlarını üzmektedir. Elbet ordunun içindeki ulusal çizgiye duyarlı çoğunluğu da. (Melih Aşık, Milliyet, 11 Kasım 2005)

3- PKK, İsviçre'de, bu ülkenin resmi makamlarının hoşgörüsüyle hayli tabanlı bir örgüt...

Nitekim, Bern Büyükelçiliğimize beklenen baskını gerçekleştiriyorlar... Türk güvenlik sorumlusu da en önden geleni vurup, öldürüyor...

Baskın yapılan yer, İsviçre Büyükelçiliğimiz... Uluslararası hukuka göre, Türk toprağı...

İsviçre makamları uyarılmış, böyle bir baskına olanak tanımamaları, alınan istihbaratlar çerçevesinde güvenlik tedbirlerini artırmaları istenmiş...

Oralı olan yok...

Büyükelçilik personeli de, binadan içeri bir terörist girince, kendini savunmuş...

Vay... Vay... Vay...

Sen misin kendini, teröriste karşı savunan...

İsviçre, o kanlı terör örgütünü topraklarında barındırıp, destekleyen devlet, Türk Büyükelçiliğini, tüm uluslararası kuralları hiçe sayarak ablukaya aldı... Elçilik binasına giremedikleri için, binaya girip çıkan diplomatlarımızı şerefsizce taciz etti.

Öyle ki, Büyükelçi Kaya Toperi, haftalarca binadan çıkamadı... Aynı İsviçre, işi daha da ileri götürdü, olaya adı karışan Türk güvenlik yetkilisinin ismini vermeyen, İsviçre makamlarına teslim etmeyen Kaya Toperi'yi, 'istenmeyen adam' ilan etti.

Derdi, elçilik basan bir PKK'lı teröristi etkisiz hale getiren memurumuzu kendi yasalarıyla yargılayıp cezalandırmaktı... Türkiye orada teslim olmadı...

Başka bir yerde teslim oldu... Devletinin politikaları doğrultusunda büyük risk alan şerefli bir diplomat olan Kaya Toperi'yi geri çekti, devamında herhangi bir Avrupa ülkesinde görevlendiremeyip Güney Kore'nin başkenti Seul'e büyükelçi tayin etti.

İsviçre başta, tüm Avrupa ülkelerinin, Bern Büyükelçiliğinin savunulmasından sonra neden ayağa kalktıkları, aradan yaklaşık dört yıl geçtikten sonra, elebaşının İmralı duruşmalarındaki itiraflarından anlaşılacaktı: Bütün hepsi, PKK terörünün doğrudan destekleyicileriydi!.. (Ardan Zentürk, Star, 18 Kasım 2005)

4– Ankara, ROJ TV yayınlarını içeren kaset ve doküman paketini Danimarka radyo ve televizyon kurumuna iletiyor.

Yayınların istisnasız tümü Türkiye aleyhine, istisnasız tümü PKK propagandası ve Kürdistan teraneleri üzerine. Başvuru tarihi 12 Ocak 2005. Bu yayınların durdurulması isteniyor.

Danimarka radyo ve televizyon kurumu 21 Nisan 2005'te Ankara'ya yanıt gönderiyor:

"ROJ TV'yi kapatmak basın özgürlüğüne aykırıdır. Kaldı ki, bu televizyon ırk, dil, din ve milliyet duygularını zedelemediği gibi, insani değerleri ihlal eden yayınlardan da uzaktır."

Doğru!.. Danimarka aleyhine, oradaki insani değerler aleyhine yayınlar yok. Sadece Türkiye'ye hakaret var, Türkiye'yi bölücü yayınlar var, tahrik var. (Yalçın Doğan, Hürriyet, 18 Kasım 2005)

5– Son 20 gün içinde iki ülke, birbiri ardından büyük olaylara sahne oldu.

Fransa'da varoşlarda büyük olaylar patladı. Arabalar yakıldı, bazı binalar ateşe verildi. Ama dikkat, patlayan bomba yok. Sadece bir ölü var. İkinci ülke Türkiye.

Üç ayrı yerleşim biriminde büyük provokasyon ve ardından sokak olayları var.

Bir ilçede 7-8 gün arayla bombalar patlamış. Provokasyonları terör örgütü başlatmış. Terör örgütü bayrakları taşınmış. Devletin oradaki temsilcilerinin, güvenlik güçlerinin aileleri başka yerlere nakledilmiş.

Birincisi, Avrupa Birliği'nin kurucu üyelerinden. Dünyanın dört bir yanına hep demokrasi dersleri vermiş. Ama bakın, sokaklarında arabalar yakılıyor diye hemen olağanüstü hal ilan ediyor.

İkincisi, yani Türkiye ise olaylar çok daha vahim, tahrik unsuru çok daha ağır olduğu halde bölgede yeniden olağanüstü hale gitmeyi düşünmüyor.

Onun için soruyorum.

Acaba Avrupa Birliği'nin demokrasiye çok bağlı öteki üyeleri, bu iki fotoğrafı yan yana koyup üzerinde düşünmüşler midir? Bir sorum daha var.

AB ülkeleri, yıllar boyunca olağanüstü hal uygulamasının kaldırılması için Türkiye üzerinde baskı yaptı.

Ama bakıyorum, bu kadar basit sosyal olaylardan paniğe kapılıp hemen olağanüstü hal uygulamasına geçen Fransa'yı eleştiren tek ülke yok. (Ertuğrul Özkök, Hürriyet, 18 Kasım 2005)

Yakın tarihimizi en iyi bilen kişilerden, "Şu Çılgın Türkler" adlı muhteşem eserin yazarı, sevgili dostum Turgut Özakman, bir yanaşma gibi Avrupa Birliği'ne girmemize razı olanları, "Lloyd George'un çocukları" olarak nitelendiriyor. Haksız mı?..

ABD DAHA DA SALDIRGANLAŞACAKTIR

Çok sevdiğim bir söz vardır: "Koyun olmayı kabul ederseniz, güdülmekten şeref duyarsınız ancak..."

Halkımız nihayet uyanmaya başladı. Bu uyanışı yaratmada ve hızlandırmada, kendilerini 'Kemalist' olarak nitelendiren ülkemizin gerçek aydınları, birinci derecede rol oynamışlardır.

Utanmadan hâlâ AB masalıyla milletimizi uyutmaya çalışan; ABD'yi hâlâ "stratejik ortağımız" sayan; başka deyişle, bilerek veya bilmeyerek "emperyalizmin uşaklığını" yapan yöneticilerimiz var. Bu nedenle, ABD ve AB'nin gerçek yüzünü açığa çıkaracak bilgileri halkımızla paylaşmak, "Cumhuriyetimizi koruma ve kollama görevi" haline gelmiştir.

İşte o çeşit bilgilerden bazıları:

> CIA'nın patronu Porter Goss önceki gün inanılmaz bir açıklama yaptı, dedi ki: "CIA yeniden yapılandırıldı ve artık bütün dünyada operasyonlar yapacağız, 'müttefik ülke' istihbarat teşkilatları ile ortak iş yapmak yerine, bundan böyle biz CIA olarak doğrudan kendi elemanlarımızı kullanarak, dünya genelinde istediğimiz ülkede tek taraflı operasyonlar yapacağız. Öyle yerlerde olacağız ki, öyle operasyonlar yapacağız ki

kimse hayal bile edemeyecek." (Güler Kömürcü, Akşam gazetesi, 29 Eylül 2005)

27 Eylül 2005 tarihli Vatan gazetesi "The Guardian'dan ilginç yorum: Türkiye'deki rejim haftaya Avrupai tarzda değişecek!.. Önümüzdeki haftadan itibaren Türkiye'deki rejimi değiştireceğiz. Ama askerler ve helikopterler göndermek yerine danışmanlarımızı, insan hakları uzmanlarımızı yollayarak" başlığıyla şu haberi verdi:

> İngiliz The Guardian gazetesi, önümüzdeki haftaki müzakerelerin Türkiye'deki rejimi değiştireceğini yazdı. Gazete bu değişikliğin ise asker ve silahla değil, Avrupa usulü olacağı yorumunu yaptı ve şu satırlara yer verdi: 'Küçük ve sessiz bir törenle Türkiye'nin AB ile müzakereleri açılmış olacak. İşte Avrupa stili bir rejim değişikliği... Bir de ABD'nin Irak'ta askeri güçle gerçekleştirdiği rejim değişikliğini düşünün. Biri ABD'nin helikopter ve tanklarla gerçekleştirdiği şok ve dehşet operasyonu, diğeri ise AB'nin 80 bin sayfalık müktesebatı uygulamasını kolaylaştırmak için Türkiye'ye danışmanlar, insan hakları savunucuları ve gıda denetçileri göndermesi. ABD'ninki kaos, AB'ninki ise gurur verici'...

Bence, son yılların en önemli konuşmalarından birini, Ankara Ticaret Odası ve Avrasya Stratejik Araştırmalar Merkezi'nin düzenlediği "Avrupa'da Terör 'Ötekinin Teröristi' Anlayışı" konulu panelde **Sinan Aygün** yaptı (26 Eylül 2005). Hepimizi hem aydınlatan, hem de kahkahalara boğarken düşündüren bu konuşmanın giriş bölümünü ve birkaç pasajını sizlerin bilgisine sunmak istiyorum:

Değerli konuklar,

Konuşmamın başlığını, 'Dünyanın En Büyük Terörist Yuvası: Avrupa' diye koydum. Çok iddialı bir başlık gibi görülebilir. Ama yalnızca Fransa, İngiltere ve Almanya'daki terörist Kürt kuruluşlarının bazılarını örnek verirsem, hiç de abartmadığım görülecektir. Ve de bu bilgiler gizli değildir.

Girin internete, 'Avrupa'daki terörist Kürt kuruluşları' diye arama motorlarına yazın, hepsi bilgisayar ekranınıza dökülsün. Şimdi sayalım:

FRANSA
- PKK
- Kürdistan Öncü İşçi Partisi
- Türkiye Kürdistan Sosyalist Partisi
- Türkiye Kürdistan Sosyalist Partisi Özgürlük Yolu
- Kürdistan Sosyalist Hareketi
- Türkiye Kürdistan Demokrat Partisi
- Kürdistan Ulusal Kurtuluşçuları
- Tekoşin
- Rızgari
- Ala Rızgari
- Kawa
- Denge Kawa
- Red Kawa
- Kürdistan Devriminin Kızıl Peşmergeleri
- Kürdistan Kızıl Partizanlar Örgütü
- Devrimci Demokratik Kültür Derneği
- Kürdistan Kurtuluş Hareketi
- Kürdistanlı Emekçiler Derneği
- Kürdistan İşçiler Derneği
- Kürt Öğrenciler Birliği
- Kürt Etüdler Merkezi

- Komciwan
- Kürdistanlı Devrimciler

İNGİLTERE
- PKK
- Kürdistan Öncü İşçi Partisi
- Türkiye Kürdistan Sosyalist Partisi
- Denge Kawa
- Red Kawa
- Kürdistan Devriminin Kızıl Peşmergeleri
- Yurtdışındaki Kürdistan Öğrenci Birliği
- Kürdistan Kızıl Partizanlar Örgütü
- Devrimci Demokratik Kültür Derneği
- Kürdistan Kurtuluş Hareketi
- Türkiye Kürdistan Sosyalist Partisi Özgürlük Yolu
- Kürdistan Sosyalist Hareketi
- Türkiye Kürdistan Demokrat Partisi
- Kürdistan Ulusal Kurtuluşçuları
- Rızgari
- Ala Rızgari

ALMANYA
- PKK,
- Kürdistan Öncü İşçi Partisi
- Türkiye Kürdistan Sosyalist Partisi
- Kürdistan Sosyalist Hareketi
- Türkiye Kürdistan Demokrat Partisi
- Kürdistan Ulusal Kurtuluşçuları
- Tekoşin (Mücadele)
- Rızgari
- Kawa
- Red Kawa

- Kürdistan Devriminin Kızıl Peşmergeleri
- Kürdistan Kızıl Partizanlar Örgütü
- Devrimci Demokratik Kültür Derneği
- Kürdistan Kurtuluş Hareketi
- Batı Almanya Kürdistan İşçi Dernekleri Federasyonu
- Kürdistan Demokrat İşçi Dernekleri
- Devrimci Demokrat Kültür Dernekleri
- Kürdistan Öğrenciler Birliği
- Avrupa Devrimci Türkiye Kürtler Örgütü
- Avrupa Kürt Talebe Cemiyeti
- Avrupa Kürt Talebeleri Ekibi Birliği
- Kürdistan Mücadele Cemiyeti
- Kasırga
- Kürdistan İhtilali Dayanışma Komitesi
- Kürdistan Alman Dostları Cemiyeti
- Batı Berlin Kürdistan Komitesi
- Feyka Kürdistan
- Kürdistanlı Yurtsever Sanatçılar Derneği
- Köln Kürdistan Komitesi

Ankara Ticaret Odası Başkanı Sinan Aygün açıklamalarına şöyle devam etti:

PKK'ya yataklık bu üç ülkeyle (Fransa, İngiltere, Almanya) mi sınırlı? Hayır. Belçika, Norveç, İsviçre, Danimarka, Yunanistan, İtalya, Avusturya ve hemen tüm Avrupa ülkelerinde bu terörist Kürt kuruluşlarının hepsi veya bazıları faaliyet gösteriyor.

Değerli konuklar,

Burası Türkiye ve yanı başımız Avrupa ise milyonlarca metrekarelik bir terörist kampı...

Ve bu Avrupa bu terör örgütlerine kapılarını sonuna kadar açmış durumda. Para, silah, askeri eğitim başta olmak üzere her türlü desteği sağlıyor. Peki Avrupa neden böyle yapıyor?

Kendisine yönelik en küçük bir terör hareketinde, dünyayı ayağa kaldıran Avrupa, neden devasa terör üssü haline gelebiliyor?

Hıristiyan Avrupa, Müslüman Türk kimliğini tarih sahnesinden silmek istemektedir de ondan.

Değerli konuklar,

Şimdi, hiç yabancısı olmadığınız bir senaryoyu, hafızalarınızda canlandırmak istiyorum.

SAHNE- 1

Yıl 2030...

Türkiye, milli mücadele ruhunu yeniden şahlandırarak, akıllı politikalarla Batının kölesi olmaktan kurtulmuş.

Türkiye'nin öncülüğünde, Avrupa Birliği'ne alternatif olarak Avrasya Birliği kurulmuş.

Artık güç dengesi Avrasya Birliği'ndedir.

Avrasya Birliği ülkelerinin güvenlik ve istihbarat birimleri, kapalı kapılar arkasında durmaksızın toplantılar yapmaktadır.

Amaç, Avrupa'nın siyasi ve ekonomik istikrarını yok etmektir.

Bu ülkelerin toplumsal huzur ve barışı, sürekli tahrip edilmektedir. Bu nedenle Avrasya Birliği ülkeleri, Avrupalı teröristler için eğitim kampları oluşturmuştur. ETA, IRA, Korsika Birliği ve diğer ayrılıkçı akımların üyeleri buralarda eğitilmekte, azılı birer katil haline getirilmektedir. Bu özgürlük savaşçılarına (!) para ve her türlü cephane yardımı yapılmaktadır.

Özellikle Türk istihbarat birimi, bu örgüt üyelerinin ülkelerine sızmalarını ve eylemlerini gerçekleştirdikten sonra Avrasya'ya kaçmasını organize etmektedirler.

Bu örgütlerin televizyon, radyo, gazete ve dergilerinin merkezleri, Avrasya Birliği ülkelerindedir.

Ve birkaç yıl sonra kan gölüne döner Avrupa...

Her gün asker, sivil onlarca kişi ölmektedir.

Zaten can çekişmekte olan Avrupa ekonomisi, terör yüzünden hepten felce uğrar.

SAHNE- 2

Avrupa diz çökmüş yalvarmaktadır, 'Bizi de aranıza alın' diye...

Ancak Avrasya Birliği'nin ağır şartları vardır.

Emirler şöyledir:

1- Önce demokrasinizi geliştirin...

2- İnsan haklarına gereken önemi verin...

3- Çünkü ülkenizde ayrılıkçı, terörist diye nitelediklerinizin hepsi, bizim için özgürlük savaşçısıdır.

4- Korsika Korsikalılarındır.

5- İngiltere, İrlanda'nın tam bağımsızlığını kabul etmelidir.

6- İspanya, Bask bölgesinden çekilmelidir.

7- Hapisteki özgürlük savaşçılarına ve liderlerine af getirilmelidir.

8- İstediğimiz 812 Avrasya Birliği uyum yasalarını iki ay içinde meclislerinizden geçirin.

9- Ülkelerinizi teftişe gelen komiserlerimize asla zorluk çıkarmayın.

SAHNE- 3

Bir dizi ekonomik anlaşma yapılır Avrupa ile...

Bu anlaşmalar neticesinde Avrasya Birliği tüccarı, elini kolunu sallayıp girer bu ülkelere. Hiçbir engelle karşılaşmadan satar malını.

Avrupa mallarına karşı ise koruma duvarları örülmüştür. Ekonomik dar boğazdan kurtulmak için, varını yoğunu özelleştirme adı altında satışa çıkarır Avrupa...
Avrasya Birliği şirketleri biraraya gelerek satın alırlar hepsini...

SAHNE- 4
Avrupa'nın her kentine, her ilçesine, Avrasya Birliği finanslı sivil toplum örgütleri kurulmuştur.
Bu örgütler tamamen Avrasya Birliği'nin kontrolü altındadır.
Bu kez Soros değil, Toros Vakfı aracılığıyla toplantılar, konferanslar düzenlenir.
Avrupalı aydınların, yazarların, gazetecilerin öncülüğünde, Avrupa ülkelerinin soykırımları, insan hakları ihlalleri kendi vatandaşlarının ağzından söyletilir.
Avrasya Birliği bünyesinde, sanat, siyaset, edebiyat alanında çeşitli yarışmalar açılır.
Ödüllerin hepsi, Avrasya Birliği ilkelerine iman etmiş Avrupalılara verilir.

SAHNE- 5
Avrupa'nın her yerine misyoner Türk okulları açılmıştır. Bu okullarda yoğun bir Türklük propagandası yapılır. Avrupalı öğrenciler, Türk kültürüne hayran bırakılır.

SAHNE- 6
Avrasya Birliği'nin kültürel ve ekonomik istilasına daha fazla dayanamayan Avrupa Birliği ve bu birliği meydana getiren ülkeler paramparça olur.
Dilleri, dinleri, ulusal birlikleri tamamen tahrip olmuştur. Artık ne Avrupalı, ne de Asyalıdırlar. Büyük bir kimlik bunalı-

mına girilmiştir. Üst kimlikler yok olmuş, Avrupa'nın her köşesinde ayrılıkçı gruplar ayaklanmıştır. Bu gruplar devlet kurmak için kıyasıya savaş vermektedir. Oluk oluk kan akmaktadır.

Değerli konuklar,

İşte bu uğursuz senaryo, ne yazık ki on yıllardır bize kan kusturularak, en acı şekilde yaşatılmaktadır. Ve de kınamakla, ayıplamakla, Avrupa'nın vicdanına seslenmekle bir çözüm elde edileceğine inananlar, büyük yanılgı içindedirler.

Oyuna gelmeyelim. Geçmişte yapılan karşılıklı hataların neden olduğu sorunlar artık geride kalmalı. Artık ayrılık değil, birlik zamanıdır.

Kurtuluş Savaşı'nda olduğu gibi Türkü, Kürdü, Çerkezi, Boşnakı vs. tek bir millet olmalıyız.

Çünkü, emperyalizm yeniden hortladı. Yanı başımızdaki ülkeler tek tek işgal ediliyor. Canavar bizim vatanımıza da ters ters bakmaktadır. Eğer bu canavara direnemezsek, bırak yeni devlet kurmayı, hepten devletsiz kalacağız.

Bu enfes konuşmayı sizlere sunmanın mutluluğu içindeyim. Sağolasın Sinan Aygün...

DÜNYANIN EN BÜYÜK TERÖRİST YUVASI: AVRUPA

Ankara Ticaret Odası Başkanı Sinan Aygün'ün, "Dünyanın En Büyük Terörist Yuvası: Avrupa" başlıklı konuşmasından yaptığım alıntılar, geniş yankı uyandırdı. Esin Bingöl adlı okuyucum, "'ABD ve AB'nin gerçek yüzünü açığa çıkaracak bilgileri halkımızla paylaşmak, cumhuriyetimizi koruma ve kollama görevi haline gelmiştir' diyorsunuz. Son derece haklısınız... Gençlerimizin bilinçlenmesinde bu çeşit yazılar, birinci derecede önem taşıyor. Kaleminize sağlık, devam edin" diyor.

Sevgili Esin Bingöl, merak etme, elbette devam edeceğiz.

BBC World'ün Türkçe yayınlar sorumlusu olarak 40 yıl görev yapan **Andrew Mango**'nun, **Turkey and The War On Terror** adlı eseri, Orhan Azizoğlu tarafından "Türkiye'nin Terörle Savaşı" başlığıyla Türkçeye çevrilerek, Doğan Kitap Yayınevince, Eylül 2005'te yayımlandı. Bu çok önemli eserden, sayfa numaralarını da vererek yapacağım birkaç alıntı dahi, "Dünyanın en büyük terörist yuvası"nın Avrupa olduğunu kanıtlamaya yetecektir sanıyorum:

> Ayrılıkçı teröre karşı verilen savaş Türkiye'de insanların hayati kaynaklarının tüketilmesi bakımından çok ağır sonuç-

lar vermiştir. 19 Temmuz 1987'de olağanüstü halin ilanından 2002 Mayısının sonuna kadar Türk güvenlik kuvvetleri (asker, polis ve köy korucuları dahil) toplam 5500 şehit, 11500 yaralı vermiştir. Bu rakamların içinde 250 subay, 230 astsubay ile 3500 er ve erbaş vardır. Sadece PKK'yla olan mücadelesi için Silahlı Kuvvetlerin ihtiyaçlarına 15 milyar dolar sarf edilmiştir. Sivil kayıplar da çok ağır olmuştur. 5335 sivil ölmüş, 10714 kişi yaralanmıştır. Ama teröristlerin kaybı daha çoktur. 23500 kişi öldürülmüş, 600'den fazlası yaralanmış, 3500 kişi yakalanmış, 2500 kişi de Silahlı Kuvvetler'e sığınmıştır. Bütün bu rakamlar olağanüstü bölgede, olağanüstü hal süresince yer almış olaylara aittir. Ülke çapındaki rakam bunun üstünde çıkacaktır. Hele bölge dışında vaki olaylarda ölen ve yaralananlar da hesap edilecek olursa, saf dışı bırakılan teröristlerin sayısının 30000 kişi olduğu da düşünülürse, Türk Silahlı Kuvvetleri'nin karşı karşıya kaldığı sorunun büyüklüğü daha kolay anlaşılır. (s. 67)

...Köylere saldırılar 1987'de başladı. 1987 Haziranında bütün ülke, teröristlerin 5'i çocuk, 6'sı kadın olmak üzere Pınarcık'ta 29 kişi öldürdükleri haberiyle şaşkına döndü. Pınarcık, köylüler korucu olarak kaydoldukları için hedef seçilmişti. Saldırıda 4 korucu öldürüldü. Terör dalgası gittikçe azıtıyordu. Resmi kayıtlara göre 1987-1991 arasında PKK 33 köye saldırarak, 16'sı çocuk, 8'i kadın 36 köylüyü öldürdü. (s. 57)

...1991-1993 arası PKK terörizminin en kanlı yıllarıydı. Bu tarihten sonra, azılı adamlarının çoğunu kaybetmiş, eski gücünü yitirmeye başlamıştı. 22 Ekim 1993'te PKK, Lice kasabasında Diyarbakır Jandarma Bölge Komutanı Tuğgeneral Bahtiyar Aydın'ı şehit etti.

...Sivil halk da ister istemez çatışmalardan nasibini alıyordu. PKK zaman zaman saldırılarını bütün ülkeye yaymak istiyordu. 12 Şubat 1994'te Tuzla tren istasyonuna yerleştirilen bir bomba beş yedek subay adayı öğrencinin ölümüne sebep oldu. Bütün bu münferit tedhiş olaylarına rağmen PKK, Türkiye'nin büyük metropollerinde yaşayan Kürt göçmenler arasında pek destek sağlayamayacağı gerçeğini öğrendi. Türk toplumuyla kaynaşmış halk arasında Kürt milliyetçiliği rağbet görmemiş, DEP'in yerini alan ve etnik kökleri ön plana çıkaran HADEP adındaki siyasi parti de kendinden önceki gibi tutmamış, 1995 ve 1999 seçimlerinde ancak oyların yüzde 4'ünü alabilmişti. (s. 62)

...Mukayese için veriyoruz: 1968-2002 arasındaki otuz dört yıl zarfında ayrılıkçı ETA 800 kişiyi, IRA Temmuz 1972'de "Kanlı Cuma" gününden bu yana bin 800 kişiyi (650'si sivil) öldürmüştü. (s. 49)

...Kuzey Irak'taki PKK kamplarını ziyaret eden Michael Rubin, National Review dergisinin Ağustos 2004 tarihli sayısında şunları yazıyordu: 'PKK, Türkiye, Irak ve İran sınırlarının kesiştiği üçgendeki dağlarda kurulu köylerin hepsini yağmalamıştır. Her yeri işgal etmiş, vergi salmış, düzenine uymayanları cezalandıran mahkeme bile kurmuştur. Zaman zaman yollara mayın döşemeye devam ediyordu. Bir yerden bir yere gitmek için büyükler ve küçüklerin kamyonlara doldurulduğu bir bölgede PKK mayınlarının tehlikesi çok büyüktü. PKK'nın Kuzey Irak'taki terörü on yıl kadar sürdü. 1994'te PKK'lı teröristler mevzilendikleri dağların tepesinden Amediye'deki evlerin üstüne bomba yağdırdı. 2001 Martında bu bölgede dolaşırken, yerli halk bana evlerinin ne hale geldiğini gösterdi. PKK'lılar aynı zamanda köprüleri bombalıyor, halkın tarlalarına gidip gelmesini önleyecek işler yapıyor, bölgenin ekonomisini altüst ediyordu.' (s. 71)

...PKK için Batı Avrupa bir sığınma limanı olduğu kadar, militanların eğitildiği bir okul, bir para kaynağı ve Türkiye'de şiddet tahriki ve bu tahrike Batı'nın desteğini seferber etmek için büyük bir propaganda merkezi olmuştu. Batılı liberaller PKK'nın bu tuzağına kolayca düşmüş, PKK'nın ortaya çıkabilmek için önce diğer Kürtleri, yoldaşlarını öldürerek işe başladığı ve hep başkalarını öldürerek duruma hâkim olmaya çalıştıkları gerçeğini göz ardı ederek Kürt milli emellerinin temsilcisi olarak kabul etmişti. (s. 54)

...Abdullah Öcalan, Kürt Parlementosu'nun yerine geçen Kürt Ulusal Kongresi'nin (KNK) Başkanı olarak ilan edilmişti. KNK Hollanda'da kurulmuştu. İkinci kongresi Belçika'da Bilzen şehrinde yapılmış ve şehrin belediye başkanı Johan Sauwens tarafından selamlanmıştı.

Almanya'da basılan aylık dergi Serxwebun, 2002 Haziran sayısında PKK'nın yerine kurulan KADEK'in ileri gelen üyelerinin eğitimi için bir okul açıldığını haber verdi. Daha önce de 'askeri akademi', 'basın akademisi' vb. adlarla da okullar açmıştı. Dergi, bu kuruluşların nerelerde olduğunu açıklamıyordu. Ama bir sayısında Ermenistan'da 'akademi seviyesinde bir okul açmak için izin alındığını' bildirmişti. Yine aynı yazıda Ermenistan'daki KADEK temsilcisinin, Ermenistan hükümetinin talimatına uymaması sebebiyle işinden alındığını da açıklamıştı. (s. 68)

...Serxwebun adındaki aylık dergi, Özgür Politika adındaki gazete, 'Mezopotamya Haber Ajansı' adlı ajans, radyo istasyonları ve hepsinden önemlisi Avrupa'dan uydu yayını yapan bir televizyon da PKK'nın görüşlerini aktarıyordu. (s. 111)

...PKK'nın, bütün paravan örgütleri ve PKK yanlısı medya ve benzerlerinin dışında, Kürt kültürünü geliştirmek için kurulan vakıflar da var. Bunlar kaçınılmaz olarak Kürt milliyetçiliğini teşvik ediyor. Times gazetesinin edebiyat ekinde bir yazarın işaret ettiği gibi, 'Kürt diasporasının başkenti olan

Paris ve Stockholm'da halen büyük bir Kürt dili araştırmacılığı yapılıyor.' Paris'teki araştırmalar 1993'te kurulan Kürt Enstitüsü'nde (Institut Kurde de Paris) devam ettirilmektedir. Fransız makamları bu enstitüyü bir hayır cemiyeti olarak kabul etmekte ve proje bazında Fransız kamu fonlarından yardım etmektedir. Akademik çalışmalarının yanı sıra enstitü siyasi alanda da aktiftir.

...İsveç'te, Kürt kültürü ve işleriyle ilgili kuruluş, genellikle Kürt kütüphanesi tarafından desteklenmektedir. Bunların web sitesindeki çalışmalarının İsveç hükümeti ve Stockholm şehri tarafından desteklendiği açıklanmaktadır. Bu web sitesinde ailelere çocuklarına öz Kürt isimleri vermeleri önerilmekte, bu isimleri taşıyan çocukların yaş günlerinde hediye gönderileceği söylenmektedir. Kütüphanenin bağlantıları arasında Avrupa Birliği tarafından terörist örgüt olarak yasaklanmış KONG-RAGEL de vardır. (s. 114)

Andrew Mango'nun söz konusu kitabında, İslami terör, ASALA dahil Ermeni terör örgütleri ile, DHKP-C'ye Avrupa devletlerinin verdiği destek ve Sabancı suikastine ilişkin çok değerli bilgiler de bulunmaktadır. Her Türk aydını ve siyasi hayatımıza yön veren kişiler, bu kitabı mutlaka okumalıdırlar.

AB, T.C.'YE SALDIRIYA HAZIRLANIYOR

Ardan Zentürk'ün, 2 Ocak 2006 tarihli Star gazetesinde "AB'nin Kıbrıs 'askeri' tatbikatı..." başlığıyla yazdıkları gerçekten dehşet verici...
AB'nin, Türk askerini Kıbrıs'tan silah zoruyla kovma hazırlığında olduğunun bundan güzel delili olabilir mi? Her vatansever insanın kafasında sirenler çaldıracağına inandığım bu çok önemli yazıyı aşağıya aynen alıyorum:

Haberi, Türkiye'nin tek savunma-strateji dergisi MSI'nın (Savunma Teknolojileri ve Strateji) uzman editörü Sami Atalan yakaladı, derginin piyasadaki son sayısında da 'AB Ordusunun İlk Planlı Ortak Tatbikatı: MILEX 2005' başlığıyla yer aldı... Genel Yayın Yönetmenliği'ni yaptığım derginin haberini sütununa taşımamın nedeni, haberin aylık bir derginin sınırları içinde kalmasına içimin el vermemesidir...

Bir askeri tatbikat haberinin çok ötesinde anlamlar ifade eden bir haber... Üzerinde durmakta, düşünmekte hatta bazı gelişmelere hazırlıklı olmakta yarar var...

MILEX 2005, 22 Kasım-1 Aralık 2005 tarihleri arasında, Brüksel'den yürütülen bir masa başı askeri tatbikat. Tatbikat senaryosu gereği, harekâtın operasyon karargâhı Fransa'daki

Mont Valerien kışlası, kuvvet karargâhı da Almanya'nın Ulm kışlası olarak belirlenmiş... Avrupa Birliği'nin Güvenlik Komitesi'nin talimatları doğrultusunda hareket edecek AB Askeri Komitesi'nin çekirdek ülkeleri zaten Fransa, Almanya, İtalya ve İngiltere olarak sıralanıyor. Şimdi sıkı durun, eğer hazırlıklarını tamamlarsa, Yunanistan da 2008 yılında, AB ordusunun çekirdek ülkesi olacak. Diğer AB üyesi ülkelerin orduları, kısa bir zaman içinde NATO'suz Avrupa ordusu oluşturmaya dönük bu projede çekirdek ülkeler ile eşgüdümlü olarak operasyonlara katılıyorlar.

Senaryoya bakar mısınız...

AB ordusunun gerçekleştirdiği ilk tatbikat olan MILEX 2005'in senaryosu şöyleydi:

1- Atlantik Okyanusu'nda bulunan (nedense Akdeniz'den söz etmemişler) bir ada olan Atlantia, 1963 yılında adayı paylaşmakta olan iki etnik grup Alphalar ile Betalar arasında patlak veren çatışmalar sonucu fiilen ikiye bölünmüştür.

2- Adada üç ayrı bölüm vardır: Alphaland, Bravoland ve Charlieland. Charlieler, "adalı değildirler", uluslararası anlaşmalar ile adanın küçük bir bölümünde egemenlik sahibidirler.

3- Alphaland'ın kuzeydoğusunda bulunan ve Bravo etnik grubunun yüzde 58 çoğunlukta olduğu Alpha-One bölgesi sürekli olarak bir etnik gerilim kaynağı oluşturmakta, özellikle Alpha-One kıyısına yakın bölgelerde denizde yeni keşfedilen petrol yatakları iki etnik grup arasındaki çatışma ve gerginliklerin tırmanmasına neden olmaktadır.

4- Avrupa Birliği ordusu, BM Güvenlik Konseyi'nin ilgili kararı doğrultusunda, adadaki etnik çatışmaları sonlandırmak ve kalıcı istikrarı sağlamak üzere Atlantia'ya müdahale eder.

Bu senaryo size bir yerlerden tanıdık geldi mi...

Hedef Kıbrıs...
Aslında senaryoda adı geçirilen Atlantia Adası Kıbrıs'tan başka bir yer değil...
Sanıyoruz Alphaland denilen bölüm Kıbrıs Rum yönetimini, Betaland denilen bölüm de KKTC'yi sembolleştiriyor... Çünkü Charlieland'in, Kıbrıs'taki iki İngiliz askeri üssünün egemenlik alanını hedeflediği çok açık...
Bu tür bir senaryonun Kıbrıs benzeri sorunlu bir bölgeye dönük olması, bir tesadüf olarak değerlendirilebilir mi...
Demek... Avrupa Birliği'nin, Kıbrıs Rum yönetimini, tüm Kıbrıs'ın yasal hükümeti olarak tanıyıp AB üyeliğine alması da planlı bir girişim...
Bugüne kadar söylenenler, Kıbrıs'ın AB üyeliğinin adadaki sorunu hızlandırıcı bir etki yapacağı yönündeydi...
Bunun böyle olmadığını, aradan geçen süre içinde anlamış bulunmaktayız. Arkasına AB'yi alan Rum yönetiminin, KKTC'den gelen tüm uzlaşma girişimlerini reddediyor olması, Mehmet Ali Talat gibi Rumlarla yakın işbirliğine çok yatkın bir politikacıyı bile çileden çıkartıyorsa varın, durumu siz anlayın.

MILEX 2005 AB Ordusu Tatbikatı, meselenin bize karşı saklanmaya çalışılan asıl yönünü sergilemiştir... Avrupa ordusunun şekillenmesi sürecinde Türkiye, düşünmek bile istemediği bir askeri şantajla karşılaşabileceğini ilk kez bu tatbikatla tam olarak anlamıştır.

Kıbrıs'ta Türk varlığının korunmasında, 1958'de kurulan efsanevi TMT'nin (Türk Mukavemet Teşkilatı) büyük rolü olmuştu. Bu teşkilata katılanlar silah, bayrak ve Kuran üzerine şöyle yemin ederlerdi:

"Kıbrıs Türkünün yaşayış ve hürriyetine, canına, malına ve her türlü an'ane ve mukaddesatına, her nereden ve kimden olursa olsun, vaki olacak tecavüzlere karşı koymak için kendimi Türk milletine adadım... Ölüm dahi olsa, verilen her vazifeyi yapacağım.

Bildiğim, gördüğüm, işittiğim ve bana emanet edilen her şeyi canımdan aziz bilip, sonuna kadar muhafaza edeceğim. Gördüklerimi, işittiklerimi, hissettiklerimi ve bana emanet edilenleri hiç kimseye ifşa etmeyeceğim. İfşaatın bir ihanet sayılacağını ve cezasının ölüm olacağını biliyorum.

Yukarıda sıralanan hususları harfiyen tatbik edeceğime, şerefim, namusum ve bütün mukaddesatım üzerine söz verir and içerim..."

Güneydoğu Anadolu ve Kıbrıs'a ilişkin emperyalist devletlerin oyunlarını bozmak; T.C.'nin toprak bütünlüğünü, Kıbrıs Türklerinin hayatlarının ve antlaşmalardan doğan haklarının korunabilmesi için; Genelkurmay Başkanlığımızın öncülüğünde ve denetiminde, gecikmeksizin TMT benzeri kuruluşlar oluşturulmasının zamanı gelmedi mi acaba?..

"KÜRT" SORUNU YOK
"TERÖR" SORUNU VAR

PKK, Kürt kökenli vatandaşlarımızın demokratik haklarının(!) genişletilmesi için mi "terör" silahına başvuruyor, yoksa üniter devlet olan Türkiye Cumhuriyeti'ni paramparça etmek için mi?
Recep Tayyip Erdoğan'ın yaptığı gibi, "Kürt sorunu vardır" deyip, Leyla Zana, PKK/KONGRA-GEL Başkanı Zübeyr Aydar gibi kişilerin siyasi faaliyetlerinin önünü açmak, PKK'nın amaçlarına ulaşmasını kolaylaştırmaktan başka sonuç verir mi? Yakın geçmişimizde cereyan eden bir olayı dahi hatırlamak, bu sorulara doğru cevap vermeyi kolaylaştıracaktır sanıyorum.
1991 genel seçimi yaklaşırken SHP, Halkın Emek Partisi (HEP) ile ittifak kurma stratejisi geliştirdi.
SHP Genel Başkanı Erdal İnönü ile HEP Genel Başkanı Fehmi Işıklar arasında çok gizli bir protokol imzalandı. **Şaban Sevinç'in**, Ümit Yayıncılık'tan 2000 yılı Ekim ayında piyasaya çıkan **Yenilmiş Komutanlar Müzesi, CHP-2000** adlı kitapta, bu protokolün tam metni ve el yazısıyla hazırlanmış orijinal metninin fotokopilerinin yayımlanmasından sonra içeriği öğrenilebildi.
Bu protokole göre, Hakkari, Bitlis, Mardin, Batman, Şırnak, Muş, Diyarbakır, Şanlıurfa, Van, Adıyaman, Siirt ve

Bingöl'de SHP'nin milletvekili adayları HEP tarafından belirlenecek; İstanbul ve İzmir'de bile HEP'li adaylar gösterilecekti.

Protokolün 14/b maddesine göre, "HEP tarafından verilen isimlere SHP tarafından müdahale edilmeyecekti."

Seçim sonuçlarına göre, SHP'nin çıkardığı toplam 88 milletvekilinin 20'si HEP'liydi.

HEP'lilerden SHP Diyarbakır Milletvekilleri Leyla Zana ile Hatip Dicle, Meclis'teki yemin töreninde, yakalarına PKK bayrağının rengini taşıyan semboller takarak kürsüye çıktı.

Leyla Zana bununla da yetinmedi, milletvekili yeminini Kürtçe yapmaya kalkıştı. Türkiye bir anda karıştı.

Tuncay Özkan'ın Operasyon adlı kitabında tam metni bulunan ifadesinde Abdullah Öcalan şöyle diyor:

> HEP kökenli milletvekili adaylarının seçiminde etkili oldum. Seçimlerden evvel Zübeyr Aydar, Leyla Zana, Ahmet Türk, Hatip Dicle, Sedat Yurttaş, Sırrı Sakık'la görüştüm. 1991 yılında HEP'e oy vermeyen herkesin tavuğunu bile öldürün diye talimat verdim... Leyla Zana'nın milletvekili olarak yemin töreninde Kürt kimliğini öne çıkarmasını ben söyledim ve Kürtçe konuşması konusunda önerim oldu.

Leyla Zana ve arkadaşlarının mahkûmiyetine ilişkin Ankara 1 No'lu Devlet Güvenlik Mahkemesi'nin 8 Aralık 1994 gün ve 119/183 sayılı kararından, dosyada mevcut delillere dayanan bazı bölümleri yazmayı tarihi bir görev sayıyorum:

> Bucak ailesi Siverek ve Hilvan'a yayılmış, kalabalık ve köklü bir ailedir... Bucak ailesinin PKK'ya karşı çıkması sebe-

biyle aileden 140 kişinin PKK militanları tarafından öldürüldüğü, Bucak ailesi büyüğü Sedat Edip Bucak'ın 20 Ekim 1991 seçimlerinde milletvekili seçilmesinden sonra SHP'den milletvekili seçilen Zübeyr Aydar'ın kendisini evinde ziyaret ettiği, Bu ziyaret sırasında Zübeyr Aydar'ın Sedat Edip Bucak'a;

"Siverek ve Hilvan'da PKK'nın faaliyet göstermesine karşı gelmeyin. Biz Bucak ailesine ve mensuplarına hiçbir zarar vermeyeceğiz. Siverek ve Hilvan'da kamu kurum ve kuruluşları, askeri ve polis tesisleri ve insanları bizim hedefimiz olacak. Size zarar vermeyeceğiz, PKK'ya müsaade edin" dediği, Sedat Edip Bucak'ın;

"Biz PKK'ya müsaade edemeyiz. PKK, Siverek ve Hilvan'a girmesin" demesi üzerine, Zübeyr Aydar'ın;

"PKK, Kürdistan'da her karış toprağa girmek zorundadır. Hilvan ve Siverek de Kürdistan'dır. Buralara da girmek zorundadır" dedikten sonra evden ayrıldığı;

1992 yılı sonbaharında, Leyla Zana, Zübeyr Aydar ve Ali Yiğit'in Sedat Edip Bucak'ı akşam yemeğine davet ettikleri, yemekte o tarihteki HEP Genel Sekreteri olan Ahmet Karataş'ın Sedat Edip Bucak'a;

"PKK'nın Hilvan ve Siverek'te devlet aleyhtarı faaliyet yürütmesine ses çıkarmamasını" söylediği, Sedat Edip Bucak'ın;

"Hilvan ve Siverek bölgesinde Bucak ailesinin bulunduğunu, örgütün fikir ve görüşlerini benimsemediklerini, örgüte karşı çıkacaklarını" söylemesi üzerine Leyla Zana'nın;

"Benim Genel Sekreterim Sayın Abdullah Öcalan, senin hemşehrin. Telefon numarasını verelim, Abdullah Öcalan ile görüş. PKK'nın Hilvan ve Siverek'e girip girmemesi konusunda daha rahat anlaşırsınız" cevabını verdiği. Sedat Edip Bucak'ın Abdullah Öcalan'la görüşmeyi kabul etmediği;

8 Nisan 1993 günü, Leyla Zana ile birlikte Sedat Edip Bucak'ı ziyaret ettiklerinde, Abdulcebbar Gezici'nin Sedat Edip Bucak'a;

"Sayın Genel Sekreter Abdullah Öcalan beni buraya gönderdi. Leyla Hanım'la da yanına geldik. PKK Siverek'e girecektir. Bucak ailesine zarar vermeyeceğiz. Buna karşılık Bucak ailesi devlete yardım etmesi halinde cezalandırılacaktır. Askere, polise, kamu kurumlarına yönelik devletle mücadelemiz var. Devlete eylem yapacağız" dediği, Sedat Edip Bucak'ın;

"Hilvan ve Siverek'te havaya sıkılacak bir kurşunu dahi bize, Bucak ailesine sıkılmış addederiz. Müsaade etmeyiz" demesi üzerine, araya giren Leyla Zana'nın;

"Sedat, çok çabuk sinirleniyorsun, bunu konuşarak çözeriz, anlaşalım. Eğer sen Abdullah Öcalan'la görüşürsen daha iyi olur. Ama sen ben aramam dersen, senin vereceğin telefona ve saate göre Abdullah Öcalan seni arar" dediği, Sedat Edip Bucak'ın bu teklifleri kabul etmediği anlaşılmaktadır.

Bu olayları ve Recep Tayyip Erdoğan'ın yaklaşımını birlikte değerlendirirken, Mehmet Akif Ersoy'un söyledikleri aklıma geldi:

Geçmişten adam hisse kaparmış... Ne masal şey!
Beşbin senelik kıssa yarım hisse mi verdi?
'Tarih'i 'Tekerrür' diye tarif ediyorlar
Hiç ibret alınsaydı, tekerrür mü ederdi?

Terörü önlemek için, tüm bölgelerimiz gibi, Güneydoğu Anadolu Bölgesi'nin kalkındırılması da elbette önem taşıyor. Ancak, o bölgedeki yatırımları engellemek için iş makinelerini dahi yakan, öğretmenlerimizi öldürerek o yöredeki gençlerimizin eğitilmesini engelleyen, can güvenliğini yok eden, ulaşımı engelleyen, haraç almadan bölgede hiçbir ekonomik faaliyete izin vermeyen PKK terörünün kökü kazınmadan, Güneydoğu Anadolu Bölgesi'ni kalkındırmak mümkün mü?

Abdullah Öcalan'ın ilk ifadesinde söylediklerinin hatırlatılmasında da yarar var:

> Sorgumun bittiği şu anda Avrupa'nın beni istemediğini, ancak beni Türkiye'ye karşı kullanmak istediğini ve kullandığını belirtmek istiyorum. Türkiye son yıllardaki ekonomik atılımlarıyla ve hatta bize karşı yürüttüğü mücadelesiyle kalkınma potansiyeli olan bir ülke olduğunu göstermiştir. Avrupa beni Türkiye'ye karşı kullanırken, Türkiye'yle beni karşı karşıya getirirken, Türkiye'nin de önünü kesmeyi hedeflemiştir. İnsan haklarından çok sık bahseden Avrupa, beni kullanmak suretiyle çok kan dökülmesine sebep olmuş ve sonuçta insan haklarını işletmeyerek ikiyüzlü olduğunu göstermiştir. Bu yüzden Avrupa'yı kınıyorum.

Ülkemizde "Kürt" sorunu değil, "Terör" sorunu var. Recep Tayyip Erdoğan gibi yöneticilerimiz, yangına körükle gittikleri sürece bu sorun katlanarak büyüyecektir.

ABD İLE İŞBİRLİĞİ VATANA İHANETTİR

Merzifon Amerikan Misyoner Okulu Direktörü **Whit**'in, 1918'de Amerika'ya gönderdiği mektupta şunlar yazılıdır:

> Hıristiyanlığın en büyük düşmanı Müslümanlıktır. Müslümanların da en güçlüsü Türklerdir. Buradaki hükümeti devirmek için, Ermeni ve Rum dostlarımıza sahip çıkmalıyız. Hıristiyanlık için Ermeni ve Rum dostlarımız çok kan feda ettiler ve İslama karşı mücadelede öldüler. Unutmayalım ki, kutsal görevimiz sona erinceye kadar, daha pek çok kan akıtılacaktır. (Metin Aydoğan, Türkiye Üzerine Notlar: 1923-2005, s. 102)

Güneri Cıvaoğlu, Körfez Savaşı sırasında Amerikalı bir yarbayla yaptığı söyleşiyi yayımladı: (Milliyet, 9 Ekim 1992)

> Amerikalı yarbay ile dev Ortadoğu haritasının önündeyiz. Sağ elinin avuç içini Musul-Kerkük vilayeti olan alanda gezdiriyor. Ve sakin bir sesle kelimeleri tane tane seçerek anlatıyor: 'İşte Kürt devleti burada kurulur. Savaş bitecek, Saddam çökmüş olacak. Yörede devlet kalmayacak. Devlet otoritesinden yoksun boşluk doğacak. Kürtler bir devlet kurarak buradaki boşluğu dolduracaklar. Türkiye'den toprak isterler.'

Ona anımsatıyorum: 'Türkiye bunu kabul etmeyeceğini açıklamış bulunuyor.' Amerikalı yarbay, 'O zaman çarpışacaksınız' diyor.

Soruyorum: 'Türkiye'nin düzenli orduları, silahları, topları, füzeleri var. Böyle büyük bir güce nasıl karşı koyarlar?' Amerikalı yarbayın verdiği yanıt düşündürücüdür: 'Irak'ın kuzeyindeki Kürtlerin de yakında silahları olacak. Saddam'ın bıraktığı silahlar onlara kalıyor. Belki Türkiye'de sizinkilerden bile ileri silahları olacak.' (Cengiz Özakıncı, Türkiye'nin Siyasi İntiharı/Yeni Osmanlı Tuzağı, s. 242)

Bakınız önceki Genelkurmay Başkanımız Orgeneral **Hüseyin Kıvrıkoğlu**, Mart 2003'te Harp Akademileri Komutanlığı'nda iki gün süren sempozyumda, Fatih Çekirge'ye ne diyor:

ABD bu işi yıllar önce planlamış. Bakın on sene önce Irak'ın kuzeyinde bir Çekiç Güç uygulaması başlattı. Bugün o Çekiç Güç sayesinde orada bir fiili Kürt devleti oluşturuldu. O bölgeye yüzlerce Batılı sivil kuruluşlar (NGO) getirildi. Ama o gelen kuruluşların hiçbiri o bölgedeki Türkmenlere bir kuruş yardım yapmadı. Bütün yardım, bölgedeki Kürt kökenli insanlara yapıldı. Bu bile bugün gelinen noktayı ortaya koymaktadır. (Star gazetesi, 15 Mart 2003)

Güler Kömürcü'nün verdiği bilgiler üzerinde de birlikte düşünelim:

Şimdi okuyacağınız bilgilerin bir bölümünü, Virginia Tech Üniversitesi'nde görevli, araştırmacı Tuğrul Keskingören derleyip gönderdi:

'Washington Kürt Enstitüsü, 1996'da Fransa'da PKK yanlısı olmayan fakat Öcalan'dan daha tehlikeli olarak görülen Kendal Nezan ile ABD-Yahudi lobisinin önemli isimlerinden AIPAC'in eski Başkanı Morris Amitay'ın oğlu (ABD Kongresi'nde çalışan) Mike Amitay ve CIA'ya Kürtçe çevirmenlik ve danışmanlık yapan (Yahudi lobisinin bir başka etkin ismi) Michael Chyet'in girişimleri ile kuruldu. Michael Chyet 7 yıl süre ile (1973-1980) Türkiye'nin Doğu ve Güneydoğu'sunda bulunup, bölgenin kültürünü, dilini ve insanlarını tanıdı.

Enstitünün bir diğer kurucusu ve 1 ay öncesine kadar direktörü olan Mike Amitay'ın babası Morris Amitay, ayrıca Yahudi Milli Güvenlik Enstitüsü'nün de kurucularından. Baba Amitay, bugün CDI'nin başkanlığını yürütüyor. CDI (Coaliton for Democracy in Iran) yani İran'da Demokrasi İttifakı Grubu'nun kurucusu ve başkanı.

Tekrar Kürt Enstitüsü'nün tepe ismi oğul Mike Amitay'a dönelim, en ilginç detaya dikkat şimdi efendim.

Mike Amitay 1 ay önce, Temmuz 2005'e kadar çalıştığı Kürt Enstitüsü'nden ayrılıp, Soros'un Açık Toplum Enstitüsü'nde (Open Society) göreve başladı... Daha ben ne diyeyim?

Kürt Enstitüsü'nün önemli ismi Urfa doğumlu Kendal Nezan'a da zoom yapalım; Leyla Zana ve arkadaşlarının skandala dönüşen basın bildirgelerinin planlayıcısı olarak adı geçmiş, Avrupa'da faaliyet gösteren Kürt Enstitüsü'nün başı ve Bayan Mitterand'ın uzatmalı sevgilisi Kendal Nezan, şu günlerde de, Irak Kürdistanı Programı adı altında açık açık faaliyet gösteren enstitü adına, biri Erbil'de diğeri de Süleymaniye'de kurulan iki ayrı büronun faaliyetlerine yön veriyor.

Washington'daki Kürt Enstitüsü, ABD'de bulunan bütün Kürt gruplarını kendi çatısı altında toplama çalışması yapmakta ve de enstitü bünyesinde kurulan okullarda Kuzey Irak için de uzman yetiştirmekte...' (Akşam gazetesi, 5 Ağustos 2005)

İsrail Dışişleri Bakanı İzak Şamir, 1983 yılında Brüksel'de basına yaptığı açıklamada şöyle diyordu: "Türkiye, Kürdistan'ı işgal altında tutan devletlerden biridir. Bu devletler laf dinlemediği için Kürt halkı bağımsızlığını kazanamıyor!.."

2000 yılının Mayıs ayında Yahudi kökenli ABD Büyükelçisi Mark Parris, Van'da yaptığı konuşmada, "Türkiye'nin bölgeye yönelik statü değişikliği girişimlerini destekliyoruz" dedi!..

Ardından Yahudi stratejist Alan Makovsky açıkça, "Türkiye'nin Güneydoğu Anadolu bölgesini serbest bölge ilan etmesini" istedi!..

'Demokrasi' ve 'insan hakları' getirmek bahanesiyle Irak'a çöreklenen Amerika, Müslümanları birbirine kırdırarak 'Büyük İsrail'in kuruluşuna öncülük ediyor!..

Nitekim, Amerikalı Yahudi profesör Naom Chomsky, bir analizinde şu tespiti yapıyordu: "'Henry Kissinger, Amerikan dış politikasını 'Büyük İsrail' hedefine kilitleyen kişidir!.."

İncirlik üssünde Amerikalı Orgeneral John Shalikashvili'ye verilen çok önemli gizli brifingte, Amerikalı bir subay şöyle diyordu: "PKK'nın görevi Kürt devletinin kuruluş süreci boyunca Türkiye'yi angaje tutmaktır!.."

William Safire, New York Times'ta yayımlanan 'Kürt devletine giden yol' başlıklı senaryosunda şu ifadeleri kullanıyordu: "Türkiye'ye PKK'nın kellesi verilmeli ve karşılığında Kuzey Irak'taki Kürt Devleti'ni tanıması istenmelidir!.."

Amerika, yıllarca kullandığı Apo'yu, 'görevi sona erince' bir gecede paketleyip Türkiye'ye armağan etti!.. (İsrafil

K. Kumbasar, İhanetin Kapılarını Aralayan Üç Adım, Yeniçağ gazetesi, 19 Temmuz 2005)

Eski ABD Genelkurmay Başkanlarından Thomas Moorer şu itirafta bulunmuştu: "Şimdiye kadar hiçbir ABD başkanının İsrail'e karşı koyduğunu ve Amerikan çıkarlarını koruduğunu görmedim. İsrail, her zaman istediğini elde etmiştir. Eğer ABD halkı, İsrail'in ABD yönetimindeki ve ekonomisindeki etkilerini bilselerdi, hemen ayaklanacaklarından eminim. Ama maalesef, milletimiz neler döndüğünü bilmemektedir." ('They Dare To Speak Out' adlı esere atfen Ahmet Akgül, Dünya Dönüşüme Hazırlanıyor, s. 72)

Tüm bu belgeler, açıklamalar ve daha niceleri ortadayken, "ABD ile işbirliği vatana ihanettir" demekte haksız mıyız?

İÇ VE DIŞ GÜVENLİĞİMİZ CIA VE FBI'YA EMANET

O zamanın Dışişleri Bakanı İhsan Sabri Çağlayangil, 18 Mayıs 1976 günü, TBMM Senato kürsüsünde "Tek tip silaha bağlanmakla hata yaptığımızı yeni anlıyoruz" demiş, ancak bunu düzeltmek için CIA'dan çekindikleri için adım atamadıklarını şu tarihi cümlelerle açıklamıştı:

"CIA bunu engeller. Organik bağları ile yapar. Benim istihbarat şefim farkında bile olmadan, CIA benim altımı oyar. Elinde imkânı var adamın; girmiş benim içime..."

Fehmi Koru'nun, Yeni Şafak gazetesinde yazdığı yazılardan öğreniyoruz ki, sadece ABD'nin iç güvenliği ile ilgili olması gereken FBI, 1999 yılında Ankara'da ofis açmış.

İsrail'in Covert Action Quarterly dergisi, "Türkiye'nin MOSSAD'a iki üs açma izni verdiğini" yazıyor.

Aralık 2005'te FBI ve CIA başkanları ardı ardına ülkemizi ziyaret ettiler.

Bu kadar bilgi bile, CIA, FBI ve MOSSAD hakkında yeterli bilgisi olanların, ülkemizin bir sıçrama tahtası haline getirildiğini ve başımızın bundan böyle hiçbir zaman beladan kurtulamayacağını anlamalarına yeter sanıyorum.

Ancak, anlama özürlülere ısrarla ve daha ayrıntılı biçimde anlatmaya devam etmek, kaçınılmaz bir görev haline gelmiştir.

San Diego ve Berkeley üniversitelerinde siyaset bilimi başkanlığı, 1967-1973 tarihleri arasında CIA'ya danışmanlık, 1988-1992 yılları arasında Asya Çalışmaları Başkanlığı yapmış; halen Japon Siyaseti Araştırma Enstitüsü Başkanlığını yürüten, bugüne kadar on beş kitaba ve pek çok makaleye imza atan **Chalmers Johnson**'un son kitabı olan **The Sorrows of Empire: Militarism, Secrecy and the End of the Republic**'in, Hasan Kösebalaban tarafından yapılan başarılı çevirisi, Küre Yayınları arasında "Amerikan Emperyalizminin Sonbaharı" adıyla çıktı.

Bölüm başlıkları dahi kitabın önemini anlamamıza yeter sanıyorum: "Amerikan İmparatorluğu'nun Yükselişi", "Emperyalizmler, Eski ve Yeni", "Amerikan Militarizminin Kökleri", "Yeni Roma'ya Doğru", "Amerikan Militarizminin Kurumları", "Kiralık Askerler", "Askeri Üs İmparatorluğu", "Savaş Ganimetleri", "Irak Savaşları", "Küreselleşmeye Ne Oldu?", "İmparatorluğun Sonu".

Gelin bu çok önemli eserden, CIA ve işbirlikçilerine ışık tutan birkaç bölüm üzerinde birlikte düşünelim:

> ...Yavaş yavaş farkına vardım ki CIA'da köpek kuyruğu değil, kuyruk köpeği sallamaktaydı, Amerika'nın gerçekteki işi istihbarat toplamak ve onu tahlil etmek değil, gizli harekâtlardı.
>
> ...Bugün CIA, devletin elindeki birkaç gizli komando biriminden birisi haline gelmiştir. 2001 yılındaki Afgan savaşında CIA'nın yarı askeri birlikleri ordunun (Yeşil Bereliler, Delta Gücü gibi) Özel Harekât kuvvetleriyle yakın işbirliği halinde çalışmış, bunları birbirinden ayırmak imkânsız hâle gelmişti. Hatta ABD, Afganistan işgalindeki ilk kaybının bir CIA mensubu olduğunu gururla bildirmişti. 2002 yılının Ağustos ayında Savunma Bakanı Donald Rumsfeld ordudaki Özel Harekât bir-

liklerini genişletme ve onları CIA'nın gizli harekâtlarını yürüten Özel Faaliyetler Birimi'yle birleştirme planlarını açıkladı. Her ne kadar devletin içindeki sayısız özel ordunun bürokratik rekabetleri aşmaları mümkün görülmüyorsa da, onların hikâyesi Amerika'da büyüyen militarizmin ve onunla birlikte gelen gizliliğin ayrışmaz bir parçasıdır. (s. 12)

...Bizim imparatorluğumuzda hayat pek çok yönden İngiliz Raj dönemine benzer. Askeri ritüeller, ırkçılık, rekabetler, züppe tavırlar ve sınıf çatışmaları o dönemi andırıyor. Üslerinde oldukları sürece Amerika'nın modern sömürge valileri ve onların muhafızları asla 'yerli'lerle ya da Amerikalı sivillerle karışmak zorunda değildir. Tıpkı 19. yüzyıl İngiliz ve Fransızları gibi bu askeri şehir-devletleri Amerikan gençlerine ukalalık ve ırkçılık öğretiyor.

...ABD'nin bir ülkeye girip orada üs kurmasının başlangıçtaki amacı ne olursa olsun, kurulan üs emperyal mantıkla kalıcı hâle getiriliyor.

Yeni Amerikan imparatorluğu sadece fiziki bir olgu değildir. İmparatorluk aynı zamanda kendilerine think tank adı verilen modern vatansever tapınaklarda çalışan 'strateji uzmanları' ordusu açısından çok sevilen bir inceleme konusudur. Petrol ticaretiyle ilgilenen ya da bilinmeyen yerlerde askeri üs inşa eden ve bakımından para kazanan eski ve yeni çıkar grupları için imparatorluk son derece ilgi çekici bir konudur. İmparatorluktan geçinen askeri personel dışında o kadar çok çıkar grubu bu imparatorluğun varlığını istiyor ki, ABD'nin bir gün imparatorluk işinden vazgeçebileceğini düşünmek mümkün değil. Bunların içerisinde askerler ve onların ailelerine ilaveten, imparatorluğun askeri-endüstriyel kompleksi, üniversite araştırma-geliştirme merkezleri, petrol rafinerileri ve dağıtım şirketleri, sayısız yabancı çalışan, dört çekişli spor otomobillerin üreticileri, silah tacirleri, çokuluslu şirketler ve bu şirketlere hizmet eden ucuz iş gücü, yatırım bankaları, spekülatörler, bütün milletlerin kendilerini Amerikan sömürgeciliğine ve Amerikan tarzı kapitalizme açması gerektiğini savunan 'küreselleşme' savunucuları var. (s. 27)

...Aşırı gururumuzun neticesi, küresel gücümüzün tam kapsamlı bir emperyalizme, milli güvenlik kaygılarımızın ise tam kapsamlı bir militarizme dönüşmesi oldu. Bana göre, bu her iki eğilimde öylesine mesafe kaydettik ve engelleri öylesine bertaraf ettik ki artık çöküşümüz başladı. SSCB tehlikesi ortadan kalktığı zaman askeri üsler imparatorluğumuzu kendi kendimize imha etmediğimiz ve 11 Eylül 2001'deki geri tepmeye uygunsuz karşılık verdiğimiz için, artık neredeyse geri dönmesi mümkün olmayan bir yoldayız.

...İmparatorluklar daimi değildir, sonları genellikle hoş da olmamıştır. İkinci Dünya Savaşı'ndan önce doğmuş benim gibi Amerikalılar en az altı imparatorluğun çöküşüyle ilgili şahsi bilgiye, bazen de şahsi tecrübeye sahiptir: Nazi Almanyası, emperyal Japonya, Büyük Britanya, Fransa, Hollanda ve Sovyetler Birliği. Eğer 20. yüzyılın tamamını hesaba katacak olursak, üç imparatorluk daha tarihe karıştı: Çin, Avusturya-Macaristan ve Osmanlı. Haddinden fazla yayılma, katı ekonomik kurumlar, ıslahat yapamama, bütün bu imparatorlukları zayıflattı, onları birçok durumda imparatorlukların kendilerinin davet ettikleri yıkıcı savaşlara karşı çaresiz konuma getirdi. Amerikan imparatorluğunun aynı akıbete aynı nedenlerden dolayı uğramayacağından emin olamayız. Küreselleşme çabaları bu çöküşün başlangıcını bir süre geciktirmişse bile, militarizm ve emperyalizme geçişle artık yola girilmiştir. (s. 345)

YAZARLARIMIZ TOPLUMUMUZU BİLİNÇLENDİRMEYE DEVAM EDİYORLAR

"Dip Dalgası" kolay oluşmadı. Bu dalganın oluşmasında elbetteki yayınlanan kitaplar, makaleler, verilen binlerce konferans ve düzenlenen binlerce panel büyük rol oynadılar. Söz konusu kitaplardan ve makalelerden bazılarına yeri geldikçe değinmiştim. Değinemediğim kitaplardan, AB ve ABD'nin gerçek yüzlerine, kimlik tartışmalarına ve terör örgütlerine ışık tutan birkaç paragrafı sizlerle paylaşmak istiyorum:

1– John Jay, Amerika Birleşik Devletleri'nin kuruluşundan kısa bir süre sonra, 1797'de, "Halkımızı daha çok Amerikanlaştırmalıyız" diyordu. Thomas Jefferson da aynı görüşteydi. Peki Amerikanlaştırmak ne anlama geliyordu? Yüksek Mahkeme başkanlarından Louis Brandeis, 1919 yılında yaptığı bir konuşmada göçmenlerin Amerikanlaştırılmasını şöyle tanımlıyor: "Burada kullanılan giysileri giymek, usulleri, âdetleri benimsemek. Anadilini bir tarafa bırakıp İngilizceyi onun yerine geçirmek... çıkarlarının ve beklentilerinin burada kök salmasını kabul etmek, bizim ideallerimizi ve emellerimizi paylaşmak ve onlara ulaşmak için bizimle birlikte çalışmak." Bunları yapanlar, Amerikalı olmanın bilincine kavuşmuş olacaklar; Amerikan vatandaşlığı alacaklar ve geldikleri ülkelerle bağlarını kopartacaklardı. İki ayrı devlete, iki ayrı millete sadakat kabul edilemezdi. Bir tarihçinin deyimiyle, göçmenleri Amerikanlaştırmak, âdeta bir haçlı seferine dönüşmüştü. Bu kampanyada Theodore Roosevelt, Woodrow Wilson gibi başkanlarla birlikte binlerce öğretmen, eğitimci, siyasetçi ve işadamı görev aldı. Amerika'ya gelenler Amerikalı olacaktı. Orada farklı bir kimlik sahibi olunmasına izin verilemezdi. (Onur Öymen, Ulusal Çıkarlar, Remzi Kitabevi, Ekim 2005, s. 68)

Onur Öymen'in yazdıkları bana, Fransa Hükümeti'nde İçişleri Bakanı'nın danışmanı olan Jean Claude Barreau'nun söylediklerini anımsattı:

Fransa'ya göçmen olarak gelen kimse, sadece vatanını değil, tarihini de değiştirmiş sayılır. Fransa'ya gelen yabancılar şunu anlamalıdırlar ki, Fransa'ya ayak bastıkları andan itibaren, ataları artık Fransız atalarıdır ve Fransa artık onların yeni vatanıdır. (The Economist, 16 Temmuz 1998)

2– Bugün anadillerde yayın veya öğrenim konusunda ülkemize en uygun modelin Fransız modeli olduğu bildirilmektedir. Öyleyse Fransa'daki hukuki durumun da detaylı olarak bilinmesi gerekmektedir. Bu ülke, azınlıkta olsun olmasın, ülkesinde hiçbir etnik veya azınlık grubun varlığını kabul etmemiştir. Din ve devletin resmi dilinden farklı diller açısından da, "Bu ikisinin devletler hukukunun konuları değil, vatandaşlara tanınan kamu özgürlüklerinin özel uygulamalarının bir tezahürü olduğu" görüşündedir ve "Mahalli dillerin kullanılmasının bilimsel amaçlar dışında, hiçbir şekilde bir grubun kimliğini belirlemede bir kriter olarak kabul edilmesinin mümkün olamayacağına" karar vermiştir. Kısacası Fransa, ulusal dil dışındaki dilleri bireysel özgürlükler kapsamında değerlendirmekte ve Kopenhag Kriterlerinin bir gereği olarak değil, kendi isteği ile tanıyıp, düzenlemektedir.

Anadillerle ilgili olarak Avrupa Adalet Divanı, Avrupa İnsan Hakları Komisyonu ile AB ülkeleri mahkemelerinin çeşitli kararları da bulunmaktadır. Örneğin, Avrupa Adalet Divanı'nın Belçika ve Hollanda ile ilgili aldığı kararlarda, "Dil hürriyetinin sözleşmenin kapsamı dışında kaldığı ve ayrıca sözleşmenin 10. maddesindeki düşünceyi açıklama hürriyetinin de dil hürriyetini içerir şekilde yorumlanamayacağı" açıkça belirtilmiştir.

Yine İsviçre Federal Mahkemesi, anayasanın dillerle ilgili hükmünü dikkate alarak, "Milli diller Almanca, Fransızca, İtalyanca, Rotoromanca ve resmi diller Almanca, Fransızca ve İtalyanca dışında vatandaşların anadili hangisi olursa olsun, kantonda konuşulan dil dışında başka bir dille okul açılmasını, eğitim ve öğretim talebinde bulunması haklarını, kantonların dil konusunda egemen olduğuna karar vererek" reddetmiştir.

AB'nin anadillerde yayın ve eğitim taleplerinin Türkiye tarafından büyük bir uysallıkla karşılandığı günlerde, Almanya İçişleri Bakanı Otto Schily, kendi ülkesi ile ilgili anlayış ve uygulamalar konusunda bir açıklama yapmıştır. Bilindiği gibi bugün Almanya'da yabancıların yüzde 30'unu Türkler oluşturmaktadır ve en büyük yabancı nüfus konumundadırlar. Alman İçişleri Bakanı, Türklerin Almanya'ya uyumu konusunda, "En iyi uyum asimilasyondur" demiştir. Schily, Almanya'da Südet, Frizya, Ruman ve Danimarka azınlığının dışında yeni azınlıklar oluşturulmasına karşı olduklarını da dile getirerek, ülkede geçerli yasalara göre sadece söz konusu yasal azınlıkların dillerinin desteklendiğini belirtmiştir. Almanya'da Türklerin iki dilde radyo, televizyon yayını izleyemedikleri, hatta çanak anten taktırmalarına izin verilmediği bilinmektedir. Alman bakan, bu uygulamalarla ilgili olarak da, "Uyumun hedefi insanları Alman kültürüne çekmektir. Her dili destekleyemeyiz. Ayrıca böyle bir şey kaosa sürükler. Ben birinci dili Türkçe olan homojen bir Türk azınlığı oluşmasını istemiyorum. Türkler bizim kültür alanımızda büyümeli. Anadilleri Almanca olmalı" savunmasını yapmıştır. Türkiye'den, yaratmaya çalıştıkları sanal azınlıklar için yasa üstüne yasa değişikliği isteyen Almanya'nın, azınlıklarla ilgili maddelerin anayasaya konmasını reddeden bir ülke olduğunu ayrıca vurgulamamız gerekmektedir.

Sonuç olarak, anadil ile milli dilin farklı olduğu ülkelerde, anayasalar farklı olan dili güvence altına almamakta, aksine kamu menfaati gereği, belli sınırlandırmalara tabi tutmaktadır. (Sadi Somuncuoğlu, Göz göre göre... Kapana Düştü Türkiyem, Bilgi Yayınevi, Ağustos 2005, s. 174)

3– Benim için Irak savaşından geriye kalan unutulamayacak görüntülerden biri de, bir papazın, bombalarını boşaltmak üzere üslerinden kalkmaya hazırlanan savaş uçaklarını ve pilotlarını kutsaması oldu...

Yüzündeki anlatım bir din adamınınkine değil, kumar masasında fiş dağıtan bir kuripiyerinkine benziyordu.

Bu görüntüyü ve bu anlatımı hiç unutamayacağım.

Bombalarıyla pistten kalkmaya hazırlanan savaş uçakları ve uçaklarla pilotları kutsayan bir papaz...

Görmesem inanmazdım.

Başındaki kask ve kulaklıkların üstünde (gamalı haç da denebilecek) haç amblemleriyle bir papaz...

"Ayak Bacak Fabrikası"nı görmüş olanlar oradaki üçkâğıtçı papaz tiplemesini anımsayacaklardır... Onun tıpkısı...

Yüzünde, tanımlanması güç bir riyakârlık anlatımıyla "Tanrı'nın kuzuları"nı, savaş uçaklarını ve pilotları kutsuyor...
Pilotun görünümü de betimlenmeye değer...
Kutsanırken gerçekten de bir kuzuyu andırıyor...
Öylesine yumuşak, uyumlu, annesinin kollarında bir bebek kadar masum...
Az sonra bebeklerin, masum insanların üstüne bombalarını boşaltmak üzere havalanacak...
Tanrı onu sağ salim dönmesi için korusun...
Bunlar bir parodi olsa, bir tiyatro sahnesinde izlense, gülünebilirdi...
İnsanlık tarihinde Hıristiyanlık belki bir tek ortaçağda bu kadar alçalmış, bu ölçüde kirletilmiştir...
Nazilerin dinle ilişkileri nasıldı, anımsamıyorum.
Almanya'da kilise katliamlar sırasında ne yapıyordu, ya da ne yapabilirdi?
Hitler, Mussolini "dindar" kişiler miydi?
Bugünün Hitler ve Mussolini'leri öncekiler kadar alçak...
Ve en az onlar kadar riyakâr...
Tanrı'yı da yedeklemişler...
Eski ortaçağda cennetin anahtarlarını satan papaz, girmiş olduğumuz yeni ortaçağda bombaları kutsuyor... (Ataol Behramoğlu, Yeni Ortaçağın Saldırısı, Dünya Yayınları, Ekim 2004, s. 53)

4– Sayın Başbakan Recep Tayyip Erdoğan, 2004 Temmuzunda Erdek'de konuşuyor: "Türkü, Kürdü, Abhazıyla ortak paydamız var. Hepimiz T.C. vatandaşıyız. Bir ve beraber olacağız" diyor. Siz insanlarınızı Türk milliyeti dışında düşünüyor iseniz bu birlik ve beraberlik nasıl olacak? Siz Türkü Türkiye'de bir etnik parça, bütünü tamamlayan bir mozaik taşı gibi ele alıyor iseniz birlik ve bütünlüğe katkıda bulunamazsınız ve bu iddia ile de ortaya çıkamazsınız. Ortak payda hem kültürel, hem de anayasaya göre Türklük değil mi? Ama Sayın Başbakana göre "Türkiyelilik"... Aslında bu beyan, Türkiye'de bir ve bütün olmamalıyız mesajını veriyor. (s. 166)

...AB'ye girersek bölünmeyiz iddiaları son yıllardaki Katılım Ortaklığı Belgeleri ve İlerleme Raporlarıyla iflas etmiştir. Çünkü bizzat AB'nin ortaya koyduğu dayatma ve tekliflerle Türkiye için bir iç ve dış güvenlik sorunu olduğu ortaya çıkmıştır. Ama Tanzimat'ta olduğu gibi varlığımızın ancak Batılı devletlerin garantisi altında korunabileceği yanlışı ve ezikliği devam etmektedir. Dün gayrimüslimler üzerinden Osmanlıya karşı azınlık ve kültürel haklar oyunu oynayanların bugün bazı Müslümanlar üzerinden Türkiye'ye karşı oyun oynadıkları görülmektedir. Dünkü Osmanlılığın yerine bugün Türkiyelilik piyasaya sürülüyor. Bazılarının Ankara'nın zulmünden Brüksel'in şefaatine sığındık demeleri nasıl bir Müslümanlıktır? (s. 236)

...Kürtleri tanımak veya Kürtlerin var olduğunu fark etmek demek; yapılan bütün araştırma sonuçlarına ters bir şekilde onlara hükümranlık ve egemenlik hakkı vermek değildir. Hele hele farklılıkların ve ayrılıkların hukuken tescil edildiği birliktelik olan federasyon hiç değildir. Milli devlet reddedilerek daha iyi vatandaş olunacağı nerede görülmüştür? Bunun örneği var mı? Milli devleti reddeden vatandaşlığı da reddeder ve farklı bir siyasi varlık peşinde koşar. Egemenlik ve hükümranlık hakları reddedilerek fert ve grupların daha özgür ve demokrat olacağı ileri sürülemez. Onun için demokratik devlet, milli devlet olduğu takdirde geçerli olur. Milli devletin gerçekleşmediği bir yapıda demokratik devleti ve demokrasiyi tartışmak ütopiktir. Milletleşme olmadan demokrasi de olmaz ve yaşatılamaz. Bodrumu ve zemin katı olmayan bir binanın üst katları olabilir mi? Demokratik devlet ile milli devlet çelişmez;

birbirini tamamlar. (Prof.Dr. Mustafa E. Erkal, Küreselleşme-Etniklik-Çokkültürlülük, Derin Yayınları, 2005, s. 253)

5– Henry Ford'un şöyle dediği bilinmektedir: "Halkın bankacılık ve para sistemimizi anlamaması iyi bir şey, çünkü anlasalardı yarın güneş doğmadan önce devrim olurdu." Senatör Barry Goldwater ise şöyle diyordu: "Çoğu Amerikalı, uluslararası tefecilerin operasyonlarını anlamıyorlar. Bankacılar bunun böyle olmasını istiyorlar. Tek anladığımız, Avrupa'da Rothschild ve Warburg ailelerinin, Birleşik Devletler'de ise J. P. Morgan, Kuhn, Loeb and Company, Schiff, Lehman ve Rockefeller aileleriyle birlikte büyük bir zenginliğe sahip olduklarıdır. Bu finans gücünü nasıl elde ettikleri ve kullandıkları ise, bizim için tam bir muammadır.

Uluslararası bankacılar hükümetlere krediler vererek para kazanırlar. Hükümetin borcu ne kadar çok olursa, tefecilere o kadar fazla faiz geri döner. Avrupa'daki ulusal bankalar, aslında özel kimliklere aittir ve onlar tarafından yönetilir." Bu durum, Federal Rezerv Sistemi ile aynı şekilde açıklanabilir.

Yazar Greider'a göre, bugünün para yöneticileri finans alışverişlerini öylesine karmaşık ve ezoterik detaylarla tasarladılar ki bugün Fed karşımıza bir kült şeklinde çıkmaktadır. Greider şöyle diyordu: "Modern zihinler için, Federal Rezerv Sistemi'ni dini bir organizasyon olarak değerlendirme fikri çok tuhaf görünmektedir. Ama komplo teoristlerine göre ne kadar çılgınca görünse de, bu durum gerçektir... Fed aynı zamanda din alanında da fonksiyona sahiptir. Rahip atalarından kalma gizemli para yaratma güçleri, bir sosyal psikolojik amaç yığınını gizlemektedir. Kendi gizli Federal Rezerv Sistemi'nin yürüttüğü operasyonlar öylesine güçlü ve korkutucu sosyal ritüellerdir ki çoğu kişi *neler olduğunu anlayama-*

maktadır." (Jim Marrs, Gizli Dünya İmparatorluğu, Truva Yayınları, Mayıs 2005, s. 95)

6- Bin yılların düzeninin modern dünya ile uyumsuzluğu nedeniyle biteceğini ve her dönemde tekrarlanan alışkanlıkların, küreselleşen dünyada yer alamayacağını düşünmekse nafile. Birileri 21. yüzyıla son derece doğru bir tespitle "yeni ortaçağ" adını veriyor. Evrensel değerler yaratma çabasıyla bir yandan küreselleşen dünya, diğer yandan da dinsel referanslar eşliğinde parçalanıyor. Gilbert Achcar'ın deyişiyle "barbarlıklar çatışması" yeni bir güçle start alıyor. (s. 128)

...ABD hükümetinin ulusal güvenlik stratejisinin en önemli parçası olarak kullandığı "önceden vuruş" ilkesi, bu tehlikeye dikkat çekerek geliştirilen uluslararası bir tavır. Eylemin yapılabileceği şüphesinin ve eylem potansiyelinin varlığı yeterli kabul edilmekte. "Şer ekseni harekete geçmeden biz önlemimizi alalım" diye düşünmekteler. Bu inanışları, iç politikalarına da yansıyor. Ülkedeki tüm İslamcılara terör potansiyeli olan kimseler olarak bakıldığından, Guantanamo'nun nüfusu her gün daha da kalabalıklaşıyor. Ruslar Çeçenlere, Fransızlar Cezayirlilere, Çinliler Doğu Türkistanlılara karşı aynı hisleri duyuyor. Onlar sistemden hoşnut olmayan, değişiklik yapmayı arzulayan gruplar ve terörizme başvurma ihtimalleri de, emsaller çoğaldıkça artmakta. (Deniz Ülke Arıboğan, Nefretten Teröre, Ümit Yayıncılık, Mart 2003, s. 219)

7- Terör olaylarının en yaygın olduğu coğrafyanın 2050 yılındaki demografik yapılarına bakıldığında endişe duymamak herhalde mümkün olmasa gerektir. 2050 yılında; tarım alanları ile su kaynakları bugünkü nüfusları için bile yetersiz ve enerji üretiminde kullanılan doğal kaynaklardan yoksun Çin'in nüfusu 1.3 (günümüzde 1.1 milyar) milyara, Hindistan'ın nüfusu 1.6 milyara (günümüzde 850 milyon), Nijerya 300, Bangladeş 280 milyona ulaşacaktır. Önümüzdeki 50 yıllık süreç içinde Yemen'in nüfusu % 255, Filistin'in % 211, Afganistan'ın % 187, Kuveyt'in % 182 oranında artacak, buna karşılık Rusya, Japonya, Almanya, İtalya, Bulgaristan, Polonya, Fransa, Hollanda, Danimarka, İsveç vb. gibi ülkelerin nüfusları % 10 oranında azalacaktır. DİE'nin varsayımlarına göre aynı yıl Türkiye'nin nüfusunun 97.5 milyona ulaşmasının beklendiğini de ayrıca not etmek gerekmektedir.

Her yıl yüz binlerce dönüm tarım arazisinin tuzlanma ve erozyon nedeni ile üretim dışı kaldığı, açlık sorununun küresel boyutta bir tehlikeye dönüştüğü, Çin, Pakistan, Hindistan, Suriye, Irak, İran, İsrail ve Afrika ülkelerinde susuzluğun yaşamın sürdürülebilirliği adına alarm verdiği, derin suların çıkarılmalarındaki ekonomik maliyetlerin kaldırılamayacak boyutlara ulaştığı, yüzeysel suların kirlenerek kullanım dışı kaldığı, denize yakın su kaynaklarının tuzlandığı, iklim kuşaklarının Gulf Stream akıntısının yön değiştirmesine koşut olarak kaydığı, atmosferik koşulların doğal afet olarak adlandırdığımız olaylara süreklilik kazandırdığı, yaşam ve uygarlığın başladığı kıyıların tehdit altında bulunarak toplulukların iç karalara doğru çekilmeye ve bilinen jeostratejik kavramların geçerliliğini yitirmeye başladığı bir ortamda beklenen bu anormal nüfus artışının ne tür tehditlere neden olabileceğini görmek için herhalde Nostradamus olmak gerekmemektedir.

Bütün bunlara, söz konusu ülkelerin artan nüfusları ve büyüme hızlarına koşut olarak enerji gereksinimlerinin de çoğaldığı, ancak yeterli kaynaklara sahip olmamalarının ciddi bir risk etmeni olarak karşılarında durduğu eklendiğinde, görünür gelecek içinde terörizmin, devlet destekli eylem boyutunu da sürdürmesi kaçınılmaz görünmektedir. (s. 40)

Terör insancıl düşünceden tamamen kopuktur, hiçbir şekilde insancıl düşünme yoktur bunun içinde. Ahlaka aykırıdır, kurallara aykırıdır, yasalara aykırıdır, siyasi amaçlı adam öldürme eylemidir. Teröristler kod adı kullanırlar, üzerlerine üniforma giydikleri zaman farklı oluyorlar, o zaman gerilla oluyorlar, paramiliter organizasyon oluyorlar. Etnik terör, bizim karşılaştığımız terör, çoğunlukla demokrasiyle yürütülen ülkelerde karşılaşılıyor, bunlar etnik grubun haklarının demokrasi içinde sağlanamadığını ileri sürüyorlar ve terör eylemi yapıyorlar. Bu talepler özgürlükten bağımsızlığa kadar uzanabiliyorlar. Bunlarla gerilla savaşı yapanlar arasında benzerlik var, onun için Türkiye'deki kavram karışıklığının bir tanesi de bu. Avrupalıların kafasındaki de bu. Avrupalı gerilla savaşçısına terörist demiyor ama gerilla savaşçısı terör eylemi de yapıyor. Binaenaleyh gerilla savaşçısı mesela dağlarda güvenlik güçleriyle, askerlerle çatışmaya girdiği zaman bunu Avrupalı düşünürler ve hükümetler terör eylemi saymıyorlar. Buna mukabil örneğin, izne çıkmakta olan yirmi tane astsubay öğrenci silahsız bir şekilde tren bekliyorlar, onlara yapılan saldırı, onların öldürülmesi terör mü, evet bence terör. Öbürleri, 'hayır, hayır' diyorlar, 'üstünde üniforma vardı, üniformaya saldırdı, terör değildir.' Emekli Büyükelçi Pulat Tacar'ın, 'Demokrasi ve Terör' konulu konuşmasında verdiği örnekler, yanıtını aramaya ve tanımını yapmaya çalıştığımız 'terörizm nedir, terörist kimdir' sorumuzun uzun bir süre daha tartışma arenasındaki yerini koruyacağını doğrular niteliktedir.

    Yalnızca sivil hedeflere yönelik eylemleri terörizm sayan, güvenlik birimleri ve askeri hedeflerin vurulmasını terörizm tanımının dışında bırakan bir anlayışın; terörizmin önlenmesi bir yana hedeflerin sınırlanması koşulu ile sürdürülmesini özendirmesi aşırı bir görüş sayılmamalıdır. Bu tür bir anlayış; sivillerin terörist eylemlerin dışında tutulmaları koşulu ile terör örgütlerinin, kendi siyasi ve ideolojik amaçları doğrultusunda, devlet otoritesini simgeleyen güvenlik güçleri ile çatışmalara girişmesi ve eylem koymasının 'terör suçları' kapsamında tutulmaması gerektiğini önermekte ve bu noktadan başlayarak, çok daha ayrı etmenlerce de beslenen 'senin teröristin benim yurtseverim' uygulaması yazık ki yaygınlaşarak kimi eylem ve eylemcilerin aklanmalarını sağlayabilmektedir. (Ercan Çitlioğlu, Gri Tehdit Terörizm, Ümit Yayıncılık, Kasım 2005, s. 64)

8– Karen Fogg gibilerinin medya, siyaset, iş dünyası üçlemesiyle sürdürdüğü ya da sürdürmekte ısrar ettiği sıkıfıkı dostluklar, Konrad Adenauer gibi vakıfların sözde Türk-Alman dostluğunu pekiştirmek adına, iç sorunlarımıza el atması, ısıtılıp ısıtılıp önümüze konulan Ermeni sorunsalı, IMF, Kıbrıs kıskacı, AB'ye girmek uğruna bizden istenilen ağır ödünler derken, ekonomiyi düzlüğe çıkarmak üzere dışarıdan havale edilen Amerikan eğitimli bir uzman ekonomist, iyi-kötü gitmekte olan bir siyasi koalisyonu içten, dıştan iteleyerek, işadamıyla, medyası ile el ele vererekten yok edip, Türkiye'yi kurtaracak(!) seçimlere gidişin sonunda, ülkeyi sinsice yıllardır içten içe oyan bir ideolojiye kuzu kuzu ülke yönetimini teslim ediş. Derken bir gözükara dünya liderinin(!), demokrasiyi(!) getireceğim koca yalanı ile yoksul bir halka açtığı acımasız savaş için, Türk siyasetinin utanılası pazarlığı. O pazarlık ki, altkimlik olan İslamla övünüp, Türk üstkimliğini inkâr eden bir anlayışın, kanla irfanla kurduğumuz Cumhuriyetimizi neredeyse uçurumun kenarına getirmesidir. Öyle bir uçurum ki, yoksul bırakılan halkımın insanı, birkaç yüz dolara tarlasını, dükkânını, toprağını elin yabancısına kiralamakta, geçmiş tarihimizde Anadolu köylüsünün ayağında yırtık çarığı ile düşmanı kovaladığı Anadolu toprakları Sam Amca'nın savaş teknolojisiyle bayram etmektedir. Bununla da yetinmeyen dünya lideri(!) Türk ordusuna, parlamentosuna, "onu yapın, bunu yapın ha" diye ültimatom vermektedir. Dışarıdan dayatılan bu kuşatmalara Neron kılıklı medya kahramanlarımız savaş çığlıkları ataraktan alkış tutmakla kalmayıp "Ne olur Doğu'da da bir Kürt devleti kurulsa sanki", "Ege adalarını verdik de ne oldu?", "Tezkereye evet demezsek, Amerika'yla dostluğumuz bozulur" (nasıl bir dostluksa bu) gibi anlamlı ve son derece veciz yorumları ile katılmaktadırlar. (s. 70)

Evet bize ne oldu böyle? ülkemizde, toplumumuzda, hiç mi güzel, rahatlatıcı, mutlandırıcı, övünülesi, onurlandırıcı, kıvanç verici gelişmeler olmuyor?

Çevremizde, yakınımızda, okulumuzda, işimizde, bankamızda, meclisimizde, yargı organlarımızda, resmi-özel her türlü kurum ve kuruluşlarımızda, devlet dairelerinde, güvenlik güçlerinde; havada, suda, toprakta, her yerde hiç mi ahlaklı, dürüst, sevecen, ilkeli, ülkesini, halkını, ulusunu gerçekten seven insan kalmadı.

Mustafa Kemal Atatürk'ün, her iyi şeye layık gördüğü, "Türk ulusu asildir, uygardır" diyerek, her şeyiyle sonuna kadar güvendiği, Türk insanı...

Emperyalist Batı siyasetinin, tanımadan, önyargılı bir zihniyetle "barbar" damgasını vurduğu halde, binlerce yıllık uygarlıkların saklı olduğu Anadolu topraklarına, üstelik Kurtuluş Savaşı sırasında gelen yabancıların (İngiliz kadın gazeteci Grace Ellison, Fransız kadın gazeteci Berthe Georges-Gaulist ve ünlü Fransız yazar Pierre Loti ve daha niceleri gibi) yaşayarak, görerek, tanıyarak, "tüm yoksulluğuna karşın, dürüst, ahlaklı, iyi niyetli, iyi yürekli ve sevecen" diye tanımladığı Türk insanı... Evet, bu insan, bu halk, bu toplum nerede?

Bize ne oldu da, bu güzelim özelliklerimizi yitirdik?.. Nasıl oldu da, sevgiyi şiddete, ideallerimizi paraya ve maddiyata dayalı çıkar ilişkilerine, ilkeli olmayı ilkesizliğe dönüştürmeyi başardık? Dünden bugüne ne değişti de, dürüst ve idealist olmayı budalalık sayıp, yasal soyguncuları, çıkarcıları, mafya babalarını, yalancıları, rüşvetçileri baştacı edebildik?

Ne yaptık da, insanımızın geleneklerinde kemikleşmiş olan "kutsal devlet" inancını kökten ve hepten yok ettik?

Toplumun bu yozlaşmış gidişine dur diyebilmek için öyle sanıyorum ki, öncelikle bu soruların yanıtlarını aramalıyız. (Deniz Banoğlu, Türkiyem Yazıları, Toplumsal Dönüşüm Yayınları, Aralık 2004, s. 30)

ÇAĞDIŞI BİR İNSAN HAKLARI ANLAYIŞI

Birleşmiş Milletler 17 Nisan 1998 tarihinde, 'İnsan Hakları ve Terörizm' başlıklı bir kararı oyçokluğu ile kabul etti. Bu tarihli kararın öğelerini, 1999 Yunus Nadi Sosyal Bilimler Ödülünü kazanan **Terör ve Demokrasi** adlı eserinde **Pulat Y. Tacar** şöyle özetliyor:

– Tüm terörizm eylemleri, nasıl, nerede ve kim tarafından yapılırsa yapılsın hiçbir şekilde haklı gösterilemez; insan haklarının yerleşmesi uğruna terörizme başvurması da haklı gösterilemez.

– En temel insan hakkı olan yaşama hakkını ortadan kaldırmayı amaçlayan terörizm, tüm biçim ve belirtileriyle devam etmektedir. Terörist gruplar insan haklarını ağır şekilde ihlal ediyorlar.

– Terörizm, demokrasiyi, sivil toplumu ve kanunun üstünlüğü ilkesini tehdit etmektedir.

– Terörizm, insanların korkusuzca yaşayabilecekleri bir ortamı ortadan kaldırmaktadır.

– Rastgele uygulanan terör ve şiddet, kadınlar, çocuklar, yaşlılar dahil olmak üzere, pek çok sayıda masum insanı katletmekte, sakatlamaktadır; bu eylemler hiçbir şekilde haklı gösterilemez.

— Pek çok terörist grup, yasadışı silah kaçakçılığı ve uyuşturucu kaçakçılığı yapan, ayrıca cinayet, tehditle para sızdırma, insan kaçırma, saldırı, rehin alma, hırsızlık, kara para aklama ve ırza tecavüz eylemlerine karışmış olan başka suç örgütleriyle, ulusal veya uluslararası düzeyde işbirliği yapmaktadır.

— Terörizme karşı alınacak önlemler, uluslararası insan hakları normlarına ve uluslararası hukuka uygun olmalıdır.

— Devletler arasında, uluslararası ve bölgesel örgütler arasında, terörizme karşı mücadelede yapılan işbirliği artırılmalıdır; dolayısıyla hangi şekilde olursa olsun, nerede ve kim tarafından yapılırsa yapılsın tüm terörizm biçimleri ile mücadele edilmeli ve terörizm ortadan kaldırılmalıdır; terörizm herkes tarafından kınanmalıdır.

— Terörizm, insan haklarını ve temel özgürlükleri ve demokrasiyi yok etmeye yönelik bir eylemdir; bu eylem devletlerin toprak bütünlüğünü ve güvenliğini tehdit etmektedir; meşru bir şekilde göreve gelmiş hükümetleri sarsmaya, çoğulcu sivil toplumu ve hukukun üstünlüğü ilkesini yok etmeye yöneliktir. Devletlerin ekonomik ve toplumsal gelişmesine olumsuz etki yapmaktadır.

— Her türlü etnik kin ve nefret, şiddet ve terörizm kınanır.

— Devletler, uluslararası insan hakları normlarına ve hukuka tam uygunluk içinde nerede ve kim tarafından yapılırsa yapılsın her türlü terörizmi önlemeye, onunla mücadele etmeye ve ortadan kaldırmaya davet edilir; uluslararası camia terörizmi ortadan kaldırmak için işbirliğine çağrılır.

Yukarıda ana hatlarını verdiğimiz bu karar, 115 lehte ve 57 çekimser oyla Birleşmiş Milletler Genel Kurulu tarafından kabul edilmiştir.

Karar, insan haklarının hayata geçirilmesi bakımından atılmış en önemli adımdır. Çünkü, günümüzde en vahim insan hakkı ihlalleri, devletler ve devlet görevlileri tarafından değil, terör örgütlerince yapılıyor. Ne yazık ki; Kıbrıs Rum Yönetimi, Ermenistan, Suriye, Yunanistan gibi PKK'ya açıkça destek veren ülkelerle birlikte, Batı camiasını oluşturan İngiltere, Almanya, Avusturya, Belçika, Kanada, Danimarka, Fransa, Finlandiya, İrlanda, İzlanda, İtalya, Lüksemburg, Hollanda, Norveç, İspanya, İsveç, Ukrayna gibi ülkeler de çekimser oy kullanmışlardır.

Çekimser oy kullanmalarının nedeni, terörizmin bir insan hakkı ihlali olduğunun kararda yazılı olmasıdır ve ne yazık ki adı geçen ülkelerin çoğu PKK ve benzeri terör örgütlerine açık veya dolaylı destek veriyorlar. Bu destek belgelendikçe, asıl insan hakkı ihlalcilerinin bu devletler olduğunun kabulü gerekecek.

Batı camiasına göre, insan hakkı ihlalleri sadece devletler tarafından yapılabilir.

Onlara göre, örneğin bir terör örgütünün eline atom bombası geçse, bir şehri bombalasa, milyonlarca kişiyi öldürse, bu eylem insan hakkı ihlali değildir ama, devlet görevlilerinin kişilere kötü muamelede bulunması, insan haklarının ihlalidir.

Levent Kavas, 16 Ekim 1999 tarihinde, Star gazetesine yazdığı **Ne Siz Sorun Ne Ben Söyleyeyim** başlıklı makalesinde bu anlayışı şöyle özetliyor:

'Teröristle masaya oturmayacak' bir yetke, 'terör örgütü'nü bir 'devlet çekirdeği' olarak tanımayan bir kimse, o örgütü 'insan hakları'nı çiğnemekle suçlayamaz. Ancak devletler 'insan hakları'nı tanıma, koruma, işletme 'yetki'sini taşıdığı için, ancak devletler 'insan hakları'nı tanımamakla, korumamakla, işletmemekle suçlanabilir. Bir 'terör örgütü'nü 'insan hakları'nı çiğnemekle suçlamak, örgüt olarak o örgütü, yalnızca 'gerçekte' değil, 'hukuken' de bir 'yetke' saymak anlamına gelir. Bir örgüt, bir kişi 'insan hakları'nı koruma konusunda 'yetkili' değilse, 'insan hakları'nı çiğnemekten 'sorumlu' da tutulamaz. Bizdeki sözde insan hakları savunucusu dernekler, özellikle kendilerine 'ikinci cumhuriyetçi', 'liberal' gibi isimler takan aydınlar, irticai faaliyetlerde bulunanlar, Batı camiasının benimsediği insan hakları anlayışını savunuyorlar ve böylece bir taşla iki kuş vurabileceklerini sanıyorlar. Hem insan haklarını savunur görünecekler ve hem de terörist örgütlerin, irticai faaliyette bulunan kişi ve partilerin avukatlığını rahatlıkla yapabilecekler.

Vatandaşlarımızı 'kahrolsun insan hakları' sloganlarıyla yollara düşüren, Birleşmiş Milletler kararına aykırı olan bu çarpık insan hakları anlayışıdır. Çünkü onların insan haklarını devlet görevlilerinden çok, PKK, DHKP/C gibi terör örgütleri, mafya benzeri çıkar amaçlı suç örgütleri ihlal ediyor ve bizdeki sözde insan hakları savunucuları da, bu çeşit örgütlere destek vermekten başka bir şey yapmıyorlar.

21. yüzyıl, gerçekten insan haklarının hayata geçirildiği bir yüzyıl olacak. Ancak, 21. yüzyılın insan hakları anlayışı, anılan Birleşmiş Milletler kararına uygun, hem devlet görevlilerine, hem terörist örgütlere ve hem de çıkar amaçlı suç örgütlerine karşı 'masumu' koruyan, çağdaş bir insan hakları anlayışı olacak.

Bu konuda gerçek Türk aydınına, Türk devletine büyük görevler düşüyor. Çünkü, çağdaş insan haklarının hayata geçirilmesi için yaptığımız savaşta, Batı camiasından ve onların içimizdeki yardakçılarından bize hayır yok. Gölge etmesinler başka ihsan istemiyoruz. Türkiye Cumhuriyeti, Kurtuluş Savaşı mücadelesini Batı camiasına rağmen yapabilmiş bir ülkedir. İnsan hakları mücadelesini de, Birleşmiş Milletler'deki çağdaş insan haklarını savunan devletlerle işbirliği ve onlara öncülük yaparak kazanacağına inanıyorum.

TRT VURAL SAVAŞ'TAN NEDEN KORKUYOR?

Atatürkçü olarak tanınan kişilerin, TRT ekranlarında görüş açıklamaları olanaksız hale geldi.

Önce Attilâ İlhan'ın yıllardır yaptığı programa devam etmesi yasaklanmıştı; 27 Ekim 2005 günü de, davet edildiğim, ismimden de bahsedilerek anonsları yapılan bir programa katılmam, AKP'ye ve dolayısı ile TRT'ye yön veren kişiler tarafından engellendi.

Çünkü orada, Türkiye Cumhuriyeti'nin hukukunu savunacağım biliniyordu.

Programa katılma olanağım olsaydı, dile getireceğim görüşlerden bazıları şunlardı:

Sadece Hâkimler ve Savcılar Yüksek Kurulu'nda Adalet Bakanı ve Müsteşarı bulunduğu için değil; 1982 Anayasası'nın geçici 15. maddesi gereğince anayasaya aykırılığı iddia edilemeyen Hâkimler ve Savcılar Kanunu ile Adalet Bakanı'na verilen yetkiler nedeniyle, yargımız bağımsız değildir. Şöyle ki:

1) Söz konusu kanunun 82. maddesine göre "Hâkimler ve savcıların görevden doğan veya görev sırasında işlenen suçları, sıfat ve görevleri gereğine uymayan tutum ve davranışları nedeniyle, haklarında inceleme ve soruşturma yapılması Adalet Bakanlığı'nın iznine bağlıdır."

2) Yine Hâkimler ve Savcılar Kanunu'na göre, "Adalet Bakanı, hâkimler ve savcılar hakkında soruşturmayı, adalet müfettişleri veya hakkında soruşturma yapılacak olandan daha kıdemli hâkim ve savcı eliyle yaptırabilir."

Hâkimlik ve savcılık mesleği, insanın en kolay lekelenebildiği bir meslektir. Çünkü, her hukuk davasının bir davacısı, bir davalısı, her ceza davasının bir sanığı, bir de suçtan zarar göreni vardır ve bir hâkim veya savcı, yaptığı her işlemle adeta düşman kazanır. Hele güçlü kişilerin üzerlerine gitmişlerse, aleyhlerine tanıklık yapabilecek pek çok kimse bulunabilir.

Adalet Bakanlığımızın müfettişleri, bütün dünyanın en teminatsız memurlarıdır. Adalet Bakanı isterse, tümünün birden görevine son verdirebilir ve istediği kişileri adalet müfettişi olarak atar. Nitekim Sayın Cemil Çiçek de bu çeşit atamalar yapmıştır. Başka bakanlıkların müfettişleri bu şekilde görevden alınsa, idari yargıya başvurup hakkını arayabilir, Adalet Bakanlığı müfettişleri arayamaz. Teminatsız memurların yaptığı işlemlerin birçoğu tarafsız değildir.

3) Hangi hâkim ve savcının nereye atanacağına ilişkin kararname taslağını Adalet Bakanlığı hazırlar. Mesela taslağa bakanlık önerisiyle giren bir hâkim ve savcının gideceği yeri isteyen çok daha başarılı hâkim ve savcılar olabilir. Kurul üyelerine bu liste verilmediği için, isabetli atamalar yapılamamaktadır.

Ankara ve İstanbul, yolsuzlukların en çok yapıldığı ve memur suçlarının en çok işlendiği yerlerdir. Her bakan ne yapar yapar, bu illerin başsavcılıklarına, siyasiler ve medya ile ilgili davaların görüldüğü mahkemelere, kendi ideolojilerine yakın bildiği hâkim ve savcıların atanmasını sağlarlar. Bu nedenle, iktidar değişikliği olmadan yolsuzlukların üzerine gidilememektedir.

Önceki dönemde olduğu gibi; Hâkimler ve Savcılar Yüksek Kurulu'nun bağımsız sekretaryası oluşturulmadan, hâkim ve savcılar hakkında soruşturma izninin verilmesi ve müfettiş atamalarının kurul tarafından yapılması sağlanmadan yargı bağımsızlığı sağlanamaz ve yargı bağımsızlığı sağlanmadan milletvekillerinin dokunulmazlıkları kaldırılmaya başlanırsa; yaptıkları yolsuzluklar kesinlikle kanıtlansa dahi, hiçbir mahkeme dokunulmazlıkları kaldırılan AKP milletvekillerini cezalandıramaz. Bu hukuka aykırı kararları temyiz edecek savcı da bulunamaz.

Bütün bunlardan daha elim ve daha vahim olmak üzere yargı, çoğunluğu ülkemize düşmanca hisler beslediği açıkça ortaya çıkan ülkelerin hâkimlerinden oluşan uluslararası mahkemelerin güdümüne sokulmaya çalışılıyor.

Önce, 13 Ağustos 1999 tarihinde anayasamızın 125. maddesi değiştirilerek "yabancılık unsuru taşıyan uyuşmazlıklar" için "milletlerarası tahkim yolu ile çözüm" yolu açıldı.

Avrupa İnsan Hakları Mahkemesi'nin yüzkarası olan Loizidu kararına ilişkin tazminatı, hiçbir iktidar ödemeye yanaşmadığı halde; AKP hükümeti bu tazminatı ödeyerek, aleyhimize benzeri onbinlerce davanın açılması ve dolayısıyla Türk hükümetlerinin milyarlarca dolarlık tazminat ödemesinin yolunu açtı.

18 Mayıs 2005 tarihli Wall Street Journal gazetesinin dahi "Siyasi, ikiyüzlü, utanç verici; gerekçeleri yeniden yargılamayı sağlamak için uydurulmuş bir karar" olarak nitelendirdiği Öcalan kararı, biraz önce değindiğimiz Loizidu kararı ve benzeri yüzlerce yanlı karar ortada iken; AKP hükümeti geçen yıl, hiçbir gereği yokken AİHM kararlarının yargılanmanın yenilenmesi nedenleri arasına girmesini sağ-

lamış, böylece Leyla Zana ve Abdullah Öcalan gibi kişilerin yeniden yargılanmasının yolunu açmıştır.

Başbakan Recep Tayyip Erdoğan, 8 Ekim 2005 tarihinde Avrupa Konseyi Parlamenterler Asamblesi'nde yaptığı konuşmada, "Türkiye'nin yakın bir gelecekte Roma Statüsü'nü onaylayarak Uluslararası Ceza Divanı'na taraf olacağı" sözünü vermiştir ve bugünlerde bu antlaşmanın TBMM'ce onaylanması beklenmektedir.

Başlarına gelecekleri bildiği için ABD, Rusya, Çin, İsrail ve pek çok onurlu ülke taraf olmayı reddettiği Uluslararası Ceza Mahkemesi'nin yargı yetkisini kabul ettiğimiz andan itibaren PKK ile mücadelemiz olanaksız hale gelecek veya bu mücadeleyi yapan şerefli generallerimizin söz konusu mahkemede sanık sandalyesine oturtuluşunu gözyaşları ile seyredeceğiz.

Büyük Atatürk, "Bağımsızlığımızın temel direği olan adalet dağıtımında, bir yabancı parmağı bulundurmayacağız" demişti.

AKP hükümetleri sayesinde, yabancı parmağı hiç girmemesi gereken yerlerimize girmiştir ve daha da derinlere girmesi için inanılmaz şekilde çaba gösterenler var.

ADLİ KAPİTÜLASYONLAR HORTLARKEN

Türkiye, sözlüklerde "tek taraflı olarak imtiyazlar bahşetmek, teslim olmak, boyun eğmek" şeklinde tarif edilen kapitülasyonlardan Lozan Antlaşması ile kurtulmuştur.
İsmet Paşa, Hâtıralar'ında bu meseleyi anlatırken der ki:

...biz, hukukçu ve iktisatçı olmayan vatandaşlar, kapitülasyon belası denilince, memleketin yüzyıllardan beri mahkûm edilmiş olduğu mali ve iktisadi kısıtlamaları anlar ve bunları kaldırmanın çok güç olacağını zannederdik. Gençliğimden beri kapitülasyonların yalnız iktisadi hükümlerinden dolayı elimiz, kolumuz bağlı bilirdik. İşin içine gidikten sonra anladım ki, asıl ehemmiyet verdikleri kapitülasyonların adli kısmıdır. Nitekim mali ve ticari hükümlerden dolayı fazla güçlük çıkarmaksızın kapitülasyonların kaldırılmasını kabul ettirdik. Ama adli kısım üzerinde sonuna kadar direndiler.

Bu direnişin; ecnebilerin alacağı kararlara boyun eğmesi mümkün olmayan Mustafa Kemal'in iradesine çarparak eridiğini ve sonunda Türkiye'nin adli kapitülasyonlardan da kurtarıldığını biliyoruz. (Necdet Sevinç, Ulema Çözmeliymiş, Tercüman gazetesi, 18 Kasım 2005)

Soros'tan destek gören üniversiteler, yeni Türk Ceza Kanunu'nun 1 Haziran 2005'te yürürlüğe girmesinden kısa bir süre önce, tarihsel gerçeklere aykırı olarak, Türkleri "Ermeni soykırımı" yapmakla suçlayan kişileri biraraya getirip bir konferans düzenlemeye kalkışınca, Adalet Bakanı Cemil Çiçek TBMM kürsüsünde şöyle haykırmıştı:

> "Bu hareketle arkadan hançerlemişlerdir bizi. Üniversiteler özerktir ama özerklik sorumsuzluk değildir. Bu büyük sorumsuzluk ve ciddiyetsizliktir. Keşke Adalet Bakanı olarak dava açma yetkimi devretmeseydim. Bu ciddiyetsizlik, bu sorumsuzluk, bu milletin nüfus cüzdanını taşıyıp bu milletin aleyhine propaganda yapma ve ihanet etme dönemini kapatmamız lazımdır."

Yargı kararı ile yasaklanmasına rağmen, AB yetkilileri bastırınca, Adalet Bakanı Cemil Çiçek'in, yüz seksen derece çark edip, söz konusu konferansın başka bir üniversitede yapılmasının sağlanmasına öncülük yaptığını görüyoruz.

6 Ocak 2006 tarihli Yeniçağ gazetesi, manşetten verdiği haberi şu şekilde okurlarına duyuruyordu: "400 milyon dolar nasıl paylaşıldı?", "Pentagon'un, psikolojik savaş için ayırdığı teşvik priminden yararlananların adları Ankara Büyükelçisi Wilson'un cebinde..."

Haberin içeriği ise şöyle:

> İşgalden sonra Irak medyasına para karşılığı 'olumlu haberler' yayınlattığı ortaya çıkan Pentagon, Türkiye'de de benzer bir operasyon için hazırlıklara başladı. Ortadoğu'da psikolojik savaş yürütmek için 400 milyon dolarlık bütçe ayıran ABD'nin, bütçenin önemli bir kısmını Türkiye'de kullanacağı iddia ediliyor. İstihbarat yetkililerinin, ABD'nin bütçesinden

para alan ya da almaya hazırlanan Türklerin peşine düştüğü vurgulanırken, Amerikan Özel Operasyonlar Komutanlığı'nın planladığı projenin Türkiye sorumlusunun ise ABD'nin Ankara Büyükelçisi Ross Wilson olduğu kaydediliyor. ABD'nin psikolojik savaş için bütçe ayırdığını ilk defa USA Today gazetesi duyurmuştu. Gazetenin haberine göre Pentagon'un psikolojik savaş bütçesinde, 'çeşitli ülkelerde basın-yayın organlarında Amerikan yanlısı mesajlar çıkmasını sağlamak' da bulunuyor. Söz konusu psikolojik savaştan sorumlu bir askeri yetkiliye dayanılarak verilen habere göre, yürütülecek kampanyayla, 'terörist ideoloji' hedef alınacak ve yabancı okuyucu ve izleyicilerin 'ABD politikalarını desteklemeleri' hedeflenecek. Amerikan Özel Operasyonlar Komutanlığı'na bağlı psikolojik savaş uzmanlarınca hazırlanan program, ABD'nin müttefiki olan veya olmayan bütün ülkelede uygulanacak. Ancak verilecek mesajlarda, Amerikan kaynaklarına atıfta bulunulmayacak.

Pentagon, söz konusu kampanyayı üç firma üzerinden yürütecek. Bu firmalar arasında, Irak basınında Amerikan yanlısı haberler çıkması için bu ülkenin gazetelerine para vermesi üzerine Pentagon tarafından soruşturma altına alınan Lincoln Group da yer alıyor...

Böyle durumlarda Sabancı Üniversitesi boş durur mu? AB izleme ve savunuculuk programı kapsamında hazırlattığı rapor, Prof. Dr. Bülent Çaplı tarafından 13 Ekim 2005 günü açıklandı. Bu raporda, "Etnik ve dilsel azınlıklar için program hazırlayan prodüktörlere ve bunu yayınlayan yayıncılara mali destek sağlanması gerektiği" belirtilmektedir.

Son günlerde, pek çok televizyonumuzun Roj TV'yi aratmayacak şekilde yayın yapmaya başlamaları elbette sebepsiz değil...

Böyle bir ortamda, "Türklüğü ve Türkiye Cumhuriyeti'nin yasada belirtilen kurumlarını aşağılayan" kişileri cezalandıran TCK'nın 301. maddesi ile "Temel milli yararlara karşı fiillerde bulunmak maksadıyla yabancı kişi veya kuruluşlardan maddi yarar sağlayan" kişileri cezalandıran TCK'nın 305. maddesinin kaldırılması ve değiştirilmesi, emperyalist devletlerin işbirlikçilerinin korunması için hayati önem taşımaya başladı.

AB ve ABD'nin koruyucu kalkanına sığınarak yasalarımızı ihlal özgürlüğü kazandığına inanan Orhan Pamuk ve Hırant Dink gibi kişiler hakkında ardı ardına davalar açılmaya başlayınca devreye giren AB-Türkiye Karma Parlamento Komisyonu Eşbaşkanı Joost Lagendijk'in, "Türkiye şu anda AB ile müzakereler içinde. Biz ifade özgürlüğünün sınırlandırıldığı bir ülke ile müzakereleri sürdüremeyiz... 301. maddenin kaldırılması lazım. Umarım hükümet gerekli mesajı almıştır" demesi, hükümetimizin paniğe kapılmasına yetti.

Artık olacaklar bellidir.

Bu yazıma **Necdet Sevinç**'in yazdıklarıyla başlamıştım. İzin verirseniz yine onun yazdıklarıyla son vereyim:

> Osmanlı İmparatorluğu'nun çöküş dönemi olan Tanzimat devrinde, devletle başı derde girip mahkemeye verilen her sergerde, duruşmaya Rus, İngiliz veya Fransız sefaretinde görevli bir ecnebiyi koluna takarak gelirdi.
>
> Eğer bu "Avrupalılar tarafından mahkemeyi tehdide yeltenme" çabası beraat veya takipsizlik kararının verilmesine kâfi gelmezse, ikinci duruşmadan önce nazır paşa makamında ziyaret edilirdi.
>
> Makamda ne olduğunu Ziya Paşa şöyle anlatır:

'...Samatyalı Kasbar, bugün siyah bir şapkayla ve yanında bir Rus tercümanla Hariciye Nazırı'nın yanına gelip, üst yanındaki sandalyeye oturdu. Cebinden tütün kesesini çıkarıp, cığaracığını yaktı. Dumanı nazır paşanın burnuna üfleyerek ayaklarını birbirinin üstüne attı.'

Sonra?

Sonrası malum; ya Batı'nın baskılarına başeğmeyen hâkim sürgüne gönderilip, yerine anlayışlı bir reis bey tayin edilecektir ya da sanığın suçlanmasına mesnet teşkil eden kanun iptal edilerek mesele çözümlenecektir! Tabii bu arada eğer şeref ve haysiyetinden taviz vermezse adliye nazırı da azledilecektir!

Orhan Pamuk davasında yaşadığımız olaylara ne kadar benziyor değil mi? (Tercüman gazetesi, 6 Ocak 2006)

EN BÜYÜK TEHLİKE, SOROS'LA İŞBİRLİĞİ YAPANLARDIR

Gürcistan, Ukrayna, Filistin, Lübnan ve Kırgızistan'da olup bitenleri; uygun zamanı geldiğinde ve düğmeye basıldığında Türkiye'de olup bitecekleri anlamanıza yardım edeceğini bildiğimden üç önemli belirlemeyi bilginize sunmak istiyorum:

1– Askar Akayev'in ardından ağıt yakan yok. Ancak "Neden Kırgızistan" sorusuna yanıt arayanlar, Avrupa Güvenlik ve İşbirliği Teşkilatı'nı (AGİT) sorgulamaya başladılar.

61 yaşındaki Akayev, Orta Asya liderleri arasında en az otoriter olanıydı. Hatta en liberaliydi bile denebilir. Fizik öğrenimi görmüştü. Klasik müzik ve resimde uzmanlık derecesinde bilgi sahibiydi. Politikaya Gorbaçov'un "Perestroyka" (yeniden yapılanma) sürecine destek için girmişti. 1990 Ekiminde Kırgızistan Sovyet Cumhuriyeti'nin başkanlığına seçilmiş, ertesi yıl Sovyetler Birliği dağılınca ruble bölgesinden ilk çıkan, özel mülkiyet hakkını ilk tanıyan olmuştu. Kırgızistan o zamanlar "Orta Asya'da demokrasi adası" diye gösteriliyordu.

Akayev'in polis devleti kurmadığı, 15 yıllık iktidarının sadece birkaç saatte yıkılmasından belli değil mi?

...Akayev, 18-19 Kasım 1999'da İstanbul'da yapılan AGİT zirvesinde kabul edilen ve "İstanbul Şartı" denilen anlaşmadaki imzasına bağlı kalarak kapılarını seçim gözlemcilerine açtı. İstanbul Şartı'nın 25. maddesinde şöyle deniyordu:

"ODIHR, AGİT Parlamenterler Asamblesi ve diğer ilgili kurum ve kuruluşlardan seçimleri izlemek isteyen gözlemcileri davet edeceğiz. ODIHR'in seçimlere ilişkin değerlendirme ve tavsiyelerini vakit kaybetmeden takip etmeyi kabul ediyoruz."

AGİT'in belki de en stratejik bir organı olan ODIHR'in açılmış adı "Demokratik Kurumlar ve İnsan Hakları Bürosu." Görevlerinin başında, üye ülkelerde serbest seçimlerin gerçekleştirilmesini sağlamak geliyor.

Uzatmayalım; AGİT ilk turu 27 Şubatta, ikincisi 13 Martta yapılan seçimler için Kırgızistan'a epey gözlemci gönderdi.

...Seçimde 75 sandalyeli Kırgız Parlamentosu'nun 71 üyesi belirlendi. Dağılım şöyleydi: Akayev'in kızı Bermet Akayev liderliğindeki Alga Kırgızistan Partisi 19, iktidara yakın Adalet Partisi 5, muhalefet partileri 7 milletvekili. Ya gerisi? Hangi tarafa destek vereceklerini kimsenin bilmediği 40 bağımsız üye!

Muhalefet hemen seçime hile karıştığı iddiasıyla sonuçları reddetti ve gözler AGİT gözlemcilerine çevirildi. Onların kararı: "Seçime hile karıştı." Böylece bir "kadife devrim"in daha yolu açılmış oldu.

Bazı uluslararası ilişkiler uzmanlarına göre, AGİT temsilcileri eski Sovyet coğrafyasındaki seçimlerde bağımsız gözlemcilikten çok, düzeni değiştirme yanlılarının aktif militanı olarak görev yapıyorlar. (Erdal Şafak, "Tarafsız" gözlemciler, Sabah gazetesi, 26 Mart 2005)

2— ABD, son olarak Mısır'da altı sivil toplum örgütüne U.S. Agency for International Development (USAID) üzerinden bir milyon dolar para dağıttı. Bu parayla Büyük Ortadoğu Projesi için çalışmalar yürütülecek. Mısır basını, hangi örgütlerin ne kadar para aldığını, hangi gazetecilere, yazarlara ne kadar para dağıtıldığını bir bir ortaya döküyor. Tartışmalar, başka güçlerin o ülkedeki nüfuzu için roller üstlenen sivil toplum örgütlerinin sorgulanmasına doğru gidiyor.

...Kırgızistan'a dönelim: Devlet Başkan Vekili olarak atanan Kurmanbek Bakiyev, "Dışardan tek kuruşluk yardım almadık ve kimseden yardım talep etmedik. Yöntemlerini kopyalamak için Ukrayna'ya ya da Gürcistan'a gitmedim" demiş. Doğru, Ukrayna ve Gürcistan'a gitmediler ama, geçen yıl 28 Şubat-14 Mart arası Washington'da ciddi bir eğitime tabi tutuldular. Para konusuna gelince; madem burada yazılanlar inandırıcı bulunmuyor, o zaman International Herald Tribune gazetesinde dün yayımlanan "West plays key role in Kyrgyzstan" başlıklı yazıya dikkat çekelim ve nasıl finanse edilip örgütlendiklerini görelim.

ABD tarafından Freedom House üzerinden finanse edilen basın ve yine ABD tarafından finanse edilen demokrasi ve sivil toplum programlarının Kırgızistan ayaklanmasındaki belirleyici rolüne dikkat çekilen yazıda, 1992 yılında kabul edilen Özgürlüğü Destekleme Yasası çerçevesinde bu ülkelere yoğun yardımların başlatıldığı, National Endowment For Democracy gibi kuruluşlar üzerinden binlerce insanın programlara tabi tutulduğu, ABD finansmanıyla çok sayıda sivil toplum örgütü kurulduğu, eğitim çalışmaları yapıldığı, internet imkânı sağlandığı, insanların CNN yayınlarına yönlendirildiği ve ABD finansıyla kurulan "bağımsız" gazeteleri okuma imkânları verildiği, ülkedeki Amerikan Üniversitesi üzerinden bir Amerikan modeli üretildiği, öğrencilerin ve siyasi liderlerin ABD'ye götürüldüğü belirtiliyor. Kurbanbek Bakiyev'in de bu çerçevede ABD'ye götürüldüğü not ediliyor ve ABD'nin Askar Akayev'e karşı devrimi finanse ettiği net cümlelerle ortaya konuyor.

...Kırgızistan'da bu olaylar olurken ABD, Afganistan'da dokuz tane askeri üs kurmak için çalışmalar yürütüyor. Özelde İran'ı kuşatmak, genelde ise Avrasya'ya tek başına hâkim olmak çerçevesinde açılacak bu üslerle Kırgızistan'daki yönetim değişikliğinin birebir bağlantısı var. Türkiye, yeni süreci sadece demokrasi ve özgürlük devrimleri olarak algılamaya devam ederse, korkarım Orta Asya'da hiçbir zaman olamayacak, Nahcivan'dan öteye geçemeyecek.

Başa dönelim: Demokrasi adı altında yürütülen ABD kontrol stratejileriyle diktatörler arasında seçim yapmak zorunda değiliz. Üçüncü bir yol daha var: Orta Asya'nın gerçekten özgürlük isteyen güçleriyle buluşmak. ABD parasıyla kurulan sivil toplum örgütlerinin yetiştirdiği kadrolar, o topraklara özgürlük değil ABD işgalini taşıyacak, bölgenin gerçek güçlerinin önünü kapatacak. Bize düşen o güçlerin önünü açmak. Gerçek devrim o zaman olacak. (İbrahim Karagül, Avrasya Savaşı: Diktatörler, Soros ve Üçüncü Yol Arayışı, Yeni Şafak gazetesi, 31 Mart 2005)

3— Yugoslavya, Gürcistan, Ukrayna ve Kırgızistan'daki ayaklanmalarda, sahibi olduğu Açık Toplum Enstitüsü ile etkin rol oynadığı belirtilen uluslararası finans spekülatörü George Soros, Türkiye ile de yakından ilgileniyor. Türkiye'deki çok sayıda sivil toplum örgütünü destekleyen Açık Toplum Enstitüsü, birçok projeye de öncülük ediyor.

Son olarak Kırgızistan'daki halk ayaklanmasıyla gündeme gelen dolar milyarderi George Soros, Türkiye'de de Açık

Toplum Enstitüsü aracılığıyla geniş çaplı çalışmalar yürütüyor. Açık Toplum Enstitüsü'nün Türkiye şubesi 2001'de çalışmalarına başladı. Kendisine Türkiye'deki reform sürecine destek vermeyi amaç edinen enstitü üç yıl boyunca Türkiye'de yaklaşık 5 milyon dolar harcadı. Bu paranın yüzde 95'i sivil topluma giderken, yüzde 5'lik bölümü de hükümetin sosyal faaliyetleri için kullanıldı. Direktörlüğünü Hakan Altınay'ın yaptığı enstitünün kurucu üyeleri şu isimlerden oluşuyor:

Can Paker (TESEV Başkanı), Nebahat Akkoç (Diyarbakır'da kurulu Kadın Araştırmaları Merkezi Vakıf yöneticisi), Şahin Alpay (gazeteci-yazar), Murat Belge (gazeteci-yazar), Üstün Ergüder (Eski Boğaziçi Üniversitesi Rektörü), Osman Kavala (Kavala Grubu'nun sahibi), Ömer Madra (Açık Radyo'nun kurucularından), Nadire Mater (Bağımsız İletişim Ağı'nın yönetmenlerinden), Oğuz Özerden (Bilgi Üniversitesi Kurucusu)... (Cumhuriyet gazetesi, 30 Mart 2005)

ABD ve Soros'un parasal destek sağladığı ülkemizdeki sivil toplum kuruluşlarının maskelerini iş işten geçmeden düşürmek, bence en önemli görev olarak aydınlarımıza düşüyor... Bu işi bugüne kadar en iyi şekilde 'Sivil Örümceğin Ağında' adlı kitabı ile Mustafa Yıldırım yaptı.

Söz konusu kitabın dokuzuncu baskısını yaptığını öğrenince çocuk gibi sevindim.

TÜRKİYE GERÇEKTEN SATILIYOR MU?

"Büyük Ortadoğu Projesi"nin aslında, geniş bir coğrafyada yer alan, Türkiye dahil pek çok ülkede ulus devletleri çökertme ve parçalama projesi olduğunu, bu projenin gerçekleşmesine yardım eden yerli işbirlikçileri "Emperyalizmin Uşakları" adlı eserimde delilleriyle açıklamış; 8 Mayıs 2005 tarihli Aydınlık dergisinde "En Büyük Tehlike, Soros'la İşbirliği Yapanlardır" başlıklı bir makale de yazmıştım.

Daha bu kitap ve makalenin mürekkebi kurumadan çok önemli gelişmeler oldu. Recep Tayyip Erdoğan'ın Amerika ziyareti ile Soros'un Türkiye ziyareti aynı tarihe rastladı.

Recep Tayyip Erdoğan ABD'ye giderken "Talihsizlik CHP'nin ABD karşıtı olması" dedi. Deniz Baykal ise bu konuda şunları söyledi: "Başbakanın burada dile getirmek istediği cümleyi ben size tercüme edeyim, 'Türkiye'yi ben satmaya hazırım ama CHP bırakmıyor' diyor" dedi.

10 Haziran 2005 tarihli gazetelerde ise, şu haber yer alıyordu:

Sabancı-Soros İşbirliği
Ünlü yatırımcı ve spekülatör George Soros, Sabancı Holding Başkanı Güler Sabancı ile Sakıp Sabancı Müzesi'nde biraraya geldi. Soros'un finanse ettiği Açık Toplum Enstitüsü

ile Sabancı Üniversitesi arasında birçok çalışma yapıldığını kaydeden Güler Sabancı, gazetecilerin "Soros ile ortak yatırım yapmayı planlıyor musunuz?" sorusuna, "Birlikte en büyük yatırımı eğitime yapıyoruz" şeklinde yanıt verdi. Sabancı, imkân olursa başka alanlarda Soros'la ortak yatırımı düşünebileceklerini de anlattı. George Soros'un bu yıl Türkiye Ekonomik ve Sosyal Etüdler Vakfı'na 400 bin dolarlık yardım yaptığı ifade edildi. (Posta gazetesi)

Serdar Arseven'in, 9 Haziran 2005 tarihli Tercüman gazetesinde Örtülü Devrim başlıklı makalesinde dile getirdikleri ise gerçekten dehşet verici. Konumuzla ilgili bölümü aşağıya aynen alıyorum:

> Bir süredir Yahudi lobisinin önde gelen isimleriyle görüşen AK Parti kurmayları, bu sorunun çözümü konusunda yardım talep etmişlerdi.
>
> "Ortak ideallerimize hizmet etmek isteriz. Bu konuda size yardımcı olabilmemiz için iç politikada güçlü olmamız gerekir. Bu konuda rahat olmamız lazım..."
>
> Bugüne kadar, başörtüsü meselesinde acziyet gösteren iktidarlar, sandık hezimetine uğradılar. Başörtüsü, bazıları için pek önemli değilse de millet için çok önemli.
>
> İktidarların muktedir olup olmadıklarının göstergesi gibi. AK Parti hissettirmese de, bu meselenin hayati öneme sahip olduğu biliniyor.
>
> O bilinçle hareket ediyor.
>
> Soros'a gelelim... Dün, bir ortamda müjdeyi verdi ünlü spekülatör: "Başörtüsü-türban meselesinin çözümü için, gerekli girişimlerde bulunmaya karar verdik. Bu iş, çözüm yoluna girecek."

Etki alanındakiler üzerine baskı uygulayacak. Toplumsal mutabakatın ağırlık noktasını Soros oluşturursa... Bir devrim olur.

Bu da, "örtülü devrim." Bakalım...

Dün, Soros bir müjde verdi. Sorunu, nihayete erdirip erdiremeyeceğini görelim.

Soros meselesine yeniden döneceğiz ama öncelikle Recep Tayyip Erdoğan'ın Amerika ziyaretini doğru değerlendiren birkaç yazıya değinelim:

1– Talihsizlik, CHP'nin Amerikan karşıtı olması değildir. Talihsizlik Atatürk'ün kurduğu Türkiye Cumhuriyeti Devleti'ne Recep Tayyip Erdoğan'ın başbakan olabilmesidir!

Neden mi böyle diyorum. Çünkü Recep Tayyip Erdoğan, ABD'yi de yöneten CFR'nin taleplerini daha AKP kurulmadan kabul etmiş ve partiyi kurduktan sonra da bu talepleri program yapmış bir kişidir.

AKP'nin kuruluş sürecinde Tayyip Erdoğan'a ABD'den gönderilen gizli bir belge, bir memorandum vardı ve bunu 3 Kasım 2003 seçimlerden çok önce, 26 Ağustos 2003 tarihli Büyük Kurultay gazetesinde kamuoyuna açıklamıştık.

...Dünyayı yönetmeye soyunmuş elit, milli devletleri parçalamak istiyordu. Bunun için şehirleşme adı altında eski Yunan tarzı şehir devletleri modelini gündeme getiriyorlardı.

Tayyip Erdoğan'a söylenen, bu politikaya uyması halinde, destek göreceğiydi... Erdoğan da küreselleşmenin şehir devletleri planını, parti programı haline getirmişti.

...Bir lobi şirketi vasıtasıyla Erdoğan'a New York'tan gönderilen memorandumda "Ankara yerel yönetimlere otonomi vermek ve milli hükümetin fonksiyonlarını yerel düzeyde merkezi olmaktan çıkarmak zorundadır.

Dünya, bütün hükümetlerden bunu istemektedir. Bu memoranduma göstereceğiniz ilgiden dolayı takdirlerimizi sunarız" deniliyordu. Memorandumdaki dünya, hangi dünyadır o belli değildi ama bunu küreselleşme politikalarını ABD vasıtasıyla bütün dünyaya dayatan güç merkezi olarak değerlendirmek gerekir. (Arslan Bulut, Yeniçağ gazetesi, 9 Haziran 2005)

2– Peki Türkiye Cumhuriyeti'nin Başbakanı, en yaşamsal sorunumuzda, son 15 günde 18 evladımızı şehit verdiğimiz PKK terörü konusunda "stratejik ortağımız" resmen "eylem yok" derken, Başkan Bush'un ayağına niçin gidiyor?

Gitmek zorunda da ondan! Son iki ay içinde Bush'tan 30 dakikalık randevu koparabilmek için hangi rüşvetlerin verildiğini anımsayalım:

Filistin'de, "soykırım yaptı" dediği İsrail'in ayağına gidip bir de milyar dolarlık askeri ihale rüşveti vermedi mi? İçeriğini sır gibi sakladığı İncirlik Anlaşması'nı imzalayıp üssü (ve kimbilir başka hangilerini) "sınırsız" şekilde ABD'nin kontrolüne terk etmedi mi?

Şimdi de tüm verilenlerin üstüne "bizzat", yüz yüze "bağlılık yemini" edilecek! (Ümit Zileli, Cumhuriyet gazetesi, 9 Haziran 2005)

3– ABD aslında Türkiye ile değil, Irak'ın kuzeyinde Barzani'nin "Güney Kürdistan" dediği oluşumla "stratejik ortaklık" kurmuş, bunu da Türkiye'yi yönetenlere kabul ettirmiş oluyor.

Çünkü bahsi geçen bölgede Kürt Devleti istemeyen üç ülke var. Bunlar Türkiye, İran ve Suriye. İran Kandil Dağları'ndan ülkesine sızan PKK militanları ile çatışıyor mu? Suriye ayrılıkçı Kürtlerle mücadele halinde değil mi?

Üstelik bu ABD Öcalan'ı Türkiye'ye, "asılmamak şartıyla" teslim etmemiş miydi!

Özetle, "stratejik ortaklık" bir "çıkar birlikteliği"dir.

ABD ile Türkiye'nin bölgedeki çıkarları çelişmekte ama ABD ile PKK'nın ve PKK'nın yerini almış olan Barzani-Talabani ikilisinin çıkarları aynı evrak fotokopileri gibi örtüşmektedir.

Gerçek ve fiili durum işte budur. (Hasan Demir, Yeniçağ gazetesi, 10 Haziran 2005)

4– Washington zaten çok çok uzun zamandan beri "asıl kıblenin kendisi" olduğunu, bütün ülkelerin ve dolayısıyla da IMF'nin, Dünya Bankası'nın ve ABD Hazine Bakanlığı'nın kıskacına girmiş, başkasının parasıyla kalkınmayı kendine yol çizmiş Türkiye'nin "Kıblesini şaşırmaması gerektiğini" bastırıyordu.

...Soğuk Savaş sırasında "Kıblesini hep ABD'ye dönük tutan Türkiye" 60 yılın sonunda bütün komşularıyla düşman hale geldi ve önceki gün açıklanan rakamlara göre 2004 yılında da 10 milyar 100 milyon dolar silah harcaması yapmak ve büyük bir ordu beslemek mecburiyetinde kaldı.

Oval Ofis'te Recep Tayyip Erdoğan, Bush'un "Stratejik ortağımsın, gerekirse benim yanımda komşularına karşı silahınla yer almalısın" diye özetleyebileceğimiz 1 saatlik tiradını dinledi ve "Senin zannettiğin gibi anti-Amerikancı değiliz, kıblemiz sendin. Yine sen olacaksın... Abi bizi gözden çıkarmaya kalkma..." diye tercüme edebileceğimiz sözleri bizim Başbakanın ağzından duyduk.

Yeni bir döneme girdik. (Necati Doğru, Vatan gazetesi, 10 Haziran 2005)

Soros gibi adamlar, bir ülkeye hayırlı bir iş için gelmez. Soros'un son ziyareti öncesi **Güler Kömürcü**, şunları yazmıştı: (Akşam gazetesi, 7 Haziran 2005)

Gürcistan'da yumurta atılıp, öfkeli protestoyla kovulan Bay Soros yarın Türkiye'ye geliyor. Şimdi, pazar günü Sabah'ta okuduğum habere bakalım: 'Soros'u yumurtayla kovdular.' 8 Haziranda 50 yatırımcı ile Türkiye'ye gelecek olan ünlü spekülatör George Soros, Gürcistan'da yumurta atılarak protesto edildi. Açık Toplum Vakfı'nın Gürcistan Şubesi'nin 10. kuruluş yıldönümü sebebiyle Tiflis'te bulunan George Soros, Gürcü milliyetçiler tarafından protesto edildi. Ellerinde 'Soros Evine Dön' ve 'Gürcistan'ın Soroslaştırılmasına Hayır' yazılı dövizler taşıyan göstericiler, Soros'a yumurta fırlattı. Göstericilerden Georgy Kervalishvili, 'Soros, Gürcistan ekonomisini kontrol etmek istiyor. Amacı bizi kirli para işlerinde kullanmak' diye konuştu. Milliyetçi Gürcüler, para sihirbazı olarak nitelendirilen Soros'u ülke üzerinde oyunlar oynamakla suçluyor. 2003'te Gürcistan'daki muhalefeti iktidara taşıyan ayaklanmaları kışkırtmakla suçlanan Soros, 8-10 Haziran tarihlerinde Quantum Fonu'na yatırım yapanları yarın Türkiye'de ağırlayacak.

Soros Türkiye'ye geldikten sonra yapılan bazı değerlendirmeler de şöyle:

Amerikalılar, eskiden CIA'nın ifa ettiği görevi artık sivil toplum örgütlerini besleyerek, çok daha açık ve barışçı yoldan gerçekleştirdiklerini itiraf ediyorlar... Soros'un parasının girdiği ülkelerde adam satın alıyor... Ülkenin içini kışkırtıyor. Türkiye'deki Sorosçuları iyi izleyelim. (Melih Aşık, Milliyet gazetesi, 11 Haziran 2005)

Yazımın bu noktasında **Zülfikar Doğan**'ın yazdıklarına yer vermek istiyorum: (Akşam gazetesi, 9 Haziran 2005)

Soros'un 'Quantum (Kuantum) Fonu', çeşitli ülkelerde yatırım için girişimlerde bulunuyor. Milyarlarca dolarlık fonu-kaynağı kontrol eden ciddi ve büyük bir parasal güç, Quantum Fonu.

Soros'un aynı zamanda parasal destek aldığı bir vakfı ve bir de 'enstitüsü' var. Adı, 'Açık Toplum Enstitüsü (ATE)' Görünürdeki gayesi, 'demokrasiyi geliştirmek, yerleştirmek'. Görünmeyen faaliyetleri ise 'sivil darbeler' tezgâhlamak! Gürcistan'da ABD'den getirtilen Saakaşvili'nin önderliğindeki Kadife Devrim'i, Ukrayna'da Yuşçenko'nun başında olduğu Turuncu Devrim'i destekleyen, milyonlarca dolar akıtan, iktidara taşıyan, gençleri devreye sokan ATE ve o ülkelerdeki 'şubeleri, kolları, üyeleri' idi.

ATE'nin, Soros Vakıfları'nın, ülkemizde de desteklediği, parasal katkı verdiği dernekler, vakıflar var.

...Kuantum Fonu kaç milyar-trilyon doları kontrol ediyor? Paralar ve güç nereden geliyor? Sivil darbelere milyon dolarlar nereden akıyor?

Zülfikar Doğan'ın sorduğu soruların tüm cevapları, **Mustafa Yıldırım**'ın olağanüstü önemli **Sivil Örümceğin Ağında** adlı eserinde bulunmaktadır.

Yazarından aldığım izinle, bu kitaptan konumuzla ilgili bazı bölümleri aşağıya aynen alıyorum:

...Soros, sermayesinin kaynağını ilginç bir öyküyle anlatmaktadır. 1944'te Budapeşte'de, Nazi işgali başlayınca, Tivador Soros, 'Oğlum' der, 'işgal yasa dışıdır. Şimdi olağan (yasal) kurallar işlemez.' Ve baba Soros, sahte kimlikler düzenler, Tarım Bakanlığı'ndaki görevliye rüşvet vererek George'yi işe sokar. Nazilerin bakanlığındaki bu yönetici, Nazilerce toplama kamplarına götürülen Yahudilerin mallarına el koymakla görevlidir. Jonas Kis adına düzenlenmiş bir kimlikle işe başlayan George, ona eşlik eder. 'Adam olacak çocuk...' deyişine uygundur bu öykü. Çünkü Soros Nazilerle çalışırken daha 14 yaşındadır. (2. baskı, s. 257)

Soros, 1961'de Amerikan vatandaşı olur. Arnhold-S. Bleichroeder Inc'de, Jim Rogers ile birlikte 'portföy' yöneticisi olur. Bu firmada Rothschilder'in yatırımları bulunmaktadır. Bu banka, 1969'da Rogers ile ortaklaşa kuracakları Quantum şirketinin işlerini Citibank ile birlikte üstlenecektir.

...Soros, şirket yöneticileri arasında görünmez. Yöneticiler İsviçre, İtalya ve İngiltere vatandaşıdır. Soruşturmalara karşı bağışıklık böyle sağlanır. Soros'un 'Soros Fund Management (New York)' şirketi, Quantum'u danışmanlık örtüsü altında yönetir.

Soros'a ilk sermayeyi veren George Karlweiss, Baron Edmond de Rothschild'in temsilcisi ve Banque Privee S.P.A.'nın (Lugano) sahibi ve Rothschild Bank AG'nin (Zürih) yöneticisidir.

Quantum'un ve ilişkili bankerlerin oluşturduğu ağı görebilmek için, yöneticileri ve bağlantılarını bilmek gerekiyor.

Ricard Katz: Rothschild S.P.A.'nın (Milan) başkanı ve London N.M. Rothschild and Sons bankasının yönetim kurulu üyesidir. Bankayı Evelyn de Rothschild yönetir.

Nils O. Tauble: Quantum'da Baron Jacob Rothschild'in St. James Place Capital adlı şirketini temsil eder. J.P. Rothschild, Fransız piyasa oyuncusu Sir James Goldsmith'in ortağıdır.

Lord William Rees: St. James Place Capital'in yönetim kurulu üyesi ve London Times yazarıdır.

Alberto Foglia: Banca del Ceresio (Lugano) da yöneticidir. Foglia, 1993'te bir akşamüzeri Quantum'dan ayrıldı ve ertesi sabah Brezilya ulusal bankası başkanlığına getirildi.

Thomas Glaessner: ABD federal reserve (ABD Merkez Bankası) uluslararası finans bölümünde 5 yıl çalıştıktan sonra, Dünya Bankası'nda Doğu Asya ve Güney Amerika finansal risk sorumlusu oldu.

Bead Notz: Geneve Banque-worms'ün ortağı; borsa şirketi Albertini and Co. ile çalışır.

Isodora Albertini: Aracı şirket, Albertini Co.'nun (Milano) sahibidir ve önde gelen aracılardandır.

Edger de Picciotto: Lübnan asıllı, Portekizli Musevidir. Yine Lübnan asıllı Musevi Edmond Safra'nın ortağıdır. Safra, ABD, İsviçre, Türkiye ve Kolombiya eroin-kokain para trafiğine yardımcı olduğu gerekçesiyle soruşturuldu. Safra, aynı zamanda Republic Bank of N.Y'un yöneticisidir. Bu banka, Rus mafyasının milyonlarca dolarının Fadaral Reserve'den Moskova bankalarına transferine aracılık etti.

Görüldüğü gibi Soros, perde arkasındaki çok daha büyük güçlerin ulus devletleri sıcak para hareketleri ile soyma ve gerektiğinde o ülkelerde karışıklık çıkarmakta kullandıkları bir 'maşa'dan başka bir şey değildir

Önceki gelişinde de, 20 Haziran 1999'da Sabancıların konuğu olan George Soros, "Sosyal devlet derseniz, ekonomiz yıkılır... Kürt sorununu çözmelisiniz... Türkiye asker ihraç etmelidir" şeklinde sözler söylemekten çekinmemişti.

Arkasındaki çok etkili güçlerin Soros'a oynattığı oyunu Mustafa Yıldırım adı geçen ve olağanüstü derecede önemli eserinde şöyle özetliyor:

'Açık Toplum' olan, her şeyini para piyasasına emanet etmiş, plan ve programlı üretimi unutmuş, serbest piyasa oyuncularının 'vur-kaç' hünerlerinden habersiz ülkelerde, bu tür oyuna, 'iktisadi kriz' deyip geçerler. Oyuna gelenlerin ulusal paraları, beş para etmez olur; sanayi ve ticaret yıkılır. Tayvan'da, Endonezya'da, Meksika'da, Arjantin'de, Malezya'da oynanır bu oyun.

Ne ilginç rastlantıdır ki, ülkelerin ulusal piyasaları yıkılırken, yolsuzluk savları yükselir, etnik ve dinsel sürtüşmeler çatışmalara döner ve 'project democracy' yollarında, para krallarının yeni dünya düzenine uyumlu yönetimler oluşur.

Medya diliyle, 'smart boys (parlak çocuklar)' olarak nitelenenlerin, derinden derine piyasa değerlendirmeleri yapanların, 'vur-kaç' özgürlüğünü, 'devlet küçülsün' ya da 'yolsuzluklar önlensin' gibi, sade suya tirit, bilgiççe değerlendirmelerle sundukları yayınlarda yer almayan işleyişin adımları yalın ve basittir:

1- Mega-banker olarak pohpohlanmış Soros ve yandaşları, hisse/tahvil almaya başlar. Onun bir şeyler bildiğinden emin olan ötekiler de izlerinden gider. Bu arada, dış sermayali televizyonlar her yarım saatte bir piyasa haberi geçerken, yorumlarını da eksik etmezler.

2- Gelirleri daralmış olan küçük yatırımcılar alışa geçerler. Medya 'Piyasa hareketlendi, hükümetin şu, IMF'nin bu anlaşması sonuçlanıyor' propagandasını yükseltir. Fiyatlar ve alışlar daha da yükselir.

3- 'Vur ve kaç' bankerleri, ikincilere satarlar ve katlayarak kazanırlar.

4- 'Vur ve kaç' operatörü, topladığı parayı dolara çevirir ve aracı bankasından ülke sınırları dışına çıkarır. Para, yıkılacak yeni bir piyasa, altüst edilecek bir ulusal pazara yönelir.

5- IMF ülkeye gelir, tıpkı Soros'un buyurduğu gibi, 'Devleti küçültün' der. Ulusal üretim boğulur. Dış borç taksitlerinin tahsili için para piyasasının, güvensizlik ortamında ağır yaralar almış banka düzeninin, yani toplam olarak devlet düzeninin sürdürülebilmesi için, yeni borçlanma olanakları için yeşil ışık beklenir.

6- Yeşil ışık, tıpkı Soros'un buyurduğu gibi siyasal isteklere bağlanır. Buna direnecek yönetimler varsa, demokratik ve liberal (!) ortam hazırlanarak yıkılır.

7- Yıkıma uğratılan ülkeye dönülür. Yıkılan iktisadi ortamda, birdenbire değer yitiren şirket hisseleri, hammaddeler, ihraç ürünleri, bir-iki misli değerlenmiş olan dolar karşılığında satın alınır. (s. 249)

ABD Başkanı Bush ve Soros gibi İslam dünyasının gelmiş geçmiş en büyük düşmanlarının, Kemalistlerden nefret etmeleri anlaşılır bir şeydir ama, neden Türkiye'deki siyasal İslamcıları destekliyorlar. Bunun bence iki nedeni var:

1- Kapalı kapılar ardında verdikleri sözler birinci derecede rol oynamakla birlikte; en aşırısından en ılımlısına kadar ülkemizdeki tüm siyasal İslamcılar, ulus devletimize en az Bush ve Soros kadar düşmandırlar. Laik ve üniter Türkiye Cumhuriyeti yerine bölünmüş ve şeriat kurallarına göre yönetilen bir Türkiye Cumhuriyeti'ni tercih ettiklerini zaman zaman açıklamaktan çekinmemişlerdir. Bazı hatırlatmalar yapalım:

Cemalettin Kaplan, halifeliğini ilan ederken şöyle diyordu: "Atatürk laikliğinden doğan bölünmez, tekçi Türkiye'ye karşıyız. Bunun yerine, Anadolu Federe İslam Devleti'ni kurduk."

Refah Partisi il başkanı iken Recep Tayyip Erdoğan'a sorulan bazı sorular ve cevaplar şöyledir:

Soru: Örneğin Kürtler "Biz ayrı yaşamak istiyoruz" diyebilirler?

Recep Tayyip Erdoğan: Bu durumda belki Osmanlı eyaletler sistemi benzeri bir şey yapılabilir.

Soru: Bağımsızlık isterlerse, tamamen ayrılmak isterlerse?

Recep Tayyip Erdoğan: Bu toprak üzerinde böyle bağımsız bir yapıyı kurma kudretleri varsa... kurarlar. (Hikmet Çetinkaya, Cumhuriyet gazetesi, 8 Mayıs 1999)

Recep Tayyip Erdoğan, bunlarla da yetinmemiş, "Yetmiş yıllık tarihinde Türkiye Cumhuriyeti katı bir üniter anlayışa sahip olmuştur" diyebilmiştir. (Metin Sever/Cem Dizdar, 2. Cumhuriyet Tartışmaları)

2- ABD, ülkemizde IMF programlarını AKP'den daha çok körükörüne uygulayacak ve genişletilmiş Büyük Ortadoğu Projesi'ne taşeronluk yapacak başka bir siyasal partiyi henüz oluşturamamıştır.

"Yeşil Yılanlar"ın işbirliği yaptığı güçlere bakın; böylece cumhuriyetimizin tehlikede olup olmadığını anlayacağınız gibi, "Ülkemiz gerçekten satılıyor mu?" sorusunun cevabını da bulacaksınız. Ve unutmayın:

"Sahipsiz kalan bir vatanın batması haktır.

Sen sahip çıkar isen bu vatan batmayacaktır."

SOROS'UN DESTEK VERDİĞİ ÜNİVERSİTELER...

Soros'un Türkiye'de kurduğu Açık Toplum Enstitüsü'nün direktörü Hakan Altınay "Bilgi, Boğaziçi ve Sabancı üniversitelerinin, destek verdikleri üniversiteler olduğunu" açıklamıştı.

Bu üniversitelerden birinde çocuğu okuyan ve ona zarar gelmemesi için isminin açıklanmasını istemeyen bir baba, bana yazdığı bir mektupta şöyle feryat ediyor: "Oğlum, bu üniversitede okumaya başlarken pırıl pırıl ve Atatürkçü bir gençti. İki yılda orada beynini öyle yıkadılar ki, o şimdi bütün ulusal değerlerimize düşman bir kişi haline geldi. Soros'la işbirliği yapan tüm üniversitelerin maskelerini düşürmek gerçek bir vatan hizmetidir."

Sabancı, Boğaziçi ve Bilgi üniversiteleri hakkında vereceğim bazı bilgiler, bana mektup yazan babanın haklı olup olmadığını açıklığa kavuşturacaktır sanıyorum.

Sabancı Üniversitesi'nin açılışı ile ilgili beklentisini Soros şöyle açıklamıştı: "Orta Avrupa Üniversitesi, Doğu Bloğu'nun yıkılmasında önemli rol oynadı. Türkiye'de de köklü değişim ve reformlar için bu üniversiteye çok iş düşecektir."

Soros, "Türkiye'nin en iyi ihraç malı ordusudur, Türkiye, PKK ile siyasi çözüme gitmelidir" sözlerini Sabancı Üniversitesi kürsüsünden söylemiştir.

Yunanistan'ın sosyal demokrat ana muhalefet partisi PASOK'un Genel Başkanı ve eski Dışişleri Bakanı Yorgo Papandreu, Sabancı Üniversitesi mezunlarının davetlisi olarak İstanbul'da idi. Sabancı Üniversitesi'nin "2004-2005 Akademik Yılı Kapanış Konferansında Avrupa Birliği'ne Giden Yol" konulu bir konuşma yapan Papandreu "Fener Rum Patrikhanesi, Türkiye'nin AB üyeliğini bütün gücü ile desteklemektedir. Türkiye'nin ekümenik patrikliği kabul etmesi ve Heybeliada'daki ruhban okulunun açılması, AB'ye doğru bir adım olacaktır" dedi.

Papandreu konuşmasından sonra Prof. Tosun Terzioğlu tarafından ağırlanırken, kendisine önümüzdeki dönemlerde Sabancı Üniversitesi'nde ders vermesi için teklifte bulunuldu. Papandreu buna hayır demedi. (Mehmet Barlas, Sabah gazetesi, 3 Temmuz 2005)

2004 yılı Haziran ayında yine Sabancı Üniversitesi'nin davetlisi olarak gelen Soros, "Eğitim konusundaki projelerim için hükümetle görüşmem uygun olmaz. Ben bu tür çalışmalar yapan vakfa finansal destek sağlıyorum" demiştir.

Bilindiği gibi, Açık Toplum Enstitüsü ismini, Kral Popper'in "Açık Toplum ve Düşmanları" adlı eserinden almıştır. Bu eserin çevirmeni Mete Tunçay, 1993 yılında yayımlanan "II. Cumhuriyet Tartışmaları" başlıklı kitapta şöyle diyordu: "Kürt sorunu, demokratik ve özgürlükçü bir Yakındoğu Federasyonu ile çözümlenebilir diye düşünüyorum. Ben Türk-Kürt federasyonuna karşıyım, ama demin ifade ettiğim büyük yapı içinde sadece Türkiye Kürdistan'ı değil, İran ve Irak Kürdistan'ı da birleşik bir birim oluşturabilir."

Mete Tunçay'ın söyledikleri hakkında **Serdar Ant** şu değerlendirmeyi yapmıştır: (Y.A.R. Müdafaa-i Hukuk dergisi, Haziran 2005)

Görüldüğü gibi PKK'nın daha yeni keşfettiğini (!) bizim ileri görüşlü, "açık toplum"cu akademisyenlerimiz 12 yıl önce söylemiş!..

Akademisyenlerimizin öngörülerinde "Balkanlar'dan, Kafkasya'ya kadarki coğrafya" diye tanımladığı alan Soros'un at oynattığı bölgedir!

Soros tarafından finanse edilen "açık toplum" anlayışının temel teorik argümanlarını Türkçeye kazandıran kişi ile, PKK'nın bugün talep ettiğini 12 yıl önce öneren kişinin aynı insan olması da –herhalde– ilginç bir "tesadüftür!" Hele bu kişi bugün Sorosgillerin Türkiye karargâhı olan Bilgi Üniversitesi'nin bir bölüm başkanı ise, kuruluşundan beri bu üniversitede çeşitli bölümlerin başkanlığını, fakülte dekanlığını yapmış ise ve yakın geçmişe kadar da "Türkiye'nin geçmişi ile barışmasını amaçlayan malum projelerin hemen hemen hepsinin altında imzası olan Tarih Vakfı"nda etkili görevler üstlenmiş ise...

Bütün bunlar; Soros "bağlantıları", "açık toplum" yolunda yapılan "ilmi katkılar" (!), BOP'un gerçekleştirmek istedikleri ile örtüşen öngörüler ve PKK stratejileri ile kesişen yollar. Evet bütün bunlar, bugüne kadar açık açık yapılmıştır ve hâlâ da açık açık yapılmaktadır. Çünkü amaç, "hedef ülke" haline gelen Türkiye'yi "her türlü dış müdahaleye açık bir toplum" haline getirmektir.

Soros'cu "açık toplum" sevdalılarının istediği de bundan başka bir şey değildir...

25-27 Mayıs 2005 tarihleri arasında üç gün sürecek olan ve gördüğü tepkiler üzerine iptal edilen "İmparatorluğun Çöküş Döneminde Osmanlı Ermenileri: Bilimsel Sorumluluk ve Demokrasi Sorunları" Konferansı'nı, Bilgi, Sabancı ve Boğaziçi üniversiteleri birlikte düzenlemişlerdi ve konferans Boğaziçi Üniversitesi'nde yapılacaktı.

Bu konferansı realize etmeye çalışanlar arasında, Nurculuğu yararlı bir sivil toplum kuruluşu olarak göstermeye çalışan, Sabancı Üniversitesi'nden Prof. Dr. Şerif Mardin ve "Türklerin Ermenilere karşı soykırım uyguladığı" tezini savunan yine Sabancı Üniversitesi'nden Doç. Dr. Halil Berktay'da vardı.

İptal edilen söz konusu konferans Başbakan Recep Tayyip Erdoğan'ın arzusuna uyularak, 23 Eylül 2005 tarihinde yeniden yapılıyor (Milliyet, 28 Mayıs 2005). Adalet Bakanı Cemil Çiçek, bu konferansı düzenleyen ve destekleyenler için "Bizi arkadan hançerliyorlar" demişti.

Recep Tayyip Erdoğan'a söylenmesi gerekeni bizden önce söylediği için Cemil Çiçek'e teşekkür borçluyuz.

Açık Toplum Enstitüsü danışmanlarından Neşe Düzel ile yaptığı söyleşide, Bilgi Üniversitesi öğretim üyesi Doç. Aykut Kansu, şu incileri yumurtluyordu (Radikal gazetesi, 27 Haziran 2005)

> Aslında 1923, İttihatçıların sağladığı özgürlüklerden, parlamento üstünlüğünden bir geriye dönüştür..
> Atatürk'ün çok sıkıştığı anda Meclis'i kapatma fikri var... Karabekir 'Meclis kapatılırsa, ben Ankara'ya gelir Meclis'i açarım' diyor. Atatürk, Meclis'i kapatamıyor...
> Sosyal ve ekonomik alanda çok muhafazakâr ve otoriter görüşleri olan Atatürk'ü modernizm noktasına getiren İttihatçıların kamuoyundaki etkileridir. Atatürk, İttihatçı muhalefeti

susturmak ve silahlarını ellerinden almak için bazı devrimler yaptı...

YÖK'e en çok üyenin Bilgi Üniversitesi'nden seçilmiş olması; bu üyelerden hepsinin de Kemal Alemdaroğlu'nun görevden alınması doğrultusunda oy kullanmış olması elbette ki tesadüften ibaret (!)...

Bu yazıma Prof. Dr. **Esfender Korkmaz**'ın yazdıkları ile son vermek istiyorum: (Gözcü gazetesi, 12 Temmuz 2005)

> Biz vakıf üniversiteleri kurarken, anayasaya takla attırdık. Üniversite sahibi olmak isteyenler önce vakıf kurdular... Şimdi bazı vakıf üniversitelerinin yönetimine vakıf tüzel kişilikleri değil, vakfı kuran patronlar hâkimdir... Bu üniversitelerde mütevelli heyetler de göstermeliktir.
>
> Yaşadığım bir olay ile bu hususu bizzat test etmek imkânı buldum. Bir profesör arkadaşım, yeni kurulan bir üniversiteye rektör oldu. Bana da "Mütevelli heyetine girer misin?" diye rica etti. Ben de kabul ettim. Aradan beş-altı ay geçti, bir sekreter telefon etti. "İmza etmeniz için mütevelli heyet karar defterini gönderiyorum. Nereye göndereyim?" diye sordu. Ben de "Mütevelli heyet toplantısı olmadı ki, karar alınsın" dedim. Kendisi, "Patron kararı yazdırdı" dedi. Hemen istifa dilekçemi gönderdim.

SOROS AYDINLARI NASIL SATIN ALIYOR?

H. Hüseyin Yalvaç, Soros'la ilgili bir anısını şöyle anlatıyor: (Berfin Bahar dergisi, Temmuz 2005)

Soros sorunu çok ciddiye alınmalı. Bu nedenle yaşadığım bir konuyu aktarmak istiyorum.

30 yıl öncesinden devrimci bir öğretmen arkadaşımı İstanbul'da görünce sevindim. Farklı düşünceler taşımamız önemli değildi, devrimciydik, ülkemizin bağımsızlığını, halkımızın bağımsız ülkemizde mutlu yaşamasını istiyorduk, bu en önemli paydamızdı. Sevincimin kaynağı buralardan geliyordu. Üstelik o zamanlar bilmediğim bir yanını da öğrenmiştim, çocuk yazını üzerine çalışıyormuş, yayımlanmış onlarca kitabı varmış, kitaplarını anımsıyor ad benzerliği sanıyordum. Bu yanı sevincimi daha da çoğalttı. Emperyalizmin en önemli temsilcilerinden olan ABD ve AB gündemdeydi. Irak kan ağlıyordu, ülkemizin bağımsızlığı yok edilmek isteniyordu. Doğal olarak siyaset dışı kalamazdık ve ülkesini, halkını seven hiçbir kimsenin de böyle bir hakkı olamazdı. Ben ülkemizin ve de dünyanın sorunlarından söz ettikçe, sömürünün ana kaynağına vurdukça, bu eski devrimci arkadaşım ilgisiz sözler söylüyordu. Bu tavrı soru işaretlerini çoğalttı kafamda.

Benim edebiyat dünyasıyla ilgimi ve bir yayınevi kurduğunu ama ekonomik gücümün zayıflığını biliyordu. Görüşmelerimizin birinde;

"Sana on milyar nakit, 30 milyarlık da çocuk kitaplarımdan vereyim. Bir araba al, hem kendi kitaplarını, hem de benim kitaplarımı pazarla, birlikte kazanalım" dedi. Söyleşimizde siyaset yine devre dışıydı. Emperyalizmin sol'a attığı kancayı ve ayyuka çıkan besleme NGO'cuları bildiğimden, "Kardeşimle birlikte çalışıyorum, konuşayım, sana yanıt veririm" dedim.

Bu eski solcu arkadaşımla o dönemlerde aynı siyasi çizgide olan ama bugün de solcu olan iki değerli arkadaşıma gittim. Birlikte aynı cezaevinde de yattıklarından, hakkında bana sağlıklı bilgi verebilirlerdi. Sözlerine güveneceğim bu iki dost, ayrı ayrı "Uzak dur, çok yanlışlar yaptı" diyerek beni uyardılar. Soru işaretlerim yanıtlanmış, kuşkularım haklı çıkarmıştı beni.

2005'in Mart ayının son pazarında evde çalışırken bir telefon geldi.

"Merhaba Hasan."

"Merhaba."

"Sana sevindirici bir haberim var."

"Hayrola?"

"Üç kitap basacaksın, hem Türkçe hem Bulgarca. Baskıdan kazandığın gibi, satıştan da kazanacaksın."

"Önce kitapları görmeliyim. Hem bu altı kitabı kim finanse edecek, az buz para değil."

"Orasını merak etme sen, arkasında Soros var."

"Ne, Soros mu var?"

"Evet, Soros var."

Ağzıma geleni saydım. Eski solcu arkadaşım, yeni Soroscuyla defteri kapadım, telefonu da.

Benim yayınevim, Türkiye'deki yayınevlerinin sonuncularından biridir ekonomik güç ve yayın sayısı bakımından. Devrimlerinin başına renkler koyarak halkların anasını ağlatan ve emperyalizmin tuzağına devrim sözcüğünü av olarak kullanıp insanları düşüren, para satıcısı Soros, benim yayınevime kadar uzanıyorsa varın ilişki ağını siz düşünün.

Bu konuda Kaynak Yayınları'ndan Hasan Yalçın'ın "NGO'lar Küreselleşmenin Misyonerleri", Toplumsal Dönüşüm Yayınları'ndan Mustafa Yıldırım'ın "Sivil Örümceğin Ağında" adlı kitaplarıyla, Cengiz Özakıncı'nın Otopsi Yayınları'ndan çıkan "Dolmakalem Savaşları"nı yeniden okumanızı salık veririm.

Soluduğumuz havanın, içtiğimiz suyun ve yediğimiz ekmeğin sahibi olamazsak, Sorosların sahip olmak için kapımızı çeşitli yollarla çilingirler bulup açacağını unutmuş oluruz.

Ülkemizin bağımsızlığını nasıl kazandığını yeniden anımsamakta büyük yarar var.

Sahte gündemlerden kafanızı kurtarın, uyanın derim.

Bunca dönek, "Değiştim" diyerek önceleri kutsal saydığı her şeye sırtını dönüp emperyalizmin uşaklığına soyunanlar, hep benzer metotlarla elde edilmişlerdir.

New Statesman dergisi Sanat Editörü **Frances Stonor Saunders**, Mayıs 2004'te, Doğan Kitap yayınları arasında çıkan **Parayı Verdi Düdüğü Çaldı-CIA ve Kültürel Soğuk Savaş** adlı eserine şöyle bir giriş yapıyor:

Soğuk Savaş'ın civcivli günlerinde Amerika Birleşik Devletleri, Batı Avrupa'da gizli bir kültürel propaganda programına büyük miktarda para ayırmıştı. Amerika'nın Merkezi İstihbarat Teşkilatı (CIA) bu programı büyük bir gizlilik içinde yürüttü. Bu gizli savaşın ana gövdesini Kültürel Özgürlük

Kongresi oluşturuyordu ve başkanlığını 1950 yılından 1967 yılına kadar CIA ajanı Michael Josselson yürütmüştü. Kongre uzun ömürlü olduğu gibi, hayli de başarı kazandı. Başarısının doruğuna ulaştığı günlerde Kültürel Özgürlük Kongresi'nin otuz beş ülkede bürosu vardı. Kongre onlarca personel çalıştırıyor, yirminin üzerinde saygın dergi yayımlıyor, resim sergileri açıyordu; bir haber ve film servisine sahipti; tanınmış kişilerin katıldığı uluslararası toplantılar düzenliyor, müzikçilere ve ressamlara ödüller dağıtıyor, konser ve sergi olanakları sağlıyordu. Tek amaç uzun zamandır Marksizme ve komünizme yakınlık duyan Batı Avrupa aydınlarını yavaş yavaş "Amerikan tarzı"na daha uygun bir bakış açısına ısındırmaktı.

Henüz yeni kurulmuş olan CIA, son derece geniş ve etkili bir ağ oluşturan istihbarat personelinden, siyasal strateji uzmanlarından, şirket kuruluşlarından, Amerika'nın "Ivy League" denen kalburüstü üniversitelerinin eski okul ilişkilerinden yararlanarak, 1947'den itibaren bir "konsorsiyum" oluşturma işine girişti; bu konsorsiyumun iki görevinden biri dünyayı komünizm hastalığına karşı aşılamak ve Amerika'nın dış dünyadaki siyasal çıkarlarının korunmasını kolaylaştırmaktı.

CIA'nın oluşturduğu bu konsorsiyum –Henry Kissinger'in deyimiyle "partizanlığın ötesindeki ilkeler adına bu ülkenin hizmetine kendilerini adamış olan aristokratlar" topluluğu– Amerika'nın Soğuk Savaş dönemi silahıydı, kültür alanında çok etkili olmuş bir silahtı. Savaş sonrası Avrupa'da, bilerek ya da bilmeyerek, isteyerek ya da istemeyerek bu gizli harekete adı bir şekilde karışmamış pek az yazar, şair, ressam, tarihçi, bilimadamı ya da eleştirmen vardı. Amerika'nın bu casusluk kurumu yirmi yılı aşkın bir süre hiçbir engelle karşılaşmadan, kendini ele vermeden, Batı'da ve Batı için, ifade özgürlüğü adına kültürel bir cephe oluşturan kültürlü ve çok yetenekli insanları işbaşında tuttu, "insanların kafalarını ele geçirme kavgası" olarak nitelenen Soğuk Savaş'ta kültürel silahlar hayli bol ve çeşitliydi: dergiler, kitaplar, konferanslar, seminerler, resim-heykel sergileri, konserler, ödüller. Bu çabanın en önemli öğesi "psikolojik savaş"tı ve bu da şöyle tanımlanıyordu: "Bir ulusun savaş haricinde propaganda ve etkinliklerden planlı bir şekilde yararlanarak, yabancı grupların görüşlerini, tavırlarını, duygu ve davranışlarını kendi ulusal amaçları doğrultusunda etkilemeyi amaçlayan düşünce ve bilgileri iletmesidir." Dahası, "en etkili propaganda tarzı" da, "söz konusu kişinin kendisinin inandığını sandığı nedenler yüzünden, sizin arzu ettiğiniz yönde hareket etmesidir" şeklinde tanımlanmaktadır... Aydınlar arasındaki konferansları ve sempozyumları "uluslararası akademik telekızlar turnesi" olarak alaya alan Arthur Koestler ne demek istiyordu? CIA'nın kültürel konsorsiyumuna üyelikle insanların ünü güvenceye alınıyor ya da artıyor muydu? Düşüncelerini uluslararası arenada duyurmuş olan bu yazarlar ve düşünürlerden acaba kaçı yapıtları gerçekten de ikinci el kitap satan kitabevlerinin bodrumlarında çürüyecek olan ikinci sınıf adamlar, gelgeç ünlülerdi?

Günümüzde olup bitenlere doğru teşhis koymanın ve gerçek bir aydın olmanın yollarından biri; CIA'nın, Soros ve işbirlikçilerinin uyguladığı metotları iyi bilmekten geçiyor.

SOROS'LA DOST OLAN, ÜLKESİNE DÜŞMAN OLUR

Soros'un faaliyetlerini yakından izleyen dergilerden biri, "Milli Çözüm" dergisi... Söz konusu derginin Temmuz 2005 sayısında yazılanlardan bazılarını bilginize sunmak istiyorum:

> Avusturya Kriz Yardım ve Dayanışma Gelişim İşbirliği, Viyana Erdberg bölgesinde bulunan Suriye Büyükelçiliği'nin bir grup Suriyeli Kürt tarafından basıldığını bildirdi. Suriyeli Kürtlerin önde gelen dini liderlerinden Şeyh Maşuk el-Haznevi ile üç Suriyeli Kürdün öldürülmesini protesto amacıyla yapıldığı sanılan eylemde, elçilikte bulunan Suriye bayrağı indirilerek yerine Suriyeli Kürtlerin bayrağı çekildi. Suriye Kürtlerinin giriştiği protesto eylemini Avusturya polisi de onaylıyor. Bütün bunların Soros tarafından finanse edildiği biliniyor. Soros TESEV'in Danışma Kurulu toplantısına katıldı. Baş danışmanlığını yaptığı Quantum Fonu'nun yatırımcılarıyla birlikte İstanbul'a gelen ABD'li ünlü spekülatör George Soros, Türkiye'de Açık Toplum Enstitüsü ile birlikte sosyal projeler yürüten TESEV'in İstanbul Modern Sanat Müzesi'ndeki toplantısında yer aldı. Toplantının katılımcıları arasında yer alan Eczacıbaşı Holding Yönetim Kurulu Başkanı Bülent Eczacıbaşı, TESEV'in Danışma Kurulu toplantısının yapılacağını belirtirken, TESEV Başkanı

Can Paker de Türkiye ile ilgili konuları konuşacaklarını söyledi. Basına kapalı gerçekleştirilen toplantıyla ilgili gazetecilere bir açıklama yapılmadı. (s. 11)

Soros'un Türkiye'de 2001 yılında kurduğu Açık Toplum Enstitüsü'nün Türkiye Direktörü Hakan Altınay... Bebek'teki ofisinde dört kişi çalışıyor. Aralarında Can Paker, Osman Kavala, Ahmet İnsel ve Eser Karakaş gibi isimlerin bulunduğu dokuz kişilik danışma kurulu projelere karar veriyor. Üç yılda 60'a yakın proje hayata geçirildi ve altı milyon dolar harcandı. (s.41)

Sorulan bazı sorulara, Hakan Altınay'ın verdiği cevaplar şöyle:

– Parasal olarak öğrenebilir miyiz? Mesela en çok parasal desteği hangi kuruluşa verdiniz?

–Tabii. TESEV bizim en fazla destek verdiğimiz sivil toplum örgütü. Bu yıl 330 bin dolarlık bir destek sağladık. TESEV'e verdiğimiz destek sanırım başından bu yana 1 milyon dolar civarında. Sonra en fazla destek verdiğimiz ikinci kuruluş, AÇEV, üçüncü olarak da İsrafı Önleme Vakfı var (Diyarbakır Milletvekili Prof. Dr. Aziz Akgül'ün vakfı). Bu yıl onlara 300 bin dolarlık bir destek verdik. Sonra üniversitelerle birlikte çalışmalarımız ve proje karşılığında verdiğimiz destekler var. Üniversitelerde de ilk sırada Bilgi Üniversitesi var. Sonra Boğaziçi, sonra da Sabancı Üniversitesi geliyor.

– Destek vereceğiniz kuruluşlarda aradığınız kriterler var mı?

–Elbette... Açık Toplum Enstitüsü çalıştığı ülkelerde, o ülkenin önde gelen akil kişilerinden oluşan yönetim kurulları, danışma kurulları oluşturur. Desteklenecek projeler bu danışma kurullarında kararlaştırılır. Tabii her projeye destek vermiyoruz. Yani projeyi sunan kuruluşun bunu gerçekleştirme yetkinliğine sahip olup olmadığına bakıyoruz. Desteklenmesinde yarar gördüğümüz projeler de New York'taki merkezimize tavsiye ediliyor ve son onayı New York veriyor. (24 Mayıs 2005, Milli Gazete)

Soros ve işbirlikçilerinin faaliyetleri yaygınlaşarak devam ederken, siyasal İslamcıların bir kısmını kucaklarına oturtmayı da başarmışken; Irak Dünya Mahkemesi Vicdan Jürisi Sözcüsü Arundhati Roy'un söyledikleri gündeme bir bomba gibi düştü. Şunları söyledi Roy:

> Bu sistem amip gibi yaşıyor. Mutasyona uğruyor, etrafınızı sarıyor ve sizi yutmaya çalışıyor. Ama bundan daha tehlikeli bir şey var, 'sivil toplum örgütleşmesi', 'STK'leşmesi'. Üstelik STK'ler kolanyal dönemin misyonerleri gibi kullanılıyorlar artık. ABD nereye gidecekse, önceden STK'ler gidiyor. Ne kadar STK görürseniz, o kadar emin olabilirsiniz ki bir felaket yaklaşıyor; çokuluslu şirketler gelmeden STK'ler gelip araziyi işgal ediyorlar.

Bu sözleri, Arundhati Roy'un, Milliyet gazetesi yazarı Ece Temelkuran'la söyleşisinden aktardım. Başka bir yerde daha söyledi.

Aşağı yukarı aynı içeriği tekrar etti. Hindistan örneğinden yola çıkarak söyledi bu defa:

> Mesela Hindistan'a bakalım; o kadar ürkütücü ki, belki de Hindistan'ı tehdit eden şeylerden biri siyasetin yeni idealizasyonu. Muazzam STK'ler var ve bunlar aslında kamu harcamalarını kısıtlamaya yol açan birtakım kuruluşların sponsorluğunu yaptığı STK'ler. Ve toplumdaki en küçük bir kıvılcım bunların tahakkümü altında bastırılıyor. Yani inanılmaz bir elektrikli süpürge var sanki. Biraz kafasını kaldıran, belli bir

düzeyin üstüne çıkan her şeyi yutuyor. Oldukça sofistike bir makine bu ve sürekli çalışıyor ve bunun çalıştığını görmek insanı neredeyse deli ediyor. (Güray Öz, Cumhuriyet gazetesi, 29 Haziran 2005)

Bütün bu faaliyetler, 'iç cephe'yi çökertmek için yapılmaktadır. 'Dış cephe'de yapılan savaş da elbette önemlidir.

Bunun bilincinde olan Atatürk, "Temel olan iç cephedir" diyor ve ekliyor: "Bu cephe bütün yurdun, bütün ulusun meydana getirdiği cephedir. Dış cephe doğrudan doğruya ordunun düşman karşısındaki silahlı cephesidir. Bu cepheler sarsılabilir, değişebilir, yenilebilir; ama bu durum hiçbir zaman bir ülkeyi, bir ulusu yok edemez. Önemli olan ülkeyi temelinden yıkan, ulusu tutsak kılan iç cephenin çökmesidir. Gerçekten 'kaleyi içten yıkmak' dışından zorlamaktan çok kolaydır. Bu gerçeği bizden çok iyi bilen düşmanlar, bu cephemizi yıkmak için yüzyıllardır çalışmaktadırlar. Bugüne kadar başarı sağlamışlardır" der ve ekler:

"Yurdumuzda bulunan düşmanları silah gücüyle çıkarmadıkça ya da çıkarabilecek varlığımız ve ulusal gücümüz bulunduğuna emin olmadıkça siyasal alanda umuda kapılmanın yeri yoktur."

Ziya Paşa;

"Hak (doğru) söyleyen evvel dahi menfur (nefret edilen) idi. Hainlere amma ki riayet (uyma) yeni çıktı" demişti.

'Hainlere uyma'nın olağan bir hale geldiği ülkeler varlığını koruyamaz.

Cumhuriyetimizin bekçileri olan gerçek aydınlarımızın ayağa kalkmasının tam zamanıdır.

SOROS'UN YARASALARI

George Soros ve arkasındaki güçler konusunda yazdıklarımız geniş yankı uyandırdı. Bu son derece tehlikeli kişi hakkında elbette benim alıntı yaptığım yazarlar dışında da uyarıda bulunanlar olmuştu. Birkaç örnek vermek istiyorum: Mustafa Balbay, 5 Nisan 2005 tarihli Cumhuriyet'te yayımlanan "Toroslar Soroslar'ı Yener" başlıklı yazısında şu tespiti yapıyordu: "Soros dünyaya 'açık toplum' kavramının yerleşmesi için 600 milyon dolarlık bir fon ayırdı. Paranın kaynağı ise çok net değil. Bir bakıma karanlık fonla açık toplum yaratacak. Belki de çok doğru bir kavram geliştirdi. Hedef ülkeleri her türlü dış müdahaleye açık bir toplum haline getirmiyor mu?"

Arif Çavdar ise, şu vurgulamayı yapmıştı: (Y.A.R. Müdafaa-i Hukuk dergisi, Mayıs 2005)

> ...Ülke aydınlarının biraraya gelerek, demokratik platformda buluşmaları ve yeniden örgütlenmeleri aşamasında daha atik davranan büyük dost ve müttefikimiz, hedef ülkeler için ürettiği yeni kirli senaryolara, 'açık toplum' kılıfını giydirmiş ve kara para spekülatörü ünlü Macar Musevisi George Soros'un hedef ülkelerdeki para operasyonları sonucu kazandığı astronomik kirli kazançların sadece çok az bölümü ile aynı ülkelerde desteklediği dernek, vakıf vb. gibi adlarla

oluşturduğu sözde 'sivil toplum kuruluşları' görüntüsü altında faaliyet gösteren kişi ve kuruluşları dışarıdan beslenen basın-yayın organları aracılığıyla kara paralarla desteklemiş ve bu faaliyetlerini pervasızca sürdürmüştür.

ABD'nin tezgâhladığı Yugoslavya, Gürcistan, Ukrayna ve Kırgızistan'da sürdürülen ayaklanmalar sırasında, kendi kontrollerindeki 'Açık Toplum Enstitüsü' eliyle etkin bir rol oynadığı belirtilen George Soros'un ülkemizde, 2001 yılından beri, direktörlüğünü Hakan Altınay'ın yaptığı bir enstitü bünyesinde Can Paker (TESEV Bşk.), Nebahat Akkoç (Diyarbakır'da Kadın Araştırmaları Vakfı yöneticisi), Şahin Alpay (Milliyet yazarı), Murat Belge (gazeteci-yazar), Üstün Ergüder (Boğaziçi Ünv. E. Rektörü), Osman Kavala (Kavala Grubu'nun sahibi), Ömer Madra (Açık Radyo'nun kurucularından), Nadire Mater (Bağımsız İletişim Ağı yönetmenlerinden), Oğuz Özerden (Bilgi Ünv. kurucusu) ve başkaları aracılığıyla ülkemizde etkinlik göstermekte olan yirmiyi aşkın kuruluşun çalışmalarını yönlendirdiği ifade edilmektedir. Komünist Blok'un çökmesinden önce, Macaristan'da 1984 yılında 'Avrupa Vakfı' diye başlattığı söz konusu uluslararası çalışmalarını bugün 31 ülkede sürdürmektedir. Bu vakıfların giderlerinin ise 1993 yılında kurulan 'Açık Toplum Fonu'ndan karşılandığı belirtilmektedir.

Biraz da Kerim Ülker'in verdiği bilgiler üzerinde düşünelim: (Y.A.R. Müdafaa-i Hukuk dergisi Haziran 2005)

...Yönetmen aynı olunca senaryo da film de aynı oluyor. Farklı olan sadece figüranlar ve sahneler... Birine, sebebi ne olursa olsun para veriyorsan onu devşirmişsin demektir. Çünkü parayı alan, kendisine verilen paranın bir karşılığı olacağını bilir.

...Özellikle eski Sovyet ülkeleri başta olmak üzere bütün dünya, sırada yönetim değişikliğinin hangi ülkede olacağını merak ediyor... Kimine göre Ermenistan sırada, kimine göre Moğolistan. Ancak 28 Nisanda NATO üyesi dışişleri başkanları toplantısı öncesi ABD Dışişleri Bakanı Condoleezza Rice'ın Rus Ekho Moskvy radyosundaki 'Belarus'ta değişimin zamanı geldi' diye başlayan konuşmasında sıranın hangi ülkede olacağını ortaya koyuyordu. Rice, 1994 yılından bu yana iktidarda bulunan Belarus Devlet Başkanı Aleksandr Lukaşenko'yu Avrupa'nın son diktatörü olarak nitelemiş, 'Halkın bu despotizmin boyunduruğunu kınaması fena olmaz' diye belirtmişti. Rice'ın bu açıklamasına Belarus Dışişleri Bakanı Sergey Martinov'dan gereken açıklama da şu şekilde geldi: 'Ülkemizin geleceğini ABD belirleyemez, halk belirler.'

...Rusya Devlet Başkanı Vladimir Putin, 2004 yılı değerlendirme toplantısında Batı'ya sert tepki gösterirken kadife devrimlerinin mimarı Gürcistan Devlet Başkanı Mikhail Saakaşvili'yi 'Soros Vakfı'ndan para alan başkan' olarak değerlendirdi. Kurduğu Soros Vakfı ve Açık Toplum Enstitüsü aracılığıyla birçok ülkedeki demokratik hareketlere para kaynağı aktaran ünlü yatırımcı Soros, devrim sonrası Sakaşvili'ye 1500 dolar, hükümet üyelerine ve bazı bürokratlara 1000 dolar aylık maaş verdiğini açıkladı.

Söz konusu derginin aynı sayısında Serdar Ant, çok önemli bir soruya cevap arıyor:

Son zamanlarda da Türkiye'nin dünyaya kapalı bir toplum haline gelmemesi gerektiği savunuluyor. 'Kapalının' olumsuzluğu karşısına 'açık'ın pozitif etkisi konularak bilinçler bulandırılmaya çalışılıyor. Örneğin AKP'li iktidar yetkililerinin uyguladıkları politikalarla Türkiye'yi bir 'açık toplum' haline getirdiklerini söylemeleri en sık başvurdukları övünme biçimlerinden biri oluyor. Savunduğumuz, şüphesiz, Türkiye'nin içine kapanmış, bölge ve dünya ülkeleri ile ilişkilerini koparmış ya da dondurmuş, kendi yağında kavrulan, yalıtılmış bir toplumsal yapıya sahip olması değildir. Ama Soros ve uzantılarının hedeflediği açık toplum acaba insanlık ailesinin diğer üyeleri ile eşit ve uygar ilişkiler kurabilen bir toplum mudur?

Bu sorunun cevabı, 25 Haziran 2005 günü Bakü'de on bin kişinin katıldığı bir mitingte verildi. Bu toplantı için Mustafa Yıldırım'ın ilettiği vurgular, Bakü'deki televizyonlarda yayınlındı. İşte Bakü'deki televizyonlarda yayınlanan ve geniş yankı bulan yorumlar:

Bir yabancı devletin siyasal partisi bir başka devletin iç siyasetini yönlendirmeye, ona hâkim olmaya çalışırsa Azerbaycan'da partilere ne gerek var? Yabancı devletin partileri Gayri Hükümet Cemiyeti adı altında bürolar açmışlarsa bizim devletimize gerek olabilemez! Devletimiz ya vardır ya da yoktur! Yabancı devlet temsilcileri, sefirleri dahili işlerimize karışıyorlarsa, cemiyetleri aracılığıyla para verip parti, gazete, televizyon kurduruyorlarsa o devletin istiklali olabilir mi?

Bugün Azerbaycan 'yurdumuzda demokrasi kurmak için geldiğini' söyleyen yabancı devlet teşkilatlarını yönetenler, dünyanın dört bir yanında kanlı işler yapmışlardır ve yapmaktadırlar! Onlardan para alanlar, onlarla gizli toplantılar yapanlar nasıl diyebilirler ki, bu elleri kirli işlere, kanlı işlere bulaşmışlarla demokrasi kurulabilir?

Elleri kirli olanlara güvenip de Karabağ davasına nasıl sahip çıkılabilir?

Paris mahkemelerinde piyasa vurgunculuğundan mahkûm olmuş Soros ve arkasındaki bankerler çetesiyle hangi demokrasi kurulur? Onlar Karabağ'ın işgaline karşı çıkıyorlar mı?

Onların tek istediği Azerbaycan'da kukla bir hükümet ve istiklali beş para etmeyen, tabii zenginlikleri petrolü sonuna kadar soyacak bir ortam hazırlanmasıdır! Bunun adına demokrasi denerek ellerindeki kanı temizleyemezler!

Bugün ABD partileri ve devletiyle emektaşlık eden Eldar Nabazov diyor ki: 'Nixon Merkezi'nde kapalı toplantı yaptık. Açık olmadı, çünkü açık olursa samimi olmazdı.'

Nedir bu Nixon Merkezi? Nixon Merkezi Kafkas ve Asya petrol ve gaz kaynaklarına göz koyan büyük şirketlere hizmet verir! O merkezde Türkiye'ye karşı ambargo istemiş olan, PKK destekçisi Yunan asıllı John Sitilides de çalışır!

Serbest seçimleri biz de istiyoruz! Ancak yenilenlerin istediği serbest seçim değildir! Seçimi kazanamasalar da memlekette istikrarı bozacaklardır. Çünkü onlar memleketi ABD-İngiliz-Alman şirketlerine teslim edinceye kadar çalışacaklardır! Onlar Yahudi bankerler piyasamızı ele geçirinceye kadar demokrasi isteyeceklerdir!

Bu işlerden ne Azerbaycan'a, Ermenistan'a, ne Kafkasya'nın tamamiyetine, ne İran'a, ne Türkiye'ye, ne Ortadoğu'ya fayda olur! Aklında ve vicdanında soygun, talan, vurgun olanlardan demokrasi, hürriyet değil ancak cinayet beklenir!

ULUSAL EĞİTİMİ
YOK ETME ÇABALARI

Soros'un Açık Toplum Enstitüsü ve Avrupa Komisyonu-İnsan Hakları ve Demokrasi Gelişimi Fonu'ndan alınan paralarla hazırlanan "Ders Kitaplarında İnsan Hakları: Tarama Sonuçları" adlı kitap, yine Soros'un desteklediği Tarih Vakfı yayınları arasında çıktı. Büyük boy 346 sayfalık kitaba, Tarih Vakfı Başkanı Orhan Silier tarafından yazılan Önsöz'de şöyle denilmektedir:

"Bu çalışmanın bütününde Milli Eğitim Bakanlığı görevlileri, başta Bakan Doç. Dr. Hüseyin Çelik, Talim Terbiye Kurulu Başkanı Doç. Dr. Ziya Selçuk olmak üzere, çalışmalarımızı destekleyici bir tutum içinde oldular. Kendilerine müteşekkiriz." Aynı yazıda ders kitaplarını tarama işine katılanlara "ve bu kişilerin arkasında bulunan üniversitelerimize, Eğitim-Sen Sendikası'na..." teşekkür edilmektedir.

Bağımsızlıkçı Aydınlanmacı Halkçı Eğitim Derneği, Mayıs 2005'te, **Zeki Sarıhan**'ın, **Emperyalizm Ulusal Eğitime Meydan Okuyor** başlıklı kitabını yayınladı. Zeki Sarıhan'ın değerlendirmesi şöyle:

> Ders Kitaplarında İnsan Hakları: Tarama Sonuçları adlı kitap, eğitimimizden yurt sevgisi, Atatürk, ulusal bağımsızlık, ulusal birlik, ulusal güvenlik, İstiklal Marşı gibi kavramların si-

linmesini, buna karşılık 'dış dünya' diye tanımlanan emperyalizmin sevdirilmesini öneriyor!

Türk ulusal eğitimine karşı açılan savaşa böyle geniş katılımlı bir cephe görüntüsünün verilmesi, işin korkunçluğunu daha da artırıyor. Eskiden bu konularda bazı kişiler makaleler yayımlar, haydi haydi bir kitap çıkarırdı. Şimdi uluslararası kuruluşlar ve Türkiye içinde faaliyet gösteren birçok kurum birleşmiş ve ulusal eğitime karşı bir cephe açmıştır. Bu cephe, uluslararası spekülatör Soros'tan başlamakta, Avrupa Komisyonu'ndan geçmekte, TÜBA'ya, Türkiye Ekonomik ve Toplumsal Tarih Vakfı'na, bazı üniversitelere, Milli Eğitim Bakanlığı'na ve Eğitim-Sen'e ulaşmaktadır. Silier, 'çok değerli bir sıçrayışı' sağlamalarına parasal destek verdikleri için Avrupa Komisyonu ve Açık Toplum Enstitüsü'ne de teşekkür ediyor.

Tarih Vakfı'nın söz konusu kitabı, on üç yazarın makalelerini içeriyor. Zeki Sarıhan, her makaleden sayfa numaralarını da vererek yaptığı alıntıları, gerçek bir Türk eğitimcisine yaraşır biçimde ayrı ayrı değerlendiriyor. Şimdi Zeki Sarıhan'ın yaptığı değerlendirmelerden birkaçı ile sizi başbaşa bırakmak istiyorum:

Mehmet Semih Gemalmaz'ın 41 sayfalık yazısında lise Tarih 2'de ayıpladığı bir cümle: 'Ulusumuzun geleceği ve güvencesi için hepimize düşen görev, iç ve dış tehdit öğelerine karşı duyarlı ve uyanık olmaktır' (s. 31). Gemalmaz bu cümlede, 'yaşam hakkını esas almaktan ziyade bunlarda kayıtlamaya meşruluk zemini hazırlayan bir düşünce aktarımları söz konusu' olduğunu ileri sürüyor! Yazar, ulusumuzun dış ve iç tehdit altında bulunmadığına inandığı için, buna karşı duyarlı olmayı gereksiz saymakta, dahası böyle bir uyanıklığı yaşama hakkına aykırı bulmaktadır!

...Gemalmaz, İlköğretim 7. Sınıf Sosyal Bilgiler kitabının birinde geçen şu cümlelere karşı çıkıyor:

'Yurdumuzu korumak için canlarını veren, kanlarını akıtan atalarımız bu topraklarda yatmaktadır. Atalarımız, yaşadığımız bu toprakların Türk yurdu olması için savaşmışlar, canlarını seve seve feda etmişlerdir. Kutsal bir varlık olan vatanın korunmasını bizlere emanet etmişlerdir. Bizlerin de bu güzel yurdun korunması için elimizden gelen her türlü fedakârlığı yapmamız gerekir.'

'İnsanlar için sevgi yüce bir duygudur, insan vatansız yaşayamaz. Bu nedenle vatanın her karış toprağı, bizim için çok değerlidir. Türk milleti olarak biz, vatanı için canımızı seve seve veririz.'

'Türk askerleri gerektiğinde vatanı ve ulusu için seve seve canını verir.' (s. 37-38)

Gemalmaz'a göre, bu ifadeler insan haklarına aykırıdır!

...Kitapta yazarların peşine düştükleri başlıca davalardan biri 'Azınlık hakları'dır. Gemalmaz, coğrafya kitaplarında azınlıklardan söz edilmemesinden yakınıyor (s. 50). Ona göre Ermenilerin, Osmanlı devletine ihanet ettiklerini yazmak insan haklarına aykırıdır.

Ayşegül Altınay, Milli Güvenlik ders kitaplarını eleştirirken, 'Lozan Antlaşması'na göre saptananlardan başka Türkiye'de azınlık yoktur' ifadelerine karşı çıkıyor. (s. 149)

... Gürol Irzık, bir ders kitabının cumhuriyet kurulduğu zamanki toplumsal-ekonomik yapıdan söz ederken 'işyerlerinin önemli bir bölümü yabancılarla azınlıkların elindeydi' ifadesini 'düpedüz yabancı düşmanlığı ve etnik, dinsel ayrımcılık' olarak niteliyor. (s. 278)

...Fatma Gök, 'Türkçeden başka hiçbir dil, eğitim ve öğretim kurumlarında Türk vatandaşlarına anadilleri olarak okutulamaz ve öğretilemez' hükmüne yer verilmesine karşı çıkmaktadır. (s. 159)

...Atatürk milliyetçiliğinin ırk ve soyu değil, vatandaşlığı esas aldığı bilinmekte ve bunun için Atatürk'ün 'Ne mutlu Türk'üm diyene!' sözü örnek oluşturmaktadır. Bir ders kitabında yer alan 'Ne mutlu Türk'üm diyene' diyerek Atatürk, cumhuriyetin vatandaşı olmanın gurur ve onurunu ifade etmiştir. 'Kendini Türk olarak kabul eden herkes Türktür. Bu anlayış, kültürümüzdeki çoklukta birliği ifade eder' açıklamasını yetersiz gören Fatma Gök, Türk sözcüğünün nereden geldiğinin açıklanmasını bile insan haklarına aykırı görmektedir! (s. 165)

İçinde Türk geçmeyen ders kitapları! İnsan hakları tarayıcılarımızın hayal ettikleri budur.

Fatma Gök, Atatürk'ün Onuncu Yıl Söylevi'ndeki şu bölümü bile insan haklarına aykırı görmektedir:

'Türk ulusunun tarihsel bir özelliği de güzel sanatları sevmek ve onda yükselmektir. Bunun içindir ki ulusumuzun yüksek karakterini, yorulmaz çalışkanlığını, doğuştan zekâsını, güzel sanatlara sevgisini ve ulusal birlik duygusunu durmadan ve her türlü incelemelerle besleyerek geliştirmek ulusal amacımızdır.'

Tülay Kabadere'nin şu ifadesi ibret vericidir: 'İstiklal Marşı ve Atatürk'ün Gençliğe Hitabesi'nin ders kitabında bulunmasının 'yabancı düşmanlığı', yurtseverlik, milliyetçilik ve milli değerlerin, evrensel, genel bağlamda değil, etnik olarak Türklük ve dinsel olarak İslamiyet bağlamında tanımlanıp açıklanması (...) açısından sorunlara yol açtığı belirtilmiştir.' (s. 288)

Yazarların 'Milli Güvenlik' derslerine ve bu derslerin subaylarımız tarafından verilmesine de karşı çıkmalarını değerlendirirken Zeki Sarıhan, Gazi Mustafa Kemal Paşa'nın, 13 Ağustos 1923'te TBMM'de yaptığı konuşmayı hatırlatmak gereğini duyuyor:

> Efendiler!
> Türkiye devletinin bağımsızlığı mukaddestir. O, ebediyen emniyette ve dokunulmaz olmalıdır.
> Devlet bağımsızlığının, milli hayatın ve memleketin yegâne bekçisi ise kahraman ordumuzdur. Dolayısıyla askeri teşkilatımızın özel itinayla tanzimi ve yüceltilmesi en mühim esaslardandır.
> Efendiler! Bugün ulaştığımız barışın, ebedi barış olacağına inanmak, elbette safdillik olur. (Çok doğru sesleri) Bu kadar mühim bir hakikattir ki, ondan bir an bile gaflet milletin bütün hayatını tehlikeye sokar.
> Şüphesiz haklarımıza şeref ve haysiyetimize hürmet edildikçe mütekabil hürmette katiyen kusur etmeyeceğiz. Fakat ne çare ki, zayıf olanların haklarına hürmetin noksan olduğu veya hiç hürmet edilmediğini çok acı tecrübelerle öğrendik. Onun için efendiler, bütün ihtimallerin talep edeceği hazırlıkları yapmakta asla gecikemeyiz. (Bravo sesleri)

Bir yazımın başlığı şöyle idi: "Soros'la dost olan, ülkesine düşman olur." Soros'un yaptırdığı her etkinlik, bu belirlememin haklılığının kanıtıdır.

FETHULLAH GÜLEN,
SOROS'LA İŞBİRLİĞİ Mİ YAPIYOR?

Erbakan'a yakın bir yayın organı olan Milli Çözüm dergisinin Eylül 2005 sayısında, Osman Eraydın imzalı yazıda, geniş kapsamlı bir "Sorosçular Listesi"nde; TÜSİAD, Türk Demokrasi Vakfı, Arı Hareketi, Fethullah Gülen cemaati, Kemal Derviş ve Cüneyt Zapsu'nun isimleri özellikle vurgulandıktan sonra şöyle deniyor:

> Küresel Baronlar'ın ağır saldırısı altındaki Türkiye'nin baş başa bırakıldığı 'anayasal organlara yönelik iç boşaltma girişimleri'ne seyirci kalınmamalıdır! Yargıtay ve Danıştay ile birlikte TSK, MİT, YÖK, RTÜK ve Cumhurbaşkanlığına yönelik 'pasifizasyon çalışmaları' ile 'bu planları gölgeleme gayreti içinde olan hükümete' tavır koymalı ve uyanık davranmalıdır. Ve Osmanlı'nın son dönemindeki Batı meraklısı paşalarla yönetimdeki İttihatçı işbirlikçilerin sonları ile Milli Mücadele döneminde Hıyaneti Vataniye Kanunu'na paralel kurulan İstiklal Mahkemeleri'nde yargılananların tarihi akıbetleri unutulmamalıdır!
>
> Türkiye'yi, Büyük İsrail'in bir eyaleti ve Soros'ların sömürge semti yapmaya yönelik bu gaflet ve hıyanet girişimlerinin, Kuvayı Milliye cephesi tarafından hangi hayırlı değişim ve devrimlere vesile ve vasıta yapılabileceği de hesaba katılmalıdır!..

Söz konusu dergide, **İsmet Sezgin**'in Fethullah Gülen hakkında yazdıklarının her Türk aydınını yakından ilgilendireceğine inandığımdan, bazı bölümlerini hiçbir yorum yapmadan aşağıya aynen alıyorum:

...Fethullah Gülen, baştan sona bir Amerikan planının parçasıdır. Yeni Dünya Düzeni'nin Türkiye'ye dayattığı Mafya-Gladyo-Tarikat sisteminin bir ayağıdır. Gülen'in önemi, ABD'nin Yeşil Kuşak projesinde üstlendiği rolden kaynaklanmaktadır. Saidi Nursi çizgisinde Erzurum'dan yola çıkan gezici vaiz Fethullah Gülen'i, New York-Vatikan-Kudüs hattına taşıyan sihirli güç, 'büyük müttefikimiz' Amerika'dır. Fethullah Gülen'i Ahlat'tan şimdi bulunduğu Pennsylvania'ya uçuran süreç ve araçlar, CIA tarafından ayarlanmıştır.

Amerika'yı karşıya almadan Fethullah sorunu çözülemez!

Dün hükümet koltuğunda oturan Ecevit'in, Mesut Yılmaz'ın ve Devlet Bahçeli'nin, bugün ise AKP'nin, Gülen olayına yaklaşımlarını açıklayan gerçek burada gizlidir. Bunların Fethullah Gülen'le ilişkileri, aslında Amerika'yla ilişkidir. Bunu bilerek hareket etmektedirler, ilkokulu dışarıdan bitirmiş, Risale-i Nur'u istismar etmiş, vaaz verirken ağlayıp bayılmakla şöhret edilmiş ve Amerika'nın oyuncağı, ılımlı İslamın sahte mehdisi haline getirilmiş, bu gezici vaizin el üstünde tutulmasının sebebi, Siyonist ABD'dir. Fethullah olayını çözmek isteyenler, Amerika'yı karşılarına almak cesaretini göstermelidir.

Değirmenin Suyu Washington'dan
Fethullah Gülen'in bugün hükmettiği güç, Genelkurmay Başkanlığı tarafından 1998 başında hazırlanan bir raporda şöyle sıralanmaktadır: 'Yurtiçinde 85 vakıf, 18 dernek, 89 özel okul, 207 şirket, 373 dershane, yaklaşık 500 öğrenci yurdu

ve biri İngilizce yayımlanan 14 dergi, 15 ülkede yayımlanan 300 bin tirajlı Zaman gazetesi, ulusal düzeyde yayın yapan 2 radyo ve uluslararası yayın yapan Samanyolu televizyonu; Yurtdışında 6 üniversite ve yüksekokul, 236 lise, 2 ilkokul, 8 dil ve bilgisayar merkezi, 6 üniversiteye hazırlık kursu ve 21 öğrenci yurdu olmak üzere toplam 279 eğitim kuruluşu' bulunmaktadır.

Gülen'in avanesinin sahip olduğu 300'e yakın şirketle, 600 trilyon liraya hükmettiği saptanmıştır. Yurtdışındaki okullarının yıllık gideri ise, Fethullahçılar tarafından 1,5 milyar dolar olarak açıklanmıştır. 1986 yılında, Özal tarafından gıyabi tutukluluktan kurtarılan Gülen'in 12 yılda bu kadar büyük bir güce ulaşmasının izahı da uluslararası bağlantısıdır.

Sovyetler Birliği'nin çözülmesi üzerine Gülen örgütü, uluslararası okullar atağına geçti. Gülen'in öncelik verdiği ülkeler son derece dikkat çekici: Orta Asya, Kafkaslar, Balkanlar. Yani Amerika'nın ilgi alanındaki bölge ve ülkeler. Nitekim 1992'den itibaren, öncelikle Orta Asya Türk cumhuriyetleri olmak üzere Kafkas ve Balkan cumhuriyetlerinde, 'Fethullahçı' diye bilinen vakıf ve şirketler, art arda kolejler açtılar. Ardından Asya ve Afrika ülkeleri geldi.

...Fethullah okullarının ülkelere dağılımı şöyle: Kazakistan (28), Rusya Federasyonu'na ait çeşitli bölgeler (24), Özbekistan (18), Türkmenistan (15), Azerbaycan (14), Kırgızistan (11). Bunları Arnavutluk ve Moğolistan (4'er); Afganistan, Irak, Gürcistan, Ukrayna ve Romanya (5'er); Moldova (2); Pakistan, Bangladeş, Makedonya, Macaristan, Fas, Güney Afrika, Sudan, Endonezya, Tayland, Çin ve Tayvan 1'er okulla izledi.

Nevval Sevindi'nin Sabah Kitapları'ndan çıkan, 'Fethullah Gülen ile New York Sohbeti'nde, ABD emperyalizmiyle Fethullahçıların bağı açıkça dile getiriliyor. İşte kitaptan bazı seçmeler: 'Amerika şu andaki konum ve gücüyle bütün dünyaya kumanda edebilir. Bütün dünyada yapılacak işler buradan idare edilebilir. Amerika hâlâ bu dünya gemisinin dümeninde oturan bir milletin adıdır.' (s. 6)

'Amerika daha uzun zaman dünyanın kaderinde çok önemli rol oynayacaktır. Bu realite kabul edilmeli, Amerika göz ardı edilerek şurada burada bir iş yapılmaya kalkışılmamalıdır.' (s. 7) 'Amerikalılar istemezlerse kimseye dünyanın değişik yerlerinden hiçbir iş yaptırmazlar. Şimdi bazı gönüllü kuruluşlar dünya ile entegrasyon adına gidip dünyanın değişik yerlerinde okullar açıyorlarsa, bu itibarla, mesela Amerika ile çatıştığınız sürece bu projelerin gerçekleştirilmesi mümkün olmaz.' (s. 8)

'Amerika ile iyi geçinmezseniz işinizi bozarlar. Şurada bulunmamıza izin veriyorsa, bu bizim için bir avantajsa, bu avantajı sağlıyor demektir.' (s. 9)

Şimdi söyleyin, Fethullah Gülen, yegâne kuvvet ve kudret sahibi olarak, Allah'a mı inanıyor, yoksa Amerika'ya mı?

...Fethullah Gülen cemaati tarafından yurtdışında, özellikle de Türk cumhuriyetlerinde açılan okullarda, diplomatik pasaportlu Amerikalı CIA ajanları, İngilizce öğretmeni diye barındırılıyor. Bu işbirliği, Türkiye'de yapılan üstdüzey resmi bir toplantıda, bizzat Fethullahçı okul yöneticisi tarafından itiraf edilmiştir. Toplantıda, dönemin Milli Eğitim Bakanı Mehmet Sağlam ve MİT temsilcisi de bulunduğu halde, olay karşısında sessiz kalındı. Durum, devletin resmi olarak yayımladığı kitapla da belgelenmiştir.

...Fethullah Gülen'in yurtdışındaki okullarında çalışan bine yakın ABD'li öğretmende, yalnızca devlet görevlilerine verilen ABD resmi pasaportu var. Çoğunluğu Türk cumhuriyetlerinde faaliyet yürüten okullardaki ABD'li öğretmenler, ingilizce adıyla 'official passeport'a sahipler. Amerikan Eğitim Bakanlığı personeli olmayan ABD'li öğretmenlerin, normal olarak turist pasaportu sahibi olmaları gerekiyor. Ancak, Amerikan devleti, Gülen'in okullarında çalışanları resmi görevli sayıyor. Türkiye'deki karşılığı 'yeşil pasaport' olan resmi görevli pasaportu, ABD'li öğretmenlere diplomatik dokunulmazlık sağlıyor. Amerikalı kaynaklar, bu pasaportların CIA'nin talimatıyla düzenlendiğine işaret ediyorlar. Emperyalizmin istediği 'Ilımlı İslam', Müslümanlığı yozlaştırmayı amaçlıyor!

Gülen'in Türk dünyasına yaklaşımı, Amerika'nın Orta Asya'ya olan yaklaşımı ile tam bir uygunluk göstermektedir. Türkiye'nin, diğer Türk cumhuriyetleriyle ilişkilerini geliştirmesi, son derece önemlidir. Bu ilişkilerin, koşulların elverdiği ölçüde sıkı olması, elbette Türkiye'nin çıkarınadır. Ancak Amerika'nın güdümünde kurulacak ilişkiler, Türkiye'nin komşularıyla olan ilişkilerinin bozulmasına, bölgesel karışıklıklara ve savaşlara yol açmaktadır. Amerika'nın istediği de budur, yani Türkiye'nin Siyonist sömürüye taşeronluk yapmasıdır. Fethullah Gülen, ABD'nin bu planlarında rol almaktadır.

Kırgızistan ve Özbekistan darbeleri, Fethullah Gülen'in, yani ABD'nin güdümündeki Nurculuğun, Türkiye'nin Türk cumhuriyetleriyle ilişkisinde oynadığı rolün son kanıtıdır. Halbuki Fethullahçıların ve Zaman'cıların bu Amerikan âşıklığı ve İsrail uşaklığı, ne İslamın ruhuna ve ne de Bediüzzaman'ın yoluna asla uymamaktadır.

Rejisör, Siyonist mihraklardır. Fethullahçılar sadece figürandır.

SOROS, KEMALİSTLERİ YENEMEYECEK

Serdar Arseven'in, 9 Haziran 2005 tarihli Tercüman gazetesinde yayımlanan **Örtülü Devrim** başlıklı makalesi geniş yankı uyandırdı. Söz konusu yazıda değinilen iki husus çok önemliydi:

> 1- Başka türlü seçim kazanamayacaklarını bilen AKP kurmayları, Yahudi lobisinin önde gelen isimleriyle görüşüp, türban konusunda onlardan yardım talep ederken, "Ortak ideallerimize hizmet etmek isteriz. Bu konuda size yardımcı olabilmemiz için iç politikada güçlü olmamız gerekir. Bu konuda rahat olmamız lazım..." demişlerdi.
>
> 2- Soros da, ülkemize yaptığı son ziyarette, "Başörtüsü-türban meselesinin çözümü için, gerekli girişimlerde bulunmaya karar verdik. Bu iş, çözüm yoluna girecek" demiştir.

Türk Dil Kurumu Türkçe Sözlük'ünde, "müjde" kelimesi "sevindirici haber", "müjde vermek" ise "bir kimseye sevindirici, mutlu bir haberi ulaştırmak" şeklinde tanımlanmaktadır. Soros'un söylediklerini "müjde" olarak algılayan Serdar Arseven, söz konusu yazısında şu yorumu yapmaktan da çekinmemişti: "Soros çözüyor. Etki alanındakiler üzerinde baskı uygulayacak. Toplumsal mutabakatın ağırlık noktasını Soros oluşturursa... Bir devrim olur. Bu da, 'örtülü devrim.'

Bakalım... Dün, Soros bir müjde verdi. Sorunu, nihayete erdirip erdiremeyeceğini görelim."

Serdar Arseven'in yazısının yayımlandığı gün, bana da gönderdiği, çeşitli internet sitelerinde yer aldığı gibi, 10 Haziran 2005 günü Bandırma'da İlkhaber, 12 Haziran 2005 günü Denizli'de Çalgücü, Adana'da Söz, Van'da Şark Yıldızı gazetelerinde ve Cumhuriyet gazetesinin "Vaziyet" köşesinde yer alan yazısında **Mustafa Yıldırım** şu yorumu yapıyordu:

İngiliz siyasi partilerine bağlı Westminister Vakfı, Amerikan siyasi partilerine bağlı 'enstitü' adlı örgütler, adlarında 'center' sözcüğü bulunan odaklar, 'stiftung' yani 'vakıf denen Alman partilerine bağlı örgütler... İsrail devletini Amerikalılarla buluşturan kuruluşlar...

Bu örgütlerle ortak proje(!) yürüten, onlardan para, eleman, araç gereç desteği alanlar...

Devletin sınırlarını delik deşik etmek, her türlü para, eleman hareketini sonuna dek serbestleştirmek için elinden geleni ardına koymayan, aldıkları paralar resmi, kendileri sivil(!) kuruluşlar siyasal yaşamımızı denetliyorlar.

Ülkelerde ortam güvenceye alındıkça 'vur-kaç' piyasacıları boy gösteriyor... Yardım amaçlı kuruluşlar görüntüsüyle kendilerine istihbarat kaynakları yaratıyorlar, devlet içinden, şirketlerin elemanları arasından, akademik dünyadan dostlar elde ediyorlar... Maksat piyasada oyun oynayabilmek için alt bilgi elde etmek, gerektiğinde piyasa yöneticilerini, devletin kurumlarını yönlendirmek...

Hemen aklınıza 'Soros' geliyor... O 'enstitü', 'vakıf, 'dernek' denen örgütler unutuluyor ve varsa yoksa 'Soros' öne çıkıyor. Soros yalnızca öndeki görüntüdür.

Soros gibi bir cambazın tek başına iş kotaracağına inananlar fena halde yanılmaktadırlar.
´Asıl güç 'Quantum' adlı şirkettedir.

Mustafa Yıldırım, bu şirketin ortaklarını tek tek açıkladıktan sonra, yazısına şöyle devam ediyor:

> Bu kişilerin ilişkileri Vatikan bankasına, P2 Mason Locası'na, kara para soruşturmasına uğramış bankalara uzanmaktadır... İşletilen para İngiliz, Hollanda, Danimarka hanedanlarının parasıdır.
>
> Kıyı bankacılığı yoluyla kayıt dışına kaydırılan para miktarının yılda 800 milyar doları bulduğu raporlanmaktadır... Soros gibi bir cambazın tek başına iş kotaracağına inananlar işte böylece yanılmaktadırlar. Üstelik Soros, yakın zamanda para piyasalarında dalavere çevirmekten Paris mahkemelerince mahkûm edilmiştir. Amsterdam mahkemelerinden istenen belge 10 yılda gelmeyince, zamanaşımı nedeniyle hapis yatmaktan da kurtulmuştur!
>
> Şimdi de Türkiye'nin akıllıları, 'Türban' konusunda Soros'tan yardım istiyorlar.

Serdar Arseven'in yazdıklarına aynen yer verdikten sonra, yazısını şöyle sonlandırıyor Mustafa Yıldırım:

> İşin doğrusu, Soros'tan kendi vakıflarına para yardımı isteyen anlı şanlı işadamları, Soros ile birlikte eğitime katkılarda bulunan üniversiteler, Soros'la 'Kürt' sorunu çözenler görülmüştü, ama kendilerince kutsal saydıkları 'sıkmabaş' işinin devlete emredilmesini 'vur-kaç' ustası piyasacıdan isteyene ilk kez rastlanıyor! Belki de haklılar...

Ne de olsa kasamız, piyasamız ve ruhumuz onlara emanet.

Bize ne egemenlikten, bağımsızlıktan ve hatta Müslümanlıktan!.. Varsa yoksa Quantum... Nerede para orada iktidar!

Güngör Uras'ın bu konuda yazdıkları ise (Milliyet, 12 Haziran 2005), her Türk aydınının üzerinde düşünmesini gerektirecek nitelikte olduğundan aşağıya aynen alıyorum:

> Güçlü ülkeler, güçsüz ülkelerde hükümet-iktidar karşıtı NGO'ları besleyerek, kullanarak o ülkelerde kamuoyunu, siyaseti, ekonomiyi, sosyal oluşumu yönlendiriyor.
>
> Gelelim George Soros'un Türkiye sevdasına... Soros, yıllar önce Rusya'yı ve Malezya'yı borsa spekülasyonu ile salladı. Sonra strateji değiştirdi. NGO'ları kullanarak (NGO'lara para akıtarak) Ukrayna ve Gürcistan'da rejimleri altüst etti. Bütün bunları yapan Soros'un arkasında ABD hükümetinin olmadığını iddia etmek mümkün mü?
>
> İşte bu Soros, 'Bayram değil, seyran değil... Eniştem beni neden öpüyor?' misali, son zamanlarda bizim NGO'larımız ve de vakıf üniversitelerimiz ile fazlaca ilgilenmeye, bizi 'sık sık öpmeye' başladı.
>
> ...Bu kadar da mı para canlısı olduk? Üç-beş dolar için NGO'larımızı, vakıf üniversitelerimizi Soros'un yörüngesine sokmak bize ne getirir?.. Ama ne götürür? Bunları tartışmalıyız.

Ümit Zileli'nin yorumu ise şöyle: (Cumhuriyet, 23 Haziran 2005)

> ANAP lideri Erkan Mumcu durup dururken(!) ortaya çıktı ve 'AKP ile birlikte anayasayı değiştirip, türbanı serbest bıra-

kalım' açıklaması yapıverdi... Soros'un fetvasından sonraya rastlaması tamamen tesadüftü!.. Serdar Arseven'in itirafları bize, Soros'un parasını verdiği Açık Toplum Enstitüsü'nün de, TESEV'in de, Brüksel'den, ABD'den ve dahi Türkiye'nin içinden kalem sallayan işbirlikçilerin de, Soros'un kucağına oturmuş dincilerin de hangi ortak hedeflere kilitlendiğini gayet güzel gösteriyor.

Görüyorsunuz, saflar giderek belirginleşiyor. Cereyan etmeye başlayan mücadele, aslında Kemalistlerle "Emperyalizm Uşakları"nın mücadelesi.. Türk halkı milli mücadeleyi, Soros ve işbirlikçileri ülkemizde cirit atsın, başka deyişle "Örtülü Devrim" gerçekleştirsin diye yapmadı ve unutulmasın ki Mustafa Kemal, Türk halkına "ruhundaki ateşten canlılık vermeye" devam ediyor.

LİBERAL AYDINLAR (!)
KİME HİZMET EDİYOR?

Kendisini "liberal" olarak tanımlayan aydınlarımızın(!) ürettikleri düşüncelerle, hem siyasal İslamcıların ve hem de PKK'nın siyasi kanadı olarak tanımlanabilecek kişi ve kuruluşların yaymaya çalıştığı düşünceler, tam bir uyum göstermektedir.

Bunda şaşılacak bir şey yok. Çünkü, "liberal aydınlar(!)" da, siyasal İslamcılar ve "bölücülük davası"na hizmet edenler gibi:

1– "Ulus Devlet" sözünden bile rahatsız olmaktadırlar ve Türkiye'nin paramparça olması umurlarında bile değildir. Hatta bazılarının örtülü amacı da budur.

2– Her türlü milli duyarlılıklarını yitirdiklerinden, ulusalcı ve antiemperyalist olan cumhuriyetimizin temel felsefesini hiçbir zaman benimsemediklerinden, ülkemizde saldırı hedefi haline getirdikleri biricik güç, "Kemalistler"dir.

3– Ordumuz ve yargı mensuplarımız dahil, ulus devletimizi korumaya çalışan kişi ve kurumlara karşı karşıtlıkları, ancak "düşmanca" olarak nitelendirilebilir ve onları etkisiz kılacak her girişimi desteklemektedirler.

4– Oluşturdukları dernek ve kuruluşlar, globalleşme (küreselleşme) de denilen "yeni emperyalizm"in amaçlarına hizmet ettiğinden; Soros dahil, şaibeli kişi ve kuruluşlardan yardım kabul etmektedirler. Başka bir deyişle, parayı verenin düdüğünü çalmakta; yüzsüzlüğü o noktaya vardırmışlardır ki, "Karen Fogg'un çocukları" veya "sahibinin sesi" olarak tanınmak veya anılmaktan utanç bile duymamaktadırlar.

İzninizle, yazımın bu noktasında "liberal aydınlar(!)ı" bir yana bırakayım da, başka bir konuya değineyim:

"Birlik Vakfı", 20. kuruluş yıldönümü dolayısıyla, 28 Mayıs 2005 tarihinde düzenlediği toplantı için, Hacettepe Üniversitesi Öğretim Üyesi Mustafa Erdoğan'a "Türkiye için 'Demokratikleşme ve Sivilleşme' Perspektifi" konulu bir tebliğ hazırlattı ve tartışmacı olarak MÜSİAD Genel Başkanı Ömer Bolat, Birlik Vakfı Ankara Öğretim Üyeleri Kulübü Başkanı Şükrü Karatepe, Hak-İş Konfederasyonu Başkanı Salim Uslu ve İstanbul Ticaret Odası Başkanı Murat Yalçıntaş'ı çağırdı.

Liberal ekonominin (serbest ticaretin), ne zaman uygulansa hem Osmanlı imparatorluğu'nu ve hem de Türkiye Cumhuriyeti'ni "iflas" noktasına getirip, emperyalist devletlerin güdümüne soktuğu, artık her aklı başında vatandaşımızca bilindiğinden, Mustafa Erdoğan'ın bu konudaki düşüncelerini bir yana bırakıp, söz konusu tebliğde yer alan başka birkaç önemli hususu bilginize sunmak istiyorum:

> Milli Güvenlik Kurulu'nun kaldırılması ve Genelkurmay Başkanlığı'nın Milli Savunma Bakanlığı'na bağlanması ve bu makama 'üçlü kararname'yle atama yapılması gerekmektedir. Çünkü, tecrübe gösteriyor ki, MGK anayasal bir kurul olarak var olduğu sürece, hukuki düzenleme ne olursa olsun, onun hükümetlerin üstünde bir 'Demokles kılıcı' gibi durması tümüyle engellenemez.

Kurumsal tedbirler arasında düşünülmesi gereken başka bir tanesi de, askerliğin zorunlu olmaktan çıkarılması ve gönüllülük esasına dayanan bir meslek haline getirilmesidir. Çünkü, Türkiye'de 'ordu-millet' mitinin devamlılığını sağlayan etkenlerden biri, askerliğin bir 'vatan hizmeti' olarak genel bir zorunluluk halinde bulunmasıdır.

...Anayasanın 'Cumhuriyetin Nitelikleri'ni belirleyen 2. maddesinin de yeniden formüle edilmesi ve bu çerçevede 'Atatürk milliyetçiliği'ne yapılan vurgunun metinden çıkarılması demokratik çoğulculuk açısından şarttır. Buna bağlı olarak, kültürel, ideolojik ve dini çeşitliliği tanıyan ve bu gibi konularda devletin tarafsızlığını vurgulayan bir hükmün ayrı bir fıkra veya madde olarak anayasaya eklenmesine de ihtiyaç vardır.

...Bütün dinlerin, dini yorumların ve inançların serbestçe örgütlenmesinin önündeki engeller kaldırılmalıdır.

...Türkiye, anadili Türkçe olmayan vatandaşlarının kendi dillerinde öğrenim görme hakkını tanımamıştır.

...Anayasanın etnik vurgular taşıyan 'milliyetçilik', 'Atatürk milliyetçiliği', 'Türk devleti' gibi ibarelerinin ve eğitim ve öğretim hakkını düzenleyen 42. maddesinin son fıkrasındaki 'Türkçeden başka hiçbir dil, eğitim ve öğretim kurumlarında Türk vatandaşlarına anadilleri olarak okutulamaz ve öğretilemez' hükmünün kaldırılması gerekir.

...Türkiye'de sivil örgütlenmeler inkılap kanunlarıyla yasaklanmıştır.

...Adem-i merkeziyetçi bir idari reform sivilleşmek bakımından da önemlidir.

...Medeni Kanun'un 101/4. maddesi hükmü şöyledir: 'Cumhuriyetin anayasa ile belirlenen niteliklerine ve anayasanın temel ilkelerine, hukuka, ahlaka, milli birliğe ve milli menfaatlere aykırı veya belli bir ırk ya da cemaat mensuplarını desteklemek amacıyla vakıf kurulamaz.'

Kişilere 'şu veya bu grubu desteklemek için vakıf kuramazsın' veya 'devletin ideolojik tercihlerinden ayrılamazsınız' demek vakıf kavramıyla bağdaşmaz; çünkü vakıf sivil ve gönüllü bir faaliyettir.

Mustafa Erdoğan, bu düşüncelerin hayata geçmesinin tam zamanı olduğunu, şu cümlelerle dile getirmektedir: "Türkiye'nin bu dönemeci yüzünün akıyla geçebilmesi için bugün uluslararası konjonktür oldukça elverişli görünmektedir. Genel olarak 'küreselleşme'nin içerdiği imkânlar Türkiye'nin dünyanın yeni şartlarına intibakını kolaylaştırabileceği gibi, Avrupa bütünleşmesinin gerekleri de Türkiye'nin hem kendini evrensel değerler doğrultusunda yenileme hem de kendi toplumunun ihtiyaçlarını daha medeni ölçülerde ve etkin biçimde karşılama arayışıyla paralellik göstermektedir."

Birlik Vakfı, böyle bir tebliği, siyasal İslamcılara yakın kişilerin tartışmasına açmakla neyi amaçlamaktadır acaba?.. Bu konuda sessiz düşünseniz daha doğru olur kanaatindeyim... Çünkü yeni Türk Ceza Kanunu'nun yürürlüğe girmesinden sonra, ülkemizde cezalandırılmayı veya tazminat ödemeyi göze almadan, bazı kişi ve kuruluşlar hakkında doğruları söylemek mümkün değil.

KÜRESEL HAÇLI SEFERİ

Değerli yazar **Arslan Bulut**, **Attilâ İlhan**'ın son ve en önemli girişimi olan "Bir Millet Uyanıyor" dizisinde, **Küresel Haçlı Seferi** adlı eseriyle yer aldı.

Kitaptan sayfa numaralarını vererek yapacağım birkaç alıntı dahi, okuyan herkeste "Tamamı okunması gereken bir başyapıtla karşı karşıyayız" düşüncesini oluşturacaktır sanıyorum.

Sizleri Arslan Bulut'un derlediği bilgiler ve gündem yaratabilecek yorumlarından bazılarıyla baş başa bırakıyorum:

New York Times yazarı Thomas Friedman, 11 Eylül olayından sonra yazdığı ilk yazıda, "Üçüncü Dünya Savaşı" başlığını kullanmıştı. Friedman şöyle demişti:

"Acaba ülkem gerçekten de 'Üçüncü Dünya Savaşı'nın başladığını anladı mı? Bu saldırı Üçüncü Dünya Savaşı'nın Pearl Harbor'ı, demek ki önümüzde çok çok uzun bir savaş var.

Ve bu Üçüncü Dünya Savaşı bizi bir süper güçle karşı karşıya getirmiyor.

Bizi, dünyanın tek süper gücü ve Batı değerlerinin, serbest piyasanın ve liberalizmin özbeöz sembolü olan bizi, bütün o kızgın ve süper yetkin kadın ve erkeklerle karşı karşıya getiriyor. Bu süper yetkin insanların çoğu yıkılan Müslüman ve Üçüncü Dünya devletlerinden geliyor. Onlar bizim değerlerimizi paylaşmıyor; Amerika'nın, hayatları, politikaları ve çocukları üzerindeki etkisine içerliyorlar. Çoğunlukla Amerika'yı kendi toplumlarının başarısızlığının sorumlusu olarak görüyorlar.

Onları süper yetkin yapan, internet, yüksek teknoloji ve bilgi ağıyla sarılı dünyayı kullanmadaki yetenekleri. Onlar bizim en gelişmiş uçaklarımızı insanların yönettiği, kararlılığın rehberlik ettiği 'Cruise' füzelerine çevirdiler –kendi fanatizmleriyle bizim teknolojimizin şeytani bir karışımı. Online Cihat. Ve neyi vurduklarına bakın: Dünya Ticaret Merkezi –Amerikan kapitalizminin ışığı– ve Pentagon –Amerikan ordusunun vücudu–."

Friedman, yazısında İslam dünyasını hedef gösterdiği gibi, ABD Başkanı Bush da, 11 Eylülden sonra yapılacak mücadelenin "Haçlı Seferi" olduğunu açıklamıştı. (s. 185)

Newsweek dergisi, Bush'un Saddam rejimini ortadan kaldırmayı kendisine, "Tanrı tarafından verilen bir misyon olarak gördüğünü" bildirdi. ABD Büyükelçisi Pearson da, "En az 20- 25 yıl bölgede kalacağız" diyor.

Dergiye göre, ABD Başkanı olmasını Tanrı'nın iradesine bağlayan Bush, her sabah erkenden din adamlarıyla düzenli olarak buluşuyor. Beyaz Saray görülmedik ölçüde mistik ve dinsel bir atmosfere bürünmüş durumda.

Bush, Yahudi ideologların ortaya attığı "tek dünya devleti"ni kurma peşinde. Hıristiyanlığa bu yolla hizmet edeceğine inandırılmış olan Bush'un ideologlarından Dinesh D'Souza da "Biz İslam köktenciliğini dönüştürmeliyiz, onları liberalleştirmeliyiz" demişti.

Dinesh D'Souza'nın görüşü şöyleydi: "İslam bir zamanlar büyük bir medeniyetti. Sonra bir sürü şey oldu, hiçlik seviyesine indi. Şimdi tek kıymetli üretimi petroldür. En son ne zaman, büyük bir İslam keşfinden, buluşundan söz edildiğini duydunuz ki? Şimdi olan biten, aşağılanmış bir medeniyetin, daha iyi fikirleriyle İslama uzanan başarılı bir medeniyete küfrüdür. İslam, tarihi olarak hep kılıçla yönetmiştir. İslam İmparatorluğu da böyle oluşmuştu. Biz İslam köktenciliğini dönüştürmeliyiz. Onları liberalleştirmeliyiz. ABD'nin dış politikası, Irak ve İran'daki totaliter rejimleri yıkıp, Batı'nın kapitalizm, demokrasi ve bilim düşüncelerini oraya taşımaktır." (s. 170)

Lyndon LaRouche, 11 Eylül'den 48 gün önce dünyayı uyarmış ve ABD ve Avrupa'nın topyekûn bir ekonomik durgunluk içinde bulunduğunu hatırlatarak, "Böyle dönemlerde dünya savaşları çıkarılır. ABD ve İngiltere içindeki güçler, ki Brzezinski bunlara dahildir, Asya'daki 'Şanghay İşbirliği Örgütü' gibi oluşumları engellemek için dünya savaşı çıkarmak istiyor. Bu savaşın adını da, 'Batı ile İslamın savaşı' olarak koyacaklar. Bu savaşı engellemeliyiz; bunun için önce Ariel Şaron'u durdurmalıyız" demişti.

Bu öngörü, hatta bilgi, Afganistan ve Irak'ın işgal edilmesiyle, Londra'dan Filipinler'e ve Varşova'dan Sofya'ya kadar uzanan, ABD'nin "Yeni üsler zinciri" ile "Büyük kuşatma"yı tamamlaması ve son olarak Genişletilmiş Büyük Ortadoğu Projesi'nin açıklanması ile doğru çıktı. (s. 15)

Eski BM Genel Sekreteri Butros Gali, İstanbul'daki Habitat Toplantısı'nda, dönemin Cumhurbaşkanı Süleyman Demirel yanı başındayken "Türkiye Federal Cumhuriyeti" ve "İstanbul Federe Devleti" gibi ifadeler kullanmıştı.

İşte AKP'ye uygulatılmak istenen kanton modeli, Butros Gali'nin o zamanlar "Dünya 200 devletli olmaktan 2000 devletli, hatta 5000 devletli bir yapılanmaya doğru gidiyor" diye dile getirdiği CFR planının ürünüydü ve Erdoğan'a gönderilen memorandum bunun açık belgesiydi. (s. 39)

David C. Korten tarafından yazılmış "When Corporations Rule the World" başlıklı kitapta, "Bugünkü ekonomik küreselleşmenin oluşumunda rol oynayan başlıca üç forum vardır. Bunlar Dış İlişkiler Konseyi (Council of Foreign Relations), Bilderberg ve Üçlü Komisyondur... IMF ve Dünya Bankası ise, düşük gelirli ülkelerin küresel sisteme bağımlılıklarının artmasını ve dolayısıyla ekonomilerini şirketlerin sömürgeciliğine açmalarını sağlamaktadır. Borçlu ülkelerin büyük çoğunluğu var olan dış borçlarını yeni dış krediler alarak ödemektedir. Daha fazla borç aldıkça, dışarıya bağımlılık daha da artmaktadır ve bütün çabalar ekonomik gelişmenin nasıl sağlanacağı konusunda harcanacağı yerde, nasıl daha fazla borç alınabileceğine yöneltilmektedir. Belli bir süre sonra, durum uyuşturucu bağımlılığı gibi olur!.." deniliyor. (s. 113)

Bir lobi şirketi vasıtasıyla AK Parti Genel Başkanı Tayyip Erdoğan'a New York'tan iletilen memorandumda, "Mr. Erdoğan, sizin küreselleşme ile demokrasi ilişkilerini bağdaştırma yönündeki adımlarınız, Türkiye'ye kriz sırasında destek olan uluslararası güçler tarafından da kabul görecektir. Ankara, küreselleşmenin gerekliliğini anlamak ve dünyada geçerli olan kurallara uyum sağlamak zorundadır. Ankara şunu da anlamalıdır ki, uygun gördüğü kuralları uygulayıp, kendi çıkarlarına uymayanları reddetmesi mümkün değildir... Küreselleşmenin bir adı da şehirleşmedir. Ankara, yerel yönetimlere otonomi vermek ve milli hükümetin fonksiyonlarını yerel düzeyde merkezi olmaktan çıkarmak zorundadır. Dünya, bütün hükümetlerden bunu istemektedir. Bu memoranduma göstereceğiniz ilgiden dolayı takdirlerimizi sunarız.." deniliyordu. (s. 22)

Özcan Buze, "Rusya'sız Avrasya Olur mu?" başlıklı yazısında şöyle diyor:

"Bugün dünyanın en önemli kıtasının Avrasya olduğu, Avrasya'ya hâkim olanın dünyaya hâkim olacağı görüşü herkes tarafından kabul ediliyor. O nedenle herkesin bir Avrasya projesi var. Avrasyalıların olduğu kadar, Avrasya dışı güçlerin, özellikle de ABD'nin kendi Avrasya projesi bulunuyor. Bu Amerikan projesinin özü ise, Rusya'sız ve Çin'siz bir Avrasya kurmak. Mümkünse Rusya ile Çin arasına kama sokmak. Ama özellikle de Avrasya'nın iki büyük ülkesi dışında kalan öteki ülkeleri, bu iki ülkeye karşı birleştirmek. 'Merkezi Devletler Birliği' önerisi de bu kapıya çıkıyor. Rusya'yı ve Çin'i dışarıda bırakacak her türden proje ve öneri, eninde sonunda özü itibarıyla ABD'nin projesinin bir versiyonu olacaktır. Böyle bir Avrasya ise, Avrasyalıların Avrasyası değil, Atlantik'in Avrasya üzerindeki hâkimiyeti olacaktır." (s. 216)

Çok yakın bir gelecekte küresel saldırıya karşı, küresel savunma ve hatta küresel karşı saldırı beklenebilir.

İnsanoğlu, bugün çaresiz gibi görünüyorsa, saldırının gerçek boyutlarını kavrayamadığındandır. Bütün mesele insanoğluna, dünyada gerçekte ne olup bittiğini anlatabilmektir. Çözüm, ancak bu kavrayıştan sonra doğacaktır. (s. 13)

LİBERALİZMİN ÖLÜMÜ

Mahmut Esat Bozkurt, 26 Temmuz 1935 tarihli Tan gazetesinde yazdığı **Karl Marx ve Türkler** başlıklı makalesinde şöyle diyordu:

Geçenlerde, Marx'ın Kırım Savaşı (Rus-Türk Savaşı) adlı kitabını okudum.
Büyük adamın anlattıklarına bakılırsa, Türkler ona göre çok sempatiktir. Marx, Çarları ve Çarlar siyasasını yerlerin dibine geçiriyor. Türkleri haklı görüyor.
Marx'ın hakkımızda söylediği şeyler içinde en güzeli bence şudur: Bize yabancı olan bu adam, 1854'te bugünü görüyordu. Bundan 81 yıl önce Marx şöyle düşünüyordu:
'Bu gidişle Türkler, Avrupa'da tutunamayacaklardır. Fakat ne yapılırsa yapılsın Türk devleti ortadan kaldırılamayacaktır.
Türkler belki bir gün Anadolu içlerine kadar sürüleceklerdir. Fakat onlar, hakiki varlıklarını orada bulacaklar; orada yeniden güçlü, kuvvetli bir Türk devleti kurulacaktır.'
...Klemenso gibi milliyetçi bir adam Marx hakkında şunları söyledi: 'Ben cumhuriyetçi ve demokrat doğdum. Böyle öleceğim. Fakat demokrasinin, beslenmesi gereken zayıf yerlerini Marx'tan öğrendim.

Marx komünisttir. O, modern komünizmin babasıdır. Fakat onun, ateşten okları andıran ballı tenkitleri olmasaydı, bencil (hodbin) liberal demokrasinin yerinden kıpranacağı yoktu. Belki hiç kıpranmayacak, olduğu yerde çürüyecek ve çökecekti.

Bu korkunç çöküntünün altında göyüntü (muzdarip) insanlık bir daha, baştan bir daha ezilecek, bu eziliş tarihe, yeniden bir dönüm noktası sayılacaktı.

Marx'ın birer alevden şamarı andıran tenkitleri olmasaydı.

O bu şamarlarını, liberal demokrasinin kızarmayan suratına indirmeseydi; insanlık onun elinde, liberal kapitalistlerin uşakları elinde inim inim inleyecekti. Kimbilir?

Teori dergisi Ağustos 2005 sayısının kapak konusu Mahmut Esat Bozkurt'a ayrılmıştı.

Türk devriminin, Atatürk'ten sonra en hayran olduğum kişisi, Mahmut Esat Bozkurt olmuştur.

Teori dergisinin söz konusu sayısında, Mahmut Esat Bozkurt'u çeşitli yönleriyle ele alan yazıların hepsi de gerçek bir bilgi hazinesi oluşturuyor ve bir defa daha görüyor ve anlıyoruz ki, Mahmut Esat Bozkurt, söyledikleri ve yazdıklarıyla günümüze ışık tutmaya devam ediyor.

Mehmet Ulusoy'un, Mahmut Esat Bozkurt ve Liberalizmin Ölümü başlıklı yazısından aşağıya aldığım birkaç bölüm dahi, o büyük insanın ne çapta bir düşünür ve devlet adamı olduğunu, bir kere daha anlamamıza yetecektir sanıyorum:

> ...Bozkurt, "Liberalizm Masalı" başlıklı peşpeşe yayımlanan 3 makalesiyle, önce Avrupa'da liberalizmin esas fikir babası olan ve "Bırakınız yapsınlar, bırakınız geçsinler" şia-

rıyla ekonomide sınırsız serbestliği savunan fizyokratlarla başlayan evrimini ele alıyor. "Fizyokratlara göre, tabiatta öyle iktisat kanunları vardı ki değişmezlerdi. Devletin işi gücü fedakâr bir jandarma gayretiyle herkesi bunlara riayet ettirmekti. Devlet hiçbir şeye karışmamalıydı. İstibdat dahi tabiat kanunları gereğiydi. Halk egemenliği saçmaydı!. Bundan 70-80 yıl sonra liberaller, yere düşmek üzere olan fizyokratların bayrağını ele aldılar. Burjuva demokratik devrimlerle istibdadı meşru gören fizyokratların itibarı sıfıra inmişti" diyen Bozkurt, Batı'da, iktisadi serbestliği siyasi serbestlikle (liberal demokrasi) tamamlayarak sömürgeci-emperyalist çağa geçen burjuvazinin, fizyokrat mirası tekelcilik düzeyinde nasıl devam ettirdiğini liberallerin ağzından şöyle vurguluyor: "Halkın sefaleti kendi günahıdır. Günahının cezasını çekmelidir. Haksızlıklar vardır. Fakat bunlar zaruridir. İktisat tarihine soygunculuk tarihi demek doğrudur. Fakat hayat böyledir. Ve tıpkı farmasonluk gibi iktisadi, siyasi alanlarda milliyetçiliğe lüzum yoktur. Vatanseverlikten sakınmak lazımdır."

Ancak 19. yüzyılın sonlarına gelindiğinde, "doğa kanunlarıyla yönetilen" serbest piyasacılık iflas etmektedir, kapitalizm kriz içindedir. Ulusal sanayilerini kuran Almanya, Japonya, Rusya gibi büyük devletler, liberalizmin anayurdu İngiltere'ye yetişmişler ve dünya pazarlarında onu zorlamaktadırlar. Bütün kapitalist devletlerin adım adım korumacı tedbirlere yöneldiği bu dönemde liberalizmin ideologlarının bile eski tezlerini terk ettiğini vurgulayan Bozkurt, "liberalliğin ölümü"nü Sismondi, Frederik List ve Karl Marks'ın teorilerine dayanarak ortaya koyuyor.

Alman devletçiliğinin teorisyeni, aynı zamanda İttihatçıların da önemli başvuru kaynağı Frederik List'ten (Friedrich List) şunları aktarıyor Bozkurt: "Liberaller kozmopolit bir faraziye yaptılar. Bunlar daha şimdiden bütün insanların, savaşların kalktığı büyük bir toplumda birleştiklerini farz ediyorlar. Şüphe yok ki böyle bir faraziyede insanlık soyut bireylerden oluşacağı için sadece bireylerin şahsi menfaatleri hâkim olur. Liberaller önemli bir noktayı unutuyorlar: Her insan bir milletin parçasıdır.

Bireyin mutluluğu milletin siyasi kudretine son derece bağlıdır. Şüphesiz insanlığın genel uzlaşması, tabii ki bir gün gerçekleştirilmesi gereken soylu bir amaçtır. Fakat bugün milletlerin menfaatleri farklı ve çatışıyor, kuvvetleri ise birbirine eşit değildir. Milletler birbiriyle eşit olmadıkça böyle kesin birleşmeden yarar göremezler. Şayet birleşecek olurlarsa, bu birlikten yalnız birisi yararlanır. Diğerleri kuvvetliye hizmetçi olur!"

...Bugünkü neoliberallerin "değişim" ve "yenilik" adına yutturmaya çalıştıkları masalı, 150 yıl önce Sismondi'nin dilinden de şöyle teşhir ediyor: "Liberallik, sanayii, tarımı, ticareti çok kuvvetlenmiş ülkeler için hayırlı sonuçlar verebilir. Fakat gelişme ve yetkinleşme halindeki milletler iktisadiyatında çok kötülüklere yol açar. O kadar ki, doğum halindeki yerleri kuvvetlilerin esiri haline getirir. Devletin müdahalesi gerekir."

Mahmut Esat Bozkurt, 18 ve 19. yüzyılda Avrupa'da doğa yasası gibi, ekonominin evrensel yasası olarak getirilen liberalizmin, daha o çağda ancak birkaç çok gelişmiş ülkenin çıkarına, onların emperyalist politikalarına hizmet ettiğini ve diğer ulusları esirleştirdiğini 'Tanzimat' değerlendirmesinde çarpıcı bir şekilde ortaya koyuyor.

...Gülhane fermanı, siyasi, iktisadi bakımlara göre bizde serbestliğin, kozmopolitliğin bir ilanı, bir yaftasıdır. İşin acı ciheti şu ki, bu sistem doğduğu yerde ölürken, teneşir üstüne yatırılmış bir ceset gibi memleketimize sokuluyordu. Bunu Avrupalılar, Avrupa diplomasisi o günün Tanzimatçılarına ısrarla tavsiye etmişlerdi. Yalnız tavsiye olsa iyi, fakat elde silah, liberalliğin uygulanmasını istiyorlardı. Bir halde ki, Türkiye ancak bunu kabul etmekle ölümden kurtulabilecekti.

Ve Osmanlı'da Tanzimat'tan sonra nasıl bir yıkıma ve köleleşmeye yol açtığının son derece çarpıcı olgularını sıralıyor:

"Bu memleket, 'serbestlik' adı verilen liberalliği Tanzimat'tan taa Cumhuriyete kadar seksen seneden fazla bir zaman tanıdı ve denedi.

...Tanzimat'ın siyasi, iktisadi alanlardaki liberalliğinden Türk olmayanlar kazanacak, öz Türkler zarar görecekti. Niçin? Çünkü Türkiye başıboş, serbest bir surette Avrupa iktisadiyatı rekabetine açılıyordu. Türkiye, dişlerinden zayıf milletlerin hakları sarkan güçlü, kuvvetli Avrupa'nın ağzına atılıyordu.

Tanzimat'tan Meşrutiyete kadar öz Türkler ve onların öz vatanı bu siyasi, iktisadi serbestlik içinde soyuldu ve parçalandı.

...Dev gibi bir Avrupa karşısında iyi düzenlenmiş bir himayeciliğe şiddetle ihtiyacımız vardı. Ancak bu suretle tutunur, bu suretle ilerleyebilirdik... Çünkü Türkiye iktisadiyatı zayıftı. Avrupa kuvvetli idi. Kuvvetli zayıfı ezdi. Az daha yok edecekti. Zayıfı kuvvetliye karşı korumanın yolu onu himayeciliktir. Yoksa serbestçi sistem gibi, kuvvetli ile zayıfı eşit şartlar içinde karşı karşıya bırakmak değildir."

...Bugün, 2005'te, aradan 80-100 yıl geçmesine rağmen, serbest piyasacılığı çoktan terk eden ve tekelleşen emperyalist Batı'nın bu "teneşir üstüne yatırılmış cesedi" yeniden bize kakalamaya çalışmasına ve Batı işbirlikçisi mandacıların bu "alternatifsiz, özgürlükçü seçenek" yalanına bir tabu gibi iman edişine karşı, Mahmut Esat Bozkurt'un fikirleri hâlâ bir panzehir niteliğindedir. Onlar, Batı'ya yaranmak için cumhuriyet devrimini yalanlarla, çarpıtmalarla karalamak isteyenlere karşı bilinçleri aydınlatan bir şamar gibidir.

Son 25 yıllık Özalcı serbest piyasacılığın ürettiği, Türkiye ekonomisini çöküşün eşiğine getiren mafya-tarikat demokrasisi batağından kurtulmak ve halk egemenliğine dayalı gerçek demokrasiye ulaşmak için, kim ne derse desin, kim hangi sahte "yeni" yollar ortaya atarsa atsın, 1940'larda terk edilen, kesintiye uğrayan halkçı-devletçi ulusal demokratik devrim rotasına yeniden girmekten başka bir yol yoktur.

BİR MİLLET UYANIYOR

Attilâ İlhan, "Bir Millet Uyanıyor" başlığıyla bir dizi kitap yayınlama projesi olduğunu söyleyip, bu dizinin ilk kitabı için benden de iki makale istediği zaman, onurla karışık bir sevinç duymuştum.

Bilgi Yayınevi, kısa sayılabilecek bir zaman dilimi içinde, bu dizinin üçüncü kitabı olan ve **Yıldırım Koç** tarafından yazılan **Batılı İşçi Sömürüye Ortak** adlı eseri, Türk okurlarıyla buluşturdu.

Bir solukta okuduğum söz konusu kitabın sayfaları arasında gezinirken; özellikle kendini "sosyal demokrat" olarak nitelendiren aydınlarımız bu kitabı mutlaka okumalı diye düşündüm ve Namık Kemal'in şu mısraları dilimden hiç düşmedi:

"Sana senden gelir bir işte dad (yardım) lazımsa
Zaferden ümidi kes gayrıdan (başkasından) imdat lazımsa"

Her paragrafı üzerinde günlerce düşünülmesi gereken söz konusu eserden yapacağım birkaç küçük alıntı bile, mutlaka okunması geeken eserler listenize bu kitabı almanıza yetecektir sanıyorum:

Bernstein, Stuttgart Kongresi'nde yaptığı konuşmada şunları söylemişti:

'Sömürgeler devam edecektir; bunu kabullenmek zorundayız. Uygar halklar, uygar olmayan halklar üzerinde belirli bir vasilik uygulamak zorundadır, sosyalistler bile bunu kabul etmek durumundadır... Ekonomik yaşamımızın birçok bölümü, sömürgelerden gelen ve yerlilerin yararlanamadığı ürünlere dayanmaktadır.' (s. 48)

Lenin, daha İkinci Enternasyonal'in 1907 yılında toplanan kongresinin ardından yaptığı değerlendirmede, İngiliz sermayedarlarının toplam geliri içinde, Hindistan'dan ve diğer sömürgelerden sağlanan kârların payının, İngiliz işçilerinden sağlanan artık değerden fazla olduğunu belirtiyordu:

'Örneğin, İngiliz burjuvazisinin, Hindistan'ın ve diğer sömürgelerin milyonlarca insanından sağladığı kâr, İngiliz işçilerinden sağladığından fazladır. Bu durum bazı ülkelerde proletaryanın sömürgeci şovenizme yakalanmasının maddi ve ekonomik temelini oluşturmaktadır.' (s. 29)

Ho Chi Minh (Nguyen Ai Quoc) Beşinci Kongreye "Ulusal Sorunlar ve Sömürge Sorunları" konusunda sunduğu raporda İngiltere Komünist Partisi'ni şöyle eleştiriyordu:

'İngiltere, Hollanda, Belçika ve diğer ülkelerin komünist partilerine gelince, bunlar, kendi ülkelerinin burjuva sınıfları tarafından gerçekleştirilmiş olan sömürgeci işgallerle başedebilmek için ne yapmışlardır? Lenin'in siyasi programını kabul ettikleri günden beri, kendi ülkelerinin işçi sınıfını adil enternasyonalizm ruhuyla eğitmek ve sömürgelerdeki emekçi kitlelerle yakın ilişki kurmak için ne yapmışlardır? Partilerimizin bu alanda yaptıkları hemen hemen değersizdir. Bana gelince, ben bir Fransız sömürgesinde doğdum ve Fransız Komünist Partisi'nin üyesiyim; ve üzülerek belirtiyorum ki,

Komünist Partimiz sömürgeler için hemen hemen hiçbir şey yapmamıştır.' (s. 165)

Emperyalist ülkelerin işçi sınıflarının kısa vadeli çıkarı, emperyalist sömürünün ve IMF-Dünya Bankası politikalarının devamındadır. Türkiye gibi ülkelerin işçi sınıflarının çıkarı ise emperyalizme ve IMF-Dünya Bankası politikalarına cepheden karşı çıkılmasını gerektirmektedir.

Bu koşullarda, emperyalist ülkelerin işçi sınıfları ve sendikacılık hareketleri, ulus ötesi sermayeye ve emperyalizme karşı "küresel direniş"in içinde yoktur. Emperyalizme karşı "küresel direniş" ancak azgelişmiş ülkelerde yaratılabilir. Kısa ve orta vadeli çıkarlarını emperyalist ülkelerin sömürüsüyle bütünleştirmiş emperyalist ülke işçi sınıflarının emperyalizme karşı "küresel direniş" içinde olmasını beklemek, en iyi ifadeyle, hayalciliktir. (s. 231)

Emperyalist ülke işçi sınıfları emperyalizmin askeri saldırganlığı karşısında bile genellikle duyarsızdır ve ancak büyük bedeller ödemeye başladığında tepki göstermektedir. Örneğin, Amerikan işçi sınıfı, kendisi büyük bedeller ödemediği sürece, Amerikan emperyalizminin her askeri saldırısını desteklemiştir. Karşı çıkış, ancak Vietnam'da 59 bin Amerikan askerinin ölmesi ve 300 binden fazla Amerikan askerinin yaralanmasıyla birliktedir. Irak'ın işgaline karşı çıkışın kitleselleşmesi de ABD'ye gelen tabutların sayısının artmasıyla birliktedir. ABD'de Cumhuriyetçi Parti'nin 2004 yılı Ağustos ayı sonunda New York'ta düzenlenen kongresini protesto etmek için 29 Ağustos günü New York'ta yapılan ve yüz binlerce Amerikalının katıldığı mitingte en çarpıcı görüntülerden biri, ABD bayrağına sarılmış sembolik tabutlardı.

Tüm bu nedenlere bağlı olarak, emperyalist ülkelerin seçmenlerinin yaklaşık % 90'ını oluşturan işçi sınıfları, bilinçli bir tercih yaparak, emperyalist politikalar benimseyen ve uygulayan hükümetleri işbaşına getirmektedir. Bu ülkelerde parlamenter demokrasi işlemektedir. İşçi sınıfları da aldatılmış, geri zekâlı veya salak değildir. Halkın iradesinin ifadesi olarak işbaşına gelen muhafazakâr, sosyal demokrat veya sosyalist hükümetler, emperyalist sömürüyü sürdürerek kendi sermayedarlarına ve uluslarına yarar sağlamaya çalışmaktadır.

Emeğin temsilcisi olduğunu ileri süren ve gerçekten Avrupa'da işçi sınıfının temsilcisi olan Avrupa sosyal demokrat ve sosyalist partileri de, geçmişte sömürgeciliğe karşı çıkmadılar, günümüzde de emperyalist sömürüye karşı çıkmamaktadırlar. (s. 45)

Emperyalizm olduğu sürece, emperyalist ülkelerin işçi sınıfları bundan yarar sağlayacak ve kısa-orta vadeli somut sınıf çıkarları gereği emperyalizmi destekleyecek, "sendika emperyalizmi"ni uygulayacaktır. Çağımızda küreselleşme "işçi sınıfı enternasyonalizmi" yaratmamakta, emperyalist ülke işçi sınıfını kendi devletiyle daha da yakınlaştırmaktadır. Türkiye'nin, işçi sınıfımızın ve genel olarak emeğin kurtuluşu, sömürünün sona erdirilmesi, gerçek demokrasinin sağlanması emperyalizme karşı mücadelenin temel alınmasından geçmektedir. Bu mücadelede emperyalist ülkelerin işçi sınıfları bugün bizimle aynı safta değildir. (s. 234)

Türkiye işçi sınıfı ve sendikacılık hareketinin varlığını sürdürebilmesinin, gücünü ve etkisini artırabilmesinin yolu, Türkiye'ye, halkımıza ve işçi sınıfımıza kasteden ortak düşman karşısında anti-emperyalist ve ulusalcı bir cephe oluşturmaktan geçmektedir. Bu geniş birliktelik sağlanamazsa ve işçi sınıfımız bu birliktelik içinde yer almazsa, Türkiye de, halkımız da, işçi sınıfımız ve sendikalarımız da varlığını sürdüremez.

Türkiye işçi sınıfı ve sendikacılık hareketine yönelik en büyük tehdit, emperyalizmden gelmektedir. (s. 22)

Son yıllarda, Yıldırım Koç çapındaki yazarların bize yeniden öğrettiği en önemli şey: Neden "Kemalizm" ortak paydasında buluşmamız gerektiği ve içine sokulduğumuz çıkmazdan kurtuluşumuzun ancak ve ancak Kemalistlerin çoğalması ve daha da bilinçlenmesiyle olanaklı hale gelebileceğidir.

GÖZDEN KAÇMAMASI GEREKENLER (1)

1- Prof. Ben Bagdakian, gazetecilik klasiklerinden olan "Medya Tekeli" kitabının her yeni baskısında ABD'de (ve dünyada da) medya alanına hâkim olan şirketlerin sayısının nasıl azaldığını anlatır. Otuz yıl içerisinde sektöre hâkim olanlar 50'den "10 kadar"a inmiş, medya sahipliği müthiş bir hızla daralıp, belli ellerde toplanmıştı. Bagdakian, "Medya Tekeli" kitabını bütünüyle yenileyip 2004 yılında "Yeni Medya Tekeli"ni yazdı. Artık, ABD'de (ki bu durum büyük ölçüde dünya için de geçerlidir) gazetelerin, dergilerin, kitap yayınevlerinin, film stüdyolarının, radyo ve televizyon istasyonlarının çoğuna, kartel özellikleri taşıyan küresel-boyutlu 5 şirket hâkim. Bunlar, Bagdakian'ın "Beş Büyük" dediği Time Warner, The Walt Disney Company, Murdoch'un News Corporation'ı, Viacom ve Almanya merkezli Bertelsmann. 80'ler sonrasında hızlanan medya sermayesindeki yoğunlaşmanın ve sahiplik yapısındaki daralmanın ABD ve dünya siyaseti açısından önemli sonuçları oldu.

Bu sürece paralel olarak ABD siyaseti hızla sağa kaydı. Para, Amerikan demokrasisinde her geçen gün seçmenlerin oyları aleyhine güçlendi. 1952'de; senato, kongre ve başkanlık için yarışanların tümü seçim kampanyasında 140 milyon dolar harcamışken, 2000'de yalnızca başkanlık kampanyası için harcanan para 1 milyar doları geçti. Paranın kaynağı sağcı-tutucu çevrelerdi ve para konuştukça, yalnız seçmenlerin değil, gazetecilerin de özgür ve bağımsız sesi kısıldı. (L. Doğan Tılıç, Gazetecilik Nereye?, Birgün gazetesi, 6 Ağustos 2005)

2– ABD'nin üzerinde denetim kuramadığı tek büyük alan, Soğuk Savaş boyunca Komünist Blok tarafından elde tutulan bölgeydi. Bu durum Soğuk Savaş'tan sonra ABD için ilginç ikilemlere sebep oldu. Kendi stratejisi Soğuk Savaş'ın yokluğunda nasıl işleyecekti? Birçok Avrupa ülkesini kendi talepleri ve gereksinimleri için kendine bağlayabilen büyük bir düşmanın yokluğunda nasıl hareket edecekti? Bu ise, ABD'nin emperyalist uygulamalarının yeniden değerlendirilmesine yol açtı. ABD eskiden bir tür hegemonya [rakip devletler üzerinde hâkimiyet] kurmak için üretim, finans, askeri güç, siyaset ve hatta kültür yoluyla hâkim olabileceğini düşünüyordu. Ne var ki bugün ABD'nin askeri açıdan hâkim olmasına karşın, artık hegemonik bir konumda olmadığı bir zamandayız.

Bunun çok tehlikeli bir durum olduğunu belirtmek istiyorum. Zira böylece ABD artık hegemon olmamasını askeri güç kullanarak telafi etmeye yöneliyor. ABD hegemonyasını bir dizi alanda kaybetti. Üretim dünyasında hegemon değil artık. 1945'te üretim üzerinde hâkimiyet sağlamıştı; ancak o hâkimiyeti 1960'ların sonu ve 1970'lerin başında kaybetmeye başladı.

1980'lere gelindiğinde dünya üretiminin büyük bir kısmı ABD dışına çıkmıştı. Bu durumu en açık şekilde, ABD yönetimi içinde ABD'yi bekleyen o büyük soruna, yani potansiyel bir rakip olarak Çin'le nasıl başa çıkılacağına ilişkin olarak yaşanan çatışmalarda görebiliyoruz. ABD şirketleri Çin'e iyice yerleşmiş durumdalar. General Motors geçen sene sadece Çin'deki faaliyetlerinden kâr sağlamıştı. Demek ki, Çin başka bölgelerde ABD'yle rekabet edebilecek bir rakip haline gelirken, Wal-Mart, General Motors gibi ABD şirketleri Çin'e ihtiyaç duyuyorlar.

ABD üretimdeki hâkimiyetini kaybeder kaybetmez, finans yoluyla hâkimiyetini yeniden tesis edebileceğini düşündü. 1980'den itibaren her şeyin finanslaştırılması, esas olarak ABD Hazinesi, Uluslararası Para Fonu (IMF), Dünya Bankası ve diğer mali kurumlar aracılığıyla hâkimiyetin tekrardan kurulmasını amaçlayan, ABD öncülüğündeki bir stratejinin parçasıydı.

ABD bu girişimin başını çekti ve bunda başarılı oldu da. Ancak finans alanı en nihayetinde üretime bağlı olduğu için 1990'lar boyunca dünya finansında ABD hâkimiyetinin giderek aşındığını gördük. ABD'li şirketler gibi bazı ABD'li finansal kurumlar hâlâ güçlüler ve önemliler. Fakat bugün ABD'nin borcunun büyük bir bölümü yabancıların elinde. Hayli bir kısmı da Asyalı büyük bankacıların elinde. Demek ki finansal güç de ABD'nin elinden uçup gitmeye başladı. ABD'ye akan faiz miktarının, ABD'den çıkan faiz miktarıyla kabaca eşitlendiği çok ilginç bir dönemece yaklaşıyoruz.

Yani finans alanında ABD eskiden olduğu gibi hâkim değil. Finansal emperyalizmi azalmaya başlıyor. Üretim emperyalizmi azalmaya başlıyor. Geriye de bir tek askeri emperyalizmi kalıyor. Bu da bizi ABD'nin nasıl aniden militaristleştiği ve Irak'a neden o şekilde girdiği sorusuna getiriyor. Bunun bir dizi nedeni var. Birincisi ABD'nin ülke içindeki durumu. Belli durumlarda iktidarı sürdürebilmek için bir tür dış düşman fikri etrafında dayanışma inşa etmek zorunda kalındığını biliyoruz. (David Harvey, 2005 yılı Temmuz ayında, Londra'da "Marxism 2005" toplantısında yaptığı konuşmadan, Birgün gazetesi, 9 Ağustos 2005)

3— Prof. Huntington ABD'nin ulusal kimliğinde dinin önemli bir unsur olduğunu söylüyor. Bu noktada şu soruyu sormamız gerekiyor. ABD var olan kimliğini mi tespit ediyor yoksa yeni politikalarına uygun bir kimlik mi oluşturuyor?

...ABD'nin yeni düşmanı bellidir ve bu İslamcılardır. Karşı güç din temeline dayandığı için ABD'de ve tüm Batı âleminde tepki, dini eğilimlerin güçlenmesi biçiminde olmaktadır. Bana göre bu durum önceden hesaplanmış bir çatışmadır ve ABD'nin asıl amacı yeni bir toplumsal çimento oluşturmaktır.

Türkiye bu modelde kritik bir konuma sahiptir. Bir yandan, Müslüman bir halka sahip olduğu için radikal İslama duyulan tepkiden payını almakta ve dini ayrışmada ötekiler safına itilmekte, diğer yandan dışlanması, Batı için ciddi bir maliyet oluşturacağı için içerde tutulmak istenmektedir.

ABD, birbirine zıt gibi görünen iki şeyi birden yapmak zorundadır: Bir yandan İslamcı şiddete ihtiyacı vardır ve bu yolla yeni kimliğinin oluşmasını sağlayacaktır, diğer yandan Müslüman ülkeleri kaybetmek istememektedir. Bunun yolu önce dine dayalı şiddet, sonra bunların dize getirilmesidir. (Mahir Kaynak, Ulusal Kimlik, Star gazetesi, 24 Mayıs 2005)

4— Kazakistan Cumhurbaşkanı Nursultan Nazarbayev'in 18 Şubat 2005 günü yaptığı tarihi ulusa sesleniş konuşmasındaki teklifiyle, Orta Asya Birliği'nin kurulması gündeme geldi. Konu sadece Kazakistan'ı değil, bölgenin diğer devletlerini de ilgilendirmektedir. Nazarbayev şöyle demişti: "Şimdi, bizim önümüzde duran seçenekler: Ya dünya ekonomisine sonsuza dek hammadde sağlayıcı olarak kalmak ve yeni bir sömürgeci devletin gelmesini beklemek ya da Orta Asya bölgesinin somut bir entegrasyon sürecini başlatmaya gitmektir. Ben son seçeneği teklif ediyorum. Orta Asya Devletler Birliği'ni kurmayı teklif ediyorum. Kazakistan, Özbekistan ve Kırgızistan arasında yapılan 'Ebedi Dostluk' Antlaşması böyle bir birliğin temelini oluşturmaya hizmet edebilir. Bölgemizin diğer ülkelerini de bunun haricinde tutmuyorum.

Bizim ekonomik çıkarlarımız, tarihi-kültürel köklerimiz, dilimiz, dinimiz, ekolojik sorunlarımız, dış tehditlerimiz ortaktır. AB mimarları böyle müşterek noktalar hakkında sadece hayal edebilirdi. Biz sıkı ekonomik entegrasyonu başlatmalıyız, ortak pazar ve ortak para birimine doğru ilerlemeliyiz. Bu öneriye saygı duyuyor, Türkiye Cumhuriyeti'ni bu ülkünün en ön safında görmek istiyoruz." (Ahmet Ortatepe, Yeniçağ gazetesi, 12 Temmuz 2005)

GÖZLERİMİZİ AVRASYA'YA ÇEVİRELİM

Ekonomimizin çöküşünün zeminini hazırlayanlar, sadece işbirlikçi siyasiler değil elbette; basında, bazı televizyonlarda, Soros'un beslediği üniversitelerde yer tutmuş sözde iktisatçılarımızın bu çöküşte rolü çok büyük. Can Yücel, bu gibiler için şu şiiri yazmıştı:

"Öyle keyifli yazıyorum ki
Bu adamlar hem üniversitede var
Hem gastede yazar
Hem de bozarlar

*
* *

Bu özel üniversite randevucuları
Dünyaya bir şey öğreteceklerini sanırlar
Ekonomi ekonomi diye diye
Kendilerini unuttukları gibi
Bizleri de unuturlar
Adları lazım değil aslında
Kendileri lazımlık"

Onların savunduğu görüşlerle, dünyanın birinci sınıf aydınlarının görüşleri hiçbir zaman bağdaşmıyor.

İşte size iki örnek:
Cambridge Üniversitesi Tarih Profesörü **Emmanuel Todd**, 1976 yılında yazdığı "Son Düşüş" adlı kitabıyla, "Sovyet komünist sisteminin çökeceğini ve dünyanın ABD etrafında tek kutuplu düzene dönüşeceğini" ilk haber veren kişiydi.

Bakınız, Aralık 2004'te Dost Yayınları arasında çıkan **İmparatorluktan Sonra Amerikan Sisteminin Çöküşü** adlı son eserinde neler söylüyor **Emmanuel Todd**:

> 1999 yılından sonra Rus ekonomisi canlanmaya başladı. Daha önce azalan gayrı safi milli hasıla (1998 yılında - 4,9) 1999 yılında % 5,4'e, 2000 yılında % 8,3'e, 2001 yılında da % 5,5'e ulaştı. GSMH artışını, sadece petrol ve doğalgaz ihracatına bağlamak yanlıştır; ancak petrol ve doğalgaz kaynakları, Rus ekonomisini en zor anlarında bile ayakta tutmaya yeter. 1999-2000 yıllarında sanayinin gelişmesi, % 11-12 olarak değerlendiriliyor. Özellikle makine, kimya, petrokimya ve kâğıt üretimi alanlarında büyük ilerlemeler kaydediliyor. Bunların yanı sıra hafif sanayide de canlanma belirtileri gözlemleniyor. Rus ekonomisi çalkantılı dönemi atlatmış gibi görünüyor. Bundan böyle artık Rusya, batmakta olan bir ülke olarak değerlendirilmemelidir. Kaybolmaya yüz tutan devler, yeniden toplumsal yaşamın özerk bir oyuncusu olarak ortaya çıkıyor; bu gelişmeyi en basit ve temel bir biçimde, ulusal servetin bir kısmını vergi olarak toplama kapasitesinin canlandırılmasıyla ölçebiliriz. Devletin kaynakları GSMH'ye koşut olarak 1998 yılında % 8,9'dan 1999 yılında % 12,6'ya, 2000 yılında % 16'ya çıktı. 2000 yılında % 8,9'dan 1999 yılında % 12,6'ya, 2000 yılında % 16'ya çıktı. 2000 yılında GSMH'nin % 2,3'ü kadar bütçe fazlası kaydedildi.

Rusya, yeniden güvenilir bir mali partner olabilir, çünkü dış borcunu hiç zorlanmadan ödeyebiliyor. Ayrıca ABD'nin bilinçsiz ve saldırgan tutumu karşısında Rusya, askeri kapasitesini asgari ölçüde yeniden kurup faaliyete geçirdi. Putin döneminin Rusya'nın toplumsal istikrara kavuştuğu, ekonomik sorunlara çözüm bulunmaya başlandığı bir dönem olduğu açıktır.

1990-97 yıllarında Amerikalı danışmanların yardımıyla, acımasızca ve acemice yapılan ekonomiyi liberalleştirme deneyleri, ülkeyi felakete sürükledi. Bu konuda Gilpin'in koyduğu tanının doğru olduğunu kabul edebiliriz. Gilpin'e göre Rusya'da geçiş sürecinde yaşanan toplumsal ve ekonomik anarşinin ana nedeni devletin çökmesidir. Çin'de devlet otoritesi, sarsılmasına meydan verilmeden korundu ve böylece ekonominin liberalleşme süreci Rusya'da yaşanan felakete sürüklenmeden atlatılabildi. (s. 139)

...ABD'nin yanında yer alıp Irak'a müdahalede bulunarak, kanlı bir oyunun küçük bir parçası olmaktan öte elimize bir şey geçmez.

XX. yüzyılda hiçbir ülke savaşarak hatta sadece askeri gücünü artırarak güçlenememiştir. Fransa, Almanya, Japonya ve Rusya gibi ülkeler bu oyunda çok fazla kaybetmişlerdir. ABD XX. yüzyılda yenen taraf olmuştur, çünkü çok uzun zaman boyunca eski dünyanın çatışmalarından uzak durabilmiştir, işte Amerika'nın ilk halini, üstün geldiği zaman sahip olduğu o halini örnek alalım. Militarizmi reddedelim ve ait olduğumuz toplumun ekonomik ve toplumsal iç sorunlarıyla ilgilenelim, cesur olup güçlenelim. Bırakalım Amerika, eğer öyle istiyorsa, geriye kalan enerjisini artık olmayan egemenliğini ayakta tutabilmek için giriştiği 'terörle savaş'ta, sözümona savaşta harcasın. Sonsuz erkini kanıtlama ısrarlarını sürdürürse eninde sonunda güçsüz olduğu ortaya çıkacak ve bütün dünya bunu öğrenecektir. (s. 183)

Dünyanın pek çok üniversitesinde dersler veren, 1994 yılında Amsterdam Üniversitesi'nden emekli olan, 23 Nisan 2005 günü hayatını kaybeden, "Yeniden Doğu'ya yönelim: Asya Çağında Küresel Ekonomi" adlı eser dahil pek çok önemli eserin sahibi, çağımızın en önemli aydınlarından **Andre Gunder Frank,** 5 Ağustos 2004 tarihinde The Nikkei Weekly isimli dergi için kaleme alınmış son makalelerinden birinde şöyle diyor: (Makalenin tamamı için bakınız: Bilim ve Ütopya, Haziran 2005)

21. yüzyıl Asya'nın olacak. 20. yüzyılda, önceden daha geri bir seviyeden başlamasına rağmen, Asya'nın büyüme oranı Batı'nınkine göre daha hızlıydı ve Çin'in kurtuluşu ile sömürgeciliğin son bulmasından bu yana, son yarım yüzyılda Doğu Asya'nın büyüme oranı ikiye katlandı... Clinton'un 1990'larda yarattığı Amerikan refahının kaynağı, Asya ve elbette Rusya sermayesiydi, yoksa üretkenlik artışı olmayan 'yeni ekonomi' falan değildi.

...ABD'nin ticaret açığı şu anda 550 milyar dolar ve bu açık gittikçe büyüyor. Her yıl 100 milyar dolar Avrupalılar tarafından, 100 milyar dolar Çinliler tarafından ve her ne kadar bu yıl 120 milyarın üstüne çıkmışsa, 100 milyar dolar da Japonlar tarafından sağlanıyor. Geriye kalanı da diğerlerinden geliyor, özellikle de Doğu Asyalılardan. Fakat şimdi ayrıca Hindistan'dan da. Amerikalılar hiçbir şey biriktirmiyor ve birikimlerini Amerikalılara gönderen diğerlerinin tasarruflarını ve böylece de üretimlerini harcayarak kendi ürettiklerinden çok daha fazlasını tüketiyorlar.

Ayrıca, dünya rezervleri ve anapara ödemeleri özellikle de petrol ve altın için dolar üzerinden yapıldığından, ABD çok rahat dolar basabilir ve basar da bu paraları da Amerikan tüketimi ve yatırımı için dünyanın geri kalanının ürettiklerini satın almakta kullanır. Nihayetinde bu ABD kâğıt dolarlarının, Hazine tahvillerinin, elektronik hesapların ve fonların tamamı sadece kâğıttır ve büsbütün değersizdir, yani diğerlerinin kabulünün ötesinde bir değeri yoktur, çünkü ABD bunları ödemeyecek ve ödeyemez de. ABD'nin dış borcunun şu an milli gelirinin dörtte birine eşit olduğu söyleniyor (ki gerçekte çok daha fazladır) ve yabancılar şu an itibarıyla ABD devlet/kamu borcunun % 45'ine ve ABD mal varlığının önemli bir kısmına sahipler. Bu da şimdiden, ABD'nin bu borçları ödemesinin politik ve ekonomik olarak imkânsız olduğunu kanıtlıyor. Biz, özellikle de Asya ve Amerika, bir kumarhane ekonomisinde oynuyoruz, fakat hayali bir değeri olan beş para etmez kumar fişleriyle.

...Rusya, OPEC ve diğer petrol ihracatçıları, petrollerini dolar yerine euro karşılığında satma; böylece de euroya olan talebin artması ve doların çöküşü gibi büyük bir adım atabilir. Irak kendi petrolünü euro üzerinden fiyatlandırmıştı ve ABD'nin Irak'a karşı savaşının önemli nedenlerinden biri de diğerlerinin aynı şeyi yapmalarını engellemekti.

...Çin, zengin Amerikalı tüketicilere 350 milyar dolarlık ihracat yapıyor.

...Çinliler bu kâğıt doları yıllık faizi sadece % 4-5 olan Hazine tahvilleri almak için kullanıyorlar. Henüz ödenmemiş 700 milyar dolarlık Hazine tahvili; Çin Merkez Bankası halihazırda bunun 300 milyar dolarını elinde tutuyor ve geri kalanı da Japonya, Avrupa ve petrol ihracatçılarının da içinde olduğu diğer merkez bankalarının elinde...

Çin, tüm ihracatını yuana çevirerek, yuanı dünya ticaretinde alternatif bir rezerv para birimine çevirme gücüne sahip. OPEC petrol karşılığı ödemelerde yuanı kabul edecektir... Benim alternatif senaryom Asyalı...

GÖZDEN KAÇMAMASI GEREKENLER (2)

1– AKP, İncirlik kararı ve İsrail gezisi ile yeniden Bilderberg rotasına oturdu.
David C. Korten tarafından yazılmış "When Corporations Rule the World" başlıklı kitapta: "Bugünkü ekonomik küreselleşmenin oluşumunda rol oynayan başlıca üç forum vardır. Bunlar Dış İlişkiler Konseyi (Council of Foreign Relations), Bilderberg ve Üçlü Komisyon'dur... IMF ve Dünya Bankası ise düşük gelirli ülkelerin küresel sisteme bağımlılıklarının artmasını ve dolayısıyla ekonomilerini şirketlerin sömürgeciliğine açmalarını sağlamaktadır. Borçlu ülkelerin büyük çoğunluğu var olan dış borçlarını yeni dış krediler alarak ödemektedir. Daha fazla borç aldıkça, dışarıya bağımlılık daha da artmaktadır ve bütün çabalar ekonomik gelişmenin nasıl sağlanacağı konusunda harcanacağı yerde, nasıl daha fazla borç alınabileceğine yöneltilmektedir. Belli bir süre sonra, durum uyuşturucu bağımlılığı gibi olur..." deniliyor. (Arslan Bulut, Bilderberg Rotasına Dönenler!, Yeniçağ gazetesi, 10 Mayıs 2005)

2– Bush kendi arka bahçesini siyasi olarak kaybetmek üzere, ekonomik cephede de "arka bahçesi"nde Bush'u, dolayısıyla Bush yüzünden ABD'yi hiç iyi bir gelecek beklemiyor; 5 ay önce Peru'da toplanan 12 Güney Amerika devleti aralarında bir serbest ticaret örgütü "Latin Amerika Birliği"ni kurup, ABD'ye karşı ekonomik mücadeleye başladılar, niye size kimse bunun duyurusunu yapmıyor ey okur?

Kısacası Kafkasya ve Ortadoğu'daki malum Bush ve Neocon'ların oyunlarının rövanşını, Putin, Güney Amerika'da alma hazırlığında. Bu arada Putin Müslüman dünyasıyla da flörte devam ediyor.

Evet, 12 Güney Amerika ülkesinde son yaşanan gelişmeler "yeni dünya düzeni" adına büyük önem arz ediyor. "Yakın geleceğin Joker"i –Katolik– Latin ırklardır, ABD'nin kaderinde "Latino" yani Güney Amerikalılar kritik rol oynayacak. Bu yeni şekillenen denge Türkiye'yi çok yakından ilgilendiriyor. Tek boyutlu siyaset yapanlar, varsa yoksa Bush-Telaviv ve Brüksel'den konuşanlar, sizi korkarım "ileri derecede miyop" yapacak ey okur, çok boyutlu algı geliştirmek zorundasınız, vahşi tabiata çıkarıldık artık, yeteneklerinizi geliştirmeye mecbursunuz. (Güler Kömürcü, Akşam gazetesi, 10 Mayıs 2005)

3– Genelkurmay Başkanı Org. Hilmi Özkök'ün "Türkiye, ne İslam devletidir, ne de İslam ülkesi" anlamını taşıyan sözü, medyada çok tartışıldı. Bu tartışmaya katılanlardan Emre Aköz, Sabah'taki köşesinde "Ülke geniş bir kavram. Sınırları içindeki herkesi ve her şeyi kapsıyor. Ancak kastedilen halk. Nüfusunun büyük çoğunluğu Müslüman olan bir Türkiye. Demek ki burası İslam ülkesi" diyor.

Türkiye'de ezici çoğunluğun Müslüman olması, Türkiye'nin bir niteliğini belirlemez; sadece yurttaşlarının çoğunun İslam inancında olduğunu gösterir. Ve nihayet, bir ülkeyi İslam ülkesi olarak nitelendirmek için orada İslamın hükmünün geçmesi şarttır. Bu açıdan, takipçisinin azınlıkta olmasına rağmen, Türkiye laik bir ülkedir, çünkü bu ülkede İslamın değil, onun hükmü geçmektedir. Bugün herhangi bir Batı ülkesine "Hıristiyan ülkesi" denilmekte midir? Veya Japonya'ya "Şintoist ülkesi" veya Hindistan'a "Hindu ülkesi"?.. Böyle bir nitelemeyi oralarda kimse aklına bile getirmez, ama bizde "Müslüman ülkesi" nitelemesi olağan görülmektedir. Çünkü bu ülkede herkes kendi mensubiyetinin tek aidiyet olmasını istiyor, farklılıklara pek fazla tahammülü olmayan insanlarımız, kendi kimliklerinin diğer kimliklerden biri olarak, onlarla beraber ve eşitçe yaşamasına razı değil. Her kısmilik tümel olmaya soyunuyor, kendini öyle inşa ediyor. Cemevleriyle ilgili soru önergesine Başbakan adına cevap veren Diyanetten Sorumlu Devlet Bakanı Mehmet Aydın, "Cami ve mescit dışındaki yerler ibadethane kabul edilemez. Cemevleri sosyal ve kültürel tesis olarak açılabilir" dedi.

Musevi bir ilahiyatçı olan ve ölene kadar Musevi kalan İsa'nın Tarsuslu Aziz Paulus tarafından Tanrı mertebesine çıkarılmasıyla kurulan Hıristiyanlık, Museviler açısından hiçbir zaman ayrı bir din, hatta bir mezhep olarak görülmemiş, aksine bir sapkınlık sayılmıştır ama, bugün yeryüzünde bir milyarın üstünde müridi olan, son derece örgütlü ve çok geniş öğretili bir dindir.

Alevilik ise çok miktarda pagan ve Hıristiyan unsur taşıyan, hem İslamiyet öncesi Türklerin hem de 1071 öncesi Anadolu halklarının inanç sistemlerinden çok sayıda öğeyi barındıran ve harmanlayan, tamamen kendine özgü bir inanç yapılanmasıdır. İslamın beş şartı, Alevilik açısından şart değildir. Bu ve daha birçok unsurun ışığında, sosyoloji gözlüğüyle bakıldığında Alevilik, İslamiyetten farklı bir inanç sistemidir. Bu yüzden Bakan Aydın'ın tutumu totaliterdir, çünkü herkes kendi inancını istediği gibi tanımlama hakkına sahiptir, inançların tepeden inme tanımlandığı durumlarda engizisyon mahkemeleri de kurulabilir (Mehmet

Ali Kılıçbay, Biz "Ben"lerin Toplamı mıdır?, Aktüel dergisi, 11 Mayıs 2005)

4– Türk aydını, gazete yazarı, üniversite hocaları, Türkiye'yi, Türk toplumunu eleştiren Türkler, Batı'nın gözüyle, Batı'nın diliyle eleştiriyorlar. Ermeni sorunu konusunda söyledikleri Tanzimat'tan, 1890'lardan bu yana Avrupa'nın, Protestan rahiplerinin, ABD misyon ve misyonerlerinin görüşleri. Ermeni sorununu yaratanların, Yunan ve Kıbrıs sorununu yaratanların, Kürt sorununu yaratanların kafasıyla düşünüyorlar, konuşup yazıyorlar.

Avrupa aydınlarının baskın karakterini tanıyorum. Sürgünde yaşayan Yunanlar, Portekizliler, İspanyollar, Şilililer, Arjantinliler, Ruslar, Bulgarlar tanıdım. Hepsinin sorunu iktidarda bulunanlarla ilgiliydi. Tarihlerini, geçmişlerini suçlayanlara rastlamadım. Aralarında Ritsos da olmak üzere Kıbrıs konusunda Türk tarafına biraz hak veren Yunan komünistine rastlamadım. Bizimkiler kendi ulusuna düşmanca davranmayı aydın olmanın temel ilkesi sanıyorlar, ilkellikten başka bir şey değil. Ruhsal maraz hali? Bir zamanlar solu psikiyatri kliniğine çevirmişlerdi. Gene aynı insanlar.

Seçmenin cemaat, aşiret, tarikat ve etnisite bukağılarından kurtulup sınıf bilinci içinde oy verdiği ülkelerde demokrasiden söz edilebilir. Türkiye henüz bu dört bukağıdan kurtulabilmiş değil. Türkiye'de henüz bu dört bukağının dışında, büyük kentlerin varoşlarında, gecekondularda yaşayan avantacı kitle var. Bu nedenle, Türkiye'de seçimlerin sonuçlarının demokrasinin yansıması olduğuna beni kimse inandıramaz. Bunu söylediğiniz zaman, hemen "elitist", "jakoben" damgasını yiyorsunuz. Ben seçim yapılmasın demiyorum ki, seçmenin özelliklerinin ne olduğunu söylüyorum. AKP gibi bir partiyi ancak cemaat, aşiret, etnisite ve avanta koalisyonu iktidara getirebilir.

1923'ten bu yana Türkiye hiçbir zaman bu kadar aciz duruma gelmedi. Çok sıkıştı, çok sıkıştırıldı ama o zamanki hükümetler günümüzün AKP'sinden daha dirayetliydi belki. Fakat şunu da söylemek gerekir ki, siyasal konjonktür hiçbir zaman bu kadar sıkışık olmadı. Irak, Kıbrıs, Ermeni ve Kürt sorunları, özelleştirme ve liberalleşme, küreselleşme ve ulus-devlet çelişkisi; IMF ve Dünya Bankası çelişkisi ve açmazı, yoksullaştırma; medyanın yozlaşması, seçmenin daha önce açıkladığım özel çıkmazı... Ve ülkenin AKP'ye mahkûmiyeti... AKP sorunlarla baş edecek kalibrede bir siyasal kuruluş değil. Rehberi ve referansı politika ve ulusal çıkar değil, nüfusun yüzde onluk kesiminin ve kendisinin inanç dünyası... Türkiye 12 Mart ve 12 Eylül'de tırpanlanarak yok edilen kadroların lanetini yaşıyor.

AKP'nin Avrupa Birliği'ne girmek gibi bir niyet ve arzusu yok. Bu süreçten yararlanarak devlet kademelerinde kadrolaşmak, başta eğitim, adliye ve polis olmak üzere devlet kurumlarını İslamileştirmek istiyor. (Özdemir İnce, Cumhuriyet gazetesi, 12 Mayıs 2005)

HER KARANLIK
IŞIĞINI DA BİRLİKTE GETİRİR

Son günlerde bazı dergiler, uyanmak isteyenler için, çalar saat görevini yüklenmişler sanki...
Her ay yararlanarak okuduğum "Berfin Bahar" dergisi, Ekim 2005 sayısında, sayfalarının çoğunu "AB ve Emperyalist Kültür" konusuna ayırmış. Bu sayfaları okurken, insan kendisini bir kültür şöleninin davetlisi gibi hissediyor.
İşte bu şölenin gerçek yaratıcısı olan yazarlardan, sizinle paylaşmaktan kendimi alamadığım bazı satırlar:

...Ulusallığın karşıtı 'ümmetçilik', yerine göre 'kavimcilik'tir. Ümmet toplumları ve kavimler, tarih boyunca bağımsız yaşama olanağı bulamamışlardır. Çünkü ümmetçilik, aynı dinden olmayı temel alıyor. Kavimciler de (etnik ayrılıkçılar), küçük aşiret topluluklarını temsil ediyorlar. Bu toplum tiplerinde ümmet, bir toplum tipi de değildir.

...Uluslaşamamış toplumlarda emperyalizm, kabile asabe ruhunu canlandırır, kışkırtır, sömürüyü kolaylaştırır. Kazanılmış çağdaş değerleri, 'gelenekler, töreler, inançlar' adına yozlaştırırlar. Denebilir ki, dünyada kendi toplum yapısına en uygun, en ilerici eğitim dizgesini, cumhuriyetin eğitimcileri bulmuş ve büyük bir başarıyla yaşama geçirmişlerdir. Köy Enstitüleri, çok yanlı ortaokullar, hümanist liseler, Halkevleri,

Halkodaları, cumhuriyet eğitimcilerinin buluşuydu... Bu kurumları emperyalizm yozlaştırdı.

...Emperyalistler, cumhuriyetin içindeki karşıdevrimcileri bulup çıkarmakta güçlük çekmez. Devrim sürecinde yanlış yapanları hemen bulur. Devrimin kurumlarını, onlara yıktırır. Çünkü, onlar bilir aksaklıkları. Köy Enstitüleri'ni, Hasan Ali Yücel'in şube müdürlerinden Reşat Şemsettin kuşa çevirdi, Demokrat Parti de, köküne kibrit suyu ekti. Halkevleri'ni, eski bir Halkevci olan, o kurumlarda müfettişlik yapmış Adnan Menderes yıktı, külünü bile bırakmadı. Çeviri odaları, Makine Kimya Enstitüsü, hep onların içinden yetişenlerle yozlaştırıldı. Emperyalizmin yöntemi de, devrimcinin yöntemiyle özdeştir. O da, eğitim dizgesini tümüyle değiştirir. Ekin (Kültür) devrimiyle yüksek düzeyde eğitim veren kurumları, bilimsel düşünceyi geliştiren üniversiteleri, olgucu bilimlere dayalı öğretim yapan okulları, layık eğitim felsefesiyle kurulmuş temel eğitim okullarını, dinsel eğitimle karıştırarak yozlaştırır. (Vecihi Timuroğlu)

...Osmanlı topraklarındaki sömürgeleştirilmeyi ve sömürgenlerin çıkarlarını düzenleyen 'Islahat' ve Attilâ İlhan'ın deyişiyle, Osmanlı ekonomisinin, maliyesinin, ticaretinin, hukukunun 'Düveli Muazzama' denilen dünyanın egemeni Batı'nın istemleri ve çıkarları doğrultusunda düzenlenmesi yani 'tanzim' edilmesinden başka bir şey olmayan 'Tanzimat'la ülkemize hak ve özgürlüklerin, demokrasinin gelmiş olduğunu, imparatorluğun güçlendiğini ve zenginleştiğini kaç edebiyatçı, yazar iddia etmişti?

"...Ülkemizin onurlu edebiyatçılık mirasına sahip edebiyatçılarına, yazarlarına soruyorum: IMF'nin, Dünya Bankası'nın, ABD'nin, AB'nin, küreselleşmenin, neoliberalizmin, postmodernizmin demokrasi havariliğine inanmak saflık değilse nedir? Bu saflık edebiyatçılara, yazarlara yakışır mı?

Saflık değilse bilgisizlik ve bilinçsizliktir ki bu hiç yakışmaz. Bir üçüncü seçenek daha var ki, söylemeye dilim varmıyor; ihanet. (Öner Yağcı)

...Şimdi Ermeni, Kürt, Alevi gibi abuk subuk sorunlar yaratarak, kimi kendini aydın(!) sananların yarattığı katliam öyküleri... Ne acıdır ki yüzyıllardır Afrika'yı, Amerika'yı, Asya'yı kana boğan, zencileri köleleştiren, İnkaları, Mayaları, Aztekleri, Kızılderilileri yok eden; Fransa'nın Cezayir katliamlarını, İngiltere'nin Hindistan zulmünü, Norveç'in Sam/Tat rezaletlerini görmemeleri körlüklerinden değil, kime iyi hizmet ettiklerinin açık göstergesidir. Bu hizmetin ülkemize olmadığı kesindir. Bu öyle bir körleşmedir ki, göz denen organın körlüğü değil, ceplerine giren doların ve euroların vicdanlarını kör etmeleridir. Bunun da tedavisi yoktur. Çünkü insanın vicdanı, yüreği, beyni satılığa çıktı mı, onu hiçbir şey tedavi edemez. (H. Hüseyin Yalvaç)

...Avrupa'da, Statewach ve Liberty adlı insan hakları dernekleri, aşağıdaki gerekçeleri sıralıyarak AB'nin giderek bir Polis Devleti'ne dönüştüğünü söylüyorlar:

• AB Polis Gücü (EUROPOL) kurulmuştur. Europol elemanlarına, yargıya karşı dokunulmazlık hakkı verilmiştir.

• AB kendi organlarına, istedikleri ülkelerde istedikleri kişilerin elektronik postalarını, bir mahkeme kararı olmadan ele geçirme, telefonlarını dinleme yetkisini vermiştir.

• AB'nin 'terörizm' tanımı o kadar geniş tutulmuştur ki, herhangi bir ülkedeki tüm sivil karşı koymalar, terörizm olarak tanımlanabilecektir.

• Brüksel, insan haklarından herhangi birisinin kullanılmasını, AB'nin 'genel çıkarlarına' ters düşüyor gerekçesiyle, geçici bir süre yasaklayabilecektir. (EU Treaty Article 52)

Tüm bu uygulamalar, AB'nin anti-demokratik yapısıyla birlikte düşünüldüğünde, başkenti Brüksel olan AB'nin, tüm

Avrupalıların temel özgürlüklerine karşı ciddi bir tehdit oluşturduğu gerçeğini ortaya koymaktadır.

Bugün tüm Avrupa'da, çeşitli gruplar ve bireyler bu gerçek karşısında ayaklanmaya,örgütlenmeye başlamışlardır.

...İrlandalı Prof. Dr. Antony Coughlan, AB'yi bir hapishaneye benzetiyor, kendisini bu hapishanenin eski mahkûmlarından biri olarak görüyor ve 1 Mayıs 2004 tarihinde yeni katılan 10 üyeye, 'Aramıza hoş geldiniz' diyor. (Yılmaz Dikbaş)

...Şikago Üniversitesi'nden Profesör Robert Page, son 25 yıl içinde gerçekleşen her intihar saldırısını incelemiştir. İntihar komandolarının, 'farklı bir ideolojiye hizmet eden kötü niyetli kişiler' olduğu argümanını geri çeviriyor. '1980'den bu yana saldırıların yarısı laikti. Teröristlerin yalnızca birkaçı, alışagelinmiş tanımlamaya uygundur. Bunların yarısının, dinci fanatiklikle ilgisi yoktur. Gerçekte, saldırıların % 95'inin nedeni, dinsel değil, belirli bir stratejik amaca göredir: ABD'yi ve Batılı güçleri, Arap yarımadasındaki ve teröristlerin anavatan kabul ettikleri ülkelerdeki askeri faaliyetlerini durdurmaya ve onları buralardan çekip gitmeye zorlamak.'

Biz, bir kez daha ikaz edildik. Terörizm, Amerikan ve İngiliz 'dış politikasının' mantıki bir sonucudur ve bizler, terörizmden sonsuz derecede daha yaygın olan bu politikayı itiraf etmek ve tartışmak zorundayız. (Aldığı pek çok ödülle efsaneleşen İngiliz gazeteci, yazar ve belgesel filmci John Pilger'den çeviren Gürhan Uçkan)

Charles Chaplin, "Her karanlık ışığını da beraber getirir" demişti. Ne kadar haklıymış!..

GÖZDEN KAÇMAMASI GEREKENLER (3)

1– Tayyip Erdoğan, 5 kuruşa simit sattığı günleri anlatmış Hasan Kaçan'a...
"Tayyip Erdoğan, Kasımpaşa'da 5 kuruşa simit satarken, bizler de Yenikapı'da su satıyorduk.
O yıllar bütün çocuklar simit satardı, su satardı.
O yıllarda çocuklar anasını satardı dünyanın.
Sadece aşka korkaktık.
Aşk mektuplarını taşın altına koyardık, sevdiğimiz kızla göz göze gelmemek için.
Adını bilmediğimiz sevdaların gönül yarası olduğunu bilirdik.
Ama her devrin adamı olmayı hiç bilmedik!
Bizler su satarak büyüdük, o yüzden hiç insan satmadık.
İşçi grevlerinde davul çaldık, kimsenin parasını çalmadık.
Kendimizi hayata karşı korumak için, vurulmayı öğrenen hayat tayfalarıydık.
Hiçbir politikacıya yanak uzatmayacak kadar 'hayat bilgimiz' vardı.
Halâ o bilgilerin ışığındayız.

Politikacılara yağ çekenlerin altına lüks cipler çektiği bir ülkede, halkın çile çekmesini de 'normal' karşılıyoruz.

Tayyip Erdoğan'ın, dün kendisine sövüp bugün 'düzen icabı' destanlar yazanlara ayrıcalıklı davranmasını normal karşılamıyorum.

Çünkü sokaklarda su ve simit satarak büyüyen çocukların, kimin ne mal olduğunu herkesten iyi bilmesi gerekir.

Tayyip Erdoğan'ın simit sattığı yıllarda, çocuklar tiner çekmiyordu sokaklarda.

Kadınlar çantasından çekilip sürüklenmiyordu.

Sokak ortasında dövülmüyordu üstelik.

İnsanlık, paranın üzerindeydi.

Enflasyon düşmüyordu, ama pazara giden kadının filesi doluyordu.

Komşunun komşuya güveni vardı.

Bu kadar karanlık değildi ülke.

Genç kızlar böylesine kolay satılmıyordu.

Babalar, kızları soyunsun da şöhret olsun diye fırsat kollamıyordu.

Uyuşturucunun peynir ekmek gibi satılmasına, hangi delikanlı izin verirdi ki?

Onuru vardı insanlığın...

Erkekliğin şerefi vardı...

5 kuruşa simit satılan yılları geri getirmek mümkün değil... O çocukları da...

Simit satan çocuklardan biri başbakan çıktı. Diğerleri de hâlâ ülkeyi savunuyor, hâlâ kutsal değerleri...

Çay ve simitle..." (Hakkı Yalçın, 5 Kuruşa Simit, Takvim gazetesi, 15 Mart 2005)

2– Gazi'nin "takımından" bir Kemalist Falih Rıfkı Bey (Atay), o dönemdeki bir yazısında demiş ki:

"...Yeni Türkiye'de yalnız hoca ve mürtecilere karşı harp açılmış değildi; bir de, Galata vardı. Galata kelimesi 'kapitülasyon ecnebiliği' yahut bu 'ecnebiliğin simsarlığı' demektir. Liberalizmin iktisat sancağı da onların elinde idi... (buraya dikkat!) '...sermaye kapılarını açınız, azınlıklara karşı Anadolu'daki kısıtlamaları kaldırınız, bireyi serbest bırakınız ve devleti işe karıştırmayınız' diyorlardı:

Ankara ve Anadolu, ancak böylelikle tekrar ele geçirilecek; (buraya dikkat!) Osmanlı imparatorluğu, sadece isim değiştirmiş olacaktı...

...Turan Türkiyesi'ne karşı, hoca ve mürteciler, Tanzimat ve Babıâli, Galata; hepsi birlikte, 'Liberalizm' ve 'Demokrasi' kazanını kaldırdılar. Sorarım size, Yunan ordusu ile İzmit'te el ele tutuşan, Kuvayı İnzibatiye'nin kadrosunda da bu üç unsuru bulamaz mısınız? (buraya dikkat!) Cumhuriyet, kendisini saltanata; okul, kendisini medreseye; laik, kendisini şeriata; Medeni Kanun, kendisini Mecelle'ye nasıl kontrol ettirebilir? Ve böyle bir kontrol kurulduktan sonra, 'İşte demokrasi' diye nasıl avunabilir?

...Bu memlekete kazanılan paranın ne olacağını, benim düşünmeye hakkım vardır; bu memleketin ormanlarının, madenlerinin nihayet bir toplam değeri vardır; bu değer gerçekleştikten sonra, gidip Nice köşklerine, Amerikan tahvillerine, Paris apartmanlarına dönüşecekse, neden memnun olayım? Ama bu servet, sahip arar gibi, gömülü olduğu yerde de kalamaz; onu biz; kârı, en çok bize; faydası, en çok bize kalarak, işleteceğiz. Nasıl? Bu sorunun cevabını, 'Devletçilik Prensibi'nde buluyoruz...

...Ben 'tek particiyim', çünkü başka türlü memleket (buraya dikkat!) üç-dört siyasi partiye değil, iki medeniyete bölünür. Ben devletçiyim, çünkü başka türlü Türk, Afrika yerlisi şartlarından kurtulamaz; (çünkü) Türk milletini, bugünkü yüksek medeniyetler seviyesine çıkartmakta, ancak Türk evlatlarının menfaati vardır..."

Falih Rıfkı Bey (Atay), neyin nereye varacağını, adeta bir kâhin gibi görmüş ve yazmıştı. (Attilâ İlhan, Gazi'nin "Tek Parti" İdraki Başka... Cumhuriyet gazetesi, 16 Mart 2005)

3- "Ülkemizin laik fikir önderlerinin duruşuna bir göz atın. Konu, Türk-Ermeni ilişkileriyse, mutlaka Ermeniler haklıdır. Konu Türk-Rumlar ilişkisiyse, haklı olan kesinlikle Rumlardır. Sorun, İslam-Hıristiyan sürtüşmesiyse, mutlaka Müslümanlar haksızdır. Ortada bir isyandan doğan ölümlü bir çatışma varsa, kesinlikle ölen isyancı haklı, Türk devleti suçludur. Türk film yapımcıları veya roman yazarları için Avrupa'da beğeni kazanmanın tek bir geçerli yolu vardır. O da kendi milletini ve devletini yerin dibine batırmaktır. Türklerin ne kadar kaba ve vahşi olduğunu Batılılara anlatıp da Batı'da alkış almayan edebiyatçı var mı? Eh bir defa Batı'da beğenilmişse, kendisinin Türkiye'de baş tacı edilmesi vaciptir." (Ege Cansen, Türk'ü Türk'e Yermek, Hürriyet gazetesi, 22 Ocak 2005)

4- Bu yazıma Serdari'nin bir şiiri ile son vermek istiyorum:

Nesini söyleyeyim canım efendim
Gayrı düzen tutmaz telimiz bizim
Arzuhal eylesem deftere sığmaz
Omuzdan kesilmiş kolumuz bizim

Benim bu gidişe aklım ermiyor
Fukara halini kimse sormuyor
Padişah sikkesi selam vermiyor
Kefensiz kalacak ölümüz bizim

"FEDERASYON" İÇİN ÇABA GÖSTERMEK VATANA İHANETTİR

Türk ve Kürt milli kimliklerinin iç içe geçmesi nedeniyle Kurtuluş Savaşı'nın Kürt aydınları ve ileri gelenleri "Kürdüm ve Türküm" demişlerdir. Türk ve Kürt kimliğinin her ikisini de benimseyen bu ifadenin kökü, Jön Türk hareketine kadar uzanmaktadır. Hareketin önderlerinden Abdullah Cevdet şöyle diyor: "İşte bakın ben Kürdüm. Kürtleri ve Kürtlüğü severim. Fakat madem ki, hukuk ve vazife eşit Türkiye vatandaşlarındanım, her şeyden evvel Türküm. (...) Benim bu sözümden, ben madem ki Türkiye vatandaşıyım, Kürt dili unutulsun, Kürtlüğüm unutulsun dediğim anlaşılmasın."

Vatandaş kimliği olarak Türklüğü ve köken olarak da Kürtlüğü kabul eden bu tavrı temsil edenlerin, Kurtuluş Savaşı'nda sık sık TBMM kürsüsüne çıktıklarını görüyoruz. Kürt kökenli mebuslar, kendilerinin "Türk olmayan" deyimi içinde gösterilmelerini "nefretle" karşılamışlardır. Aynı zamanda Kürt olduklarını gururla ifade etmişlerdir. Lozan Konferansı'nda "Türk olmayan" teriminin kullanılması üzerine, Mardin mebusları namına Necip Bey şunları belirtir: "Ben Kürdüm ve bu suretle cihana bir defa daha ilan ediyorum ki, Misakı Milli dahilinde böyle bir tabiri [Türk olmayan tabiri kastediliyor] taşıyan bir fert dahi yoktur. Çünkü camiasında bulunan Türk, Kürt bir bütündür ve tek vücuttur."

Yine Kırşehir Mebusu Müfid Efendi şöyle konuşur: "Türk demek Kürt demektir, Kürt demek Türk demektir." (Doğu Perinçek, Türk Milleti Kimliğinin Yakın Tarihi, Teori dergisi, Ocak 2006)

On yıl önce, 91 yaşında ölen **Kinyas Kartal** da şunları söylemişti:

"Biz Türkiye'ye gelişimizden sonra çok olaylar yaşadık. Maalesef 1925 yılında Şeyh Sait olayı (Kürtçü isyan) oldu, çok kardeş kanı döküldü. Bunlar hep tahrik ve nifak sonucudur. İki taraftan ölen de, öldüren de, bu milletin evladıdır. Benim aşiretim 300-400 bin kişilik bir nüfusa sahiptir. Hısım akrabalarım, Türkiye'de çeşitli illere dağıldı. Yerleşme hürriyetlerini istedikleri gibi kullandılar. Türkiye'ye olan bağlılıklarını asla kaybetmediler... Hıristiyan âleminin milletimize olan düşmanca davranışları yeni değildir. Şimdi Anadolu'daki halka kancayı takmıştır. Memleketin doğudaki evlatlarını tahrik ve istismar etmek suretiyle alet etmek istemektedirler... Allah bu milletin evlatlarını birbirine düşüren yabancı güçlere fırsat vermesin. Şunun bunun sözüne kanan gençlerimizin doğru yolu bulmalarını nasip etsin." (Emin Çölaşan, Hürriyet gazetesi, 7 Kasım 1993)

Kürt kökenli Siirt Milletvekili **Yusuf Ziya** Bey, Birinci TBMM'nde şöyle haykırıyordu:

"Bugünkü arazi vaziyetini Avrupa ve İtilaf devletleri öyle tespit etmişlerdir ki, Türkle Kürt beraber yaşayamazlarsa ve hangisi hangisine ihanet ederse, ikisi için de akıbet yoktur (sonları iyi olmayacaktır)." (Taha Akyol, Misak-ı Milli ve Lozan, Milliyet gazetesi, 10 Mart 2003)

Hal böyle iken, önceki cumhurbaşkanlarımızdan Turgut Özal "Federasyonu da tartışalım" demekle yetinmemiş; 22 Şubat 1999 tarihli Milliyet gazetesinde "2 Şubat 1991 günü ABD ile İngiltere'nin, Iraklı Kürt liderlerle yaptıkları 'Türk-Kürt-Arap Federasyonu Planını' desteklediğini açıkladığı", "2 Mart 1991 günü, Kürt planında aşama aşama 'Federatif bir devlet yapısından yana olduğunu' yakın çevresine söylediği", "26 Mart 1991 günü, Talabani'nin Özal'ın kendisine, Kürtlere özerklik vereceğini söylediğini" Der Spiegel'e açıkladığı belirtilmektedir.

9. Cumhurbaşkanı **Süleyman Demirel**, konuya faklı şekilde yaklaşarak, şöyle demiştir:

> "Cumhuriyetimizin iki duvarı vardır; biri devletin bölünmez bütünlüğü, diğeri laikliktir. Bu iki duvar arasında gidecektir Türkiye. Bu zamana kadar böyle gelmiştir. Bir tarafta laiklik, bir tarafta bölünmez bütünlük. Bu duvarları zorlarsanız, ülkede huzur bozulur. Bu duvarların zorlanmasına karşı cumhuriyeti savunanlar çıkar. Cumhuriyet savunmasız değildir." (Gözcü gazetesi, 16 Mayıs 2003)

Soros'tan destek gören Sabancı Üniversitesi'nin AB İzleme ve Savunuculuk Programı kapsamında hazırlattığı rapor, Prof. Dr. Bülent Çaplı tarafından 13 Ekim 2005 günü açıklandı. Bu raporda: "Etnik ve dilsel azınlıklar için program hazırlayan prodüktörlere ve bunu yayımlayan yayıncılara mali destek sağlanması gerektiği" belirtilmiştir.

Söz konusu raporun yayımlanmasından sonra, pastadan pay almak isteyen bazı medya kuruluşları, Roj TV'yi aratmayacak şekilde yayınlara başlamışlar; "Kuzey Irak'ta kurulacak Kürt Federasyonu'nun Türkiye'nin himayesine alınması ve hatta Güneydoğumuzda kurulacak bir federasyonla birleştirilmesi gerektiği" yolunda propaganda yapmaktan bile çekinmemişlerdir.

Anayasamızın değişmez ilkeleri ihlal edilmeden; başka deyişle "Anayasayı ihlal" suçu işlenmeden T.C. bir federasyon veya konfederasyon haline dönüştürülebilir mi?

Bu konudaki bellibaşlı görüşlere değinmek istiyorum:

"Devletin ülkesi ile bütünlüğü, hâkimiyetin ülkede tümü ile Türk milletine ait bulunmasını ifade eder. Ülkenin belirli kısımlarında devlet hâkimiyetinin sınırlanmasını, daraltılmasını ifade eden her türlü çabalar, kanaatimizce 'Devletin ülkesi ile bütünlüğü ve bölünmezliği ilkesini' ihlal eder.

Mesela, Türkiye'nin belirli kısımlarında yaşayan grupların, cemaatlerin kendilerine mahsus bir federe devlet statüsüne sahip olmasını öğütleyen çabalar, faaliyetler, bu nevi fikirlerin propagandasının yapılması, anayasamızla muayyen devlet şekline göre, ülke üzerindeki hâkimiyetinin sınırlanmasını ifade edeceğinden, ilkeye aykırıdır." (Ord. Prof. Dr. Sulhi Dönmezer, Devletin Ülkesi ve Milletiyle Bölünmezliği İlkesi, İÜHFM, 50. Yıl Armağanı)

"'Türkiye devleti, ülkesi ve milletiyle bölünmez bir bütündür' sözü, her şeyden önce bölücülük hareketlerine karşı bir tepki olarak anayasanın kimi maddelerine serpiştirilmiştir. Bölünmezlik ilkesinin otaya koyduğu sonuçlar: Vatan toprağının devredilmezliği, federalizmin olanaksızlığıdır." (Prof. Dr. Mümtaz Soysal, 100 Soruda Anayasanın Anlamı, s. 180)

"'Devletin ülkesi ve milletiyle bölünmezliği' ilkesi, anayasanın değişmez ve değiştirilmesi teklif edilemez hükümleri arasında yer almıştır. Bu durumda, tekil devlet ilkesini dışlayacak ya da fedearal vb. örgütlenmeleri mümkün kılacak bir anayasa değişikliği de mümkün değildir. Demek oluyor ki, bu ilke yalnız yasama iktidarını değil, tali kurucu iktidarı (Anayasa değiştirme iktidarını) da bağlar.

Siyasi Partiler Yasası'nın 80. maddesi, partilerin bu ilkeyi değiştirmeye çalışmayacaklarını bildirir. Bu kural açıkça, bir siyasi partinin federal sistemin kurulmasını amaçlayamayacağının kanıtıdır.

Anayasa Mahkememizin hem 1961 ve hem de 1982 Anayasası dönemlerinde verdiği birden çok karara göre de: 'Anayasa, bölgeler için özerklik ve özyönetim adı altında ayrılık getiren yöntemlere ve biçimlere kapalıdır.'" (Prof. Dr. Zafer Gören, TBMM Önceki Başkanı Ömer İzgi, T.C. Anayasasının Yorumu, cilt 1)

Konu çok önemli olduğundan, "Emperyalizmin Uşakları" adlı eserimde vurguladığım bazı hususları, bu kitabımda yinelemekte yarar görüyorum: (s. 71 ve sonrası)

Litvanya'nın bağımsızlık hakkını savunan The New York Times'ın yazarı William Saphire'a, bir Sovyet diplomatı şöyle demiş: "Siz Litvanya'nın ayrılma hakkını destekliyorsunuz. Ama aynı zamanda 1861'de, Amerika içsavaşında ayrılıkçı güney eyaletlerini dize getiren ve birliği koruyan Abraham Lincoln'ü de savunuyorsunuz. Bu çelişki değil mi?"

Saphire, 15 Mart 1990 tarihli The New York Times gazetesindeki yazısında bu suçlamaya şu karşılığı verdiğini anlatıyor: "1861'de ayrılmak isteyen güney eyaletleri arasında sadece Teksas, tarihinde bağımsız bir cumhuriyet olmuştu.

Ayrıca tüm güney eyaletleri, birliğe kendi rızaları ile katılmışlardı. Oysa üç Baltık Cumhuriyeti Estonya, Letonya ve Litvanya kendi iradeleri dışında, Molotov Ribbentrop Paktı sonucu Sovyetler Birliği tarafından zorla ilhak olmuşlardır."
...Türk ve Kürt halkları, yüzlerce yıl birlikte, kardeşçe yaşadılar. Vatan topraklarını savunmak için birlikte savaştılar. Bu gerçeklerin ışığında ayrılıkçılığın hiçbir meşru temeli yoktur. (Ergun Balcı, Cumhuriyet gazetesi, 29 Mart 1990)

Fransa Millet Meclisi, Korsika halkının kendisine özgü bir varlığı olduğunu kabule yönelik bir kanunu kabul etmişti.

Yapılan başvuru üzerine, Fransız Anayasa Divanı, kanunun ilgili maddesini, yürürlüğe girmeden iptal etmiştir.

İptal edilen madde şudur: "Fransız Cumhuriyeti, Fransız halkının bu bileşim öğesi niteliği ile tarihi ve kültürel bir topluluk oluşturan Korsika halkının, kendi kültürel benliğini muhafaza etmek ve kendisine özgü iktisadi ve sosyal çıkarlarını savunmak haklarını teminat altına alır. Ada olma niteliğine bağlı bu haklar, milli birliğe saygı, anayasanın, cumhuriyet kanunlarının ve işbu statünün çizdiği çerçeve içinde kullanılır." Fransız Anayasa Divanı, çok haklı olarak, çelişkiler ile dolu bu hükmü, Fransız Anayasasının "Cumhuriyet tektir ve bölünemez" kuralına aykırı bulmuştur.

Cevdet Akçalı, "Bir Azınlık Konferansı ve Alınan İki Önemli Karar" başlıklı makalesinde, çok önemli hususlara değinmiştir: (Yeni Şafak gazetesi, 1 Kasım 2004)

Azınlık hakları deyince birçoklarının aklına, ülkelerin bir bölgesinde etnik bir çoğunluk varsa, bu bölgede bir federe devlet kurulmalıdır. Bu federe devlette yaşayan etnik grubun 'self determinasyon' hakkını kullanarak isterse ayrı bir devlet kurma hakkı vardır, gibi bazı düşünceler gelmektedir. Azınlık hakları olduğu iddia edilen bu konu, 2000 yılında Moldavya'nın başkenti Kişinev'de toplanan bir konferansta tartışılmıştır.

Orada yapılan uluslararası toplantının adı, yerel yönetimler ve azınlık haklarıydı. Bu toplantıya ben, Avrupa Konseyi Çevre ve Yerel Yönetimler Komisyonu Başkanı sıfatıyla katıldım. Konferansı ilgilendiren asıl konu, demokratik yapısı federasyon olan ülkelerde bunun nasıl uygulandığını incelemekti. Bu sebeple konferansa katılanlar arasında, Amerika, İsviçre, Federal Almanya ve Rusya'dan uzmanlar vardı.

Söz konusu konferansta alınan kararlardan bir tanesi, ülkelerde etnik, dini temellere dayalı federe devletler kurulamaz. Federe devletlerin kuruluşunda alınması gereken kıstas, coğrafi, ekonomik ve sosyal şartlar olabilir. Bu sebeple, şu bölgede şu etnik çoğunluk vardır ve burada bir federe devlet kuralım tezi, demokratik prensiplerle bağdaşamaz.

Toplantıda cevaplandırılması gereken ikinci soru şu idi: 'İster etnik, ister dini temele dayanan bir azınlığın, kendi kendisini idare etme yani self determinasyon hakkını kullanarak müstakil bir devlet kurmak istemeye hakkı var mıdır?'

Bu sual bilhassa İsviçre'den gelen uzmana soruldu. Çünkü İsviçre, sisteminin demokrasiye uygunluğu en az tartışılan ülkelerden birisiydi. Ona sorulan sual şu idi:

'İsviçre'deki kantonlardan herhangi birisi self determinasyon hakkını kullanarak, ayrı bir devlet kurabilir mi?' Uzmanın verdiği cevap çok açıktı:

'İsviçre devleti, orada kantonlarda yaşayan bütün vatandaşlarının iradesi ve konsensüsü yani uzlaşması ile kurulmuştur. Bu uzlaşma yani milli irade ancak yeni bir konsensüsle bozulabilir. Bir kantonun birlikten ayrılmasına karar vermek hakkı İsviçre'de yaşayan vatandaşlara aittir.'

Amerika'daki kuzey-güney savaşının temelinde de bu fikir vardır: Güneyde bulunan bazı eyaletler, Amerika devletinden ayrılmak istemişlerdir. Bunu bir harp sebebi sayan kuzeyliler de, 'Amerika bütün Amerikalıların uzlaşma iradesiyle kurulmuştur. Güneyde yaşayan insanların tek başına bu anlaşmayı bozmaya hakları yoktur' demişlerdir.

Türkiye'de Kürt meselesinin hallini düşünürken bazılarımız, bu sorunu bir federasyon formülüyle halletmeyi düşünmektedirler. Turgut Özal'ın bu meseleyi halletmek için, 'federasyon fikrinin de tartışmaya açılması gerekir' dediği iddia edilmiştir.

Bilinmelidir ki, azınlık hakları içerisinde, her etnik topluluğun ayrı bir federe devlet kurma hakkı yoktur. Böyle bir hakkın varlığını iddia etmek demokrasi fikriyle bağdaşamaz.

Adı geçen konferansta alınan iki kararı tekrarlayalım:

'Bir ülkede, özel haklara sahip bazı bölgeler kurulacaksa, bunun gerekçesi o bölgede yaşayan etnik veya dini azınlığın bulunmuş olması değildir.

Milli bir uzlaşma ile kurulmuş bir devletin yapısı, ancak yeni bir milli uzlaşma ile bozulabilir.'

Dünya İnsan Hakları Konferansı (1993) Viyana Bildirgesi'nde "kendi kaderini tayin hakkının", "eşit haklar" ilkesine uygun olarak ırk, din ve renk ayrımı gözetmeksizin ülkesine ait bütün insanları temsil eden bir hükümete sahip egemen ve bağımsız bir devletin, ülke bütünlüğünü ve siyasi birliğini kısmi veya bütüncül biçimde parçalayacak herhangi bir eylemin desteklenmesi ve bu eyleme yetki verilmesi anlamında yorumlanamayacağı belirtilmiştir. (Bülent Acar, Ankara Barosu dergisi, 1995/3)

Fransa'nın Birleşmiş Milletler Teşkilatı nezdindeki daimi temsilcisi, örgütün İnsan Hakları Bölümü Başkanına 16 Eylül 1976 tarihinde şunları yazmıştı: "Irk ayrımcılığının reddi Fransız hukukunun temel ilkelerinden biridir. Fransız hukuku,

Fransa ulusunun birliği ilkesine dayanır ve etnik nitelikli farklılığı reddettiği gibi, bu nedenle her türlü azınlık kavramını da kabul etmez."

Fransa'nın ECOSOC'ta yayınlattığı, 5 Mart 1991 tarihli belgede de şunlar yazılıdır:
'Fransa, toprakları üzerinde, özellikle ırksal, dilsel, dinsel esaslara dayalı grupların varlığını kabul etmez. Fransa'nın bu konudaki kavramları evrensel bir ilkeye dayanır: Bütün insanlar, saygınlık ve hukuk yönünden özgür ve eşit doğarlar. Fransız Anayasası bir ve bölünmez olan Fransa Cumhuriyeti'nin tüm vatandaşlarının yasa önünde eşit olduğu ilkesinden ilham alır. Fransız halkının birliği ve eşitliği, etnik kriterlere dayalı farklılıklar ile ilgili tüm savları yok sayar.' (Pulat Y. Tacar, Terör ve Demokrasi, s. 206)

81. yıldönümünü kısa bir süre önce kutladığımız cumhuriyetimizin, 1961'e kadar geçerli olan 1924 Anayasası'nın 88. maddesi şöyle bir hüküm içermektedir: "Türkiye ahalisine (halkına) din ve ırk farkı olmaksızın vatandaşlık itibarı ile Türk ıtlak olunur (denir)."

İşte size "Türk" demenin ırkçılığı hiçbir zaman içermediği ve Türk vatandaşları arasında gene bir eşitlik bulunduğunun en güzel kanıtı...

Türkiye'de Lozan Antlaşması'nda kabul edilenler dışında azınlıklar bulunduğunu ve Türkiye'deki azınlıklara yeterince kültürel haklar tanınmadığını ısrarla ileri süren Almanya'nın İçişleri Bakanı Otto Schily, Suddeutüssche Zeitung gazetesine verdiği demeçte bakınız ne diyor:

'En iyi uyum asimilasyondur. Uyumun hedefi Alman kültürüne çekmektir insanları. Mümkün olan her dili destekleyemeyiz. Ayrıca böyle bir şey kaosa sürükler. Ben birinci dili Türkçe olan homojen bir Türk azınlığın oluşmasını istemiyorum. Türkler bizim kültür alanımızda büyümeli ve anadilleri de Almanca olmalı...'

Tüm bunları ve daha fazlasını bilenlerin; ülkemizde "federasyon" ve "azınlık hakları" terimlerini sık sık tekrarlayanları, "cahil" ya da "hain" olarak nitelendirmekle, onlara haksızlık mı yapıyorlar acaba? Bence değil...

"ANAYASAYI İHLAL"
SUÇUNUN YENİ SANIKLARI

AKP iktidarının hazırlattığı Anayasa değişiklikleri aynen gerçekleştiği takdirde; "Anayasayı ihlal" suçunun yeni sanıkları, bu değişikliklere oy veren AKP milletvekilleri olacaktır. Şöyle ki:

Yürürlükten kaldırılan 765 sayılı Türk Ceza Kanunu'ndaki, "Anayasayı ihlal" suçuyla ilgili düzenleme:

(Madde 146– Türkiye Cumhuriyeti Teşkilat-ı Esasiye Kanunu'nun tamamını veya bir kısmını tağyir ve tebdil veya ilgaya ve bu kanun ile teşekkül etmiş olan Büyük Millet Meclisi'ni iskata veya vazifesini yapmaktan men'e cebren teşebbüs edenler, ağırlaştırılmış müebbet ağır hapis cezasına mahkûm olur...) şeklinde iken; halen yürürlükte olan 5237 sayılı Türk Ceza Kanunu'nda bu suç:

(Madde 309– Cebir ve şiddet kullanarak, Türkiye Cumhuriyeti Anayasasının öngördüğü düzeni ortadan kaldırmaya veya bu düzen yerine başka bir düzen getirmeye veya bu düzenin fiilen uygulanmasını önlemeye teşebbüs edenler ağırlaştırılmış müebbet hapis cezası ile cezalandırılırlar...) şeklinde tanımlanmıştır.

Söz konusu 309. maddede "cebir ve şiddet kullanarak" sözcüklerinin yer almasını ve anayasamızın 148. maddesinde "Anayasa Mahkemesi kanunların, kanun hükmünde kararnamelerin ve Türkiye Büyük Millet Meclisi İçtüzüğünün anayasaya şekil ve esas bakımından uygunluğunu denetler. Anayasa değişikliklerini ise sadece şekil bakımından inceler ve denetler" hükmüne yer verilmiş olmasını göz önünde tutan bazı AKP milletvekilleri ve onların sözcülüğüne soyunan bazı hukukçular; anayasamızın dördüncü maddesi ile "değiştirilmesi ve hatta değiştirilmesinin teklif dahi edilmesi" yasaklanan cumhuriyetimizin nitelikleri ile ilgili anayasa değişikliklerini, Meclis çoğunluğunun oylarıyla veya gerekirse halkoylamasıyla yapmanın veya yaptırmanın "Anayasayı ihlal" suçunu oluşturmayacağı; başka deyişle Meclis çoğunluğuna "Anayasayı ihlal" hürriyetinin tanındığını ileri sürmektedirler.

Bu yanlış kanaatin, bu çeşit değişiklikleri hazırlatan başbakan ve bakanlar ile bu değişikliklere oy veren milletvekillerini, günü geldiğinde Yüce Divan önünde sanık sandalyesine oturtmaktan kurtaramayacağı ve mahkûm olmalarını önleyemeyeceği görülecektir.

Yürürlükteki 309. maddenin gerekçesinde şöyle denilmektedir:

(Anayasanın başlangıç kısmında aynen "Millet iradesinin mutlak üstünlüğü; egemenliğin kayıtsız şartsız Türk milletine ait olduğu ve bunu millet adına kullanmaya yetkili kılınan hiçbir kişi ve kuruluşun, bu anayasada gösterilen hürriyetçi demokrasi ve bunun icapları ile belirlenmiş hukuk dışına çıkamayacağı; hiçbir faaliyetin Türk milli menfaatlerinin, Türk varlığının, devleti ve ülkesi ile bölünmezliği esasının, Türklüğün tarihi ve manevi değerlerini, Atatürk milliyetçiliği, ilke ve inkılapları ve medeniyetçiliğinin karşısında korunma göremeyeceği ve laiklik ilkesinin gereği olarak kutsal din duygularının devlet işlerine ve politikaya kesinlikle karıştırılamayacağı" şeklindeki ifade ile siyasal iktidarın kuruluş işleyişine egemen olması gereken ilkeler gösterilmiş bulunmaktadır.

Siyasal iktidarın kuruluşu ve işleyişine egemen olan bu ilkeleri içeren kuralların bütünü, anayasal düzeni teşkil etmektedir. Bu madde ile korunmak istenen hukuki yarar, anayasa düzenine egemen olan ilkelerdir.

Madde ile korunmak istenen hukuki yararın niteliği dikkate alınarak, "Türkiye Cumhuriyeti Anayasasının öngördüğü düzen" ibaresi kullanılmış, böylece korunmak istenen hukuki yarara açıklık getirilmiştir.)

Büyük hukukçu Civoli'nin bu konudaki değerlendirmesi ise şöyledir:

"Anayasa nizamı, devletin kuruluşunu (temel organlarını), egemenlik yetkilerinin (yasama, yürütme ve yargı) niteliklerini ve kullanılma esas ve usullerini, temel ve kamu haklarını düzenleyen hukuk, örf ve adet kuralları bütünüdür."

Mevcut iktidarların yaptığı veya Meclis'teki çoğunluğa dayanarak yapılan anayasa ihlallerinde, "Anayasayı ihlal" suçunun oluşması için "maddi cebir" ve dolayısıyla "şiddet" kullanılıp kullanılmadığının aranmasına gerek bulunmadığı, Yüksek Adalet Divanı'nın 15 Eylül 1961 gün ve E. 960/1, K.961/1 sayılı kararında, bilimsel esaslara uygun olarak, şu şekilde ifade edilmiştir:

"İşaret edelim ki, kanun cebirden bahsederken maddi ve manevi cebir arasında fark gözetmemektedir. Bu itibarla manevi cebir dahi suça vücut vermeye kifayet eder. Kaideten cebir maddi olmak lazımdır ve hassaten aşağıdan gelen bir ihlalin maddi cebirden arî olması tasavvur olunamaz. Fakat Berner'in dediği gibi ihlal yukarıdan geliyorsa, siyasi mercilerin ifa ettikleri vazife dolayısıyla maddi kuvvet sarf etmeksizin manevi baskı kullanmak suretiyle bu cebri tahakkuk ettirmeleri mümkündür. Bu halde cebir unsuru, resmi iktidarın suiistimali şeklinde gerçekleşir. Bu itibarla maddi cebir olmaksızın bir esas teşkilatın bir bakanlık kararnamesi ile gayri meşru surette ortadan kaldırılması vatana ihanet suçu sıfatı ile pekâlâ cezalandırılabilir - Civoli."

"Devlet reisinin veya teşrii Meclislerin selahiyetlerini genişletmeye veya daraltmaya, bu kuvvetlerden birini ortadan kaldırmaya yahut icra kuvvetleriyle kaza kuvveti arasındaki münasebetleri tebdile matuf hareketlerdir ki, devletin anayasasını tağyir ve tebdil şeklinde mütalaa edilebilir."

"Hareket, hükümetten geldiğine göre maddi cebre lüzum yoktur. Esasen devletin sahip olduğu bütün cebir vasıtaları hükümetin elindedir. Hükümet maddi cebri kime karşı kullanacaktır? Karşısında bertaraf edeceği mukavemet eden bir kuvvet yoktur. Anayasayı kanun yolu ile olduğu gibi kanun dışı keyfi hareketleri ve tutumu ile fiilen de tağyir, tebdil ve ilga etmiştir. Madde metnindeki cebrin maddi olacağı gibi manevi olabileceğinde yukarıda da geçtiği veçhile müellifler arasında ittifak vardır - Manzini."

"Cebren" kelimesi, muhteva itibarı ile "Anayasaya aykırı olarak" manasınadır.

"Cebir herhangi bir vasıta ile işlenmiş olabilir. Maddi veya manevi veya tehdit yolu ile olabilir - Florian."

Burada bahis mevzuu olan cebir, maddi ve manevi cebirdir. Korkutma, sindirme ve tehdit ile manevi cebir kullanılmış olabilir.

Aynı müellifin eserinin 361. sayfasında:

"Çok defa iktidarın suiistimali, hakiki bir manevi cebirdir. Bu cebir daima açık bir tehdit şeklinde olmaz. Keyfi, gayri meşru, hileli hareketlerle de olur. Bunlar, elinde siyasi iktidar bulunan kimseler tarafından yapılınca zaruri olarak bir korku tevlit eder, diğer kimselerin fikir ve hareketlerini felce uğratır" denilmektedir.

Adalet Divanı kararında (s. 19) şu kanaat izhar olunmuştur: "Gerçekten Türk Anayasasını tebdil, tağyir ve ilga etmek, hadisemizdeki hal bakımından, ister aşağıdan gelsin, bazı fiil ve tasarruflarla, mevcut anayasanın fiilen tatbik edilmez hale getirilmesi, onun, ana prensiplerinin kısmen veya tamamen fiili surette ortadan kaldırılması", kısaca "hukuki rejim yanında, ona ana çizgileri ve karakteri bakımından zıt bir fiili rejimin yaratılmasıdır. Demek oluyor ki, sistemli ve kasıtlı olarak anayasadaki prensiplerin fiilen ortadan kaldırılması, yani fiilen anayasa dışı bir rejim yaratılması bahis konusu ise, bu takdirde 146. maddedeki suç işlenmiş demektir."

Yine Adalet Divanı'nın (s. 104) kanaatine göre: "Devlet reisinin veya teşrii Meclislerin selahiyetlerini genişletmeye veya daraltmaya, bu kuvvetlerden birini ortadan kaldırmaya yahut icra kuvvetinin hali hazır işleyiş tarzını değiştirmeye veyahut icra kuvveti ile kaza kuvveti arasındaki münasebetleri tebdile matuf hareketlerdir ki, devletin anayasasını tağyir ve tebdil şeklinde mütalaa edilebilir."

Bu genel açıklamalardan sonra konumuza dönecek olursak:

1– Seçim kanunlarımızın demokratik olmamasından yararlanarak, % 34 oy ile TBMM'de çoğunluğu elde etmiş olan AKP milletvekillerinin oylarıyla, diğer partilerin katılımı olmaksızın anayasa değişiklikleri yapmak, azınlığın çoğunluğa tahakküm etmesi sonucunu doğuracağından, hiçbir şekilde demokratik ilkelerle bağdaşamaz.

2– AKP iktidarı, milli güvenliğimiz bakımından son derece önem taşıyan, Kıbrıs'ın elimizden gitmesi, Türkiye Cumhuriyeti'nin bölünmesi ile sonuçlanacak ve siyasal rejimimizi dini esaslara dayandırmaya yönelik uygulamaları, yaptırdığı yasa ve anayasa değişiklikleri ve ayyuka çıkan yolsuzluk iddiaları nedeniyle, eninde sonunda Yüce Divan önünde hesap vereceğini bilmektedir.

3– AKP iktidarı, bu nedenle Yüce Divan'da kendisini yargılayacak olan Anayasa Mahkemesi üyelerinin önemli bir kısmını kendi Meclis çoğunluğuna seçtirmek; hâkimler ve savcılara ilişkin tüm yasaları değiştirerek, yargıyı tabandan tavanına kadar güdümüne sokmak için yasa ve anayasa değişiklikleri yapma gereğini duymaktadır..

4– Tüm yargı kurumlarının karşı çıktığı bu planlı ve demokratik olmayan değişiklikler gerçekleşirse; Türkiye Cumhuriyeti bir "Hukuk Devleti" olmaktan çıkacak, anayasamızın dördüncü maddesi de delineceği için, "anayasayı ihlal" suçu bütün unsurlarıyla oluşmuş olacaktır.

Demokrat Parti iktidarının, AKP iktidarının yaptıklarına oranla çok daha hafif sayılacak "Anayasayı ihlal" girişimlerini görünce, İsmet İnönü "Sizi artık ben bile kurtaramam" demişti. Yaşasaydı, bu tarihi sözlerini tekrarlamakla yetinmezdi kanaatindeyim.

KİMLERE "VATAN HAİNİ" DENİR?

Bülent Ecevit'in "Vahidettin vatan haini değildi" görüşünü ileri sürdüğünden beri, "Vatan haini kime derler?" tartışması uzun süre Türkiye'nin gündeminden düşmedi. Ben de bu konuda sorulan pek çok soruya muhatap oldum.

Vatana ihanet, esas itibariyle bir sadakatin ihlali anlamını taşımaktadır. Kaynağını Germen hukukunda bulan bu anlayışa göre, devlete sadakat borcu olan kimselerin bu borçlarının ihlali vatana ihanet teşkil etmekte ve yabancıların sadakat borcu olmadığı belirtilerek vatana ihanet suçunun faili olamayacakları kabul edilmektedir.

Mevzuatımızda "vatana ihanet" terimi ilk kez, 1991 yılına kadar yürürlükte kalan 29 Nisan 1336 (1920) tarih ve 2 sayılı "İhaneti Vataniye" kanununda kullanılmıştır.

14 maddelik kanunun birinci ve ikinci maddeleri şöyle:

Madde 1: Yüce hilafet makamı ve saltanatı ve ülkeyi yedi yabancı devlet güçlerinden kurtarmak ve saldırıları önlemek amacına yönelik olarak kurulan Büyük Millet Meclisi'ne karşı düşünce ve uygulamalarıyla veya yazdıkları yazılarla muhalefet ve bozgunculuk edenler vatan haini olarak addedilir.

Madde 2: Bilfiil vatan hainliği yapanlar asılarak idam edilir.

Aynı kanuna 26 Haziran 1341 tarih ve 566 sayılı kanunla eklenen bir kanun da, "dini veya mukaddesatı diniyeyi siyasi gayelere esas ve adet ittihaz maksadı ile cemiyetler teşkil edilmesini memnu" kabul etmiş ve bu gibi dernekleri kuranları, bunlara üye olanları ve bu konularda siyasi amaçlı propaganda yapanları vatan haini kabul etmiştir.

Dönmezer-Erman'a göre, bu sayılan fiilleri işleyenler vatan haini olmakla birlikte, vatana ihanet suçları bunlardan ibaret değildir. Ayrıca yürürlükten kaldırılan 765 sayılı Türk Ceza Kanunu'nun II. kitabının I. babına giren 1. ve 2. fasıllardaki suçların önemli bir kısmı vatana hizmet suçlarını oluşturmaktadır. Böylece Dönmezer-Erman vatana hizmet suçlarının Türk vatanının bütünlüğüne ve devletin anayasa ile kurulu rejimine karşı suçların bütününü ifade eden genel bir tabir olarak anlaşılması gerektiği görüşündedirler.

Bunun yanı sıra Askeri Ceza Kanunumuz da vatana ihanetten bahsetmektedir. Bu kanunun üçüncü babının birinci faslı "ihanet" başlığını taşımaktadır. Bu başlık altında 54-60 maddeler arasında, asker kişilerin işleyebilecekleri çeşitli suçlar düzenlenmiştir. Ancak bu hükümler vatana ihanet fiillerini tarif eder ve sınırlandırır mahiyette kabul edilemez.

Mevzuatımızda vatana ihanetten söz eden bir diğer kanun ise, 6 Temmuz 1960 tarihli ve 15 sayılı kanundur. Bu kanuna göre, 765 sayılı Ceza Kanunundaki 125, 133, 141, 142, 146, 149, 150 ve 163. maddelerdeki suçların ihanet cürümleridir.

Faruk Erem'e göre de, vatana ihanetin neden ibaret olduğu konusunda 15 sayılı kanun ölçü olabilir. Erem, 15 sayılı kanunun, devletin şahsiyetine, karşı cürümlerden vatana ihanet saiki taşıyanları bir araya topladığını ve bunları vatana ihanet suçları olarak kabul ettiğini belirtmekte, buna rağmen söz konusu kanunun tahdidi nitelik taşımadığını da eklemektedir. Bu kanunda belirtilmemekle birlikte, vatana ihanet saiki taşıyan bütün suçlar vatana ihanet suçlarıdır.

Bir başka değişle, bu suçları ayıran nitelik vatana ihanet saikidir. Bu itibarla, sorumluluğun doğabilmesi için, fiilin işlendiği tespit edildikten sonra failin vatana ihanet saiki ile hareket edip etmediğine bakılacaktır.

Yeni ve eski Türk Ceza Kanunu'nda hangi suçların vatana ihanet teşkil edecekleri açıkça belirtilmemiştir. Ancak bu durum ceza hukukunda vatana ihanet suçlarının düzenlenmediği anlamına gelmez.

Vatana ihanet suçları konusunda açık bir hüküm bulunmadığına göre hangi suçların vatana ihanet teşkil edeceklerini belirlemek görevi doktrine düşmektedir.

Vatana karşı suçlar kavramının İtalyan hukukundan çıkarılması, vatana ihanet suçlarının İtalyan hukukunda yokluğu anlamına gelmez. Nitekim İtalyan Anayasasının 90. maddesi cumhurbaşkanının prensip itibarıyla görevleri ile ilgili suçlardan dolayı sorumsuz olduğunu, ancak vatana ve anayasaya ihanet halinde sorumlu olacağını kabul etmiştir. Büyük hukukçu Manzini'ye göre, yüksek ihanet veya vatana ihanet suçlarından kastedilen devletin birlik, bütünlük ve bağımsızlığına karşı suçlar (md. 125), vatandaşın kendi devletine karşı silah çekmesi (md. 126), cumhurbaşkanına suikast (md. 156), cumhurbaşkanına fiili saldırı (md. 157), anayasayı ihlal (md. 146), halkı isyana ve insanların birbirlerini öldürmeye teşvik (md. 149) gibi suçlardır. (Mihrigül Keleş, Cumhurbaşkanının Cezai Sorumluluğu, İzmir Barosu dergisi, Nisan 1990, s. 26)

1982 Anayasası uyarınca (md. 105), cumhurbaşkanı vatana ihanetten dolayı, TBMM üye tam sayısının en az üçte birinin teklifi (isnadı) üzerine, üye tam sayısının en az dörtte üçünün vereceği karar ile suçlandırılır (Yüce Divan'a sevk edilir).

Vatana ihanetin Frenkler'deki karşılığı "Yüksek İhanet"tir (haute trahison). Vatana ihanet kavramı, yalnızca yabancı devletler ile işbirliği yaparak ülke çıkarlarını bunlar lehine feda etmek gibi, suç eyleminin dar ve sınırlı tutulması sonucunu doğurabilecek bir yoruma da elverişli değildir. Aslında "Yüksek İhanet" belirsiz ve muğlak olup, politika ile hukukun kesiştiği bir alanda yer alır. Vatana ihanet ya da "Yüksek İhanet", ülkenin yüksek çıkarlarına aykırı bir biçimde yetkilerin kötüye kullanılmasından doğan siyasi bir suçtur. Burada söz konusu olan cezai sorumluluğun amacı, kişisel cezalandırma değildir. Öncelikle anayasal düzeni, yönetimi sürdürme işlevi görmektedir.

Vatana ihanet bir ceza hukuku kavramı olmaktan çok, siyasi (politicopénale) bir kavramdır. Suçların kanuniliği ilkesi dışında olup, bunun yaptırımının ne olacağını da Yüce Divan belirler. Başka bir söyleyişle, burada söz konusu olan sui generis politik bir kavram olup, cumhurbaşkanının üstlendiği görevlerin ağır bir biçimde ihmalidir. Doktrinde de "Yüksek İhanet", ya da vatana ihanetten anlaşılan cumhurbaşkanının anayasal görevlerinin ağır ihmalidir.

Belirtmek gerekir ki, hangi suçun vatan hainliği oluşturup oluşturmayacağını önceden belirlemek mümkün değildir. Bunu TBMM takdir eder. Kuşkusuz, Yüce Divan sıfatı ile yargılamayı yapacak olan Anayasa Mahkemesi, suçun tavsifi hususunda TBMM kararı ile bağlı değildir. Ancak Yüce Divan, isnat olunan fiilin vatan hainliği sayılmayacağına da karar veremez; zira bir fiilin vatana ihanet oluşturup oluşturmayacağını belirleme yetkisi TBMM'ye aittir.

Vatana ihanet, hukuki olmaktan çok siyasi nitelikte bir kavram olması nedeniyle, yargılamayı yapacak olan Yüce Divan'ın iki tür müeyyide uygulama imkânı olabilir. Biri siyasi nitelikte olup, cumhurbaşkanının görevinden azledilmiş olduğunu tespittir. İkincisi de cumhurbaşkanının yürürlükteki ceza hükümlerine göre, suçlu görülerek mahkûmiyetine karar verilmesidir. Bu bakımdan, cumhurbaşkanının Yüce Divan'a sevk edilmesi sonucu, yargısal bir mekanizma ile siyasi (görevden azli) ve/veya cezai sorumluluğunun saptanması müeyyideleri uygulanabilir.

Cumhurbaşkanının Yüce Divan'a sevk edilmesi halinde, görevinde kalıp kalamayacağı konusunda, anayasada açık bir hüküm yoktur. Ancak böyle bir durumda, görevine devam etmesi düşünülemeyeceğine göre, anayasanın 106. maddesi uyarınca cumhurbaşkanlığı makamında "boşalma" olduğu kabul edilerek, yenisi seçilene kadar TBMM Başkanı'nın vekillik etmesi gerekir. Yüce Divan sıfatı ile yargılamayı yapan makam beraat kararı verse bile, bir kez TBMM tarafından suçlandırılmış cumhurbaşkanının artık görevine geri dönebileceğini ileri sürmek mümkün değildir. (Prof. Dr. Erdoğan Teziç, Cumhurbaşkanının Sorumluluğu, Tarık Zafer Tunaya'ya Armağan, 1992, İstanbul Barosu Yayını, s. 277)

Vatana ihaneti belirlemede 5237 sayılı yeni TCK'daki "Devletin Güvenliğine Karşı Suçlar (md. 302-308)" elbetteki göz önünde tutulacaktır.

Biz Kemalistler yürürlükteki yasalarımızda hangi hükümler yer alırsa alsın, Atatürk'ün yaşadığı zamanda olduğu gibi; ülke bütünlüğümüze karşı eylem yapanları veya emperyalist devletlerin oyunlarına alet olarak ülkemizi paramparça etmenin hukuki zeminini hazırlayanları, dini siyasete alet edenleri, milli güvenliğimizi ilgilendiren (Kıbrıs gibi) hususlarda milletlerarası antlaşmalardan doğan haklarımızı bile korumaya çalışmayarak düşman devletlerin amaçlarına hizmet edenleri, her zaman "Vatan Haini" olarak nitelendireceğiz ve nitelendirmeye devam edeceğiz.

"ÇILGIN TÜRKLER"DEN MİSİNİZ?

Mustafa Kemal'in önderliğinde Ulusal Kurtuluş Savaşımızı yapan; savaştan sonra da, Batı'da bile "Türk Mucizesi" olarak nitelendirilen ciddi bir ekonomik kalkınma ile birlikte, aydınlanma hareketini gerçekleştiren kişilere en çok yakışan sıfatı sevgili dostum **Turgut Özakman** bulmuş ve son kitabına da bu ismi koymuş: **Şu Çılgın Türkler.**

Söz konusu "Çılgın Türkler"in müşterek özelliği, hem "milliyetçi" ve hem de "antiemperyalist" olmalarıydı.

Çok partili hayata geçtiğimizden beri, "milliyetçi ve antiemperyalist" olarak nitelendirebileceğimiz komutanlarımızın sayısı ve etkisi giderek azaldığı gibi, bu sıfatlarla anılabilecek hiçbir devlet adamımız da olmadı.

Askeri ve sivili ile, devlet yönetimimize etkili olan "Çılgın olmayan Türkler", bizi emperyalist devletlerin daha çok güdümüne sokmak için savaş veriyorlar. Emperyalizmin uşaklığını yaparken kullandıkları iki maske var: "Stratejik ortaklık" ve "Avrupa Birliği"... Ancak maskeleri düşmeye başladığından, gerçek kimlikleri giderek daha çok ortaya çıkıyor.

Zaten, vatandaşlarımızın yeniden onurlu bir ulus olarak yaşamaya başlamalarının ve emperyalist devletlerin oyunlarını bozarak, Atatürk'ün bıraktığı yerden hem aydınlanma hareketini devam ettirmelerinin ve hem de gerçek iktisadi kalkınmamızı başarmanın başka yolu da yok.

"Çılgın Türkler"in başarılarının sırrını daha iyi anlamanıza yardım edeceğine inandığım için Kurtuluş Savaşımız sırasında ve sonrasında cereyan eden birkaç olayı, Turgut Özakman'ın söz konusu olağanüstü eserinden aynen naklederek, bu yazıma son vermek istiyorum:

Aziz Hüdai, İngilizlerin çengel attığı Osmanlı Ermenisi Pandikyan'a şunları söylüyor:
"...Sen de bizim gibi bu toprakta doğdun, büyüdün, okudun. Ne Ermenisin diye aşağılandın, ne Hıristiyansın diye eziyet gördün. Yüzyıllarca birlikte çaldık, oynadık, yedik, içtik, ağladık, güldük. Çünkü yurt kardeşiydik. Sonra aramıza birtakım entrikacılar, dünyayı yalnız kendilerinin sanan güçler ve satılık, kiralık, hayalci adamlar girdi. Acı olaylar oldu. Bugüne geldik. Bu yurdun hepimizin üstünde hakkı var. Bu hak, bu yurdun insanlarına zerre kadar saygısı ve acıması olmayanlara hizmet edilerek mi ödenir? Vicdanını yokla ve cevap ver!" (s. 108)

Times gazetesi Türk kıpırdanışını şöyle karşılar: "Bütün cihanın kuvvetine karşı milli bir hareket yaratmak... Ne çocukça bir hayal!"

Yazar Refik Halit Karay, Milli Mücadele'nin başlamasını alayla karşılar:
"...Bir patırtı, bir gürültü. Beyannameler, telgraflar... Sanki bir şeyler oluyor, bir şeyler olacak... Ayol şuracıkta her işimiz, her kuvvetimiz meydanda. Dört tarafımız açık. Dünya vaziyetimizi biliyor. Hülyanın, blöfün sırası mı? Hangi teşkilat, hangi kuvvet, hangi kahraman? Hülyanın bu derecesine, uydurmasyonun bu şekline ben de dayanamayacağım. Bari kavuklu gibi ben de sorayım:
– Kuzum Mustafa, sen deli misin?" (s. 20)

Ali Fuat Paşa, "Ordunuz savaşı kaybetmiş görünüyor. Bir Sovyet birliğinin fiili yardımda bulunmasını düşünmez misiniz?" sorusunu soran Çiçerin'e şöyle cevap verdi:

"Hayır Sayın Komiser. Çünkü bu bizim öz mücadelemiz. Yalnız emperyalizmle değil, hain İstanbul yönetimi ve onun uzantılarıyla da mücadele ediyoruz."

Çiçerin diretti:

"Ama aldığımız haberlere göre Yunanlılar, Boğazların bekçiliğine talip olmuşlar. Bu ucuz bekçiliği İngilizler destekleyebilir. Böylece bizi de boğmuş olurlar. Yunanlılar Ankara'ya yürür ve kesin bir başarı kazanırlarsa..."

Ali Fuat Paşa itiraz etti:

"Kazanamazlar!"

Çiçerin nazik olmak için kendini zorlayarak, "Ama gelen haberler hiç de ümit verici değil" dedi.

"Güvenimin basit ama güçlü dayanaklarını açıklamama izin veriniz. Ankara-İstanbul arasındaki gizli telgraf haberleşmesini sağlayan telgrafçıların parolası, 'zafer'dir. Askeri gereçler, İstanbul'dan İnebolu'daki askeri birime, gizlice ticari eşya gibi sevk edilir. Bu gereçlerin teslim edileceği kapalı adres şöyledir: Zafer Ticarethanesi-İnebolu. Kağnıcı kadınlar yolda doğum yaparlarsa, çocuğa 'Zafer' adını koyarlar. Zafere böylesine inanmış ve bağlanmış bir halkı yenmek mümkün müdür?" (s. 213)

Zaferden sonra, Balıkesir hükümet konağı önünde toplanan Demirci Akıncıları'na, İbrahim Ethem Bey şöyle sesleniyordu:

"Akıncı kardeşlerim! İşimiz bitti. Veda vakti geldi. Şimdi, verdiğimiz söz gereği, bir teşekkür bile beklemeden köyünüzün yolunu tutun ve sabana yapışın. Siz savaşırken köyünüz yakılmış, eviniz yağmalanmış, aileniz kayba uğramış olabilir. Tevekkülle karşılayın. Daha acısı belki bazı haineri zengin, hatta mevki sahibi olmuş görebilirsiniz. Bir gün hizmetinizi küçümseyenler bile çıkabilir. Bütün bunları ölüme meydan okumuşların vakarı ile seyredin. Ancak vatanın kurtuluşunda payı olanların duyabileceği o engin hazzı, hiçbir şeye değişmeyin. Çünkü bu hazzı vatanın kurtuluşunda payı olanlardan başka hiç kimse duyamaz." (s. 669-670)

Yine zaferden sonra Mustafa Kemal, bir akşam yemeğinden sonra Yakup Kadri'ye şunları söylüyordu:

"...Şimdi bir yol ayrımındayız. Ya ülkeyi ve milleti, İstanbul'un o teslimiyetçi, çağ dışı zihniyetine ve rejimine terk edeceğiz; ya da akılcı, bilime öncelik veren, bağımsız, özgür, başı dik, yeni bir toplum olacağız. Sizce hangi yolu seçmeli?"

Yakup Kadri tarihin nereye aktığını Ankara'dayken görmüştü. Şimdi bu akış hızlanmış ve gürlemişti. "Tabii akıl yolunu" dedi.

"Evet, asıl kurtuluşa akıl yoluyla varabiliriz. Bunun için de Milli Mücadele'nin ikinci safhasını açmalıyız. Zor, çetin bir yol. Bağnazlıkla, dar görüşlülükle, önyargılarla, hurafelerle, iliklere işlemiş cahillikle, din tüccarlarıyla, belki uyanmamızı istemeyen dış güçlerle de mücadele edeceğiz. Ama bunu göze almak, hepsiyle mücadele etmek, bu güzel toplumu bir daha hiçbir gücün sömüremeyeceği şekilde bilgi ve bilinçle donatmak zorundayız. Dünya hızla gelişirken biz yerimizde sayamayız. Yoksa geleceğin akıllı nesilleri bizi affetmez." (s. 676)

Bursa Şark Tiyatrosu'nu dolduran öğretmenlere ise, Mustafa Kemal şunları söylüyordu:

"...Hanımlar, beyler!

Bu noktaya kolay gelmedik. Öğretmenlerimiz, şairlerimiz, yazarlarımız, uğradığımız felaketin bir daha yaşanmaması için o kara günlerin sebeplerini, nasıl kan ve gözyaşı dökerek kurtulduğumuzu, en doğru, en güzel şekilde anlatacaklardır. Bu vesile ile şehitleri tazimle yadedelim. Kurtuluşa emek vermiş asker sivil, kadın, erkek, şehirli köylü, genç yaşlı herkesi minnetle selamlıyorum. Ama şunu belirtmeden geçemeyeceğim. Dünyanın hiçbir kadını, 'Ben vatanımı kurtarmak için Türk kadınından daha fazla çalıştım' diyemez..."

Öğretmenler yürekten alkışlıyordu. Komutanlar ürperdiler. Anadolu kadınları olmasaydı bu zafer acaba kazanılabilir miydi?

"...Ama bilelim ki bugün ulaştığımız nokta gerçek kurtuluş noktası değildir. Kurtuluşa ancak uygar, çağdaş bilime, fenne ve insanlığa saygılı, istiklalin değerini ve şerefini bilen, hurafelerden arınmış, aklı ve vicdanı hür bir toplum olduğumuz zaman ulaşabiliriz.

Öğretmenler!

Ordularımızın kazandığı zafer, sadece eğitim ordusunun zaferi için zemin hazırlamıştır. Gerçek zaferi, cahilliği yenerek siz kazanacak, siz koruyacaksınız. Çocuklarımızı ve geleceğimizi ellerinize teslim ediyoruz. Çünkü aklınıza ve vicdanınıza güveniyoruz!"

Öğretmenler Gazi M. Kemal Paşa'nın ellerini öpmek için kürsünün önüne aktılar. (s. 679)

TARİHE GEÇEN BİLDİRİ VE DEMEÇLER

Önümde benim de imzaladığım, 20 Aralık 1961 tarihli **Yön Bildirisi** duruyor ve gözlerim özellikle şu satırlara takılıyor:

...Demokrasi, her şeyden önce insan haysiyetine dayanan ve insanı değer sayan bir rejimdir. Açlığa, işsizliğe, evsizliğe çare bulamayan bir rejimin, ne kadar üzerine titrersek titreyelim, demokrasi olmaktan çıkması ve bir gün çökmesi tabiidir. Türk demokrasisinin yaşatılması, açlığı, işsizliği ve evsizliği ortadan kaldıracak yüksek bir istihsal (üretim) seviyesine götüren yolları bulmakla mümkün olabilir.

...Kalkınma felsefemizin hareket noktaları olarak, bütün imkânlarımızı harekete geçirmeyi, yatırımları hızla artırmayı, iktisadi hayatı bütünüyle planlamayı, kütleleri sosyal adalete kavuşturmayı, istismarı kaldırmayı ve demokrasiyi kütlelere mal etmeyi zaruri sayıyoruz. Varmak istediğimiz bu amaçlara yeni bir devletçilik anlayışıyla erişebileceğimize inanıyoruz.

...Batı memleketlerinin kalkınmaları sırasında, çok elverişli şartlara ve sömürgeciliğe rağmen gelişme yavaş, israflı, sıkıntılı olmuş, liberal, fakat gücünü oydan almayan idareler altında gerçekleştirilmiştir.

...Özel teşebbüsün mutlaka verimli, devlet teşebbüsünün de mutlaka verimsiz olduğu şeklindeki yaygın düşüncenin, sağlam delillere dayanmayan ve geniş bir propaganda ile beslenen bir inanç olduğunu belirtmekte fayda görüyoruz.

...Birtakım devlet işletmelerinin verimsiz kalış sebeplerini devletçilikte değil, aksine yeter derecede devletçi olmayışımızda ve devletçiliği sistemli bir şekilde uygulamayışımızda aramak gerektiğine inanıyoruz.

Bu bildiride imzası olan, yüzlerce kişiden bazıları: Muammer Aksoy, Deniz Baykal, Çetin Altan, Doğan Avcıoğlu, Korkut Boratav, Alev Coşkun, Oktay Ekşi, Tarhan Erdem, Sabahattin Eyuboğlu, Ali Gevgilili, Turan Güneş, Abdi İpekçi, Suphi Karaman, İlhan Selçuk, Turhan Selçuk, Mümtaz Soysal, Erdoğan Teziç, Arslan Başer Kafaoğlu, Sadun Aren, Server Tanilli, Enver Ziya Karal, Gülten Kazgan, Halit Refiğ, Bülent Tanör. (Hikmet Özdemir, Yön Hareketi, s. 295 ve sonrası)

Bu bildiride yazılanları anlamak ve değerlendirebilmek için, 1789 Fransız devriminden itibaren kitlelere mal olmuş bazı bildiri ve haykırışlara da göz atmak gerekir.

1760-1797 yılları arasında yaşamış, Fransız devrimcisi ve düşünür **Babuef, Eşitler Manifestosu**'nda şöyle diyordu:

Fransa Halkı!
Eşitlik! Doğanın ilk isteği! İlk ihtiyacı insanoğlunun ve her türlü yasal birleşmenin temel düğümü! Fransa halkı, sen şu bahtsız yeryüzünde sürünen öbür uluslardan daha şanslı değilsin. Daima ve her yerde zavallı insan ırkı, becerikli-beceriksiz bir dizi yamyamın elinde, her türlü tutkuya ve hırsa oyuncak, her türlü zorbalık ve gaddarlığa yem olageldi. Daima ve her yerde hep güzel sözlerle uyuttular insanları; sözle birlikte sözün belirttiği şeyi hiçbir zaman ve hiçbir yerde vermediler. En eski çağlardan beri size tekrarlanır gelir durmadan, insanlar eşittir... diye. Ve gene en eski çağlardan beri insan ırkının

üzerine en küçültücü ve en sürekli şekilde çöken tek şey, eşitsizliktir. (Sınırda dergisi, Mayıs 2005)

1-7 Eylül 1920 günleri toplanan Bakü Doğu Halkları Kongresi'nin "Avrupa, Amerika ve Japonya'nın işçilerine çağrısı" Bildirgesi'nde de şöyle deniyordu:

> Bizim yaralarımızı görmediniz; bizim keder ve yakınma dolu şarkılarımızı duymadınız; bizim insan değil de sığır olduğumuzu söylediklerinde, kendi zalimlerinize inandınız. Sizler ki kapitalistlere köpeklik ediyordunuz; bizi kendi köpekleriniz olarak gördünüz. Çinli ve Japon köylüler, köylerinden sizin kapitalistleriniz tarafından çıkarıldığında ve bir ekmek parçasının peşinde sizin ülkenize geldiğinde, Amerika'da bu gelişi protesto ettiniz. Ortak kurtuluş davası için sizinle birlikte nasıl mücadele edeceklerini onlara öğretmek için onlara kardeşçe yaklaşmak yerine, bizim cehaletimiz nedeniyle bizi reddettiniz; bizi, sizin hayatınızın dışına ittiniz; bizim, sizin sendikalarınıza katılmamıza izin vermediniz. Sosyalist partiler kurmuş olduğunuzu, bir uluslararası işçi örgütü oluşturmuş olduğunuzu duyduk, ancak bu partiler ve bu Enternasyonalin, bizim için yalnızca söyleyecek sözcükleri vardı; İngiliz askerleri bize Hindistan'ın kentlerinde ateş ettiklerinde, Avrupa kapitalistlerinin birleşik güçleri bize Pekin'de ateş açtıklarında, Filipinler'de ekmek talebimize Amerikan kapitalistlerince kurşunla yanıt verildiğinde, bu partilerin ve bu Enternasyonalin temsilcilerini bizim aramızda görmedik. Ve bizden bazıları, tüm dünyanın emekçilerinin birliği için kalpleri çarparak, sizin Enternasyonalinizin eşiğinde durup, pencerenin demirlerinden içeri baktıklarında, lafta bizi eşitlerinizmiş gibi kabul etseniz de, bizim gerçekte sizler için aşağı bir ırk olduğumuzu

gördüler. (Yıldırım Koç, Batılı İşçi Sömürüye Ortak, Bilgi Yayınevi, Bir Millet Uyanıyor: 3, 2005)

İngiliz Muhafazakâr Parti önderi **Winston Churchill**'in 1920'lerin başlarında partisine yönelttiği şu eleştiriler, kapitalist ekonomi düzenine yönelik değil midir ve bunlar bugün de geçerli değil midir:

> Muhafazakâr Parti içinde sömürüye, bunu örtmek için de dışarıda saldırganlığa, gümrük ve vergi hokkabazlıklarına, bir parti makinesinin zulmüne, bol bol duygusallığa ve yurtseverlik nutuklarına, milyonlarca insana pahalı yiyecek, milyonerlere ise ucuz işgücü sağlanmasına dayalı, kurulu çıkarlar arasındaki bir konfederasyondur... İngiliz halkına verilmekte olan en büyük zarar, kentlerde aşırı hızla nüfus birikmesi, köylerimizin boşalması, nüfusun topraktan kopması, zenginle yoksul arasında doğal olmayan aşırı fark, gençlere gerekli beceri ve çalışma düzeni kazandırılmaması, çocuk işgücünün sömürülmesi, nüfusun vücutça çarpıklaşması, işçiler için hiçbir asgari yaşam ve rahatlık standardı sağlanamaması, öbür uçta ise bayağı ve zevksiz bir lüksün hızla büyümesi. İngiltere'nin asıl düşmanları bunlardır; engel olmazsanız gücümüzün gerçek temellerini bunlar yerle bir edeceklerdir. (J.K. Galbraith, Pazar Ekonomisi ve Gerçekler, Ekonomi Üzerine Her Şey, Cem Yayınları, 1998, s. 6)

"Soğuk Savaş" yıllarında **Soljenitsin** de şöyle demişti:

> Demokrasiler tarihin uçsuz bucaksız nehirlerinde kaybolmuş adalardır. Su daima yükselir, tarihin en basit kanunları demokratik kanunlara karşıdır. Dünyanın kaderi hiçbir zaman böylesine insana bağlı kalmamıştır. Ben öyle sanıyorum

ki insanoğlu için ilk kaide, yalanı kabul etmemesidir. Gerçeği söylemek demek, özgürlüğe yeniden hayat kazandırmak demektir. Modaya, menfaatlere ve baskılara aldırmadan gerçeği söylemek, bildiğini söylemek, doğru olmak ve onu durmadan tekrarlamak. Batının geleceğini düşünüyor ve korkuyoruz. Çünkü 70 yıl önce yaşadıklarımızı burada da görüyorum. Çocuklarının düşüncelerine boyun eğen büyükler, değişik fakat değersiz düşünceler içinde eriyip giden genç kuşaklar. Moda dışında kalmaktan korkan profesörler, mahkûmiyet hükmü giymişçesine susan çoğunluk, zayıf hükümetler, kendilerini koruyacak mekanizmaları felç olmuş toplumlar. Bütün bunların sonucunun ne olduğu bizler tarafından biliniyor.

Wintertuhr ve Lozan kurultaylarında görüşülüp kabul edilen, 24 Temmuz 2005 tarihli "Lozan 2005 Bildirgesi" de, her satırıyla tarihe geçecek ve hiç unutulmayacak bir bildiri bence... Söz konusu bildirgedeki şu satırlara imza atmayacak kişi, "Aydın" sayılabilir mi?

...Asya'dan yeni bir uygarlık yükselmektedir. Güneş, yeniden Doğu'dan doğmaktadır. Ufukta ışıkları görülen bu uygarlık, dünyayı yıkıma götüren sizin sisteminizin bir tekrarı olmayacaktır. Asya tarihinin birlikte yaşama kültürü, büyük kamu projeleri, halka hizmet, gönül birliği ve güçbirliği gelenekleri, yükselen yeni uygarlıkla birlikte yeniden tarih sahnesine çıkmaktadır.

Lozan'dan bütün dünyaya ilan ediyoruz: Türkiye, Avrasya'nın ön cephesi ve öncülerinden biri olarak, 20. yüzyılın başında mazlum milletlerin kurtuluş savaşlarını başlattığı gibi, 21. yüzyılın başında da, yeni uygarlığın kuruluşunda üzerine düşeni yapacaktır.

GECELER NASIL YARİMİZ OLDU?

Köy Enstitüleri Kanunu 17 Nisan 1940'ta TBMM'de kabul edildi.

Atatürk devrimlerinin altın anahtarlarındandı. İnönü, enstitüleri önce, "Yapıcı, çare bulucu, çalışkan bir ruh bu enstitülerin hayatına hâkim olmuştur. İktidarlı, fedakâr ve vatansever köy öğretmenlerini yetiştirmek enstitülerin mukaddes emelidir. Şüphe yok ki enstitü öğretmenlerine ve müdürlerine düşen vazife hepimiz için, her vatansever için imrenilecek, heves edilecek bir vazifedir.

Biz senelerce sürecek en kuvvetli irade ve sebatla bu meseleyi takip edecek adamlar olduğumuzun imtihanını milletimize karşı öğretim davasında göstereceğiz" diyerek savundu.

Ne var ki İnönü, çok partili hayata geçer geçmez, 1946 seçimlerinden sonra Hasan Âli Yücel'i bakanlıktan çekilmeye zorladı. Yücel, 5 Ağustos 1946'da istifa etti.

Yücel'in peşine Milli Eğitim Bakanlığı'na Reşat Şemsettin Sirer atandı.

Tonguç derhal İlköğretim Genel Müdürlüğü'nden alındı.

Nadir Nadi "Perde Aralığından" adlı eserinde şöyle yazıyor:

"Reşat Şemsettin Sirer Milli Eğitim Bakanı olunca, her partiden gericilerin yüreğine su serpildi. Bakanlıkta kaldığı sürece Demokratların hücumuna, hatta en ufak tenkidine uğramayan yegâne hükümet üyesi Sirer olmuştu."

CHP'nin tek başına iktidar olmasına rağmen, köy enstitüleri, karşıdevrimin acımasız kıyımına uğradı.

Önce enstitülerin yöneticileri ve öğretmenleri değiştirildi. Arkasından 2 bin öğrenci sınıfta bırakılarak enstitülerden uzaklaştırıldı. Babalarına tazminat davası açıldı.

1947'de çıkartılan iki yasayla köylerde görev yapan enstitü öğretmenlerinin kurumları ile ilişkisi kesildi. Ellerinden araç ve gereçleri alındı.

Yüksek Köy Enstitüsü, 1947-1948 öğretim yılında kapatıldı.

9 Mayıs 1947 günlü genelgeyle karma eğitime son verildi.

1948'de iş eğitimine son verildi.

Birçok enstitü mezunu öğretmen, yedek subaylık hakkı ellerinden alınarak çavuş çıkarıldı (ayrıntılar için bakınız Prof.Dr. Çetin Yetkin'in "Karşı Devrim" adlı eseri).

Yedek subaylık hakkı elinden alınarak bir kişinin çavuş çıkarılmasının çok ağır sosyal sonuçları vardır.

Berfin Bahar dergisinin Şubat 2005 sayısında **Osman Şahin** bir anısını şöyle anlatıyor:

> 12 Eylül 2004 günü akşamı, eşim Aysel Önol'la birlikte, Ören'de Sunar sitesinde, Talip Apaydın'ın yazlık evindeyiz. Değerli eşi, Yüksek Köy Enstitüsü mezunu Halise Hanım'la birlikte bizi kapıda karşıladılar. Çaylarımızı içtik, Halise Hanım'ın yaptığı nefis çörekleri yerken, Talip Ağabey, Sabahattin Ali ile ilgili acı bir anısını anlattı. Şöyle:

1946 yılında biz Yüksek Köy Enstitüsü mezunları, ani bir emirle askere alındık. Birçoğumuzun askerlik tecilleri yapıldığı halde, yukarıdan gelen gizli bir emirle, Köy Enstitüleri'nde öğretmenlik yapan bizleri, Yedek Subay Okulu'na sevkettiler. Planlı bir alınmaydı bu. Ama bunun önce farkına varamadık. Yedek Subay Okulu bitiminde, derslerimizi üstün başarıyla vermemize karşın, 33 kişiyi "çavuş" olarak kıtalara çıkardılar. Bununla da kalmadılar, dağıtıldığımız birliklere, arkamızdan, "Dikkat edilsin, bunlar solcudur yakından izlenmeleri gerek" diyerek gizli emirler yazmışlardır.

Ben, Ayaş'ta 340. Piyade Alayı'na verilmiştim. Çok kötü, inanılmaz bir baskı altındaydım. Çok ağır koşullarda askerliğimi yapmaya başladım. Askerliğim sırasına bana uygulanan tecriti anlatamam, uzun sürer. Ama birkaç örnek verebilirim. Örneğin, bölüğümdeki erler gizlice uyarılmışlardı: "Kimse bu adamla konuşmayacak, sohbet dahi etmeyecek. Okuma yazma bilmeyen erler, aileleri için bu adama gidip mektup dahi yazdırmayacaklar" gibi. Askerlik o zamanlar üç yıldı. Düşünün, tam üç yıl buna katlanmak zorunda bırakıldım. Koskoca alay kışlasında yapayalnızdım. Kimse benimle konuşmuyor, soruma yanıt vermiyordu. Bir şey soracak olsam, herkes yüzünü benden kaçırıyordu.

Bir gün gene talimdeyiz. Bölük komutanı yüzbaşı, beni çağırdı. Koşarak gittim, selam verdim. Yüzbaşı, elinde tuttuğu gazeteyi bana doğru uzatarak;

"Al bak şu gazeteye! Sizinkilerden birini gebertmişler, oku!" dedi. İlkönce ne olduğunu anlayamadım. Yüzbaşının uzattığı Ulus gazetesini aldım, baktım. Birinci sayfanın ortasında iri puntolarla;

"Tanınmış yazar Sabahattin Ali, Bulgaristan'a kaçarken hudutta öldürüldü" diye yazıyordu.

Birden içim kanadı. Gözlerim karardı. Bedenimden o an on bin voltluk elektrik geçmiş gibi oldu.

Yüzbaşı, neler hissettiğimi anlamış gibi alaycı sesiyle, "Git gazeteyi kenarda oku" dedi.

Kenara çekildim. Sırtımda eğitim çantası, elimde tüfek, sırılsıklam ter içinde kalmışım. Üzüntümden gazetedeki haber başlığından sonrasını okuyamadım. Hüngür hüngür ağlamaya başladım.

Doğan Avcıoğlu'nun olanları değerlendirmesi şöyle:

CHP kurulduğu senelerde yerel eşraf ve memura dayanıyordu. Bu memur-eşraf dayanışması İkinci Dünya Savaşı'nın son yıllarına kadar sürdü. Savaşın sonlarına doğru olumsuz koşullardan da yararlanan tüccar ve eşraf, ekonomik yönden güçlenince, içlerinde İnönü'nün de bulunduğu ilerici-devrimci kadro, bürokrasinin tutucu kanadıyla ittifaka giren bu eşraf-tüccar koalisyonu karşısında giderek ağırlığını kaybedecektir. Sesini duyurmaktan uzak köylü desteği de olmayınca, toprak reformundaki hezimet kaçınılmaz olacaktır. Şüphesiz toprak reformu ve Köy Enstitüleri gibi iki devrimci atılımı dejenere eden demokrasi değil, tam aksine tefeci tüccarı, ağası, şeyhi, tutucu bürokratı ile tutucu kanadın, ulusçu-devrimci kadronun karşısında yer alması olmuştur. (Türkiye'nin Düzeni, s. 175)

Doğan Avcıoğlu'nun yazdıklarını İsmet İnönü şu şekilde doğruluyor:

Ben köy enstitüsü fikrine inanmışımdır. İnanmış bir insan sonuna kadar bunu yürütür; idealizmde, felsefede bu böyledir. Ama ben politikacıyım, uygulayıcıyım. Ben gücüme göre, gücümün var olduğu yerde gücümü gösterebilirim. Benim gücüm o zaman nereden geliyordu. Partiden, parti meclis grubundan, gücümü ben buradan alıyordum. Bu konuda, bütün bu organlarda gücümü kaybetmiştim. Artık köy enstitülerini eski gücüyle, eski ruhuyla devam ettirmek olanakları benim elimden çıktı.

İsmi Köy Enstitüleri ile birlikte anılmaya hak kazanan, o zamanın İlköğretim Genel Müdürü İsmail Hakkı Tonguç, halk tarafından öylesine sevilmişti ki "baba" diye anılıyordu.

Falih Rıfkı'nın Ulus gazetesinde çıkan bir başyazısı "Tonguç Baba" başlıklıydı. Yazar, "Sakın bu adı İdrisdağı eteklerinde bir yatır adı sanmayın" diyordu.

> Halkın, umut bağladığı bir insanı, bir eğitimciyi gönlünde azizleştirmesidir. İlköğretim Genel Müdürü İsmail Hakkı Tonguç'a yakıştırılan bir addır bu. Niçin Milli Şefe ya da Eğitim Bakanı'na değil de Tonguç'a 'Baba' diyor halk, Tonguç'u bağrına basıyor? Çocuklarına onun adını koyuyor? Çünkü Tonguç halkın bağrından fışkırmış, onun özlemini eyleme çevirmeye kalkışmış, içinden çıktığı sınıfın yoksulluğunu, ezilmişliğini, sömürülüşünü iliğinde, içinde duymuş ve bu gerçeği değiştirmek için savaşmış, savaşı örgütlemiş bir köylü aydınıdır... Tonguç Baba ve arkadaşları, alınlarının teriyle, bol yemiş verecek bir ağacı sulamaktadırlar.

Daha sonraları eğitimsiz bırakılan, yoksulluğun kucağına itilen umarsız halk; önceleri çapsız devlet büyüklerini, yetmeyecek, mafya babalarını "baba" unvanı ile onurlandıracaktır. (Yalçın Kaya, Bozkırdan Doğan Uygarlık, Köy Enstitüleri-Antigone'den Mızraklı İlmihal'e, cilt 2, s. 5)

Tonguç'un "demokrasi" konusunda söyledikleri üzerinde birlikte düşünelim:

> Demokrasinin iki çeşiti vardır. Biri zor ve gerçek olanı, öbürü de kolayı, oyun olanı. Topraksızı topraklandırmadan, işçinin durumunu sağlama bağlamadan, halkı esaslı bir eğitimden geçirmeden olmaz birincisi, köklü değişiklikler ister. Bu zor demokrasidir ama gerçek demokrasidir, ikincisi kâğıt ve sandık demokrasisidir. Okuma yazma bilsin bilmesin; toprağı, işi olsun olmasın, demagojiyle serseme çevrilen halk, bir sandığa elindeki kâğıdı atar. Böylece kendi kendini yönetmiş sayılır. Bu oyundur, kolaydır. Amerika bu demokrasiyi yayıyor işte. Biz de demokrasinin kolayını seçtik. Çok şeyler göreceğiz daha... (Mehmet Başaran, Devrimci Eğitim, Köy Enstitüleri, s. 69)

Köy Enstitülerini kapattıran güçler, aynı zamanda Türkiye'nin gerçek demokrasiye geçişini de engellemeyi başarmışlardır.

ATATÜRK VE MEVLANA

Sadi Borak, Toplumsal Dönüşüm Yayınları arasında çıkan **Atatürk ve Din** adlı eserinde; Atatürk'ün daima yakın çevresinde bulunmuş Hafız Yaşar Okur, İsmail Habib Sevük ve ünlü hat üstadı Necmettin Okyay'ın yazdıkları ve anlattıklarına dayanarak, onun Mevlana'ya olan sevgi ve hayranlığını belgeleyen üç olayı şöyle dile getiriyor:

Atatürk, Topkapı Sarayı Müzesi'ni ziyareti sırasında, mukaddes emanetlerin bulunduğu dairenin önünde durur. Üstat Necmettin Okyay'ın yazdığı ve sedefçi Vasıf Bey'in işlediği Mevlana'nın Farsça bir kıtası bu dairenin kapısına işlenmiştir. Atatürk, yanındaki Farsça bilen kişiye, bu yazının anlamını soruyor. Çevirisini şöyle yapıyorlar:
"Bütün kapılar kapandı, fakat senin kapın açıktır."
Atatürk bir an düşünceye daldıktan sonra;
"Hey koca sultan" diyor, "bütün tekkeleri kapattık, fakat senin kapın açık kaldı."
Hasan Âli Yücel'in, Milli Eğitim Bakanlığı tarafından Atatürk'ün yanına verilerek bir memleket seyahatine katıldığı zamanlardı. Seyahatten dönüşte bir akşam sofrada konuşuluyordu. Hasan Âli hakkında, Atatürk, "Zeki bir genç" dedi. Sofrada bulunanlardan birisi hemen atıldı:
"Efendim, Hasan Ali mevlevidir; babası da mevlevidir."
Maksat, Atatürk'ün gözüne girmesi ihtimalini sofradaki bazı insanların sürekli yaptıkları taktikle önlemekti. Fakat atılan adım olumsuz sonuç verdi. Atatürk;

"Bana hiç bahsetmedi" dedi, "halbuki ben Mevlana'yı takdir ederim."

Herkesi derin bir sessizlik aldı. Kimisi, tekkelerin aleyhinde atıp tutmak için bunu bahane etti. Kimisi, mevleviliğin tuhaf taraflarına ait hikâyeler, hatıralar anlattı. Nihayet birisi;

"Efendim" dedi, "Mevlevilik ibadete çalgı sokarak dini gülünç eden ve Müslümanlığı dejenere eden teşebbüslerden birisidir."

Atatürk, muhatabına dönerek;

"Mevlana bilakis Müslümanlığı Türk ruhuna uygun hale getiren büyük bir reformisttir. Müslümanlık aslında hoşgörülü ve modern bir dindir. Araplar onu kendi bünyelerine göre anlamışlar ve uygulamışlar. Sıcak bir iklimde oturan, suyu nadiren bulan ve kullanan genel bir hareketsizlik içinde ömür süren Araplar için, günde beş defa aptes alıp, beş defa namaz kılmak, çok ileri bir hareket adımıdır. Hz. Muhammed'in dini, insanları harekete geçirmek esasına dayanır. Bu uygulama Türkler için çok hareketsiz sayılabilir. Sarp dağlarda at oynatan, erimiş kar sularıyla yıkanan Türk için, aptes ve namazla sınırlı ibadet tarzı çok hareketsiz kalmıştır. Şamani dininde iken dans eden, şarkılar söyleyen, kopuzlar çalan, şiirler okuyan Türk, namazı az ve hareketsiz bir ibadet saymıştı. Türk hayat tarzı, bu hareketsizliğe karşı harekete geçilmesinden doğmuştur. Mevleviliğe gelince, o tamamıyla Türk geleneklerinin Müslümanlığa nüfuz örneğidir. Mevlana büyük bir reformisttir. Ayakta dönerek ve hareket halinde Allah'a yaklaşma fikri, Türk dehasının en doğal ifadesidir. Bir tarafta müzik çalıyor, diğer tarafta insanlar ilahiler söylüyor ve ayağa kalkmış diğerleri, hayali bir dönüşle ellerini göklere kaldırıyorlar. Bunun estetiği fevkaladedir" demiştir.

Yine Atatürk, bir mevlevihanede akşam yemeği yiyip, semah seyrettikten sonra soruyor:

"Mevlana nasıl adamdır?"

Sorusunu "Çok büyük bir adam olacak ki musiki, şiir, raks gibi dincilerin hoş görmedikleri şeyleri tarikatına ayin ve esas yapmış" diye cevaplayan kişiye, neşeli neşeli gülerek; "Ben onun liberal kafalı bir şair olduğunu bildiğim için 'huzuruna kupkuru girilmez' dedim; birkaç kadeh çekip de girdim" demiştir.

17 Aralık 2005 günü, 732. Şeb-i Arus törenlerini izlerken, Başbakan Recep Tayyip Edoğan dahil, bazı konuşmacıların Mevlana'yı gerici bir dünya görüşünün adamı olarak kabul ettirme çabaları karşısında yüreğim burkuldu.

İki örnek vererek, Mevlana'yı dinci çevrelerin değil, Atatürk'ün doğru anladığını açıklığa kavuşturmaya çalışacağım:

> Mevlana "Fihi Ma Fih" adlı eserinde şöyle diyor:
> "Sizler, kadının kapanmasını istedikçe, herkeste onu görme isteğini kamçılamış olursunuz. Bir erkek gibi bir kadının da yüreği iyiyse, yasakları uygulamasan da, o iyilik yoluna gidecektir. Yüreği kötüyse, ne yaparsan yap, onu hiçbir şekilde etkileyemezsin. Kıskançlık denilen şeyi bilme. Cahillerdir, kadından üstün olduğunu sananlar. Cahiller kabadır. Sevgi ve güleryüz nedir bilmezler. Ancak hayvan erkekler, kadından üstündür. Seven erkek ise, kadınla eşittir."

"Hac" için söyledikleriyle de, yobazlarla arasına âdeta bir sur örmüştür Mevlana:

> "Ey Hacca gidenler, nereye böyle?
> Tez gelin çöllerden döne döne,
> Aradığınız sevgili burada,
> Duvar bitişik komşunuz.
> Durun, gördünüzse suretsiz suretini onun,
> Hacı da sizsiniz, Kâbe de, ev sahibi de."

GÖZDEN KAÇMAMASI
GEREKENLER (4)

1– Amerikan Başkanı George Bush tarafından Mayıs 2003'te "görev tamamlanmıştır" duyurusunda bulunulmasının sonrasında hemen kurulan "Geçici Koalisyon Kurulu"nun (GKK) şefi Paul Bremer, "koalisyon güçlerinin" Irak ekonomisinin yeniden düzenlenmesine ilişkin ayrıntılı programını acilen açıklamıştı. İlk olarak Irak'ta kamu sektörüne ait 48 sanayi işletmesi hızlı bir şekilde yabancı tekellere satılarak özelleştirilmişti. GKK'nin bir diğer önemli kararı "uluslararası şirketlerin Irak'ta diledikleri sektörde, diledikleri biçimde yatırım yapabilmelerini" sağlayan 39 sayılı karar idi. Bu karara göre, ulus-ötesi şirketler Irak'ta diledikleri sürece faaliyet gösterebilir ve elde ettikleri kârların yüzde 100'ünü de hiçbir sınırlama olmaksızın ülke dışına çıkarabilirdi. Böylelikle Irak'ın ulusal sanayini bağımsız ve özgün hedefler doğrultusunda denetlemesi olanağı ortadan kaldırılmış olmaktaydı.

Ulus-ötesi şirketlerin ve uluslararası finans şebekesinin Irak ekonomisine GKK yönetimindeki saldırısı, kapsamı genişletilerek sürdürüldü. Örneğin 12 nolu kararla, Irak ticaretinin serbestleştirilmesi hiçbir ön hazırlık yapılmadan, şok yöntemi ile tamamlandı ve ithalat vergileri ve mal ticaretini düzenleyen diğer tüm sınırlamalar kaldırıldı. 40 nolu karar ise Irak'ta yabancı bankaların açılmasına ve ulusal bankaların yüzde 50'sine değin satın alınmasına olanak sağlamaktaydı. Bu noktada açıkyüreklilikle soralım: Neoliberal gündem Irak'ta açık bir askeri işgal ile yürütülürken, aynı programın ülkemizde IMF niyet mektupları ve Dünya Bankası yapısal uyum koşullandırmaları ile sürdürülmesi hangi büyük planın bir parçasıdır? Türkiye'nin, başta TÜPRAŞ, Erdemir, Petkim, Seydişehir Alüminyum ve Telekom olmak üzere, en değerli kamusal varlıklarının yerli ve yabancı tekellere yok pahasına satışı ile koşullandırılması ve ülkemizdeki her türlü bağımsız istikrar ve kalkınma arayışının "IMF programından sapmayın" şantajı ile başından sansürlenmesi; bu arayış içerisinde bulunanlara "vatan haini" ilan edilecek kadar açık saldırılarda bulunulması, bölgemize yönelik –Büyük Ortadoğu Projesi diye anılan– neoliberal kuşatma planının bir parçası değil midir? Türkiye'de uygulanan özelleştirme ve yapısal uyum koşullandırmaları ile Irak'ta sürdürülen açık askeri operasyon arasında ne fark görüyorsunuz?" (Erinç Yeldan, Irak Ekonomisinin Neoliberal İşgali, Cumhuriyet gazetesi, 29 Haziran 2005)

2– 10 Kasım 1975 tarihinde yapılan **Günümüzde Atatürk ve Atatürkçülük Konferansı**'nda, **Prof. Dr. Enver Ziya Karal**'ın söylediklerinden bir bölüm, günümüze de ışık tuttuğundan aşağı aynen alınmıştır:

Neydi tarihe gömülen Osmanlı Devleti? Nedir onun yerine gelen Türkiye Cumhuriyeti Devleti?
Hepimiz deriz ki 'Osmanlı Devleti, teokratik bir devlet idi' ve 'teokratik' kelimesi üzerinde çok durmadan, şöyle bir geçiveririz. Ama teokratik terimini açıklayınca, atomun parça-

lanması gibi parçalayınca, 'dinsel bir devlet'in ayrıntıları ortaya çıkar. Osmanlı Devleti'nin ilkin ideolojisini hatırlayalım: Bu, din ideolojisi idi, milliyet değil. Birimize sordukları vakit, 'Sen nesin?' Dinimizi söylerdik. Kimse Türklüğü kabul etmezdi. Demek ki o devirde bir millet ideolojisi yoktu. Osmanlı Devleti'nin temellerinden biri bu idi; diğer bütün teokratik devletlerde olduğu gibi. Osmanlı Devleti'nde, ideolojisinden sonra dinle ilgili bir devlet biçimi geliyordu. Bu da 'Halifelik'ti. Halifelik beynelmilel bir örgüttü. Halife ta Fas'taki Müslümanların, Cava'daki Müslümanların ve diğer bütün Müslümanların halifesiydi, Türklerin halifesi olduğu gibi. Bu iki örgüt, yani ideoloji ve halifelik bir hukuk ister: Osmalı Devleti'nin hukuk sistemi şeriattı. Bu üç örgüt bir eğitim istedi: Bu da medreseydi. Bunların tümü bir ahlak ister: O da din ahlakıydı.

Atatürk'ün yeni kurduğu devlette bütün bu örgütler değişti. İdeoloji, millet ideolojisi oldu. Ulusal bir devlette ideoloji ancak ulusal olabilirdi. Halifelik ve saltanat yerine cumhuriyet kuruldu, ulusal bir devlette halifeliğin yeri yoktu. Şeriat yerine modern kanunlar alındı. Bünyemize uydu veya uymadı konusu tartışıladursun, devrimin egemenliği şeriatla uzlaşamadı. Yeni örgütlerin güvenliği, yeni eğitimle sağlanabildi. Çağdaş okul geldi. Ve son olarak laik ahlak geldi. Bu değişmeler sırasında din ne oldu? Din, iki konuda kaldı. Bunlardan birisi kelime-i şahadet, ikincisi ibadet. Bunlar kaldı, 'öz din' veya dinin özü kaldı. Siyaset olan din yıkıldı. Bugün bir kısmımızın ah vah etmesi ister istemez, bu yıkılan kısımlar içindir. Çünkü kimseye 'sen niye namaz kılıyorsun?' denmiyor. Kimseye 'niye ibadet ediyorsun?' denmiyor, isteyen istediği kadar namaz kılsın. Hacca şimdi 40 bin kişi gidiyor, yarın 50 bin kişi gider; buyursunlar gitsinler. Peki ne isteniyor şimdi öyleyse? "Atatürk geleneklerimizi yıktı" deyiminden ne anlamak gerek? Yıkılanlar kastediliyorsa, bunlar gelenek değildi, örgüttü. Yeni bir devlet kurulurken de bunların yeri yoktu.

Atatürk işe el koyduğu vakit, Şevket Süreyya Bey gayet güzel anlattılar memleketin halini, ama ben izninizle bir pasaj okuyacağım, ondan sonra asıl konumuza geçeceğiz. Atatürk işe başladığı vakit, Türkiye'de aslında reform fikri vardı. III. Selim devrinden bu yana reform da yapılmıştır, çok da örgüt Batı'dan alınmıştı. Batılılaşma cereyanı gelişememiştir, eksiktir, şudur budur, fakat vardı. Yönetime gelince düşünce genel olarak şöyledir: Şu memlekette halkın seviyesine inerek reform yapılmalı. Yani halk nasıl düşünüyorsa, onun gibi düşünür görünmeli... Bir nevi riyakârlık. Böylece, yavaş yavaş onu istenilen yere çıkartmalı.

Atatürk, farklı bir yönteme sahipti. Daha 1918'de, imparatorluğun son yıllarında, bir tartışma sırasında söylemiş olduğu şu sözlerde yönteminin belirdiği görülmektedir:

'Benim elime büyük yetki ve kudret geçerse ben sosyal hayatımızda istenilen devrimi bir anda 'coup' ile tatbik edeceğimi zannederim. Zira ben bazıları gibi halkın fikirlerini, ulemanın fikirlerini yavaş yavaş, benim düşüncelerim düzeyinde tasavvur ve tefekkür (düşünme) etmeye alıştırmak suretiyle bu işin yapılacağını kabul etmiyor ve böyle bir harekete karşı ruhum isyan ediyor. Neden ben bu kadar senelik yükseköğrenim gördükten sonra, sosyal ve uygar hayatı tetkik ettikten ve özgürlüğün değerini anlamak için vakit harcadıktan sonra, halk düzeyine ineyim. Onları kendi düzeyime çıkarırım. Ben onlar gibi değil, onlar benim gibi olsunlar.'

Atatürk'ün kimi aydınlardan, arkadaşlarından ve başka devrimcilerden farkı, bu yöntemdedir. Bu yöntemin tekamül (evrim) kanununa aykırı olduğu öne sürülmüştür. Atatürk'ün buna karşı bir direnişi zaten olmamıştır. O devrimciydi. Yönteminin de devrimci karakterde olmasında şaşılacak bir şey yoktu. (İzmir Barosu dergisi, Ocak 2005)

3– Harp Akademileri'nde düzenlenen sempozyumda, Prof. Dr. **Deniz Ülke Arıboğan** şunları söylemişti:

Ben size bir şey sormak istiyorum: Madem barış iyi bir şeydi, biz neden Sevr Barış Anlaşması'nı imzalamadık? Neden Sevr barışını reddederek, son derece onurlu bir savaşın yapılması için öncülük etti liderlerimiz? Biz neden barışımızla değil, savaşımızla gurur duyuyoruz? Çünkü barış, her zaman iyi değildir. (Güler Kömürcü, Akşam gazetesi, 20 Mayıs 2005)

Birinci Dünya Savaşı'ndan sonra Yahya Kemal şu şiiri yazmıştı:

"Ölenler öldü, kalanlarla muzdarip kaldık
Vatanda hor görülen bir cemaatiz artık"

Kendi vatanımızda hor görülen bir cemaat (topluluk) haline getirilmemek için, yeniden ve içtenlikle "Ne Mutlu Türk'üm Diyene!" diyebilmenin zamanı gelmedi mi?.. "Muhtaç olduğumuz kudret damarlarımızdaki asil kanda mevcuttur..."

ORHAN PAMUK'UN MASKESİNİ ÖNCE KİMLER DÜŞÜRDÜ?

Roman yazarı Orhan Pamuk, İsviçre gazetesi Tagesanzeiger'le yaptığı bir söyleşide, Türkiye'de 1915-1917 yılları arasında Ermenilere yönelik etnik temizlik yapıldığından ve 1984 yılından bu yana da Kürtlere kötü davranıldığından söz ederek şöyle dedi:
"Bu topraklarda 1 milyon Ermeni, 30 bin Kürt öldürüldü ve benden başka hiç kimse bunu söylemeye cesaret edemiyor."
Orhan Pamuk'un bu sözleri daha sonra Türkiye'de Aktüel dergisinde yayımlanınca, hakkında Yeni Türk Ceza Kanunu'nun 301. maddesi uyarınca, "Türklüğü alenen aşağılama" suçundan 6 aydan 1 yıla kadar hapis istemiyle, 30 Haziran 2005 tarihinde dava açıldı.
Ardından Alman gazetesi Die Welt'le yaptığı söyleşide; "AKP'yi Türk demokrasisi için tehdit olarak görmüyorum. Maalesef tehdit daha çok, bazen demokratik gelişmeyi engelleyen ordu..." dedi.
23 Ekim 2005 günü, Alman Kitapçılar Birliği'nin Barış Ödülü'nü alırken yaptığı konuşmada da;
"Burada Türkiye Cumhuriyeti yetkililerinden kimsenin bulunmaması benim için şereftir" demek densizliğini gösterdi.

Bu çeşit ödülleri almak için yapılması gerekeni Almanya'daki bazı yazarlar şöyle özetlemişlerdi:

"İnandırıcı olmak istiyorsan, bizim istediğimiz gibi konuşmalısın." (Altan Öymen, Radikal gazetesi, 23 Ekim 2005)

Bütün gayretine rağmen Orhan Pamuk, bu yıl Nobel Ödülü'nü alamadı ama Nobel, Orhan Pamuk'un "Benim de adayım oydu" dediği, bir başka Türk düşmanı Harold Pinter'e verildi.

Harold Pinter, diğer etkinlikleri yanında, Diyarbakır Cezaevi'ni anlatan bir oyun kaleme almıştı; "Dağ Dili" isimli bu oyunda Kürtçe yasağına da değiniliyordu.

ABD, Türk yargısını etkilemek için bir kampanya başlattı. Yazdıklarıyla "Bayan Washington" unvanını hak eden Yasemin Çongar;

"En az 60 Amerikan üniversitesinde, 80'den fazla profösörün 100'den fazla dersinde Orhan Pamuk'un kitap ya da makaleleri okutuluyor... Amerikan gençlerinin hangi konuları, Pamuk'la yata kalka öğrendiğinin resmidir" diyerek, 15 Amerikan üniversitesinin isimlerini sıralamış. (Milliyet gazetesi, 23 Ekim 2005)

Ben artık sizi, **Ahmet Taner Kışlalı'nın**, 27 Ocak 1999 tarihinde, "Balo Maskesiz Olsun!" başlıklı yazısında değindikleriyle baş başa bırakmak istiyorum:

Kimileri "ortaoyunu"nu maskeli balo ile karıştırıyor.

Ortaoyunu güldürür, bu güldürmüyor... Maskeli balonun bir gizemi vardır, bu ise sadece çirkinlikleri gizliyor.

Kimileri maskelerin ardındaki gerçeği bilmiyor. Kimileri ise bildiği halde susuyor.

Ya çıkar gereği... Ya da korkudan!

Balo maskesiz olmalı ki, kimin kiminle dans ettiği bilinsin.

Maskeler inmeli ki, o maskelerin ardındaki suratları beğenmeyenler, aldatılmaktan kurtulsun!

Önce, bir romancımızın son kitabının 50 bin adet basıldığı yazıldı. Arkasından kısa sürede 100 binlik bir satışın gerçekleştiği açıklandı.

Derken, çıktığı günden beri ikinci cumhuriyetçi çizgisini korumaya özen gösteren Aktüel dergisi, o romancıyı Türkiye'nin "bir numaralı aydını" ilan etti.

Bu romancının adı Orhan Pamuk'tu! Ben bu "Büyük"(!) yazarımızın bir romanını okumayı denemiştim. Başladığım şeyi bitirme konusundaki tüm inatçılığıma karşın, bitirememiştim.

Ama "Kara Kitap" basında öylesine övüldü ki, ikinci bir deneye girişmekten kendimi alamadım. Ve o çabamda da, daha yarıya gelmeden havlu atmak durumunda kaldım.

Tahsin Yücel ve Emin Özdemir gibi, çok saydığım isimlerin bu yazarla ilgili oldukça ağır eleştirilerini anımsadım. Ama beğenenlerin de "beğenme hakkı"na saygı duydum:

Ta ki... Bir okurum "Kara Kitap"ta gizlenmiş bir bölüme dikkatimi çekinceye kadar... "Çocukluğunda kız kardeşi ile tarlada karga kovalayan sapık bir padişah" gibi bir anlatım vardı bu bölümde!

Prof. Çetin Yetkin yönetiminde, "Müdafaa-i Hukuk" adlı çok değerli aylık bir dergi çıkıyor, ilginç bir raslantı olarak derginin Aralık 1998 sayısında, Prof. Fahir İz'in bir incelemesi yayımlandı:

"O. Pamuk'taki Atatürk Anlayışı..." Meğer benim artık okumayı denemediğim kitaplarında daha neler varmış! İşte birkaç örnek:

"Sonra kasaba alanına dolanır, Atatürk heykellerine sıçan güvercinleri ayıplar..."

"Atatürk kendini içkiye vermiş meyhane kalabalığına, cumhuriyeti emanet etmiş olmanın güveniyle gülümsüyordu..."

"Atatürk'ün leblebi zevkinin ülkemiz için ne büyük felaket olduğunu..."

"Sonra bir cumhuriyet, Atatürk, damga pulu havasına girdiğimizi hatırlıyoruz..."

Sayın İz, 275 sayfalık bir kitapta, tam sekiz yerde ve "hiç gerekmediği halde" Atatürk'e sataşıldığını saptamış. Şöyle diyor:

"Bunlar kitaptan çıkarılsa hiçbir şey değişmez. Yalnız yazarın kimi ruhsal gereksinimleri tatmin edilmemiş olur!"

Kimbilir, belki de Orhan Pamuk'un "en birinci aydın" ilan edilmesinde, bu incelemenin de büyük katkısı olmuştur!

Ben, inandıklarını açıkça savunanlara hep saygı duymuşumdur... O düşüncelere karşı olsam bile!

Ama o yürekliliği gösteremeyip de bunu sinsice yapmaya çalışanlara... Oraya buraya "bityeniği" sokuşturanlara hep tiksinerek bakmışımdır.

Bunu hep zayıf bir kişiliğin, zavallı bir ruh halinin yansıması olarak görmüşümdür.

Oyun maskesiz oynanmalıdır!

Çirkinlikleri gizleyen maskelerin indirilmesini de tüm "gerçek aydınlar" görev saymalıdır!

Ve de Pamuk adlı yazarı isteyen okumalı, isteyen sevmelidir... Ama ne olduğunu, kim olduğunu bilerek!.. Maskenin arkasındaki gerçek yüzü görerek!..

Nur içinde yat Ahmet Taner Kışlalı... Yazdıkların hepimizi aydınlatmaya devam ediyor.

DİNCİ HIRSIZLAR

Uluslararası Saydamlık Örgütü, BM Yolsuzlukla Mücadele Günü dolayısıyla 69 ülkede 55 bin kişiyle (2 bin 36'sı Türkiye'den) görüşülerek hazırlanan anketi açıkladı. Adı: "2005 Dünya Yolsuzluk Barometresi."
Ankette 69 ülkenin 45'inde en bozulmuş ya da en çok yolsuzluğa bulaşmış kurum olarak siyaset ve siyasi partiler gösterildi. Türkiye'deki sıralamada "hafif" oynama oldu: Vergi daireleri birinci, siyasi partiler ikinci sıraya oturdu. Neden vergi daireleri? Uluslararası Saydamlık'ın Türkiye kolu olan Toplumsal Saydamlık Hareketi Derneği Başkanı Erciş Kurtuluş soruyu şöyle yanıtladı: "Maliye Bakanı Kemal Unakıtan hakkındaki iddialar..."
Daha da çarpıcı sonuç, Türkiye'de ankete katılanların yarısından fazlasının son üç yılda yolsuzluğun arttığı, en azından aynı düzeyde kaldığını söylemeleri ve gelecek üç yılda değişen bir şey olmayacağını düşünmeleri. (Erdal Şafak, Yolsuzluk ve Siyaset, Sabah gazetesi, 10 Aralık 2005)
Bütçe müzakereleri sırasında CHP Genel Başkanı Deniz Baykal, "Dünyanın neresinde bir Maliye Bakanı'nın suçlarına ilişkin olarak dört defa af kanunu çıkarılır... Dindar hırsızlar da var" diye haykırmaktan kendini alamıyordu.
Tam 26 yılını dinci kesim arasında geçiren şair İsmet Özel, şu belirlemeyi yapıyor: "İslami kesimin önceliği çıkar,

İslami kesim AKP'nin iktidara gelmesiyle birlikte yozlaştı."
(Ümit Zileli, Dinci Ahlak, Cumhuriyet gazetesi, 14 Ağustos 2003)

Aslında İslami kesimin yozlaşması çok daha öncelere dayanıyor.

Kemal Baytaş, bir anısını şöyle anlatıyor: "Zamanın Başbakanı Yıldırım Akbulut'a samimiyetle şunu sordum: 'Sayın başbakan, rüşvet olayları almış başını gidiyor. Özellikle Bayındırlık Bakanı hakkındaki söylentileri sağır sultan bile duydu. Kamuoyu bundan çok rahatsız. Sizin kulaklarınıza gelmiyor mu?' Başbakan Akbulut sorumu içtenlikle yanıtladı: 'Bu durumu sayın cumhurbaşkanına birkaç kez açtım. Oralı olmadı. Sonunda konuyu kendisine ayrıntılarıyla anlattım. Bayındırlık Bakanı'nın rüşvet aldığına dair çok şikâyetler olduğunu söyledim. Bana, 'Peki kimlerden alıyormuş' diye sordu. 'Müteahhitlerden efendim' dedim. Bunun üzerine Turgut Bey'in cevabı aynen şöyle oldu: 'İlahi Yıldırım. Devlet kasasından almıyor ya, müteahhitlerden alıyor'..."
(Gözcü gazetesi, 4 Nisan 2003)

Doğru Yol Partisi Genel Başkanı Mehmet Ağar'ın, Haziran (2005) ayında gerçekleşen Almanya gezisi, gurbetçiler arasında İslami holding vuruşuna uğramayan kimse kalmadığını gösterdi.

Gurbetçiler, "AKP'liler buralara gelip, bu holdinglere para yatırmamız için bizi teşvik ettiler" diyerek sızlanmışlar.

Almanya'daki Türkiye Araştırmaları Merkezi Başkanı Faruk Şen, resmi rakamı şöyle açıklıyor: "190 bin kişiden, 5.5 milyar euro toplanmış." Yani Almanya'daki her üç Türk ailesinden biri para kaptırmış. Bu resmi rakam, asıl rakamın çok daha büyük olduğu tahmin ediliyor. (Şükrü Küçükşahin, Gurbetçiye Altın Vuruşu Yeşil Sermaye Yapmış, Hürriyet gazetesi, 16 Haziran 2005)

Şu anda önümde Uluslararası Saydamlık Örgütü'nün 2002 yılı Yolsuzluk Endeksi duruyor. Bu endekse göre, en az yolsuzluk yapılan ülkeler Finlandiya, Danimarka, İsveç, Hollanda gibi, dinsel inancın en düşük olduğu ülkeler.
İlk Müslüman ülkeyi 34. sırada görüyoruz: Malezya. Türkiye ise 65. sırada.
Değindiğim hususlar bana, Sezai Sarıoğlu'nun Daryush Shayegen'dan yaptığı bir alıntıyı hatırlattı (Sınırda dergisi, Nisan 2005): "Yıllarca ülkesinden uzak kalmış genç bir adam, İran'a geri döndüğünde Tahran Havaalanı'ndan çıkınca evine gitmek için bir taksiye biner. Yarı yolda şoföre, ilk tütüncüde durmasını söyler. 'Tütüncüde ne yapacaksınız beyim?' diye sorar şoför. 'Ne mi yapacağım? Sigara alacağım.' 'Sigara mı? Sigarayı camide satıyorlar.' 'Camide mi? Yahu cami Allah'ın evidir, oraya ibadet edilmeye gidilmez mi?' 'Yanlış anladın beyim, ibadet etmek için üniversiteye gidilir.' 'Peki öğrenim nerde yapılıyor?' 'Öğrenim hapiste yapılıyor, beyim.' 'Hapis hırsızların yeri değil mi?' 'Yine yanlış anladın beyim! Hırsızlar hükümete atanıyor'..."

KILAVUZU ULEMA
OLANIN (...)

Türban yasağında Türkiye'yi haklı bulan AİHM'yi verdiği karar nedeniyle eleştiren Başbakan Recep Tayyip Erdoğan, "Mahkemenin bu konuda söz söyleme hakkı yoktur. Söz söyleme hakkı ulemanındır" dedi. Recep Tayyip Erdoğan, 3. Uluslararası Saidi Nursi seminerinde yaptığı konuşmada da, "Said-i Nursi keşfedilmeyi bekleyen bir hazinedir... Öyle bir dünyaya gözlerini açtı ki, sosyal önderlik ulemanın elinden çıkıp, Batıcı seçkinlerin eline geçmiş durumdaydı" demişti.

Aynı seminerde konuşan Milli Eğitim Bakanı Hüseyin Çelik'in söyledikleri daha da ilginç: "Eğer cumhuriyetin başında Bediüzzaman resmi makamlarca dinlenseydi, bugün ülkenin durumu hiç şüphe yok ki böyle olmazdı."

Ülkemizin yönetimini, antidemokratik bir seçim kanununun sağladığı olanaklarla ele geçirmiş kişilerin kafa yapısının ve dünya görüşlerinin daha da açıklığa kavuşmasına yardımcı olacağından, "ulema" kavramı ve Saidi Nursi hakkında bazı bilgiler vermekten kendimi alamadım.

Ord. Prof. Dr. **Sabri Şakir Ansay**, A.Ü. İlahiyat Fakültesi Yayınları arasında çıkan ve bir ara ders kitabı olarak da okutulan **Hukuk Tarihinde İslam Hukuku** adlı eserinde şöyle diyor:

Hukuk bir inanç işi değil, dünya ve hayat kurumu, onun düzenleyicisidir. Fakat onu şarkta (İslam dünyasında) din kisvesi (giysisi) altında tutmak isteyenler vardır. Bu düşünce, ulusun ve memleketin kalkınmamasına, uzun ve derin ıstıraplarına neden olmuştur. Eski dönemlerden, bugünkü anlamda laiklik beklenemezse de, bugün aramızda Mecelle veya Suudi Arabistan'daki egemenliğe özlem duyan ulemacıklara rastlanabilmektedir. Bin bu kadar yıl önce mer'i (yürürlükte) olduğu toprakların halkına, onların yaşayış seviyelerine, gereksinimlerine pek uygun olabilen bir nizamı (düzenlemeyi), yaşam koşulları, politik ilişkileri tümden başka olan bir toplumda özlemek, yalnız bugünü değil dünü de anlamak yeteneğinden yoksun bırakmak demek olur.

...İslam uleması (hukuk bilginleri), sadece sonraki dönemlerin ahlak bozukluğundan sık sık bahsetmişler, fakat yaşamın mukadder (kaçınılmaz) olan değişmelerinden haberdar olmak istememişlerdir... Yine bu din bilginleri (ulema) dünyaya gözlerini kapayıp, sözcük ve terimlerle uğraşmışlar ve skolastik, çürük bir mantık içinde bocalamışlar, sonuç olarak yaratıcı akla seslenen İslamı, cehlin (bilgisizliğin) istilası (saldırısı) altında anlayamaz olmuşlar, onun dinamik hukukuna, nakillere ve muayenesi, teemmülü (ayrıntılı incelenmesi) sadece sözlü anlatımlara döndürmek suretiyle (dogmalara dönüştürüp) cansız hale sokmuşlar, tüm ilmi (siyasal) iktidarı, hukukun amacı olan olayların gereklerini nizamlamakta (düzenlemekte) değil de, aksine onların çok eski dönemlerin gereksinimlerine göre dökülmüş kalıplara, kurallara uydurmakta görmüşler, yarara itibar etmemişlerdir. Hukuka verilen dinsel karakterin çok acıklı sonucu olarak, birçok çıkmazlarda birtakım çarelere başvurmak zorunluluğu doğmuş; bu da bazen yalancılığa, riyaya, gerçekten hile denecek aşağılıklığa götürmüş ve böylece din kutsal ve yüce mevkiinden, hukuk da manevi etkinlik ve otoritesinden kaybetmiş, her ikisine karşı bir laubaliliğe yol verilmiştir.

Ord. Prof. Dr. Sabri Şakir Ansay'ın, "Ulema" konusunda söylediklerinin ne kadar haklı olduğu belgelerle kanıtlanmıştır.

Önce, 1520-1528 tarihleri arasında medreselerde müderrislik (profesörlük), daha sonra Rumeli Kazaskerliği, 1545'ten 1574'e kadar Kanuni Sultan Süleyman ve II. Selim zamanında şeyhülislamlık yaptığı, Arapça Kuran tefsiri ve halk adına Duaname yazdığı için, gelmiş geçmiş tüm ulemanın piri sayılan Ebussuud Efendi'nin söyleşi fetvalarına göz atalım:

> Soru: Bir kişi açıktan açığa ramazan günü yemek yese, sorgulamasında 'Ramazan hadistir, düzme koşmadır' dese ve bu sözünde dirense ne yapmak gerekir?
> Cevap: Elbette, öldürülmesi gerekir.
> Soru: Seyyidler 'İbadetle ilgili kararlar bizi bağlamaz' (...) derlerse bunlara ne yapılmalıdır?
> Cevap: Bu inanç üzerine direnirler, şeriat yoluna gelmezlerse dinsizlikleri anlaşılmış olur, bu nedenle öldürülmeleri gerekir.
> Soru: Bazı sufiler 'Bize şeyhimiz böyle buyurdu' diyerek sürekli zikretseler onlara ne yapmak gerekir?
> Cevap: Şeyhleri olan dinsizin buyruğunu, Tanrı Peygamberi'nin buyruğuna yeğledikleri için tümünün öldürülmesi gerek.
> Soru: Kızılbaş topluluğun dine göre topluca öldürülmesi helal midir? Bunları öldürenler gazi, bu öldürme sırasında ölenler şehit olur mu?

Cevap: Kızılbaşların topluca öldürülmesi elbette dinimize göre helaldir. Bu en kutsal savaştır. Bu yolda ölmek de şehitliğin en ulusudur. (M. Ertuğrul Düzdağ, Şeyhülislam Ebussuud Efendi Fetvaları..., s. 83 ve sonrası)

1831 senesinde İstanbul'da bir veba salgınında, gemilere karantina uygulanması teklifi ret olunuyor. Yine aynı yıllarda baş gösteren bir kolera salgınında, ordumuzda danışman olarak bulunan Alman subayı Moltke'nin, bir önleyici tedbir olarak önerdiği "suyun kaynatılarak içilmesi"; 1850'li yıllarda, evlenecek çiftlerin frengi muayenesinden geçirilmesi teklifleri, hep "Allahtan gelecek şeylerin önüne geçilmez" "kaderciliği"nden doğan ulema karşı koymaları ve şeyhülislam fetvaları ile uygulamaya konulamıyor.

III. Murat zamanında, Mısırlı bir Türk olan matematik ve astronom bilgini Takiyyeddin, İstanbul Tophane'de dönemin en üstün tekniği ile bir rasathane kuruyor. Fakat bu rasathane ancak beş yıl ayakta kalabiliyor. Ulema baskılarına dayanamayan padişahın emri ile ve Şeyhülislam Kadızade'nin fetvası ile rasathane yıkılıyor. Yıkılma sebebine gelince, İstanbul'da o sırada bir veba salgını olmuş ve aynı zamanda gökte bir kuyruklu yıldız belirmiş. Bu emareleri bir uğursuzluk işareti sayan şeyhülislam ve ulema, "Allah kendi âlemi olan göklerin esrarının öğrenilme girişimine kızarak ihtarda bulunmuştur" diyerek, yıkım gerçekleştiriliyor. (Necip Mirkelamoğlu, Atatürkçü Düşünce ve Uygulamada Din ve Laiklik, s. 146)

Sultan Abdülmecit'in Darülfünun'da (Üniversitede) anatomi dersinin de okutulmasını öngören 1841 tarihli buyrultusu, dinci çevrelerde büyük tepkiyle karşılanmış, meşihattan alınan "Bina-yı beşere bedel mevt (ölmüş kişinin vücuduna) neşter vurulması küfürdür" fetvasıyla kıyama (ayaklanmaya) kalkışmışlardır. Bununla da yetinmemiş, o tarihten yüzlerce yıl önce El-Kanun adlı yapıtında "İnsan bedenini bilmeden hekimlik yapılamaz" diye yazdığı için İbni Sina'nın yapıtlarının Osmanlı topraklarında okunması yasaklanmış, kendisi de "Kâfir" ilan edilmişti. (Niyazi Ünsal, Cumhuriyeti Çürütenler, s. 150)

Yıl 1858. Modernleşme sürecindeki Osmanlı'da, büyük tarih ve din bilgini Cevdet Paşa, şeriatın da köleliğin yasaklanmasını gerektirdiğini gösteren uzun bir "layiha" kaleme almıştır! Ve kölelik yasaklanmıştır.

Fakat Arabistan ayaklanmıştır. Osmanlı'ya karşı bu ilk Arap isyanının gerekçesi şudur:

"Osmanlı, şeriatın mubah saydığı köleliği yasaklamakla şeriatı yıkmaktadır."

Cevdet Paşa'nın Tezahir adlı fevkalade önemli eserinde bu konuda geniş bilgi vardır. (cilt 4, s. 101 ve devamı; Taha Akyol, Milliyet gazetesi, 9 Eylül 1997)

Cevdet Paşa, "Maruzat" adlı eserinde şöyle diyor: "Alelhusus Fransız politikasına hadim olanlar, Mecelle'nin yazılmasına başlandığından dolayı kullarına (Cevdet Paşa'ya) husumet üzere idiler. Hele Kabuli Paşa'nın iğfalatı olan Şeyhülislam Kezubi Hasan Efendi ve onunla beraber ulemadan nice cühela (cahiller) dahi böyle bir fıkıh (hukuk) kitabının daire-i ilmiyede (şeyhülislamlıkta) yapılmayıp da daire-i adliyede (Adalet Bakanlığında) yapılmasından dolayı aleyhime kıyam etmişler idi."

Taha Akyol, bu olayı şöyle yorumluyor (Medine'den Lozan'a, s. 55):

"Dikkat çekici olan, ulemanın da, Osmanlı vatandaşları için hukuk birliğini sağlamayı amaçlayan Mecelle'ye karşı olmasıdır. Bilhassa Şeyhülislam Kezubi Hasan Efendi, Cevdet Paşa'ya şiddetle muhaliftir."

İBDA-C'nin yayın organı 'Taraf' dergisinde yayımlanan bir yazıda Nurculuğun gerçek yüzü ortaya konuluyordu:

"Özgür Kürdistan için Savaş

Said-i Nursi'nin rüyası İBDA-C'nin elinde gerçekleşecektir. Said-i Kürdi, Kemalistlerin tabiri ile Said-i Nursi, Kürt ve İslam tarihinde yetişen dahi bir ulemadır (...) Said-i Kürdi zindandan çıktıktan sonra İstanbul'u terk eder. Vapurla Tiflis üzerinden Kürdistan'ın Xuy kentine geçer. Van ve Bitlis Kürt beylik aşiretlerine ulaşır. Buralarda Kürdistan'ın kurtuluşu için ilim, irfan, plan ve proje yolları arar. Tiflis'teyken bir tepenin başına çıkar. Kafasındaki özgür Kürdistan ve Birleşik İslam âlemi projesini tasarlarken birisi ile Said-i Kürdi arasında şu konuşma geçer:

'Nerelisin?'

'Bitlisliyim.'

'Ne yapıyorsun burada?'

'Ben müstakbel Kürdistan'ın ve İslam âleminin plan ve projesini çiziyorum. Benim kafamdaki plan ve proje bu, planım er geç gerçekleşecek. İslam âleminin kalbinde müstakil bir Kürdistan'ın kurulması ile İslam âlemi o merkez etrafında dönerek bir araya gelecek ve büyük federatif İslam devleti kurulacaktır.'

Gerçekten Said-i Kürdi'nin hayali, gayesi olan, İslam âleminin kalbini teşkil eden, birleşik ve özgür bir Kürdistan temeli atılmaya başlamış ve bu gayeye yönelik özgürlük mücadelesi başarı ile ilerliyor. Kürt halkının samimiyetle bağlı bulunduğu Asrı Saadetin anlayışıyla, devrimci ve zulme karşı direnişçi ruhu ile İslamiyetin hakiki mecrasına dönüştürülmüş bulunuyor...

Said-i Kürdi'nin, 'Ey Asuriler ve Ciyaniler, cihangirlik zamanında Peşidar kahraman askerleri olan Kürtler, beş yüz senedir yattınız, yeter artık uyanınız, sabahtır' şeklindeki çağrısı bugün Kürt halkı tarafından yerine getiriliyor. Ve onun tabiriyle, Kürt halkı artık gafletten uyanıyor.

Said-i Kürdi, 'Özgür bir Kürdistan tohumu ekiyorum. Onu geliştirip büyütün' şeklindeki vasiyetini şimdilik şehitlerin kanında açan kırmızı bir güldestesini ithaf etmekle yerine getiriyor, o büyük ruhun hoşnut olmasını niyaz ediyoruz..."

Özgür Ülke gazetesinden bu alıntıyı yapan 'Taraf' dergisi şunları ekliyordu:

"Yiğit Kürt halkı 70 yıldır faaliyet gösteren Deccal rejimine karşı varını yoğunu ortaya koyarak mücadele ediyor. Bu uğurda, İzzet Beyleri, Hacı Musaları, Şeyh Saidleri, Seyyid Rızaları, Said Nursi'leri şehit verdi. Ve bugün Said Nursi'nin rüyasını gördüğü, uğrunda şehitler vererek, kan ve can vererek yılmadan mücadele ediyor. Birleşik İslam Devleti için Kürdistan'ı kurmaya kararlı, inatçı, inançlı.

Düğüm burada, yıllardır söylediğimizde; Müslüman Kürt halkının mücadelesi, Anadolu merkezli Bağımsız Birleşik İslam Devleti'nin yapı taşıdır.

Kumandan Mirzabeyoğlu dedi ki:

'Gayet açık olarak söylüyorum. Bugün İBDA, Said Nursi Hazretlerinin rüyasını gördüğü bir temsil planındadır'..." (Ergun Poyraz, Fethullah'ın Gerçek Yüzü)

1922 yılında, Mustafa Kemal Atatürk, Konya'ya yaptığı ziyarette bir medreseye gittiğinde orada bulunan bir molla, medreselerin sayısının artırılmasını ve medrese öğrencilerinin askere alınmamasını rica eder. Bunun üzerine kendini tutamayan Atatürk, özellikle bu askere alma meselesine karşı olan mollaya kesin bir ifadeyle şöyle cevap verir:

"Ne o, yoksa sizin için medrese, Yunanlıları mağlup etmekten, halkı zulümden kurtarmaktan daha mı değerlidir? Millet kan içinde yüzerken, halkın en iyi çocukları cephelerde dövüşür, yurt için canlarını feda ederken siz burada, genç sapasağlam delikanlıları besiye çekmişsiniz! Bu asalakların askere alınmaları için hemen yarın emir vereceğim..."

Mustafa Kemal, medreseden ayrıldıktan sonra yanındaki Sovyet Rusya Elçisi Aralov'a otomobilde şu açıklamayı yapar:

"Savaş sona erince onlarla daha ciddi konuşacağım! Her şeyden önce onları mali dayanaklarından, vakıflarından yoksun edeceğim. Yurt topraklarının büyük bir parçası, nerede ise üçte ikisi, belki de daha çoğu vakıftır. Bu vakıflar mollaların yaşama kaynaklarıdır. Bunların çoğu köylülerin elinden alınmış topraklardır. Buna son vereceğiz. Bir de utanmadan hükümetten yardım istiyorlar."

Atatürk, Aralov'a medreseler hakkında bilgiler vererek, Anadolu topraklarında halen delikanlıları askerden kaçıran on yedi bin medrese bulunduğunu söyler. Atatürk, bu ülkeyi mollaların dualarının değil, Türk askerinin dökülen kanının kurtardığını başka vesileler ile başka yerlerde de dile getirir. Buna karşılık bu dinci molla takımı, ülkenin dört bir tarafı işgal altında iken, askeri gücün oluşmasını engellemeye çalışmaktadır. Ki, bu zihniyet ne yazık ki hiçbir zaman değişmemiştir.

Nitekim, Kürt Said de Konya'da Atatürk'e ricada bulunan molladan farklı düşünmüyor, gençleri askerden kurtarma konusunda, Nur Risaleleri'nin bir parçasını teşkil eden Lem'alar Risalesi'nde şöyle diyordu:

"Risale-i Nur öyle değerli bir kitaptır ki, Kuran'ın onda yansıyan nurlarına hizmet etmek, askerlikten ve kutsal savaştan bile üstündür. Benim elimde fırsat ve param olsa, Risale-i Nur hizmetinde olan değerli kardeşlerimi askerlikten kurtarmak için, bin lira karşılığında bile olsa bedeli öder ve kurtarırım onları..." (Ergun Poyraz, adı geçen eser)

Mustafa Kemal Atatürk, ulemayı, Saidi Nursi gibi kişileri mürşit (yol gösterici) kabul edenler için, 1933 yılında şunları söylüyordu: "Bazı şeyler vardır ki bir kanunla, emirle düzeltilebilir. Ama bazı şeyler vardır ki kanunla, emirle milletçe omuz omuza boğuştuğunuz halde düzelmezler. Adam fesi atar şapkayı giyer ama, alnında fesin izi vardır. Siz sarıkla gezmeyi yasaklarsınız, kimse sarıkla dolaşamaz. Ama bazı insanların başındaki görünmeyen sarıkları yok edemezsiniz. Çünkü onlar zihniyetin içindedir. Zihniyet binlerce yılın birikimidir. Bu birikimi bir anda yok edemezsiniz. Onunla sadece boğuşursunuz. Yeni bir zihniyet, yeni bir ahlak yerleşinceye kadar boğuşursunuz. Ve sonunda başarılı olursunuz..."

GÖZDEN KAÇMAMASI GEREKENLER (5)

1– Hür ve kabul edilmiş masonların büyük üstadı Kaya Paşakay, iki büyük gazetemizde günlerce masonluğun erdemlerini anlatırken, bu konuda araştırmaları olan Orhan Koloğlu, İlhami Soysal'ın yazdıklarını gündeme getirdi (Sabah gazetesi, 26 Mart 2005). Şöyle diyordu **İlhami Soysal:**

İdeolojik bir saptama yapmak gerekirse, başlangıcında bir ara masonluğun totalitarizme karşı özgünlükçü ve liberal bir görüşü temsil etmesine karşın, giderek sosyalizm ve işçi sınıfı karşısında kapitalizmin savunuculuğunu üstlenmiş bir örgüt olduğunu söylemek gerekir.

...Meşrutiyetten bu yana Türkiye'de üç büyük şehrin emniyet müdürlerinin yüzde 99'u, MiT'in başındakilerinin dörtte üçü mason, isim isim tespitlerim var. Bu rastlantı değildir. Aynı şekilde İzmir, Ankara ve İstanbul'un vali ve belediye başkanlarının yüzde 80'i mason. Bu örgütün çapı hakkında bir fikir verir sanırım. Masonların el atmadığı bir alan olduğunu sanmıyorum. Bunlara karanlık işler de dahil olabilir. Niye olmasın? Yüzde yüz var demiyorum. Çünkü elimde belge yok. 'Vardır' dersem, ispat edemem. Söylediğim o ki masonlar her yere belli adamlarını yerleştirip çok geniş bir şekilde kendi güvenlikleri için istihbarat örgütlerinin bir organı gibi çalışıyorlar. Güçleri de buradan geliyor zaten.

2— Türk bayrağına âşık, içinde "vatan, Türk milliyetçiliği" kelimeleri geçen cümleler de kuruyorsanız, tamam, siz gerici, ilkel bir faşistsiniz. Haydi faşist olmadığınızı ispat edin, reddedin tüm bu kavramları, yoksa...

Sakın unutmayın, sürekli ısıtılıp önümüze, bilinçaltımıza sunulan bu slogan tipik bir psikolojik harp üretimidir. Bu konuda en isabetli yorumu ASAM Başkanı Sayın **Gündüz Aktan** yaptı, aynen aktarıyorum, daha ötesi yok. Gündüz Bey diyor ki:

> Bir ülkede milliyetçilik durup dururken kabaran bir dalgaya dönüşmez. 'Tsunami'yi deprem tetikleyecek, ama milliyetçilik dalgası kendiliğinden çıkacak. Böyle bir şey olmaz. Bunu iddia edenler bir de sosyoloji bilgileriyle övünüyorlar. Bizim liberal milliyetçilikle faşizmi karıştıracak kadar cahiller. Kendilerine karşı çıkan herkesi milliyetçilikle suçluyor ve milliyetçiliği de faşizmle özdeşleştiriyorlar. Bu tutumları sonucunda milliyetçilik gerçekten faşizme dönüşürse umarım şaşırmazlar.
>
> Türk milliyetçiliğine ırkçı demek için ırkçılığı hiç bilmemek lazım. Irkçılık herhangi bir siyasi neden olmadan bir ırkı aşağılamak, onu bütün kötülüklerin kaynağı görerek dışlamak ve ileri aşamalarda da yok etmeye kalkmak demek. Bir etnik grubun bağımsızlık amacıyla bir ülkeyi bölme gayretine gösterilen tepkinin ırkçılıkla ilgisi yok. (Güler Kömürcü, Akşam gazetesi, 1 Nisan 2005)

3— İrtica, Genelkurmay Başkanımızın değindiği şekilde, bürokratik atamalarla ve vakıflarla gelişmiyor. En büyük irticai gelişme, AKP hükümeti tarafından hazırlanan Diya-

rine cumhuriyet sisteminde oturmuştur.

bilen Atatürk, DİB'i Türk devlet felsefesi ve geleneğinin üze-
Osmanlı sistemini ve İslam hukukunu mükemmel şekilde
ama teşkilatının devlet tarafından kontrolü esasına dayanır.
DİB'in devlet içindeki konumu, dinin teorisinin değil
başkanlık statüsü veren kanunu TBMM'den geçirmiştir.
liği ve Diyanet İşleri Başkanlığı'nı hükümetten çıkaran ve
ile tam mutabakat sağladıktan sonra Genelkurmay Başkan-
katıldığı İzmir Harp Oyunları'nda Mustafa Kemal Paşa ordu
hakkında silahlı kuvvetlerin tümen komutanlarına kadar
la aynıdır. Üstelik her iki kurumun rejim içindeki konumu
DİB'i kuran kanun Genelkurmay Başkanlığı'nı kuran kanun-
Osmanlı pratiği göz önünde tutularak yaşama geçirilmiştir.
mi gökten inmemiştir. Cumhuriyeti kuran heyet tarafından
let ilişkilerinin felsefesini yok saymaktır. Mevcut DİB siste-
esaslarına meydan okumak değil, Türk tarihinde din-dev-
Bu tasarı sadece Türkiye Cumhuriyeti'nin kuruluş
rının de seçimle görevlendirileceğinden bahsediliyor.
net İşleri Başkanı'nı bu kurul belirleyecek. Ayrıca il müftüle-
de temsil edileceği bir kurul tarafından yönetilecek ve Diya-
da bir yetkisi kalmayacak. DİB, büyük illerin müftülerinin
modeli verilecek. Cumhurbaşkanı ve başbakanın atamalar-
ni Şafak, 11 Eylül 2005; Diyanet Özerkleşecek). DİB'e YÖK
milletvekilleri ile yaptığı bir görüşmede açıklamıştır. (Ye-
M. Aydın tasarıyı tekrar gündeme getirdiğini, AKP
ması gelen tepkiler üzerine gündemden düşürülmüştü.
Kilisesi'ni örnek alarak hazırladığını söylediği tasarı çalış-
diyor. Ancak, Bakan Mehmet Aydın'ın o günlerde Anglikan
gili çalışma AKP hükümetinin ilk günlerine kadar geri gi-
kanun tasarısında kendisini ortaya koyuyor. Bu tasarı ile il-
net İşleri Başkanlığı'nın statüsünün değiştirilmesine dair

...M. Aydın'ın yasa tasarısı DİB'i devlet içinde özerkleştirerek adeta Vatikanlaştırmaktadır, İslami ve tarihi bir zemine oturmayan bu uygulama ile devlet dışına çıkan ama devletten beslenmeye devam eden Aydın'ın DİB'i, İran'da devrim öncesinde mollaların sahip olduğu toplumsal/siyasal konum benzeri bir zemini oluşturabilir. Üniversitelerin ciddi bir desteği olmadan bile YÖK'ün AKP hükümetinin canına okuduğu göz önüne alınır ise, Aydın'ın kendi ifadesi ile YÖK'leştireceği DİB'in ortaya çıkaracağı sakıncalar kendiliğinden anlaşılmaktadır.

Özerkleştirilen DİB'in beraberinde getireceği süreçte 1) Tevhid-i Tedrisat Kanunu'nun tamamen işlevsiz hale gelmesi, 2) Tekke ve zaviyelerle ilgili yasanın işlevini yitirmesi ve 3) Patrikhanenin talep ettiği ekümenik statüsünün gerçekleşmesi kolaylaşacaktır. Ayrıca, Aydın'ın istediği olur ise DİB tarikatlar ve cemaatler için bir rekabet/koalisyon alanı haline gelecektir. Gerçek irtica bu yasa tasarısında gizlidir. (Ümit Özdağ, Genelkurmay ve İrtica, Akşam gazetesi, 24 Nisan 2005)

MAHMUT ESAT BOZKURT'UN 'MİLLİYETÇİLİK' ANLAYIŞI

Vahap Coşkun, 8 Mayıs 2005 tarihli Radikal gazetesi ekinde yayımlanan "Bozkurt Dönemi Bitmeli!" başlıklı yazısında şöyle diyor:

> Mahmut Esat Bozkurt, 'laik' olduğu kadar, 'ırkçı'dır da. Ve onun layıkıyla anlaşılması, bu yönünün de bilinmesi ve tartışılmasıyla olur.
> 1930 yılında Ağrı ayaklanması sırasında Ödemiş'te seçmenlere yaptığı konuşma Bozkurt'un ırkçı ve faşizan zihniyetini açıklıkla ortaya koyar. Cumhuriyet gazetesinin 19 Eylül 1930 tarihli nüshasında yer alan konuşmada Bozkurt şöyle der: 'Biz Türkiye denen dünyanın en hür ülkesinde yaşıyoruz. Mebusunuz inançlarından samimiyetle bahsetmek için buradan daha müsait bir ortam bulamazdı. Onun için hislerimi saklamayacağım. Türk bu ülkenin yegâne efendisi, yegâne sahibidir. Saf Türk soyundan olmayanların bu memlekette tek hakları vardır; hizmetçi olma hakkı, köle olma hakkı. Dost ve düşman, hatta dağlar bu hakikati böyle bilsinler.'
> Böyle nice inciler döktüren bu Türk büyüğüne göre, 'Türkün en kötüsü, Türk olmayanın en iyisinden iyidir.' Devlet işlerini kimlerin yapması gerektiği konusunda da son derece nettir Bozkurt: 'Türk devleti işlerini Türklerden başkasına ver-

meyelim. Türk devleti işlerinin başına öz Türklerden başkası geçmemelidir. Yeni Türk Cumhuriyeti'nin devlet işleri başında mutlaka Türkler bulunacaktır.' Bozkurt'un bu sözlerinin kâğıt üstünde kalmadığını, uygulanan politikalarla sistemli bir şekilde yaşama geçirildiğini de belirtmek gerekir.

Bu arkaik ırkçı bakışın sorunları çözmekten çok yeni sorunlar yarattığı tecrübeyle sabittir. Bu itibarla, fikrimce Bozkurt döneminin bir an önce kapanması hepimiz için daha hayırlı olacaktır.

Her şeyden önce, söylenen her sözü söylendiği şartlara ve ortama göre değerlendirmek gerekir. "Söylenene değil söyletene bak" sözü, boşuna söylenmiş ve halk belleğine yerleşmiş bir söz değildir. Gerek Kurtuluş Savaşımız öncesi, gerek Kurtuluş Savaşı esnasında ve sonrasında cereyan eden olaylar değerlendirildiğinde görülecektir ki; hiçbir toplum, çevresinde yaşayan dindaşları ve ülkesinde yaşayan azınlıkları tarafından "Türk toplumu" kadar ihanete uğramamıştır.

Ermeni ve Rum azınlıkların yaptığı ihanetler herkesçe biliniyor. Ya İslam dünyasının ve içimizdeki siyasal İslamcıların ihanetleri...

Cumhuriyetimizin kuruluş yıllarında Adalat Bakanlığı görevini yapan büyük İslam bilgini **Seyyid Bey**, hilafet konusunda görüşlerini açıklarken şöyle haykırıyordu:

> İslam dünyasının bize olan yardımı gerçekten var mıdır? Efendiler, beş on lira vermekle ona yardım denmez. Vaktiyle İstanbul'da 'Cihat Fetvası' yayımlandığı zaman İslam dünyasından hiçbir kabul ve katılma sesi çıkmadı. Irak'ı, Suriye'yi ve hatta hilafet merkezi sayılan İstanbul'u işgal eden ordular, Hindistan'ın Müslüman askerlerinden meydana gelmekte idi.

Beni Arabyan Hanında bir odaya kapayarak başımda nöbet bekleyen Müslüman Hind askeri idi...

Yıl 1951. Dini siyasete alet ettiği için 10 ay hapse mahkûm olan vaiz Fevzi Bayar'ın af önerisi mecliste görüşülmektedir. Demokrat Parti milletvekili Ömer Bilen, af önerisinin kabulünü isterken CHP'lilere döner, lehte oy ister, "Günahlarınızı belki azaltabilirsiniz" demeye getirir.
İsmet Paşa bu lafı kabullenir mi, çıkar kürsüye:

> Dini siyasete araç etmeye örnek gösterilen bir olayın görüşülmesindeyiz. Bizim yürürlükteki rejimimize dini siyasete araç etmeyi yasaklayan hüküm nereden ve niçin gelmiştir? Bunun kaynağı ulusal savaşa kadar gider. Ulusal savaşta yenen taraf, Türkiye devletinin yeryüzünden kalkmasına karar verdi ve bunun için halifeyi, padişahı ve ulemasını araç olarak kullandılar. Anadolu'da yalnız başına kalan Türk ulusu, eline ne geçerse, sopa, balta, yumruk, tırnak, bununla yaşamını ve bağımsızlığını kurtarmaya çalışıyordu. Buna halife en etkili karşılık ve engel olarak şu önlemi buldu; ulema toplandı, şeyhülislam bunların başına geçti. Anadolu'da mücadele edenler kâfirdir, fetvasını verdi. Huzurunuzda konuşmak şerefine eren bu arkadaşınız onların içinden seçilen beş-altı idam mahkûmundan biridir. Halifenin, Şeyhülislam Dürri Efendi'nin fetvası ile... Anadolu büyük bir savaştan çıkmış, yorgun, araçsız, Türk ulusu mücadelenin sonucunun ne olacağını zaten endişe ile düşünürken, bütün çabasını vatanseverliğinde toplamış iken, Yunan uçakları her gün avuç avuç Şeyhülislam Dürri Efendi'nin fetvasını bizim saflarımıza atardı. (Hasan Pulur, Milliyet gazetesi)

Bütün bunlar yetmiyormuş gibi, içimizdeki hainleri kullanan emperyalist devletler "Ağrı isyanı"nı çıkarttılar. Vahap Coşkun'un da kabul ettiği gibi, Mahmut Esat Bozkurt, eleştiriye konu olan sözlerini "Ağrı ayaklanması sırasında" söylemiştir.

O günlerin ortamında, milli duyguları şahlandırmak için Mehmet Akif Ersoy da şöyle haykırıyordu:

"Tanrı'nın alnından öptüğü millet

Güneşten alnını, göklere yükselt"

Mahmut Esat Bozkurt'un, gerçek bir "Atatürk milliyetçisi" olmasına neden olan gelişmelerden bazılarını, Yrd. Doç. Dr. **Şaduman Halıcı, Yeni Türkiye Devleti'nin Yapılanmasında Mahmut Esat Bozkurt** adlı muhteşem eserinde şöyle anlatıyor:

> Mora'dan göçmek zorunda kalan aile büyüklerinin yurt hasreti ile dolu öyküleriyle büyüyen Mahmut Esat'ın, gençlik yılları da kültürel ve siyasal Türkçülüğün gelişmeye başladığı İstanbul'da geçmiştir.
>
> ...Mahmut Esat, hukuk mektebinde öğrenci iken, İstanbul ile İzmir arasında işleyen Türk vapurlarının olmadığı yıllarda Mesajeri Maritim ya da Romanya vapurları ile ancak ikinci mevkide yolculuk yapabilmiş ve 'her vakit Türk diye hakarete' uğramıştır. Yine bir gün Mesajeri Maritim kumpanyasına ait bir vapurda bir Rum görevlinin Türk subaylarının taşıdığı kılıçları almasına karşı çıkmış, ancak 'Vapur, Fransız toprağındadır... Burada sizin zabitleriniz kılıç takamaz' cevabını alınca 'başından vurulmuşa' dönmüş ve kamarasında ağlamıştır. Türklerin 'etrak-ı bi-idrak' olarak görüldüğü, bir annenin okula gitmeyen çocuğuna 'kalın kafalı Türk, haylaz Türk' diyerek hakaret ettiği, Çerkezin Çerkezim, Arnavutun Arnavutum, Arabın Arabım demekte duraksamadığı halde bir Türke

milliyeti sorulunca, 'Elhamdülillah Müslümanım!' yahut; 'Muhammed ümmetindenim' dediği 'moral bataklığında' teselliyi şiirlerde bulmuştur.

Âşık Paşa'nın;
'Türk diline kimesne bakmaz idi
Türklere her kez gönül atmaz idi
Türk dahi bilmez idi bu dilleri
İnce yolu, ol ulu menzilleri!'

Lastik Said'in;
'Arapça isteyen urbana gitsin
Acemce isteyen İran'a gitsin
Frenkçe isteyen Firengistana gitsin
Ki biz Türküz bize Türkçe gerekir' mısraları,
'Ben bir Türküm dinim cinsim uludur
Sinem, özüm ateş ile doludur'
diyen Mehmed Emin'in şiirleri 'moralin bataklığında çırpınan' Mahmut Esat'ın 'tek teselli ışıkları' olmuştur. (s. 491)

Yazımın bu noktasında sizi, **Mahmut Esat Bozkurt**'un, "Milliyetçilik" konusunda yazdıkları ve söyledikleriyle baş başa bırakmayı uygun görüyorum:

...Milliyetçilik cereyanları maddi olduğu kadar asla hatırdan çıkarmamalısınız ki psikolojiktir. İstibdatın, saltanatın, başka milletler mukadderatında hâkim olmak isteyenlerin milliyetçilik cereyanından korkusunu kolaylıkla anlamamız lazımdır. Çünkü milliyetçilik en dürüst manasıyla cumhuriyeti ifade eder. Niçin milliyetçi oluyorsunuz? Sizin kanınızı taşıyan, menâfiinizi ifade eden bir camianın mukadderatını yükseltmek ve onu mes'ud etmek için milliyetçi oluyorsunuz. Bunun en zaruri neticesi, o camiayı kendi iradesiyle idare ettirmektir.

O halde cumhuriyet, milliyetçiliğin hukuki ifadesinden başka bir şey değildir...

...Ben, benim gibi bir dili söyleyen, benim gibi bir tarihe bağlı, benim gibi âdeti örfü bir, manevi saadet için milliyetçiyim. Bu hale göre, Türk milletinin yüzde 80'inden fazlası köylü ve işçi olunca köylü ve işçinin haklarını düşünmek, onları korumak ve istemek 'milliyetçiyim' diyen bir Türkün ilk ödevidir. Modern milliyetçiliğin bellibaşlı farikası da budur...

...'iş isimlerde değil, esaslardadır' diyenler vardır. Günün birinde Ernest Lavin'in 'Umumi Tarih'ini karıştırıyordum. Gözüme Endülüs faciaları ilişti. Alaka ile okudum, İspanyollar Endülüs Müslümanlarını Hıristiyan yapmak için önce Arap usulü ziynetleri menetmişler. Sonra Arap mimarisinde ev yapanları tecziye etmişler. Sonra Arapça mektup yazmak yasak edilmiş ve en başta ve bilhassa Arap isimleri memnu sayılmış, Müslümanlar çocuklarına İslam ismi verememişler ve gitgide tanassur (Hıristiyanlaşma) etmişler. Bugün İspanya'da milliyetini bilen tek bir Müslüman yoktur!

Gene günün birinde Cürci Zeydan'ın 'Medeniyeti İslamiye Tarihi'ni okuyordum. Türkistan'a giren Arapların ilk işlerinden birinin Türk isimlerini değiştirerek Türklere Arap isimleri vermek olduğunu gördüm. Türkleri Araplaştırmak için tuttukları yollardan birisi de bu olmuş. Görülüyor mu? Bu teşebbüslerin hepsi de birer şekil, birer isim meselesidir. Fakat tarihin mukadderatını değiştirmiş, milyonlarca Müslümanı Hıristiyan yapmış, milyonlarca Türke Arap harsının (kültürünün) nüfuzunda müessir olmuştur...

...Osmanlı imparatorluğu yerini, Osmanlı cumhuriyetine değil, Türk cumhuriyetine bıraktı. Teşkilatı Esasiye'ye göre Osmanlı yok, Türk vardır. Türklük vardır. Açık olmalıyız. Açık söylemeliyiz. Bu işlerde açık ve tereddütsüz yürümeliyiz. Bizim için tereddüd devirleri çoktan geçmiştir. Bu yerlerde öz

Türk haklarına malik olmak isteyenler Türk olmalıdır. Türklüğü kabul etmez, onu küçük görür, ona ihanet eder, sonra da Türke tanınan haklardan, hatta onlardan fazlasını ister; bu olmaz. Buna 'Yağma yok' derler. Türk haklarından istifade edebilmek için Türklüğü benimsemek, Türk harsını kabul etmek, Türklüğü duymak, Türk menfaatlerini kendi menfaati yapmak, ona hürmet etmek, Türküm demek, Türklüğü harsıyla, hissiyle kabul etmek lazımdır. Bunları samimiyetle benimseyenleri, yapanları Türk sayarız. Kim olursa olsun...

...Biz sulhçuyuz. Sulh istiyoruz. Hiçbir milletin topraklarında gözümüz yoktur. O kadar ki ben şahsen iklim değil, iklimler almak için bir Türkün bile burnunun kanamasına razı olamam. Bunu günah sayarım. Fakat yuvasından, bu Türk elinden bir kaya parçası koparmak emelini güden yabancıların önce iki milyon Türkün silahına cevap vermek mecburiyetinde bulunduklarını bir an unutmamaları lazımdır...

...Şu ciheti ilave edelim ki, biz Türk birliğiyle siyasi birlik düşünmüyoruz. Bundan tarih ve dil birliği anlıyoruz. Hars birliği istiyoruz. Emperyalizme müncer olan ve Türk milleti hesabına bir şahıs veya sınıf saltanatı yaşamaya en müsait bulunan siyasi birliği düşünmek bile istemeyiz. Türk tarihi şimdiye kadar her yerde olduğu gibi bir şahıs veya bir sınıf hâkimiyeti olarak tecelli etmedi. Bugün Türk dünyasına artık böyle bir boyunduruktan kurtulmasını, camia hayatı devir ve tarihinin başlamasını temenni ederiz. Türk birliği, dil ve tarih birliğidir...

...Kimsenin toprağında gözümüz yoktur. Hürriyet, istiklal her milletin hakkıdır. Fakat topraklarımızda gözü olanlara hadlerini bildirmek için bir dakika bile tereddüt edemeyiz. Bir gün bize 'Dünyayı size vereceğiz, yalnız bir Türkün burnunu kanatınız' deseler dünyayı bile istemeyiz. Türk vatanından bir taş parçası bile koparmak isteyen bir millet dünyadan yok olacağını bilmelidir... (Yukarıdaki sözler ve alıntılar için bakınız: Şaduman Halıcı, Yeni Türkiye Devleti'nin Yapılanmasında Mahmut Esat Bozkurt, s. 491 ve devamı)

Yazımın bu noktasında, Dr. **Hakkı Uyar**'ın **'Sol milliyetçi' Bir Türk Aydını Mahmut Esat Bozkurt** adlı eserinde (s. 116-117) değindiği hususlara yer vermek istiyorum:

> Milliyetçiliğin ekonomik yönünü de ön plana çıkaran Mahmut Esat'a göre, modern milliyetçiliğin bellibaşlı özellikleri arasında, Türk milletinin yüzde 80'inden fazlasını oluşturan köylü ve işçilerin haklarını düşünmek, korumak ve istemek gelir. Bu, "milliyetçiyim!" diyen her Türkün ilk ödevidir.
> Biz yer ve gök için, ot ve su için milliyetçi değiliz. Bizim gibi aynı dili konuşan, ortak bir tarihin ürünü olan, aynı ortak kültüre sahip bu ülkenin, bu ulusun acılarını acı, sevinçlerini sevinç yapan bir insan camiası için milliyetçiyiz. Ulusumuzun yüzde 90-95'i köylü ve işçidir. Biz bunların mutlu yaşamasını istiyoruz. Köylü ve işçilerden oluşan toplumun çoğunluğunu dikkate almadan ileri sürülen milliyetçilik davası, bize Sezar'ların anladığı milliyetçilikten fazla bir şey ifade etmez. Buna insanlığın üstünde şahsi saltanat kurmak derler.

Mahmut Esat, azınlıklarla ilgili olarak 1936 yılında yazdığı bir makalede, ikinci Meşrutiyet döneminde Osmanlı Meb'usan Meclisi kürsüsünde Boşo adlı Rum mebusun "Benim Türklüğüm Osmanlı Bankası'nın Türklüğü kadardır!" demesini ve diğer bazı olayları örnek göstererek, azınlıkların (Yahudi, Rum vs.) Türk toplumuna entegre olmadıklarını ileri sürmekte ve entegrasyonun olabilmesi için hâlâ kendi dillerini konuşan azınlıkların artık Türkçe konuşmaları ve soyadlarını Türkçeleştirmeleri gerektiğini savunmaktadır. Ancak bu gerçekleştikten sonra azınlıkları Türk sayabileceğini; aksi takdirde, onları "Kanun Türk'ü" şeklinde tanımlayacağını belirtmektedir.

Yukarıda yaptığımız alıntılardan yola çıkarak Mahmut Esat'ın milliyetçilik anlayışını "tepki milliyetçiliği" olarak değerlendirmek mümkündür. Dönemin birçok aydınında da olan bu anlayış, Osmanlı İmparatorluğu'nun çöküşünde yabancıların ve azınlıkların (Ermeni, Rum, Yahudi vs.) rolünün olduğu düşüncesinden kaynaklanmaktadır. Ulus-devlet inşasının yaşandığı bu dönemde, ortak bir kolektif kimlik yaratılmaya çalışıldı; azınlıkları ve diğer etnik grupları "özümleyici" bir milliyetçilik/Türkçülük anlayışı benimsendi.

Peki böyle bir "Türklük" anlayışı benimsenmeseydi, modern Türkiye Cumhuriyeti oluşur ve bugünlere gelebilir miydi? Doğru cevabı bulabildiğiniz oranda Mahmut Esat Bozkurt'u daha çok anlayacak ve seveceksiniz...

"İNGİLİZ BELGELERİ" İNCELENMEDEN, MUSTAFA KEMAL VE TÜRKİYE CUMHURİYETİ'NE KARŞI YAPILAN SALDIRI VE AYAKLANMALARIN GERÇEK NEDENLERİ ANLAŞILAMAZ

Bana "Gelmiş geçmiş en önemli araştırmacımız kimdir?" sorusu yöneltilseydi; bu soruya tereddüt geçirmeksizin "Bilâl N. Şimşir" diye cevap verirdim.

"İngiliz Belgeleri ile Sakarya'dan İzmir'e", "Malta Sürgünleri", "Bulgaristan Türkleri", "Osmanlı Ermenileri", "Ankara... Ankara... Bir Başkentin Doğuşu", "Bizim Diplomatlar", "Doğunun Kahramanı Atatürk", "Dış Basında Laik Cumhuriyetin Doğuşu", "Şehit Diplomatlarımız", "AKP, AB ve Kıbrıs", "Türk-Irak İlişkilerinde Türkmenler", "Ermeni Meselesi" yalnızca Bilgi Yayınevi tarafından yayımlanan eserleri...

Türk Tarih Kurumu için hazırladığı eserlerin 40 cildi bulduğunu, bir sohbetimiz sırasında kendisinden öğrenmiştim.

Bana göre Bilâl N. Şimşir, yaşarken heykelinin dikilmesini hak etmiş ender kişilerden biri...

Şimdi önümde, "İngiliz Belgelerinde Atatürk" adlı eserinin, Türk Tarih Kurumu tarafından yeni yayımlanan beşinci cildi var.

Sadece bu eseri incelemek dahi, Mustafa Kemal'e karşı yürütülen muhalefetin, Şeyh Sait ayaklanmasının, "Halifelik" kurumunun cumhuriyetimize karşı saldırı üssü haline getirilmeye çalışılmasının, Ankara'nın başkent oluşunun engellenmesine kadar pek çok ihanet hareketini İngiltere'nin organize ettiğini anlamamıza yeter sanıyorum.

Söz konusu eserde yer alan her belgenin, İngilizce metinlerine de yer veriliyor.

Bu çok önemli eserden bazı bölümleri, aşağıya aynen alıyorum:

...Lozan Konferansı arifesinde İngiliz Yüksek Komiseri Sir H. Rumbold, "Sèvres Antlaşması ölmüştür, şimdi Misakı Milli ile boğuşacağız" diyor ve özetle şunları yazıyor:

"Kemalistler Anadolu'da Yunanlıların hesabını gördükten sonra, gelişmelerin ağırlık merkezi Boğazlara ve Trakya'ya kaydı ve Mudanya Konferansı'na gidildi. Kemalistler savaşmadan Doğu Trakya'yı kazandılar, karşılığında verdikleri taviz ise kalıcı değildir. Türkler Misakı Milli'den taviz vermek niyetinde değillerdir. Ama karşılarında İngiltere vardır. Sevr Antlaşması ölmüştür, şimdi Müttefikler Misakı Milli ile boğuşmak durumundadırlar: Sınırlar çizilirken Kemalistler Batı Trakya'da plebisit isteyecekler, Musul'u geri almak isteyecekler, Suriye sınırında düzeltme yapılsın diye direnecekler, Boğazlar sorununda İstanbul'un güvenliğini öne sürecekler, mali ve ekonomik kontrole karşı çıkacaklar, kapitülasyonlar konusunda hiç boyun eğmeyecekler ve hep Türkiye egemen ve bağımsız olmalıdır diye cevap vereceklerdir. Bu durumda İngiltere bölgedeki kuvvetlerini azaltmamalı, Yunanistan da Batı Trakya'daki kuvvetlerini artırmalıdır. Barış konferansından önce İstanbul Hükümetinin sahneden çekilmesi belki hayırlı olacaktır, yoksa padişahın durumu ciddi sorun yaratacaktır. Misakı Milli'yi gerçekleştirmek Türklerin ilk hedefidir. Ondan sonra federal esasa göre Türk İmparatorluğunu diriltmeyi ve İslam hegemonyası kurmayı düşünen liderler vardır. Şu sırada Türkiye, Rusya ile Batı arasında, orta yerdedir. Mustafa Kemal, Ruslarla işbirliğinde dikkatli davranmıştır ve Ruslar, Ankara'ya dış politika dikte edecek kadar bir nüfuz kazanamamışlardır."

Saltanatın kaldırılması üzerine son Sadrazam Tevfik Paşa İngiliz Yüksek Komiseri Rumbold'a gidip akıl danışmış. Rumbold, bu görüşmeyi özetle şöyle rapor ediyor:

"4 Kasım saat 11'de sadrazam bana geldi. Lozan Konferansı'na Ankara ve İstanbul hükümetlerinin birlikte gitmeleri için Mustafa Kemal'e gönderdiği telgraf üzerine yaşanan gelişmelere değindi. Barış konferansına davet edildiklerini, Ankara Hükümetinin ise İstanbul Hükümetini 'gayri meşru' ve hatta 'hain' saydığını belirtti ve konferansa daveti kabul edip etmeme konusunda benim görüşümü sordu. Bu konuda bir tavsiyede bulunamayacağımı bildirdim. Sadrazam, cevabıma şaşırmadı. Hükümeti istifa ederse Müttefik Yüksek Komiserlerinin İstanbul'un yönetimini üstlenip üstlenemeyeceklerini sordu. Böyle bir görevi üstlenemeyeceğimizi söyledim. Görüşmede padişahın durumu konuşulmadı. Sadrazam, iki saat sonra Fransız Yüksek Komiserine gitmiş. İstifa etmeye hazır olduğunu Mustafa Kemal'e telgrafla bildirmiş ve işleri kime devredeceğini sormuş. Padişahın tahttan inmeye niyeti olmadığını da bildirmiş. Refet Paşa, İstanbul'da yönetimi eline almak için bir hükümet darbesi hazırlıyor. Böylece 600 yıl hüküm sürmüş olan bir kurum tarihe karışıyor..."

İngiliz Yüksek Komiserliği, saltanatın kaldırılmasıyla altı yüzyıllık Osmanlı Devletinin tarihe karıştığını, aynı zamanda Türkiye'de Mustafa Kemal'e karşı muhalefetin arttığını belirtmektedir. O yıllarda Türkiye'deki İngiliz görevlilerinin en çok üzerinde durduğu konulardan biri Mustafa Kemal'e karşı muhalefet konusu olmuştur. Bu konuyla ilgili olarak bu ciltte birçok belge bulunmaktadır. İngilizler, daha 1921 yılında Türkiye Büyük Millet Meclisi içinde Mustafa Kemal'in "Müdafaa-i Hukuk-u Milliye" grubunun (Birinci Grubun) karşısında "İkinci Grup" adı verilen bir muhalefet grubu oluştuğunu tespit etmişlerdir. Fakat Türklerin 'savaşta milli birliklerini korumak, barışta ise birbirleriyle boğuşmak' gibi bir huyları veya zaafları olduğu iddiasındadırlar. Bu iddia doğrultusunda Mustafa Kemal'e karşı muhalefetin de asıl Lozan barış antlaşması imzalandıktan sonra ciddi boyutlara ulaşacağını düşünmekte ve beklemektedirler.

Bu dönemde Mustafa Kemal taraftarlarıyla karşıtları arasında ilk önemli kavga, 1923 Mart başlarında, barış antlaşması tasarısının Meclis gizli oturumlarında görüşülmesi sırasında yaşanmıştır. İngiliz Yüksek Komiseri Rumbold, 7 Mart 1923'te bunu özetle şöyle rapor ediyor:

"İstanbul'dan bakınca Mustafa Kemal Meclis'e hâkimdir. Onun taraftarlarıyla karşıtları arasında tam bir çizgi çizmek zordur. Onun iki büyük sloganı 'Misakı Milli' ve 'Milli Hâkimiyet'tir. Misakı Milli'nin yorumunda ise mebuslar arasında görüş ayrılıkları görülmektedir. Mustafa Kemal'in taraftarları onun şahsına bağlı olan mebuslarla Misakı Milli'ye bağlı olanlardır. Bunlar beraberce Meclis'te Birinci Grubu oluşturuyorlar. Mustafa Kemal'in başlıca örgütü Müdafaa-i Hukuk Cemiyetidir. Bir de Halk Partisi kurma çalışmaları başlatılmıştır. Mustafa Kemal'in karşıtları ise çeşitli gruplardan oluşmaktadır. Eski İttihatçılar, saltanatçılar ve irili ufaklı çeşitli gruplar. İttihatçıları Kemalistlerin içine çekmek için çeşitli girişimler olmuşsa da bu çabalardan pek az sonuç alınabilmiştir. İttihatçılar asıl muhalefeti oluşturuyor ve bunlar barış yapılınca ülkeye hükmeden kuvvet olabilirler. Hangi kategoriye girecekleri belli olmayan başka muhalifler de vardır. Bütün Mustafa Kemal karşıtları Meclis'te 'İkinci Grubu' oluşturuyorlar. Son olarak barışa karşı olanlar da ortaya çıkmıştır ki bunların başında Fevzi Paşa'nın bulunduğu söyleniyor. Mustafa Kemal'den sonra Meclis'te en önemli şahsiyet olan Rauf Bey ise dikkatli bir oyun oynamaktadır. Kendisi dış politikada barışçıdır, iç politikada ise İttihatçılardan yanadır. Mustafa Kemal kesin bir tutum takınmadan barış teklifleri konusunda Meclis'in nasıl şekilleneceği belli değildir. 'Karaağaç'sız ve Musul'suz barışa hayır!' sesleri yükseliyor..."

...1923 seçimleri ve muhalefet konusunda bu ciltte birçok İngiliz raporu yer almaktadır. 18 Nisanda İngiliz Yüksek Komiseri şunları yazıyor:

"Mustafa Kemal ve taraftarları seçimleri kazanmaya kararlıdırlar. 'Müdafaa-i Hukuk' örgütü, yeni Meclis seçilince Halk Partisi adını alacak. Bunlar şimdi öncelikle İttihatçıların kalesi sayılan İstanbul'u hedef alıyorlar. 12 Nisan günü Mustafa Kemal İstanbul halkına bir bildiri yayınladı. Önde gelen Kemalistler seçimlerde İstanbul'dan aday gösterilecekler. Onları seçtirmek için çeşitli önlemler alınıyor. 'Tanin' de Hüseyin Cahit (Yalçın) İttihatçıları destekliyor. İkinci Grubun da bildiri yayınlayacağı havadisleri geldi, ama aslı çıkmadı. 15 Nisanda Kemalistler, muhalefete en büyük darbeyi indirdiler: Hıyanet-i Vataniye Kanunu'nun 1. maddesini değiştirdiler ve saltanatın kaldırılmasıyla ilgili 1 Kasım 1922 tarihli kararın eleştirilmesi vatana ihanet suçu sayıldı."

Saltanat propagandasının yasaklanması muhalefetin sesini kısmıştır. Ama yine de muhalefet seçime hazırlanmıştır. İngiliz raporlarında çeşitli parti veya grupların adları anılıyor: Müdafaa-i Hukuk (Birinci Grup), Müdafaa-i Hukuk

(İkinci Grup), Milli Müdafaa Fırkası (Muhalif), İttihat ve Terakki ve Emekçiler, ayrıca bağımsızlar. Muhaliflerin bazıları iktidar partisi listesinden seçime girmişlerdir. İlerde açıkça muhalefete geçecek olan Rauf Bey (Orbay), Kâzım Karabekir ve Refet (Bele) Paşalar gibi tanınmış simalar da iktidar partisi durumundaki Müdafaa-i Hukuk Partisi (Halk Partisi) listesinden seçime girip kazanmışlardır. Muhalefetin asıl merkezi İstanbul'du. Seçim öncesinde İkinci Grup da Ankara'daki karargâhını bırakıp İstanbul'a yerleşmiştir.

...25 Temmuzda İngiliz Yüksek Komiser Vekili Henderson Mustafa Kemal'in bu seçimleri kazandığını rapor ediyor, ona karşı "gerçek tehlikeli muhalefetin Lozan Antlaşması'ndan sonra, dış sorunlarla birlikte ortaya çıkacağını" söylüyor...

...İngiliz, Fransız ve İtalyan işgal kuvvetleri Türkiye'yi terk edince, 13 Ekim 1923 günü Ankara şehri yeni Türkiye Devletinin başkenti yapılır, iki hafta sonra 29 Ekim 1923'te de Türkiye Cumhuriyeti ilan edilir ve Gazi Mustafa Kemal Paşa Türkiye'nin ilk cumhurbaşkanı seçilir.

Türkiye'de cumhuriyetin ilanına İngiliz belgelerinde az yer verilmiştir. İngiliz diplomatları, bu tarihi gelişmeyi daha ziyade iktidar-muhalefet ilişkileri açısından değerlendirmişlerdir. İngiliz Yüksek Komiser Vekili Henderson, 20 Kasım 1923'te özetle şunları rapor etmiştir:

"Cumhuriyetin ilanının ardından şiddetli tartışmalar başladı. Mustafa Kemal'e karşı olan muhalefet liderleri kendi aralarında toplanıyor ve İstanbul'da yeterli destek buluyorlar. Ama Mustafa Kemal Ankara'ya hâkim. 10 Kasımda Kâzım Karabekir Paşa İstanbul'a geldi ve onun buradaki hareketlerine basın geniş yer verdi. Karabekir Paşa 12 Kasımda halifeyi ziyaret etti. Ertesi gün Rauf Bey ve Refet Paşa ile buluştu ve her üçü basına demeçler verdiler... Halifelik konusu ve bugünkü halifenin durumu kamuoyunu meşgul ediyor. Mustafa Kemal kamuoyunu sınıyor ve şimdilik gelişmeleri seyrediyor. Halifenin aylık ödeneğinin 26.000 liradan 50.000 liraya çıkarılmasını istediği söyleniyor... Ankara ile İstanbul arasındaki sürtüşme devam ediyor... Cumhuriyetin ilanı ileriye doğru atılmış ihtilalci bir adım olmakla beraber, anayasa açısından kabine sistemine dönüştür ki, iki yıl önce Mustafa Kemal bu sisteme karşıydı..."

Henderson, 9 Ocak 1924 günü de şu değerlendirmeyi yapıyor:

"TBMM 1 Kasım 1922'de saltanatı kaldırma kararı verirken risk de üstlendi ve gelişmeler bu cüreti haklı çıkardı. Türk halkı kararı kabul etti. Türklerin aydın sınıfı şimdi 'milli hâkimiyet', 'cumhuriyet', 'liberal' ve son olarak da 'laik' kavramları etrafında fikirlerini kristalleştirmiştir. 1908 tipi meşruti saltanat artık gericilik sayılıyor. Böyle olunca bir yıl içinde saltanatın kaldırılması ve cumhuriyetin ilanı Mustafa Kemal için pek zor olmamıştır. Kendisi büyük bir adamdır, gerçek bir yurtseverdir, ama hırs ve endişe kendisini aşırılığa itmiştir demek, pek haksızlık olmaz. Endişesi, kısmen Batılı devletlerden, kısmen de halifelikten kaynaklanmaktadır. Zira Batı, isterse Türkiye'yi ezebilecek güçtedir; halifelik ise bütün tutucu güçlerin merkezi durumundadır. Dolayısıyla halifeliğin İslam dünyasında Türkiye'ye sağladığı prestijden vazgeçilmektedir... Ekonomik bakımdan Türkiye zorluklar içindedir... Sorunların çözümü için yapıcı politika gerekiyor ki bu da Mustafa Kemal'den bekleniyor. Onun da sağlık sorunu ve siyasi zorlukları var. Ankara ile İstanbul arasında süren zıtlaşma yüzünden İstanbul basını Ankara'nın her yaptığına karşı çıkıyor. Mustafa Kemal sağlığına kavuşursa ülkeyi toparlayabilir."

13 Ekim 1923 tarihinde, Ankara şehri Türkiye'nin başkenti oldu; eski payitaht İstanbul bırakıldı. O tarihten beri Ankara, Türkiye Devletinin başkentidir ve Türkiye Cumhuriyeti Anayasasına da değişmez başkent olarak geçmiştir. Cumhuriyet ile cumhuriyetin başkenti, gün farkıyla yaşıttırlar.

Türkiye başkentinin İstanbul'dan Ankara'ya kaydırılması, İngiliz diplomasisini çok meşgul etmiştir. Yabancı elçiler ve elçilik personeli devletin başkentinde otururlar, oturmak durumundadırlar; Devletler Hukuku kuralları ve teamül bunu gerektirir. Türkiye'de görevli İngiliz diplomatları ise İstanbul'u bırakıp Ankara'ya taşınmak istememişler, taşınmamak için ellerinden geleni yapmışlardır. Bağımsız bir devletin kendi başkentini seçmesi, o devletin egemenlik hakkıdır, kendi iç işidir. İngilizler bu hukuk kuralını da gözardı ederek Türkiye'nin yeni başkentine karşı açıkça cephe almışlar, başka devletlere de Ankara'yı boykot etmeleri için baskı yapmışlardır. 1923-1925 yıllarında çiçeği burnundaki Türkiye Cumhuriyeti ile Büyük Britanya ve müttefikleri arasında nota değiş-tokuşu yoluyla bir "Ankara Savaşı" yaşanmıştır. "İkinci Ankara Savaşı." Bilindiği gibi Birinci Ankara Savaşı, 15. yüzyıl başında Osmanlı Padişahı Yıldırım Beyazıt ile Özbek Hakanı Timur arasında olmuştu. Ondan beş yüzyıl sonra İngiltere ile yapılan İkinci Ankara Savaşını Türkiye kazanmıştır.

...İstanbul'daki İngiliz Yüksek Komiser Vekili Henderson da İngiltere'nin Ankara'da büyükelçilik açmayacağını söylüyordu. 3 Kasım 1923 günü Dışişleri Bakanlığının İstanbul temsilcisi (Murahhası) Dr. Adnan Bey'e (Adıvar), "Majesteleri Hükümeti, Ankara'da en küçük bir ev bile almak niyetinde değildir" diyordu. Henderson, Ankara'ya büyükelçi gönderilmemesini savunuyor ve 20 Kasımda Londra'ya da şunları yazıyordu:

"Ben bugünkü (Türkiye) Büyük Millet Meclisi'nin iki yıllık ömrü olacağını ve Ankara'nın da iki yıl başkent kalacağını sanıyorum... Majesteleri temsilciliğinin Ankara'ya taşınması Türk Hükümetini ve Mustafa Kemal'i elbette çok memnun edecektir. Ama bu taşınma, Majesteleri Hükümetinin tatsız ve aşağılayıcı bir taviz vermesi anlamına gelir kanısındayım."

İngiliz diplomatı Türkiye Cumhuriyeti'ne iki yıllık ömür biçiyor, birkaç yıl içinde saltanatın tekrar diriltileceğini ve o zaman başkentin yine İstanbul'a taşınacağını ileri sürüyordu. Şubat 1924'te İstanbul'a Ronald Charles Lindsay adında bir İngiliz Elçisi gönderildi. Bu elçi gelir gelmez, ilk iş olarak Ankara'nın başkent kalamayacağını Londra'ya şöyle rapor etti:

"Başkent işinin nereye varacağı üzerinde kehanette bulunmaktan hiç hoşlanmam, ama şunu cesaretle söyleyebilirim: Günün birinde İstanbul'un tekrar payitaht olacağı kesindir."

Bir diplomatın, görevli olduğu ülkeyle ilgili önemli bir konuda, bu kadar kesin konuşarak kendi hükümetini yanıltması için, doğrusu yalnız "cesaret" değil, aynı zamanda epeyce "cehalet" gerekir. Anlaşılan Mr. Lindsay, Mustafa Kemal'i ve Türkleri hiç tanıyamamıştı.

Birinci Dünya Savaşı sonunda İngiltere'nin Türkiye politikasının iflas etmesini bir türlü içlerine sindirememiş olan megaloman ve ukala İngiliz diplomatları, şimdi başkent Ankara'ya taşınma işini bir prestij meselesi yapıyor ve adeta körü körüne direniyorlardı. Mustafa Kemal'in büyük zaferini İstanbul'da yaşamış olan Nevile Henderson, Londra'da hazırladığı 30 Mart 1924 tarihli raporunda, Ankara'ya büyükelçi göndermemek gerektiğini şöyle savunuyordu:

"İstanbul'da oturacak büyükelçinin temsilcisi olarak Ankara'ya bir diplomatik sekreter atanarak Türk Hükümetiyle ilişki sağlanabilir...

Sorunun bir başka yönü de vardır. Mustafa Kemal kendi prestijini artırmak için büyükelçileri Ankara'da oturmaya zorlamak da isteyebilir. Söylemeye gerek yoktur ki (Mustafa) Kemal'in prestijini artıran her şey, bizim prestijimizi azaltır.... Temsilciliğimiz bir gün Ankara'ya taşınacaksa (büyükelçilik derecesinden) elçilik derecesine indirilmelidir."

İngiliz diplomatı aklı sıra, Ankara'da oturmak durumunda kalacak olan İngiliz Büyükelçisinin rütbesini düşürerek Türkiye'yi ve Mustafa Kemal'i küçük düşürmüş ve bu yolla İngiliz prestijini yükseltmiş olacaklarını düşünüyordu. İşin şaşılacak tarafı şu ki, Mr. Henderson'un bu zavallı raporu, Dışişleri Bakanından ve Başbakandan geçerek Kral George'a kadar çıkarılmış ve kral tarafından da onaylanmıştı. Kral, 5 Nisan 1924 günü, "İkametgâhı İstanbul'dan Ankara'ya taşınırsa Türkiye'deki İngiliz misyonu elçilik derecesine indirilecektir" diye buyurmuştur.

İngiltere, bu buyruk doğrultusunda bir politika benimsedi ve başkent Ankara'ya karşı cephe aldı. Fransa ile İtalya'yı da buna ikna etti. Lozan Barış Antlaşması yürürlüğe girdikten hemen sonra, 1 Mart 1925 günü, İngiliz ve İtalyan Büyükelçileri, İstanbul'daki Türkiye Dışişleri Delegesi Nusret Bey'e, birer nota verdiler; Fransa Büyükelçisi de aynı doğrultuda sözlü bildirimde bulundu. Her üçü de, Türkiye Cumhuriyeti ile büyükelçilik düzeyinde yeniden diplomatik ilişki kuracaklarını, ancak büyükelçilerin (başkent Ankara'da değil) İstanbul'da oturacaklarını resmen Türkiye'ye bildirdiler.

Türkiye Dışişleri Bakanı Dr. Tevfik Rüştü (Aras), 19 Martta cevap verdi. Devletler hukuku ilkelerine ve uluslararası teamüle göre, ülkelerini Türkiye'de temsil edebilmeleri için "Büyükelçilerin ancak Türkiye'nin başkenti olan Ankara'da resmi ikametgâhları olabilir. Bu genel kuralın Türkiye için değiştirilmesine hiçbir neden ve imkân yoktur" dedi ve "bu misyonların mümkün olan en kısa zamanda Ankara'ya taşınacaklarını umarım" diye ekledi.

Bu cevap üzerine İngiliz Büyükelçisi Lindsay, Ankara'ya karşı sonuna kadar direnmeyi Londra'ya önerdi. Üç büyük devlet direnişlerini gevşetmezlerse, öteki devletlerin de yan çizemeyeceklerini, yani Ankara'da elçilik açamayacaklarını söyledi. "Şu halde en önemli nokta cephe birliğidir (unity of front)" dedi.

İngiltere, Fransa ve İtalya'nın direnmeleri sonunda Mustafa Kemal rejiminin devrilebileceğini de ima etti:

"Bu ortak direnişle ne elde edilebilecektir, sorusu akla geliyor... Direnmekle herhalde zaman kazanmış oluruz ve bu tek adam (Mustafa Kemal) rejiminin ne kadar ömrü olduğunu kimse söyleyemez" diye yazdı.

Ankara'da, Genelkurmay Başkanlığı binasının önünde bir yazıt vardır. Orada, mermer üzerine kazınmış, Atatürk'ün şu sözleri okunur:

"Ankara merkez-i hükümettir ve ebediyyen merkez-i hükümet kalacaktır."

1924 yılında söylenmiş olan bu sözler, Türkiye Cumhuriyeti'nin çok yaşamayacağını ve Ankara'nın da başkent olarak kalamayacağını söyleyen Nevile Henderson gibi, Ronald Lindsay gibi cahil ve ukala İngiliz diplomatlarına bir cevap niteliğindedir. Bu sözleriyle Atatürk, iktidara gelirlerse başkenti Ankara'dan İstanbul'a taşımayı hayal etmiş olan bazı Terakkiperver Fırka kodamanlarına da dolaylı bir cevap vermiş, 'Kimse ham hayal kurmasın, bilinsin ki Ankara sonsuza kadar Türkiye'nin başkenti kalacaktır' demek istemiştir.

...Britanya İmparatorluğu büyük Müslüman kitlelerini de kapsıyordu. Bugünkü Pakistan, Hindistan, Bangladeş, Malezya gibi ülkeler hep İngiliz sömürgeleriydi. Bu nedenle İngiltere, kendisini "dünyanın en büyük İslam devleti" sayıyor ve dolayısıyla halifelik konusuyla yakından ilgileniyordu.

Birinci Dünya Savaşı'nın başlarında, 31 Ekim 1914 günü, Kahire'deki İngiliz Temsilcisi Lord Kitchener, Mekke Şerifi Hüseyin'e bir mesaj göndererek, "Gerçek Arap soyundan birisinin Mekke veya Medine'de halifeliği üzerine almasını" salık verdi. O tarihte İngilizler, Arapları Osmanlı devletine karşı ayaklandırma hazırlığı içindeydiler. Şerif Hüseyin'i can damarından yakalamışlardı, ona başka vaatler yanında, halifeliği de teklif etmişlerdi. Şerif Hüseyin hem Arap soyundandı hem de Peygamber ahfadından. Yani halifeliği üstlenmesi için biçilmiş kaftandı. Nasıl Hazreti Muhammed Arap soyundan idiyse, halife de "gerçek Arap soyundan" olmalı, İslamın kutsal topraklarında, yani Mekke veya Medine'de oturmalıydı; kozmopolit İstanbul'da değil!

1915 yılında İngilizler, Şerif Hüseyin'e halifelik sözlerini yinelediler. Sir H. Mc Mahon, 30 Ağustos 1915 günü Şerif Hüseyin'e bir mektup gönderdi ve "Lord Kitchener'in mesajını teyit ederiz. Gerçek Arap soyundan birinin halifeliği üzerine almasının İngiltere Hükümetince memnuniyetle karşılanacağını bir defa daha belirtiriz" dedi. Düşmanlarımız, halifeliği Türklere karşı bir silah olarak kullanıyorlardı.

Türk askeri, "İslamın kılıcı" olarak Mekke ve Medine'yi savunmaya çalışırken, İslam kardeşlerinin kılıcını sırtından yedi. Halife olmak emeline kapılan Mekke Şerifi Hüseyin, Osmanlı halife-padişahına karşı ayaklandı ve Türk askerini arkadan vurdu. 1 Kasım 1916 günü, "Kıble ulemasının artık Türk halifeyi tanımamaya karar verdiğini" açıkladı.

Ekim 1918'de Mustafa Kemal, 7. Ordu Komutanı olarak Suriye'den çekilirken hazin bir manzarayla karşılaştı: İngiliz uçakları Türk askerinin üzerinde uçuşurken Halep'te evlerden de çekilmekte olan Türk askerinin üzerine ateş ediliyordu. Ateş edenler, Osmanlı vatandaşı Araplardı. Halifenin cihat çağrısı Halep'te bile etkisiz ve geçersizdi. Arap ayaklanması Anadolu kapısına kadar uzanmış ve savaşı İngilizler kazanmıştı.

Halifelik entrikaları İstiklal Savaşı'nda da devam etti. Ankara Hükümetine karşı İngilizlerin de teşvikiyle Anadolu'da çıkarılan Anzavur ayaklanması, Kuvayı İnzibatiye ayaklanması gibi çeşitli isyanlarda halifelik silahı Türkiye'nin aleyhine sık sık kullanılmıştır.

Türkiye Büyük Millet Meclisi, 1 Kasım 1922 günü saltanatı kaldırdı. Hâkimiyet tek elde, TBMM'de toplandı. Bu Meclis'in üstünde başka hiçbir kuvvet olamazdı. Saltanatın kaldırılması, din ve dünya işlerinin birbirinden ayrılması demekti. O zamana kadar Osmanlı padişahı, hem devlet otoritesini, hem de din otoritesini temsil ediyordu. Hem padişah, hem halifeydi. Bu kararla halifenin padişahlık sıfatı kaldırılmış ve Vahdettin yalnız halife olarak bırakılmıştı. Halifelikle saltanatın birbirinden ayrılması ve saltanatın kaldırılması kararı, Türkiye Büyük Millet Meclisi'nin halifelik konusunda karar vermeye yetkili olduğunu kanıtladı ve bu karar, daha sonraki kararlar için bir emsal oldu.

...Abdülmecid Efendi'nin halife seçilmesinden sonra halifelik entrikaları durmadı. Hindistan'daki İsmaililerin başı Ağa Han ile Emir Ali, 24 Kasım 1923 günü Başvekil İsmet Paşa'ya bir mektup gönderdiler ve halifenin nüfuz ve şerefinin papanın nüfuz ve şerefi düzeyine çıkarılmasını istediler. Yani bir ayını bile doldurmamış taptaze Türkiye Cumhuriyeti'nin içişlerine karışarak halifeye siyasi bir statü istemeye kalkıştılar. Ve mektup İsmet Paşa'nın eline geçmeden muhalif İstanbul gazetelerinde yayımlandı.

Aralık 1923'te, Filistin Araplarının üç lideri Cumhurbaşkanı Gazi Mustafa Kemal Paşa'ya mektuplar yazmış, onlar da halifelik makamının itibarının korunmasını istemişlerdir. Bu Araplar daha da ileri giderek, yoksa İslam dünyasının halifelik makamına Kral Hüseyin gibi başka bir halife adayı çıkaracağını söylemişlerdir. Mısır ulemasından da benzer "uyarılar" gelmiştir.

...Halife Abdülmecid Efendi, bütçesinin artırılması, "Hazine-i Hilafet" vs. hakkında bazı isteklerde bulunmak üzere, başkâtibini Ankara'ya göndermek istedi. Bunun üzerine Cumhurbaşkanı Gazi Mustafa Kemal Paşa, 22 Ocak 1924 günü Başvekil İsmet Paşa'ya şunları yazdı:

"...Halife ve bütün cihan, kati olarak bilmek lazımdır ki, mevcut ve mahfuz olan halife ve halife makamının, hakikatte, ne dinen ne de siyaseten hiçbir mana ve hikmet-i mevcudiyeti yoktur. Türkiye Cumhuriyeti safsatalarla mevcudiyetini, istiklalini tehlikeye maruz bırakamaz. Hilafet makamı, bizce en nihayet tarihi bir hatıra olmaktan fazla bir ehemmiyeti haiz olamaz..."

Hicaz Kralı Hüseyin halifelik iddialarını sürdürüyordu. Bazı esrarengiz İngiliz subaylarının yardımıyla, Ürdün'de veya Irak'ta bir Halifelik Kongresi toplanmaya çalışılıyordu. Bu kongreye tahtından indirilmiş ve yurt dışına kaçmış olan Vahdettin'in de katılacağı söyleniyordu. Bu hareketin arkasında İngiltere'nin bulunduğu tahmin ediliyordu. Ankara merak ve kuşku içindeydi. Ne oluyordu? İngilizler 1915'lerde Arapları Osmanlı Devletine karşı ayaklandırmak için halifelik silahını kullanmışlardı. Şimdi aynı silahı gencecik Türkiye Cumhuriyeti'ne karşı da mı kullanacaklardı?

İsmet Paşa, 27 Şubat 1924 günü, Türkiye'nin dış temsilciliklerine şifre telgrafla şu bilgiyi verdi:

"Bütçe müzakeresi esnasında cumhuriyetin bilcümle esasat-ı medeniyeye istinat ederek seri ıslahata teşebbüs etmesi lüzumu Türkiye Büyük Millet Meclisi'nde hararetle mevzuubahs ve müzakere edilmiştir... Hilafet esasen hükümet demek olup cumhuriyet idaresinde ise bir makam-ı hilafetin sebebi dahi kalmamış olduğu iddia ve hanedanın Türkiye'de ikameti ebediyyen memnu (yasak) olması ve evlad-ı zükürun (erkek çocukların) derhal ihraçları dermeyan ediliyor. Kezalik Erkânı Harbiye-yi Umumiye ve Şeriye Vekâletlerinin kabineden ihracı ve şeriye umurunun (din işlerinin) bir başmüftülüğe tevdii mevzuu bahistir. Memlekette terbiye ve tedrisat-ı umumiyenin tevhidi (eğitimin birleştirilmesi) dahi iltizamı mütalaa olunuyor. Reisicumhurun sene başı nutkunda (mali yılbaşı, yani 1 Mart günü yapacağı konuşma kastediliyor) bu esasata temas edilecektir. Meclis'in birkaç güne kadar bir karar-ı katiye (kesin karara) varması memuldur. Şimdilik mahrem tutulmak üzere arz-ı malumat ederim. - İsmet."

Bu gizli telgrafın Türkiye'nin dış temsilciliklerine çekildiği gün, eski Maliye Nazırı Cavit Bey, haberi İngilizlere yetiştirdi. İstanbul'daki İngiliz diplomatik temsilcisi Lindsay, 27 Şubat 1924 günü Londra'ya özetle şunları yazdı:

"Yeni anayasa taslağında halifeye yer verilmediğini yazmıştım. Cavit Bey, Ankara liderlerinin halifeyi kovacaklarını Sir Adam Block'a haber vermiş. Başka bir kaynaktan da Mustafa Kemal'in halifeyi ve bütün ailesini sınırdışı edeceğini öğrendim. İzmir'de gazetecilerle ve paşalarla yapılan toplantılar buna hazırlıkmış. 'Laik'lik eğilimi gitgide daha fazla ortaya çıkıyor. Cumhuriyet, kendisini dini kavramlardan arındırıyor. Basın, halifeliğin gereksiz bir yük olduğunu artık açık açık yazıyor. Çağdaş bir cumhuriyette şeriat mahkemelerine ve dini okullara da yer olmadığı söyleniyor. Mustafa Kemal, 1 Martta yapacağı konuşmada herhalde cumhuriyetin laik özelliğini vurgulayacaktır. İsmet Paşa, paşalarla İzmir'de yapılan toplantıda, halife sınırdışı edilince Türkiye'nin Panislamizm politikası izlediği yolundaki İngiliz kuşkularının da azalacağı umudunda olduğunu söylemiş."

Halifeliği kaldıracak kanun TBMM'de görüşülmeye başlandı. Bazı kimseler, bu makamı bir siyasi "kuvvet" veya koz olarak elde tutmak gerektiğini söylüyorlardı. Başvekil İsmet Paşa, öyle düşünenlere özetle (ve sadeleştirilmiş olarak) şu cevabı verdi:

"Halifelik konusunun dini ve siyasi iki yönü vardır. Dini bakımdan halifelik kalkınca hiçbir eksiklik, hiçbir boşluk hissedilmeyecektir. Din hükümleri yine uygulanacaktır. Zaten dört yıldır Anadolu'da halifeliğin hiçbir olumlu etkisi olmamıştı...

Kurtuluş Savaşı'nı 'Halifeliği kurtaracağız' sözleriyle yaptığımızı söyleyenler çıkmıştı. 'Bu sözler, yatan şehitlere hürmetsizlik olur.' Milletler, kutsal ülkülerle, yüce ülkülerle kurtuluş savaşı yaparlar; böyle boş sözlerle değil.

'İstanbul, halifeliğin merkezi olduğu için Türklere bırakıldı' diyenler oldu. Gerçi İstanbul Türklere bırakıldı. Ama, halifeliğin merkezi olduğu için değil; Türk askeri Yunan ordularıyla halife ordularına karşı başarı kazandığı için Türklere bırakıldı.

Halifeliğin dış politikada yararı olacağını ileri sürenler oldu. Halifelik bütün devletlere hâkim mi olacaktır? Bağımsız olan devletlerin halifelik makamına bağlılıkları nedir ki?.. Makam-ı hilafet bizdedir diye diğer milletlere bir vazifeyi siyasiye mi tevdi edeceğiz? Bu kadar tecrübelerden sonra bunu nasıl ümit edebiliriz? Vezaif-i hariciyemizde Hariciye Vekâletinden başka bir makamın alakadar olmasını nasıl kabul edebiliriz?"

İsmet Paşa sözlerini şöyle düğümledi:

"Türkiye'yi dahili ve harici siyasetinde iki başlı olmaktan kurtarmak için makam-ı hilafeti ilga etmelidir... Ahkâm-ı diniye ile mutabık olan bu karar Türk milleti için vesile-i saadet olacaktır."

Ve 3 Mart 1924 günü halifelik kaldırıldı.

...Halifeliğin kaldırıldığı duyulur duyulmaz, İngiliz basınında büyük bir yaygara koptu. En büyük gürültüyü çıkaran da Lloyd George'un yayın organı Daily Telegraph oldu. Bu gazete, Londra Mümessili Yusuf Kemal Bey'in ifadesiyle, "minelkadim Türk aleyhtarı" idi. Türkiye'ye ateş püskürdü. Sanki Mustafa Kemal, halifeliği değil de Canterbury Başpiskoposluğunu kaldırmıştı. İngiliz gazetesi küplere binmişti. Sipsivri diliyle Türklere verip veriştiriyordu: "6 milyonluk Türkiye, halifelik sayesinde büyük devletler arasında sayılıyordu. Bundan sonra bu devlet, artık 'üçüncü sınıf bir Tatar devletçiği' derekesine düşecekti. Mustafa Kemal, 'minyatür bir Napoleon' olarak kalacaktı. Anadolu halkına, 'Ben bir Müslümanım' demek yerine, 'Ben bir Türküm' dedirtmeye çalışıyorlardı. Ama dedirtebilecekler miydi bakalım..."

...Halifeliğin kaldırılmasının üzerinden bir yıl bile geçmeden, Şubat 1925'te Doğu Anadolu'da Şeyh Sait ayaklanması patlak verdi. Bu ayaklanma, Türkiye'de laikleşme hareketine ve halifeliğin kaldırılmasına karşı bir başkaldırıydı. Bazı İngiliz belgelerinde bir "Kürt ayaklanması" olarak da geçmektedir. İngiltere, öteden beri Kürtlerle ilgilenmiş bir ülkedir. Sèvres Antlaşması'nın baş mimarıydı ve bu antlaşmada Kürtlerle ilgili hükümler de vardı. O dönemde İngiltere, mandater devlet sıfatıyla Irak'ın yönetimine katılıyordu ve orada Kürtlerle iç içeydi. 1925 yılında İngiltere ile Musul kavgamız devam ediyordu. Sonra, Kürtlerin yaşadığı bölge bir petrol bölgesiydi ve İngiltere, petrol çıkan her bölgeye ilgi duymaktaydı. Dolayısıyla İngiliz diplomasisi Kürtleri her zaman yakından izlemiştir.

Türkiye'de görülen Şeyh Sait ayaklanması gibi olayları İngiliz diplomatları acaba nasıl izleyip yorumlamışlardı? Bu soru zihnimi kurcalamış ve bana araştırılmaya değer görünmüştü. Londra'da maiyette başkonsolos olarak görevli olduğum 1970-1974 yıllarında İngiliz diplomatik arşivlerinde Şeyh Sait, Ağrı ve Dersim ayaklanmaları hakkında araştırmalar yapmış ve 1975 yılında bir kitap yayımlamıştım. Daha sonra kitabın ikinci baskısı da yapılmış idi.

O kitapta yer alan İngiliz belgelerini burada tekrarlamadık. Ancak bu ciltte de Şeyh Sait ayaklanması ile ilgili bazı belgeler bulunmaktadır. Bunlar daha ziyade içlerinde Cumhurbaşkanı Gazi Mustafa Kemal'in adı geçen belgelerdir. 1924-1925 yıllarında Gazi Mustafa Kemal'e ve kurduğu rejimine karşı İstanbul'da odaklanan muhalefet hareketi ile doğudaki ayaklanma kıpırdanışları eş zamanlıdır ve İngiliz belgelerine öyle yansımıştır. Yani Türkiye'deki muhalefet hareketleri ve özellikle Terakkiperver Cumhuriyet Fırkası ile Şeyh Sait ayaklanması birlikte değerlendirilmiştir.

İstanbul'daki İngiliz Maslahatgüzarı Henderson, daha Temmuz 1924'te eski İttihatçıların kalıntılarıyla doğudaki Kürt guruplarının Ankara Hükümeti aleyhine gizliden gizliye çalıştıklarını haber veriyordu. Eylül 1924'te doğudaki kıpırdanışların bariz bir hal aldığını yazıyordu.

...O günlerde Cumhurbaşkanı Mustafa Kemal Paşa, İngiliz "Times" gazetesine verdiği demeçte şunları söylüyor:

"Terakkiperverlerin samimiyetinden emin değilim. Yayınlanan programlarının onların gerçek amaçlarını ve ihtiraslarını ifade ettiğine kani değilim. Rauf Bey'in Meclis'te hilafet hakkında söylediklerini, cumhuriyetin ilanı üzerine İstanbul basınına verdiği demeci unutamıyorum. Kâzım Karabekir Paşa da cumhuriyetin ilanından hoşlanmadığını gizleme zahmetine girmemişti. Yeni partinin liderlerinden biri olan Sabit Bey de cumhuriyetin ilanının aceleye getirilmesini Meclis'te protesto etmiş ve 'Neden iki ayağımızı bir pabuca sokuyorsunuz?' diye sormuştu... Cumhuriyetçi olduklarını söylüyorlar. Biz de cumhuriyetçiyiz... Öyleyse neden bizi terk ettiler?.."

İngiltere Dışişleri Bakanlığında hazırlanan 23 Eylül 1925 tarihli ve "Mustafa Kemal ve Yeni Türkiye" başlıklı bir notta şöyle deniyordu:

"Türkiye'nin Batılılaşması devam ediyor. Dr. Rıza Nur, 'Amacımız, Türkiye'yi modernleştirerek ikinci bir Japonya yapmaktır' demişti. Son yapılan reformlar bu doğrultudadır ve reformların arkası gelecektir. Sırada evlilik reformu (Medeni Kanun), alfabe reformu var gibidir. Ama Türkiye'nin temel taşı Cumhurbaşkanının (Gazi Mustafa Kemal'in) kendisidir. Temel taşı çöker veya yerinden kayarsa bütün bina yıkılır. Bunu gören İsmet Paşa, Mustafa Kemal'i bir kalp krizinden korumak, sakinleştirmek için Latife Hanım'la işbirliği yapmış, boşanmayı önlemeye çalışmıştır. Halen Mustafa Kemal duruma hâkimdir. Onun önünde iki risk vardır: Sağlığının bozulması ve siyasi düşmanları tarafından kendisine suikast düzenlenmesidir."

İngiliz diplomasisi, İzmir suikastından dokuz ay kadar önce, Gazi Paşa'ya karşı bir suikast ihtimali üzerinde zihin yormaya başlamıştı. İngilizler daha 1925 yılında Gazi Paşa'dan sonrasını düşünmeye başlamışlardı.

...İstanbul'daki İngiliz Yüksek Komiserliği'nce hazırlanıp, 7 Kasım 1923 tarihinde Londra'ya gönderilen raporda, şu hususlar da vurgulanıyor:

"Anadolu'daki Yunan bozgunu yalnız Yunanlılar için değil, aynı zamanda yabancı tüccar ve girişimci için de bir felaket oldu... Refet Paşa'nın İstanbul'da yaptığı ilk işlerden biri, TBMM tarafından çıkarılmış olan kanunları orada derhal yürürlüğe koymak oldu. Bu uygulama ticaret çevrelerinde şaşkınlık yarattı ve birçok zarara sebep oldu. TBMM kanunları İstanbul'da uygulanınca birçok ithal malın gümrük vergileri kat kat artırıldı, 'lüks malların' ithali yasaklandı, yabancı okullara ve dini kuruluşlara tanınmış olan vergi bağışıklıkları kaldırıldı, kapitülasyonlar yok sayılınca tüccar depolarında ve yabancı gemilerde kaçak mal aramalarına olanak sağlandı... TBMM, Nisan 1922'de tüketim vergileriyle ilgili yasalarda değişiklikler yapmıştı. Buna göre şeker, kahve, çay, benzin, kibrit, balmumu, sigara kâğıtlarından alınan tüketim vergileri artırıldı... Un, buğday gibi mallara da tüketim vergisi ve yüksek gümrük vergisi uygulaması bir ara şehirde panik yarattı, fakir halk fırınlara hücum etti. Bunun üzerine zaruri ihtiyaç maddelerinden alınan vergiler değiştirildi ve bunun sonucu ekmek fiyatları düştü...

Yabancı şirketlerin, Kasım 1914 tarihli geçici kanun gereğince tescil ettirilmeleri istendi. Yüksek komiserler, kapitülasyonlar var oldukça yabancı şirketlerin Türk kanunlarına göre tescilinin istenemeyeceğini belirttiler...

İstanbul Hükümetinin 16 Mart 1920'den beri tescil etmiş olduğu 100 patent hakkı ile 583 adet ticaret marka sertifikası geçersiz sayıldı ve iptal edildi... TBMM'nin çıkarmış olduğu aşırı harp kazançlarıyla ilgili 25 Ekim 1920 tarihli kanun gereğince, Türkiye'de iş yapmış yabancılardan da aşırı harp kazancı vergisi almak istiyorlar. İstanbul'da 110 Yunan ve 21 Ermeni şirketi kapandı. Milliyetçi rejim, yabancı şirketlere ve yabancı mallara karşı başka önlemler de aldı: Gayri Müslim aracı ve komisyoncuların tasfiyesi, Türk kanunlarına uymayan ve Türkçe kullanmayan yabancı şirketlerin boykot edilmesi vs. gibi. Ayrıca yabancı ve gayri Müslim şirketlerin yerini almak üzere yeni Türk ithalat ve ihracat şirketleri kuruluyor. İzmir İktisat Kongresi dolayısıyla da 'Ekonomik Misakı Milli'den bahsediliyor..."

Seçimle gelen iktidarlar utanç verici icraatlarına devam ederken, Bilal N. Şimşir çapındaki araştırmacıların yazdığı eserler ve günışığına çıkardıkları belgeler, Mustafa Kemal ve arkadaşlarına duyduğumuz hayranlığı her geçen gün biraz daha artırıyor...

EMPERYALİZMİN UŞAKLARI

Bilgi Yayınevi tarafından yayımlanan "Emperyalizmin Uşakları (İhanetin Belgeleri)" adlı kitabımın sayfalarını karıştırırken, çevirmeni ve derleyeni Prof. Dr. Gürsel Aytaç olan "Goethe der ki..." adlı kitaptan bazı özdeyişler, birbiri ardınca aklımdan geçiverdi. Şöyle diyor Goethe:

"Kuran şöyle der: 'Allah her millete kendi dilinde peygamber göndermiştir.' Böylece her çevirmen, kendi milletine bir peygamberdir." (S. 36)

"Liberal düşünceler üzerine konuşulduğunu duydukça, insanların boş sözlerle nasıl oyalandıklarına hep şaşıyorum: Bir düşüncenin liberal olmaya hakkı yoktur!" (s. 461)

"Memleket ne kadar berbatsa, vatanseverleri o kadar iyi olur." (s. 535)

Kitabıma önce "Gözden Kaçmaması Gerekenler" ismini koymayı düşünmüştüm. Ancak, müsveddelerini baştan sona yeniden okuyunca, "Bu kitabın içeriğine en uygun düşücek ad, 'Emperyalizmin Uşakları (İhanetin Belgeleri)' olacaktır" diye düşündüm.

Kitabımın "Önsöz"üne yazdıklarımı sizlerle paylaşmak istiyorum:

Ülkemiz, "Yeni Sevr"i hedefleyen ve Kurtuluş Savaşımızın öncesinde olduğundan daha sinsi ve daha geniş kapsamlı bir emperyalist saldırıyla karşı karşıya...

Bu saldırı karşısında, tüm kurumlarımız çözülürken ve emperyalizmin uşakları (yerli işbirlikçiler) giderek azgınlaşıp, inanılmaz ihanet örnekleri sergilerken; bir avuç yazar, çevirmen ve yayınevi sahibi, makaleleri ve yapıtlarıyla, onurlu bir düşünce savaşı verip "Kuvayı Milliye" ruhunu yeniden canlandırmayı başardılar.

Bu kitap, bu onurlu mücadelenin destanıdır. Melih Cevdet Anday, "Telgrafhane" adlı şiirinde şöyle diyor:

"Uyuyamayacaksın
Memleketin hali
Seni seslerle uyandıracak
Oturup yazacaksın
Çünkü sen artık o sen değilsin
Sen şimdi ıssız bir telgrafhane gibisin
Durmadan sesler alacak
Sesler vereceksin
Uyuyamayacaksın
Düzelmeden memleketin hali
Düzelmeden dünyanın hali
Gözüne uyku giremez ki...
Uyuyamayacaksın
Bir sis çanı gibi gecenin içinde
Ta gün ışıyıncaya kadar
Vakur metin sade
Çalacaksın."

Ben de "bir telgrafhane" gibi çalışarak, "Aydınlık", "Yeniden Anadolu ve Rumeli Müdafaa-i Hukuk" dergileri ve "Cumhuriyet" gazetesinde yazdığım makalelerle ve verdiğim konferanslarla bu destanı yaratanlardan bazılarının seslerini, elimden geldiğince vatandaşlarıma ulaştırmaya çalıştım. Geniş yankı bulan bu yazılara, yenilerini de ekleyince bu kitap ortaya çıktı.

Kitaplarından ve yazılarından geniş alıntılar yapmama izin vererek, böylesine içeriği zengin bir eserin oluşmasını sağlayan tüm yazarlara ve yayınevi sahiplerine teşekkür etmeyi bir borç sayıyorum.

Böylece hepimiz, bu destanlaşmış mücadelenin "silah arkadaşları" olduk.

Onları bilmem ama, ben bu arkadaşlıkla her zaman övüneceğim.

Bugünlerde ülkemizde "aydın" sıfatını hak eden herkes, vatanımızın ve ailesinin geleceğinin daha da karartılmasını önlemek için, "ulusalcı ve antiemperyalist" saflarda yer alarak, "Emperyalizmin Uşakları"na (Yerli İşbirlikçiler) karşı, inanılmaz derecede etkili olmaya başlayan bir "demokratik savaş" veriyorlar.

Unutmayın: Bu savaşta en etkili silah kitaplardır. Kitabımı beğendiniz ve "Gerçekten etkileyici ve çarpıcı" diye nitelendirdiyseniz, kütüphanenizin rafına kaldırmayın lütfen... Onu, özellikle gençlerimize, öğretmenlerimize ve satın alma gücü azalmış aydınlarımıza vererek, elden ele dolaşmasını sağlayın...

Unutmayın: Çoğaldıkça güçleniyoruz ve bu savaşı kazanmanın başka yolu da yok...